谭仲池　著

曾经沧海
——谭仲池长篇小说选

线装书局

图书在版编目（CIP）数据

曾经沧海：谭仲池长篇小说选 / 谭仲池著 . –– 北京：
线装书局，2016.12

ISBN 978-7-5120-2563-9

Ⅰ . ①曾… Ⅱ . ①谭… Ⅲ . ①长篇小说 – 小说集 – 中
国 – 当代 Ⅳ . ① I247.5

中国版本图书馆 CIP 数据核字（2016）第 303164 号

曾经沧海——谭仲池长篇小说选

作　　者：谭仲池
责任编辑：宁　静
装帧设计：王文龙
出版发行：线装书局
　　　　　地　　址：北京市西城区鼓楼西大街41号（100009）
　　　　　电　　话：010-64045283（发行部）　64045583（总编室）
　　　　　网　　址：www.zgxzsj.com
经　　销：新华书店
印　　制：北京睿和名扬印刷有限公司
开　　本：787mm × 1092mm　1/16
印　　张：22.5
字　　数：305千字
版　　次：2016年12月第1版第1次印刷
印　　数：0001—4000册
定　　价：58.00元

更多资讯请访问官网

目　录

曾经沧海
——谭仲池长篇小说选
CengJing CangHai
TanZhongChi ChangPian XiaoShuoXuan

曾经沧海

一

凌鹏此刻望着湖边深幽而宁静的夜色，脑海里立即闪现他在某本书中读到的关于夜的深刻描述：

夜是永久性的记忆，所以是永恒性话语。

要穿透博大而深沉的夜，除非具有同等博大深沉的思想。

黑夜思维是深沉的，警觉的，强韧的，反叛的，击刺的，破坏的，与白天思维正相反……于是，人在夜里竟可以无视黑暗，掩藏黑暗，做"超时代"的英雄。

凌鹏并不想做超时代的英雄，可他今天就站在湖边黑夜的冷风里，回忆着最近发生的一切，心想："面对这飘浮在岁月的黑暗我能无动于衷吗？"

时间：1973 年 7 月 15 日。

这个日子，永远不会让历史遗忘，它是刻在这一代中国知识青年心中的一个神圣而灿烂的日子。尽管历史长河的波浪，依然浩浩荡荡从容地流经共和国的古老土地，在时光的航道上，带着深深的伤痕和疲倦的呼吸，但这个几乎让人窒息的世界，又从共和国红墙里吹出了一缕清悠的风。风带着浓重的四川语音，告诉世界，中国不应该也不会乱下去，古老的文明会永远照耀未来的道路。

凌鹏和梦泉同在一个知青组，这次又一同赶赴县城参加高考。他们心里充满了期望。几年来艰难而动荡的知青生活，储存在心里和额头皱纹里的渴望、痛苦、失落与奋争，此刻全都在已陈旧的天花板上、不时掉下碎尘的教室里，蘸着心的呼唤，化作一行行文字、数学公式、化学符号乃至英语单词尽情挥洒在一张张试卷上。

阳光从窗口射进考室，几分温柔与热情，凌鹏感觉特别好。他觉得这样美丽、明朗、强烈、深邃的阳光，只有在这个时候才能感觉得出来，就像是一位多情、清馨、智慧的女人站在他的身后，给他一片晴朗而明亮的天。他的作文也因之而写得真切、深沉、流畅、漂亮，字里行间透着对大自然的真诚咏叹、对神州大地热烈地拥抱和期待。他就这样写着写着，任思绪飞扬，任感情流淌，任热血沸腾，任灵魂激荡，任稿纸一页又一页地重叠在课桌上。

午饭是和梦泉在考场边的一个小饭店吃的。他看到梦泉兴奋地吃着辣椒味很重的小菜，脸上泛着玫瑰色的光泽，心里甜滋滋的，便向老板要了一瓶啤酒："梦泉，让我们互相祝贺一下吧！尽管还无法知道考试的结果，可我想我们一定能考上！""不！我对自己心里没有底，可我一直相信你的实力，要不，我用这杯茶祝贺你！"

梦泉是走读的，也是实在的。这些年的知青生活让她真的成熟了起来，尽管她才十九岁。

"梦泉，喝一杯！你要是考不上，我考上了也不走。"

"别傻！这跟我有什么关系？"

"那你就喝一杯呀！"凌鹏硬是给梦泉倒上一杯酒。

"凌鹏，我从心里尊敬你，你是一个有作为的男人，你应该坚定地走出去，就为这个，我喝了这一杯！"梦泉端着酒杯很动情地站起来。

"干杯！"

不知道是何原因，一杯酒喝下去，凌鹏发现梦泉的眼里竟滚出了几滴晶莹的泪珠。

凌鹏是一个深沉而果敢的男人，他是不会轻易去打扰一个自己敬重的女人的心情的。他装作没有发现，自己起身去给梦泉又倒来一杯热茶。

梦泉端起热茶："凌鹏，你多吃一点，今天还有几十里路要走。"说完便走到小店门口，向车马喧闹的街市凝望。望着梦泉的背影，凌鹏咀嚼着饭菜，感到又甜又苦涩。他突然看见一条弯弯曲曲的山路正从店门口伸了进来，而扎着小辫的梦泉正欢快地和一群男女知青奔跑在山野的小径上。

那是春天的阳光，带着湿润染亮了路边的花草树枝。梦泉随手摘下一枝映山红，口里还唱着《花儿为什么这样红》的歌曲，蹦跳着朝前奔去。在她的脚下，全然没有了弯曲，没有了坎坷，没有了挡路的石头，只有空中飞舞的蝴蝶和她一起飞翔。

在返回知青点的路上，凌鹏帮梦泉挑着行李，梦泉则步履轻盈地走在前面，又不时回头望着凌鹏美美地笑着。她真的太纯真。凌鹏就一直紧跟在她身后，他在尽情地欣赏梦泉的姿势、身影，乃至她挪动脚步，身子凸起和扭动的美丽线条。凌鹏知道，在这优美的线条里，日后的岁月一定会孕育无限美丽的想象、情感和迷人的故事。

二

凌鹏失眠了。

窗上的月亮也跟着失眠了。月色显得惨白而苍凉。

江海大学发来的入学通知书就搁在窗前破旧的书桌上，显得惨白而凄凉。

"老天呀！就是不长眼！怎么让张铁生这样的混蛋捣乱，损害共和国的万世根基啊！伤害成千上万的有志青年啊！"凌鹏几乎是在喊，他的声音在房子里震颤，薄薄的报纸糊成的窗户早已窗破，山风钻进屋内，也无法扫荡凌鹏正燃烧着愤怒之火的空间的沉闷和焦躁。

"天呀！你不分忠奸枉为天！地呀！你不分好歹何为地？江河呀！你该怒吼，诉说功与罪！云空呀！你应飞雪，倾诉七月奇冤！"凌鹏几乎要疯了，他疯狂得却也理智，竟将关汉卿写的《窦娥冤》中的两句唱词清清楚楚地呼喊了出来！顿足、捶胸，这一切明知无济于事，凌鹏还是这样发泄着心中的块垒。

历史无情，就这样又翻开了沉重的一页。

失眠的月亮伴着失眠的男子汉，又一次把夜露的泪痕留在窗户破碎的纸帘上。

三

梦泉也把自己关在房间里，她把门关得严严实实。

已经煎熬了几个夜晚，一切都似乎想明白了，人的命运自己是不能主宰的，又为何偏要幻想着一切春风得意呢？她恨凌鹏这个傻男人，偏要为她的落榜焦躁悲伤。就是这样的男人反而让她又增添了心中的烦恼。

知青组的大姐姐、小妹妹都排着队去敲门，想安慰梦泉，她不开门。

知青组的大哥哥、小弟弟都排着队去敲门，想去安慰梦泉，她也不开门。

"梦泉姐！你开门呀！"

"梦泉妹，你快开门呀！"

"你不开门，我们不走！"

"你不开门，我们就站在这里。"

兄弟姐妹的呼喊在走廊上回旋。

阳光照耀在走廊，也升腾着昏暗的阴影，整个短青楼变得沉重起来。

梦泉在哭，她的泪已流干。梦泉在想，她的思绪已平静。只有一种特殊的声音没有出现，那就是凌鹏的声音。

唯独凌鹏没有来敲门。

他不来敲门，梦泉就绝不会开门。

凌鹏为什么不来劝慰梦泉？

梦泉在问自己。知青楼的所有兄弟姐妹又返回到凌鹏房间去敲门。

门敞开了，凌鹏两眼直直地望着大伙："梦泉好吗？她现在怎样？"

"你问我们，我们还要去问你呢！"一位年龄稍大的女知青说。

"你早该去劝慰梦泉，她一向敬重你。"一位年纪稍轻的男知青说。

凌鹏不怪大伙的责备，这种责备越尖锐、越刻薄，他心里越好受。他完全明白，梦泉大学失取，会意味着什么。梦泉怎能承受这种打击啊！只有自己留下来关爱她，她才能坚强地生活下去。凌鹏决定放弃读大学，他要做梦泉最可靠的兄长和人生的支柱。凌鹏知道，在梦泉的心中，他始终是一座山、一棵树、一条河，抑或也是天空的鹰和大海的港湾。

"梦泉！你开门！"凌鹏迈着沉重的步子来到了梦泉的房门口。

房门呈黑色，在微弱的光线照射下，显得铁青和凝重，也像一个人，一个冷峻的会思考的要站立在一扇悠长的城墙边，那城墙就一直伸向黑暗里。

这是一扇不开的门，始终把心和情的呼唤隔离在外边的世界。是的，梦泉在日记里，就曾如此倾吐过心灵深处的柔美情丝：

你是一棵树　清晨我穿过树林
你的青翠和绿盖　投在我倩影的光圈里
你是一座山　中午我走在山野的小路上
你的气宇和力量支撑我不倒下疲倦的身子
你是一条河　傍晚我在你的怀抱里浣衣
你的透明和爱抚荡开了我心灵缤纷的想象
我愿你也是云空的雄鹰　领着我飞翔
去追恋美妙而鲜活的梦幻
我愿你也是港湾　让我像一叶轻舟
在你真情的波浪上品味甜美而幸福的时光……

现在的梦泉已经完全摆脱了痛苦和怨恨，她不怨天、不怨地、不怨命运，而认定了这就是人生的必然。上帝就没有安排她和凌鹏比翼齐飞。那些兄妹岁月凝成的日记，是青春道路上的音符，既然曾经有过这样一首美丽的歌曲，已经弥足珍贵，就不能再让凌鹏为自己担心和焦急。此刻，不是谁敲门开不开的问题，而这门根本就不应该是那么严，要向着自己的朋友、同志、知心人敞开，让这堵黑色的城墙在光明的灵魂照耀下消失。原本不老的世界是任何黑暗也遮不住的。

四

坚定而有节奏的脚步声，再一次逼近了走廊中央的梦泉房门口。
凌鹏再一次抬起手臂准备敲门。正在此刻，门突然打开了。
"我知道你会来的，而且一定是这个时候。"
"我也知道门你会开的，因为我们彼此的心早已敞开。"

"凌鹏坐吧！房子很乱。"梦泉拉着凌鹏的手相对而坐。

窗外的月色，依然宁静如水，惨白而凄凉地透进窗户，照耀着空间狭小的房间。整个知青楼已经进入了蛙声和山鸟啼鸣的此起彼伏。其时，在这样的穷山僻野，劳累了一天的知识青年也该入梦了。可这些天知青组发生的事情，让大家对世事和人生的走向又多了许多忧虑。眼见动荡的岁月开始平静，生产和工作走向有序，学校也相继开学，大学也向知青们招生了，大家心里有了希望，可突然又刮起了白卷英雄之风，给刚刚燃起的希望之火又浇上一瓢冷水。

"记得吧！三年前的夏天我也是这个时候来敲你的门！"

"可我就是不开。"不等凌鹏讲完，梦泉就接着说。

"你呀，就这个倔脾气，是家里娇惯的。"凌鹏说时，故意用眼光去扫视梦泉。

"这倒不是家里，我一个城市女孩住山村，晚上有人敲门，敢不提防吗？"

"我白天就告诉你，晚上会找你嘛！"凌鹏认真地反驳。

"后来我一想，不能让你晚上来，知青组人多嘴杂，所以我就决定不开门。"

"但后来你还是开了。"

"我是敬重你！"

"今天也是这样吗？"

"今天是为了祝贺你，所以我主动开门。"梦泉说的都是真话，她从小就是一个这样的孩子，任何人引诱都不会说假话。

"梦泉，今天来，我是想跟你商量一件事。"凌鹏很认真地说。

"你说吧！"梦泉很真诚地回答道。

"原来我想放弃这次入学机会，继续陪着你在农村干下去，因为我走了，我会不放心。后来听说10月还有一次中专招生，我想你不要放弃，先考上再说，你能同意我的想法吗？"

"凌鹏，首先我要感谢你对我的关心和多年的照料，大学你必须上，我们的国家需要你这样的男人。我留下来你只管放心，我现在长大了，不是刚来时的小姑娘，至于中专考试我会考虑的。总之，你一定不能因为我而放弃上大学的机会，即使你那样做，我也是不会答应。好吗？"说完梦泉动情地站起来走到凌鹏跟前，伸手去轻轻抚摸凌鹏散乱的头发。凌鹏顿时感到有一股暖流冲进他的心脏，然后向全身散发。他的身子有轻微的颤抖。他控制着自己，伸手把梦泉的一双手拉过来放在自己闭合的手掌里，让彼此感受心跳和温热的泉流。

"凌鹏，你还记得我刚来那天，你给我做的鲜鱼汤吗？你是用一个粗大的瓷碗给我盛满鲜鱼汤。整个碗都冒着腾腾热气，散发着清新扑鼻的鲜鱼香味，当时我真感激你，可是一想到离开家时的那一幕我实在无法喝下这碗汤。"梦泉说着，一双水灵灵的大眼睛又迸出了一行清泪。

"当时，我不了解你的家境，后来知道了，我就更感到有责任照顾你，所以我想这道人生的关口你一定要闯过去！"凌鹏的手心沁出了汗水，梦泉已明显地感受到这颗心的热量和赤诚。于是她点头说："我一定！"

凌鹏从梦泉房里出来，并没有回房间去，沿着楼前的机耕路，他朝山边那一栋猪圈走去。这条路风里雨里，雪中雾中，他整整走了五年，留下多少叹息、辛劳、喜悦和思考。更重要的是，他在这个山村里认识着自然和人类，认识着社会和个人，认识着正义和邪恶，认识着良知和丑陋，也在逐渐认识男人和女人，感悟爱情。

不知不觉凌鹏来到了猪舍门口，他习惯地打开门，点亮马灯，在猪圈前缓慢地走着。看到这一群群正熟睡的小猪崽和肥大的即将出栏的良种猪，心里有一种莫名酸楚，真要离开这里，他还真有些难舍的感情。要说这人与猪是不应该有感情的，可这时候，他偏偏有种不可言喻的情感在心里蠕动。

五

天未晓，窗户上没有半点曙色。

"笃笃……笃笃……"轻微的敲门声，在摇晃知青楼的安静。

凌鹏披衣下床打开了房门："是你，怎么这……"不等凌鹏说完，梦泉便双手抱住了凌鹏，"我想了你一个晚上，整个晚上我都没有睡着，我一直望着窗户上的星光，心里憋得慌。"梦泉的声音很细，要不是她把头靠在凌鹏的肩头上，凌鹏断然听不清她说什么。

"那怎么办？"

"鹏，我要你！"

"行吗，梦……梦泉！"这也太突然了，凌鹏的意志在模糊地指挥着自己的思维。

"我已经做出了决定，我属于你，但请相信，任何时候我都不会成为你的负担和累赘。"

"我……"凌鹏的脑海里正在进行一场理智和冲动的较量。他在想我能拒绝她吗？如果拒绝这意味着什么？不拒绝又会是什么结果？怕今后有什么牵连，还是前途命运的波折？如果因为这些去拒绝一个自己爱着的纯洁女性的爱，那还有什么人性可言，那不是自私残酷虚伪又是什么？凌鹏的意志告诉他，做自己认为对的事，就不要彷徨。何况这里并不是刀山火海。

人一旦坚定起来，一旦做出了庄严的决断，意志就可以转化为巨大的力量。凌鹏伸展巨大的双臂，他把梦泉抱在胸前，就像是拥着一簇洁白而鲜丽的花朵向着春天的原野走去。他的脸上充满着幸福而自豪的容光！

知青楼此时像一艘航船在波浪汹涌的大海上航行。

坐在凌鹏床上正解开衣扣的梦泉，在月光的映射下，像仙女那般妩媚圣洁。随着衣衫褪去，梦泉露出了乳白色的丰满的前胸，那散发着女性芬芳的乳房就像一对月亮闪耀着女性最美丽温柔的光芒。

凌鹏的眼睛此刻也一直凝视着窗外遥远天上的朦胧月亮。他没有俯下身子去仔细端详圣泉那样透亮而温婉的梦泉，只是让自己急促的呼吸在摇撼梦泉的芳心。梦泉轻轻地拉过凌鹏的右手，把它放到了自己起伏的胸脯上。凌鹏的心突然紧缩了起来。

"不，不能乘人之危！"想到此，凌鹏像触电般收回了自己的手。

"鹏，你不喜欢我吗？"

"不，根本不是！"

"那，我要你……"

"泉，现在不行，我们再选择时间吧！"凌鹏的话语颤抖着从嘴里滚出来。

梦泉的整个身子用力地颤动了一下，她突然坐起了，连衣服也没有穿："你这是为什么？你根本就不爱我，是吗？"

"不！不是！"凌鹏惊慌地说。

"那是因为什么？"梦泉紧逼不让。

"我是怕你……"

"你是怕我怀孕，对吗？我不怕，你还怕？"梦泉几乎喊出声来。

凌鹏万万没有想到，这位平常温文尔雅的弱女子，在情爱的问题上竟是如此的刚烈、果敢。他感到惭愧。是啊！在人生极度痛苦，甚至绝望的时候，唯有真爱、圣洁至高的爱情，才使人看到人性世界的灯塔，从而重新开始生命的旅行。有哲学家做出过这样的结论，一个身处逆境和遭受不幸的人，往往最需要的是灵魂深处的抚慰，哪怕是一分一秒，也会刻骨铭心或者改变一生的命运选择。

梦泉坐在床上伤心地哭起来，那哭声在撕裂凌鹏的灵魂。

凌鹏不再犹豫，他突然张开双臂把梦泉拥到怀里："泉，告诉我，要我怎样爱你！"

梦泉不语。

月亮不语。

凌鹏转过身子，轻轻地托着梦泉放在铺满银色月光的床上。

凌鹏果敢地解开了上衣……梦泉紧闭双眼，嘴唇微微颤动："鹏，勇敢地飞翔吧！"

古老而陈旧的乡间木床在接受一次人间圣爱的洗礼。

六

太阳升起来了，耀眼的光芒刺痛了睡得正甜的凌鹏和梦泉。

开始生动起来的短青点，男女知青忙着做各自的事情。大家好像都知道昨天晚上发生了什么事情，又好像不知道发生了什么事情，人们之间的眼光和表情都呈现出一种异样和彼此的心照不宣。这种心态能符合那个历史环境。只要没有个人的自私企图，没有夺人之美的阴暗心理，谁都会宽恕在特定条件下的某种幼稚和有悖常理的行为。人多么需要彼此的理解和宽容啊！

梦泉和凌鹏躺在床上，他们睁开了眼睛，可以享受明丽阳光的照耀，可以倾听门外一载的声响。这声响是蕴含特殊定义的，它的存在和扩张，都始终紧紧地与这群对寻求生存和发展的青春灵魂分不开的。

晨光很美，仿佛是一张散开的染着金色的丝网，飘飘悠悠地笼罩在梦泉纤细而柔软的身躯上。梦泉含着浅笑，还在回味昨晚的波涛壮阔和勇猛飞翔。她天真烂漫泛着红润的脸上，写满了甜蜜和憧憬。真是美妙无比，美妙无比。凌鹏侧着伟岸的身躯欣赏这幅生动的画卷，他没有任何的负罪和羞耻感觉，他慢慢地掀开本来就轻软的被子。奇迹在眼前出现了，一丝不裹的梦泉竟似水中的芙蓉，迸发着浓浓的芳香和强烈的视觉诱惑力，让凌鹏的心又一次膨胀和颤抖起来。他俯下头，用嘴唇去轻轻地叮吻像红苹果般清甜的乳头。这是"禁果"，你知道吗？偷吃了是会要受惩罚的。这瞬间，凌鹏想起了梦泉给他讲述的《圣经》故事。

这是一年前的冬天，知青点附近的望夫山发生了一场山火，知青们奉命去扑火，凌鹏、梦泉一道投入了扑火的艰难搏斗，经过一天一夜和乡亲们一道奋战，山火终于扑灭，可在沿着山涧返回的路上，因为夜黑，很难辨清方向，梦泉和凌鹏只好在山涧边一个石洞避害风雨。凌鹏找来一些干柴，点燃后，让梦泉脱下衣服烘烤。梦泉感到害羞，不愿意脱去内衣。凌鹏脱下自己的外衣，强迫梦泉换上："就我们两个在一起，这种事情也是万不得已。"梦泉说："你不许看我。"待衣服烤干了，梦泉也睡着了。就这样两个年轻男女相拥而眠。毕竟是青春男女，又是这样肌肤相亲，梦泉的身子总是不自觉地在凌鹏的怀中蠕动。凌鹏醒来了，他的意志告诉他，一定要管住自己决堤的欲水。可这是人啊！当然人无法知道动物会是怎样，凌鹏无法抑制自己这是爱还是性的冲动，他终于低下头去吻梦泉的脸，既而又将手伸向梦泉起伏的胸脯。

"你……"梦泉猛然醒来，她瞪着凶狠的眼光望着凌鹏，突然推开他站立起来。

"你这是欺侮我。"梦泉不容置疑地说。

"我，我，我……"凌鹏一时语塞，他知道此刻的行为已铸成大错。他是不应该犯这种错误的，因为他自信自己是一个理智的男人。

"我对不起你，我向你赔罪。"凌鹏很真诚地站起来向梦泉鞠躬。

"你呀！整个一个狼狈相。"梦泉却突然笑了。其实，当梦泉稍事停息下来思考之时，她当然能理解一个男人，而且是在这种特定条件下的男女之爱。

"坐吧！我给你讲一个故事。"梦泉拉着凌鹏又靠着他宽厚的胸怀坐下来。

"我父亲有一次给我讲人的诞生时说，《圣经》里讲耶和华上帝按照自己的形象用地上的尘土造了一个亚当，然后当亚当沉睡时，又从他的身上取下一根肋骨造了一个女人叫夏娃。当时，这对夫妻，赤身裸体，天真烂漫，竟无羞耻之感。后来这对夫妻在蛇的引诱下偷吃了禁果，上帝大怒，并对蛇施以惩罚：你这引诱女人堕落的坏蛋，要永远受到诅咒！你必须用肚子走路，终生吃土，我还要叫你和女人世代为仇，女人伤你的头，你伤女人的脚后跟。从此蛇便失去了翅膀，只得在地上用肚子爬行了，并且变成可恶可憎的样子。惩罚完蛇后，上帝又对夏娃说：'我必须增加你怀孕的痛楚，叫你分娩时伴随着剧烈的疼痛，你将成为你丈夫的附属品，依恋你的丈夫，受你丈夫的辖制。'发落完蛇和女人后，上帝又对亚当说：'你既然听从你妻子的话，不守我的禁令，偷吃了禁果，那就要受到应有的惩罚。从今以后，土地要给你长出荆棘和蒺藜来，你必须终生劳苦，汗流满面，才能从地里得到吃的，勉强维持温饱，这样劳碌终生，直到死后归土。人啊！你本是尘土，终将归于尘土。'我那时对这个故事理解不深，只感到很有意思，现在想起来，要是我们真是偷吃了禁果，这种惩罚可能比上帝还会残酷。"说完，梦泉转过身子，眼睛直盯着凌鹏："你怕惩罚吗？"

"不怕，那是人编的故事，根本就不是那么回事。可上帝说的人本是尘土，终将归于尘土，却是有哲理。"

"你怎么啦？"这时，梦泉听到凌鹏的喃喃自语时醒来了。

"我刚才正在回忆你给我讲的《圣经》中亚当和夏娃的故事呢！"

"你偷吃了禁果，害怕了吧？"梦泉亲昵地抱住了凌鹏。

其时，凌鹏仿佛也听到谁在远方呼唤："这可是我的骨中之骨，肉中之肉，灵中之灵，血中之血，你就勇敢地把这个果子摘去吧！"

"鹏，你怎么不说话，你真害怕吗？"

"不！我不害怕，我是想，要是我们今晚真的孕育了这个重要的圣果，我们就一切都可以放弃！"

"鹏，你真是我的上帝！"梦泉紧紧地搂着凌鹏，一行清泪夺眶而涌。

凌鹏又一次被唤起对女人的强烈爱怜，他顾不了阳光与眼睛的注视和门外的世界，他又一次掀起了海的波浪，让这叶轻舟再一次跃上情爱的巅峰。这是情与美的交融，灵与肉的搏击，爱与力的拥抱，一切都如痴如醉，如腾云驾雾般的美妙绝伦，在时光的流动中凝固和沸腾……

七

一年一度的中秋节来临。

秋风渐渐凉了。

屈指一算，凌鹏入学读书足足度过了两个月的时光。这两个月可是过得很不安，不光是因为梦泉仍留在乡下知青点让凌鹏放心不下，而更多的是这两个月国家的政治形势又在发生逆转，在大学的院墙内，大字报、辩论会掀起了新浪涛。一个泱泱大国，一个有着五千年文明的古国，一个拥有世界上最多人口的大国多么需要稳定、团结和富强啊！凌鹏百思不解的是，为什么偏偏得人心、得国心、得党心的事总是干不成？总有人要诋毁捣乱，还美其名曰"反回潮，反右倾翻案风"。

夕阳已经下山，夜幕遮住了海滨城市的巍峨和壮阔。明亮的灯光渐次灿烂着城市的街道、广场和商店。中秋节的夜晚如往常一样，所不同的是，今年凌鹏是在一座喧闹不平静的海滨城市度过，而不是在飘着浓浓的桂花香和吃着老乡送来的月饼的欢笑中度过。

已经是夜深人静，街市也只剩下稀疏的汽车悄然滑过的声息了。海上飞驰的帆影也消失在一片墨绿色的波浪里。凌鹏穿着梦泉给他编织的红色毛衣还伫立在海边凝望浓重的月色和倾听大海的涛声。远方朦胧的航标灯，闪耀着神秘的亮光。海真是神奇、伟大、壮阔，充满坚毅和力量。人如果能像海，还有什么困难和邪恶风险不可战胜和征服的呢！凌鹏所在大学的政治系里，属他年龄最大，他是 1948 年出生的，这一年正好二十五岁。他出生在农村，从小就受到贫穷的磨炼，勤劳而善良。小时候，只读过两年私塾的父亲就给他讲过《三国》《水浒》，还有许多诸如《梁山伯与祝英台》《天仙配》《白蛇传》等民间传说，在他幼小的心灵里播下了忠厚、孝敬、正直和与人为善、侠肝义胆的精神种子。他当时虽然不很懂"己所不欲，勿施于人""万恶淫为首""德以孝为先""勿以善小而不为，勿以恶小而为之"的先哲箴言，但在朦胧之中，他感悟到，人就要活得坦荡、正直、无私和仗义。在大学，除了上课，他大量的时间都用在读书、思考和写作上，他坚信毛主席说的"没有文化的军队是愚蠢的军队，而愚蠢的军队是不能战胜敌人的"真理性语录。他读完恩格斯的《反杜林论》后，感奋不已，他看到了恩格斯的远大眼光、海洋胸怀和无穷的智慧，他从心里钦佩崇敬恩格斯的人品、智慧、学识和为人的机敏。夏天高考之后发生的变故，在他的心灵上留下了挥之不去的阴影、迷茫和疑问，但他始终鄙视张铁生白卷之流，他认为这种现象的出现是历史的倒退、民族的耻辱，伤国之根本，毁国之元气，必须择机抗争。他记起一位哲人说过的话："夜是永久性记忆，所以是永恒性话语。要穿透博大而深沉的夜，除非具有同等博大深沉的思想。"在这个海之夜凉、海之浪鸣、海之苍茫、海之幽深的中秋之夜，凌鹏的思想、意志、灵魂欲振翅飞翔。

此刻，也就是凌鹏伫立望海的此刻，梦泉也正独自坐在知青楼前的月亮溪边望月。她手里拿着一朵放射着金色火焰的菊花，同时打开了做音乐教授父亲梦西溪送给她的曾经讲学时从维也纳带来的八音盒。八音盒鸣响的优美旋律，在小溪边飘旋。整个世界，就在音乐的波上晃动。

"凌鹏，此刻你在哪里？你听到八音盒给你送去的旋律吗？你千万别轻视音乐呀！这个八音盒的存在和发声，是一位曾经为中国音乐做出贡献的老教授用生命换来的。音乐是伟大而庄严的艺术，简单的音符，通过音乐家的思想和智慧，可以解构出无穷无尽的优美旋律，能展示和表达人类对大自然、对历史、对世界、对自身、对未来的无限美好的世界和情绪、力量、追求。想想聂耳的《义勇军进行曲》就让中华民族在炮火硝烟中筑起了血肉的钢铁长城。音乐可以拯救一个民族和国家。父亲曾对我讲过，西周时代，统治阶级就知道音乐有着特殊的力量，便把制作礼乐当作国家大事来看待。孔子说的'兴于诗，立于礼，成于乐'就明明白白地道出了音乐在社会生活中的地位和作用。庄子还认为，音乐的规律与宇宙自然的规律之间是相通的，一致的，自然界本身含有音乐中所特有的许多因子和节奏、韵律，等等。我个人也认为，音乐同自然同生活同人的感情是联系在一起的，音乐不仅可以模拟人的多种感情状态，并与人的感情生命过程一同运动，给人精神和道德的力量，而且可以使人们在闲暇中享受乐趣，使心灵得到净化。所以我要告诉你，钟爱音乐吧！也就是钟爱你的梦泉。音乐会成为你生命的清泉，永远灌溉你生命的青草地和森林。即使有一天，我离开了你，你仍然拥有梦泉。"梦泉这段心里自白刚完，就忽然感到心里异常难受欲呕。她手中的菊花掉落在溪流上，既而她强按着胸脯俯身向溪水大呕起来。一时间天旋地转，眼冒金星。

人类应该是有所谓心灵感应和生理电波的触动，让人在梦中相见或失眠或有某种意外的事情发生。

仍在海边沉思的凌鹏突然感到有一股凉风撞入心胸，让他急促地咳嗽起来，而且还感到胸口憋闷，与刚才飞扬的思绪、海阔天空比较，心里压抑得很。

"这是为什么？"凌鹏惊讶地问自己。

海涨潮了，汹涌的海水爬上沙滩，向海岸推涌而去。凌鹏的心已不在海上，而是在长天奔走，它要飞到知青点去探望此时的梦泉。

"梦泉，你不会……"凌鹏的心有些战栗和紧缩起来。

脚下已感受到一片刺骨的冰凉，凌鹏的鞋子早已被漫过来的海水湿透。凌鹏却全然不顾，他要顾及的是遥远山村的那双深情和聪慧的眼睛，还有祖国的前途命运。他知道只有此刻在黑夜的深渊里沉淀思想和灵魂，他才能看清和正视黑暗的存在。此刻，他多么需要和强烈地感受到，自己要大胆地学着鲁迅朝着大海喊一声："我也是爱夜的人！"

八

月移中天。天庭上的云层越来越厚重，几乎遮住了星月的影子。

夜静得有些恐怖。

喧闹了一天的校园终于沉沉睡去，许多躁动的灵魂和攥紧的拳头暂时也进入了梦乡。

尽管，世人的梦万万千千，形形色色，光怪陆离。

凌鹏实在压不住自己的情绪，准确地说这是他灵魂搏斗的结果。他决定作一次生命终极的冲刺，他坚信："思想是压迫的产物，因此必定是反常态的，带有难以平复的棱角皱褶。"

凌鹏在奋笔疾书——《致国家教育部：不许伤害国之根基——评白卷英雄张铁生》。

凌鹏当然知道自己一个普通大学生，一个自命不凡的"爱夜的人"，难道就真穿透了夜的迷茫，看到了光明曙色吗？凌鹏在写，他也在用心叮嘱梦泉，我也是为你而写，为正义、为光明而写啊！也许我这一写，自己的一生将因此终结，包括思想、才华、追恋、爱情和幸福。当然凌鹏也非常明白，就是这种生命的棱角和皱褶才能真正演绎虚伪与正直、丑恶与纯真、堕落与圣洁、正义与邪恶、光明与黑暗、前进与倒退的搏斗，也才能真正揭示人类社会发展的规律，从而冲破黑暗森林的可怕陷阱。

我不怕坐牢，不怕邪恶，不怕无赖，我面对生我养我的神州大地，耳边常闻父老乡亲的疾苦之声，面对国家残酷的现实，我不能沉默。我要用心贴着脚下的热土，去倾听历史前进的沉重足音，去感受世界变化和进步的鼓角。我要用赤子胸腔的热血铸一把投枪，对着那位白卷英雄及为之创造谬论之流。我会不畏权势，不畏打击和迫害，我深知这是一个地狱之门，是一个偌大的油锅，是一个地震的入口，但我永远忠实于中华五千年文明灿烂照耀的历史征途的第一个深深的履痕；忠实于一个国家、民族的崛起和振兴的伟大文化根基，忠实于无数代人民创造的知识之源和锦绣国家。什么"知识越多越反动""宁要社会主义的草，不要资本主义的苗""没有文化也能担当革命重担"，这些奇谈怪论缺乏起码的常识，更从何谈起有什么理论根据？其实质无非是要把国家搞乱，否定教育为国之本，改变正确的培养人才方向，以适应某些人的险恶用心，伤我国家之元气，毁我兴国之根基。我当然要呐喊，不许张铁生之流在阳光下胡闹！我当然要呼吁，为民族的文明而捍卫教育的文明！我当然要抗争，要让广大有志青年、未来中国的脊梁挺胸直腰走进神圣的大学殿堂！我当然要战斗，一定要用真理之剑砍断欺世盗名的谬论的虎皮破旗！

次日，凌鹏义无反顾地把信件投入了大学邮电所的绿色邮箱。

是的，这个普通邮箱里，现在装下了一颗赤子之心，也装下了一片永远留给历史的人生风云。

九

已是暮秋时节，山村的树木花草经过冷霜的浸染开始泛黄和枯萎。

梦泉已经怀孕。她通过考试，也正式被芒岛音乐专业学校录取。可这些天，她并有因为自己考上学校，要离开这个山村而喜悦，相反，在肚子里日日成长的胎儿却使她心神不安。

"我该怎么办？"梦泉白天黑夜都在问自己。她想给凌鹏写信，又怕让凌鹏为难；自己做主处理，又怕不遂凌鹏的意愿。带着身孕入学将是什么结果，这一切让梦泉徘徊不定。现在她真的有些后悔自己的冲动，她想，这回可真应验了父亲给自己讲的故事，偷吃禁果终要受到惩罚。

"结论只有一个，无论是什么惩罚都不能连累凌鹏。"梦泉的这种自我牺牲意识是与生俱来的，就说前面提到父亲送她的八音盒之事吧！那天一群红卫兵去她家搜家，年迈的父亲为了保护战友留给他的书稿和乐谱，被红卫兵打得死去活来。就在这危急之时，才十四岁的梦泉突然出现，拿起铁锹向这群红卫兵冲去。她的举动，竟把这群比她大的学生吓跑了。因遭毒打流血过多，后抢救无效，西溪老人撒手人寰，在离开人间的最后一瞬，他把梦泉叫到身边，让护士从枕头下拿出伴他走了半辈子的八音盒交给梦泉："你留着，想父亲时，就听听八音盒的音乐，那是父亲跳动的心声。"梦泉接过八音盒，向父亲点头致敬，她立志继承父亲的遗志，做一个属于人民的音乐工作者。现在她当然不能也不会放弃上师范的机会。肚子里的胎儿是自己与凌鹏的骨肉，当然也不能遗弃。就走着瞧吧！她相信天无绝人之路。

＋

初冬的夜，又黑又冷又长。

凌鹏被学校隔离审查。

"是谁指使你写这封信攻击中央领导？"

"我不是攻击，我是讲真理！"

"你胡说，你这是否定文化大革命！"

"胡说的不是我。如果我的一封信能否定文化大革命，那我真高兴！"

"你不要执迷不悟！"

"我的良心时刻醒着！"

"你知道你这样做的后果吗？"

"我正因为知道，才写这封信！"

"为什么？"

"将来历史会告诉你！"

"你瞎说！"

"那你就别听！"

就这样一次一次地审讯，一次一次被凌鹏据理抗争，让上级领导非常不满意。这时，张春桥安插在教育部的亲信听取江海大学革委会主任的汇报后指示："就一封信，反对教育改革，公开定性判罪，不利社会舆论，况且其背景尚未查清，经请示中央首长，将凌鹏开除学籍，遣送西部农场改造。"

也是一个漆黑的夜晚，黑暗中几个素不相识的男人带着凌鹏上了西去的列车。

凌鹏坐在列车上，望着渐渐消逝在眼帘的海滨城市，心里塞满了愤恨。

凌鹏此刻有伤感、有怨恨、有绝望，但他不后悔。他相信，只要列车下的铁轨不被人撬动搬起，总有一天他会回来。

十一

天苍苍，野茫茫，风吹草低见牛羊。

风萧萧，沙茫茫，尘土飞扬不见光。

书中所描绘的西部景象现在就展现在凌鹏的眼前。

> 大漠孤烟直，白杨作屏障；
>
> 我是南国人，此来寻故乡。

凌鹏站在沙漠里，大声朗诵着自己的顺口溜，然后俯首捧起一堆沙土撒在自己身上，"大漠呀！收下我这个流浪汉吧！"

凌鹏的声音久久地在大漠上空回响。

人生和历史有着天缘的默契。有时候人生的不幸可以招致重大的发现和给社会奉献无价的文化和精神财富，甚至还会导致许多始料不及的奇迹发生。当然也有彻头彻尾的不幸者，或许就是一种不幸，结束了人生的所有希望和整个生命。也因这些，许多杰出的文学家、诗人、画家、音乐家、雕塑家才为他们书写人间悲剧和创作典型人物艺术形象，给历史点缀人性的光芒和绝唱。

凌鹏被迫去改造监禁劳动的地方就在人称千古谜团的西夏王陵地域。这里距银川市三十五公里，位于贺兰山东麓，虽说也有"塞上江南"的美誉，但那只是九至十月两个月份，平常则风沙漫天，遮日蔽天。

农场是用古块垒的墙。平房不到二十间。关禁在这里的都是一些文化人，据说是思想很顽固的旧知识分子。唯有凌鹏学识最少，年纪最轻，罪名不明。他们彼此之间很少言语，见面时只是用眼光和表情以示相互的尊重和理解。

这个地方有个小地名，叫滚钟口。所谓劳动改造，大部分时间被这里的管教干部强迫读革命文件，反省自己的罪过，写心得材料，然后就是跟着牧民去放羊，或参加修河堤筑路基的劳动。后来凌鹏才知道，这里跟他一起改造的上十号老人，大都是我国著名的作家、诗人、文学家、音乐家。十一届三中全会后，这些人都平了反，有的还陆续发表了在滚钟口写的文学作品，如《夜吟黄沙浪》《鹰飞贺兰山》。

凌鹏去滚钟口已是冬天，这里天气已经很冷，且风沙大。他为了能有机会去观赏课上读到的西夏王陵，竟主动要求帮牧民干活，得以在牧民的帮助下神游了一番王陵群落。

眼前一座座高大的土筑陵台——西夏陵，巍然庄重地默默矗立在风沙之中，它粗犷斑驳的土体以及留着岁月风尘的痕迹，都仍然可以窥见神秘王朝的昔日辉煌。据史书记载，这个公元 1036 年由党项族拓跋氏李元昊建立的王朝，在 1227 年被兴起于蒙古的成吉思汗及子孙所灭。但令人惊奇且至今未解的千年谜团是，这个神奇的西夏王国以及它的丰富而灿烂的文化却在一夜之间神秘消失了，只留下现在人们能看到的西夏王陵。站在这些呈塔状、窝头状的土质王陵前，凌鹏才真正感悟到梦与现实原来只在一步之摇。他感叹大自然的造化无常，但更萌生对未知的探究和未来的期待。

在这万籁俱寂、星月凌空的夜晚，陵影朦胧，风沙低鸣。凌鹏在思念着梦泉："她现在怎样？"凌鹏不止一次地托南去的雁群发问。他还在思念曾一起风餐露宿创造生活的知青朋友，在思念年迈的父亲，在思念他幼年的伙伴。可这一切都无从知道，因为在这个石头城里，是不许他们有任何自由选择的。唯一得到安慰的是这里善良的牧民兄弟看到他们日子过得苦，同情他们，便时常给他们送来手抓羊肉。管教干部也因自己的生活不好，便装作不知道，一同享用。时间长了，牧民干脆就请他们去家里喝茶饮酒。

人心为善，天地自然宽广。慢慢管教干部也逐渐感觉到眼前的这群人并不像坏人，倒还真像好人、不一般的好人。记得一天上午，凌鹏在整地，一位姓马的管教干部拿着一本书找他："你看看这都写了什么，我在外出路上捡的。"凌鹏接过一看，是一本明代安塞王朱秩炅写的书，叫《古冢谣》，书里写的都是有关王陵的故事。

贺兰山下古冢稠，

高下有如浮水沤。

道逢古老向我告，

云是昔日王与侯。

这本书一下便把凌鹏吸引住了："马干部，先借我看一看好吗？"凌鹏热情地对马干部说。

"不会与政治有关吧！凌鹏呀，你可再不要犯错误了！"马干部关切地说。

"这与政治无关。"

"这就好，你看吧，别让人发现！"

"好，谢谢你马干部！"

十二

芒岛音专坐落在三面临海的绿岛上。

芒岛谓芒果之岛。这里盛产芒果，且果农富庶一方。也有人说，"文革"时，毛主席送给工人的芒果就是来自这个岛上。

梦泉来到了芒岛，她是带着深深的离愁、眷恋和无奈来的。她不能辜负那个血性的男人，不能辜负腹中尚不知世事的胎儿。她去过江海大学找寻凌鹏，她走遍了这座滨海城市的每一条街和巷道，每一个可容纳人的地方。她在校园徘徊，她饱受委曲和冷眼，她礼貌地询问在江海大学校园遇到的任何一个人，哪怕是不懂世情的活泼蹦跳的小孩。

"凌鹏真的失踪了。""真的失踪了！"梦泉用手轻轻地拍着自己的腹部："孩子，你要记住爸爸是怎样失踪的，妈妈又是怎样寻找爸爸的。"腹腔里，有生命在微微颤动。她（他）好像听懂了母亲的话，他（她）用小手抚摸母亲的腹腔，让梦泉立刻坠入了甜美的梦中。

无边的青草地，奔跑的羊群，黄色的塔状陵墓，璀璨的天幛云锦。凌鹏骑着一匹高大的白马向梦泉奔来。梦泉踏着开满鲜花的土地，挥舞着手中的红绸子向凌鹏奔去。

风停了，阳光凝固了，白马立足了。梦泉和凌鹏在神圣而寂静的时空拥抱。这是天之骄子的约会，是人间智者的相聚。

这时候，凌鹏又骑到了白马上，而梦泉却乘上了美丽的孔雀。孔雀伴着白马在无边的大漠上奔走。

"梦泉，你听见我的声音了吗？"

"听见了，是你在朗诵《古冢谣》。"

"听见了吗？那不是《古冢谣》，那是《望陵感叹》！"

"你让我告诉你，我听到什么吧！"梦泉骑在孔雀背上与凌鹏对话。

凌鹏还真登上了西夏王陵最高的墓塔。

站在塔顶上，他仰望高天流云，仰望荒漠宇宙，放开嗓子大叫起来。

这当然并非天籁之音，而是一个中华民族的大地之子对千古王陵的深情倾诉——

> 天地悠悠兮！岁月悠悠兮！黄河奔流兮！兰山苍凉兮！宇宙无限兮！人心耿直兮！我要叹一夜风沙卷走西夏国璀璨文明，留下千古谜团猜无尽；我要叹雪山的圣洁，洗不尽凡人的尘心；我要叹清风万里，吹拂不走王侯的独自尊大；我要叹苏轼的大江东去，淘不尽世俗的偏见；我要叹李白的轻舟已过万重山，载不走赤县的一片阴霾；我要叹李清照的帘卷西风依旧，海棠花开却灿烂不过女人的皇帝梦；我要叹杜鹃夜半啼血，悲不尽江山万里起狂沙；我要叹长河落日是黑夜，良知者为何要成阶下囚；我要叹冰霜年年染红叶，却无意为天国冤魂铸挽词；我要叹月亮有情照秋花，偏是黄甲不护赤子身；我要叹，我要叹，我要叹父亲不识儿女面，空留躯壳在人间……

十三

冬天的风刀霜剑随着寒流的袭击愈加疯狂。梦泉为了掩饰自己渐渐大起来的肚子，故意尽量穿得单薄一些，尽量多一些体力运动来抗击寒冷的侵袭。来学校已经三个多月了，她很用功地学习音乐。她记得在家时，父亲给她讲授德国作曲家舒曼的作品《蝴蝶》，据说这个钢琴套曲是作者读了保尔的小说《青年时代》后创作的。舒曼用刚刚从蛹里化出的、向四面八方飞去的小蝴蝶来比喻自己幻想自由翱翔的乐思。可现在的梦泉，又多像刚从蛹里化出的蝴蝶，要向着属于自己的天空飞翔。

可她只能艰难地飞翔，因为她除了驮着灵肉的重负，还有精神和感情的重负。

她在思念已消失的凌鹏，她不能没有凌鹏。

可凌鹏去了哪里？为什么竟不给自己捎封信？她在想，在猜测，冥冥之中，她有一种不祥的预兆，凌鹏可能出了事。可他又会出什么事呢？凌鹏可是一个有思想、有理智、有抱负、有才华的男人啊！他做什么事都会深思熟虑，都会三思而行。可他偏偏失踪了。她无法了解凌鹏的下落。

多少个傍晚，梦泉独自在芒岛的海边凝望远去的帆、天空的鹰，她在问海、问风、问波浪——"我的凌鹏在哪里？"

此时，凌鹏也在遥远的西夏大漠上，迎着漫天的飞雪，在向着祖国的南方眺望。他知道梦泉一定在为他着急、焦虑。可有什么办法呢？天底下有很多伤心事，而这种伤心的离别和无法知晓的生命去向是没有任何的安慰和劝解可以让人释怀的，只有让这种心的伤痕日益痛苦和流血。

凌鹏和梦泉，双方不止一次从梦中惊醒，彼此都在呼唤对方的名字。天地悠悠，岁月悠悠，鸿雁南归北往，却无法让他们的信息沟通。

梦泉明显地消瘦和憔悴了，除了身孕的原因，更直接的是她心情的伤痛和无边的牵挂，使她吃不香、睡不甜，要不是替腹中的小生命着想，她简直失去生活下去的勇气和希望。

夜深了，梦泉仍独自在学校的小礼堂弹钢琴，一次又一次让《蝴蝶》在芒岛的夜空飞翔。这种飞翔带着她无限的怨愁，无限的惆怅，无限的沉吟，无限的眷恋和呼唤。

凌鹏却明显苍老和变黑了。许是宁夏的气候原因，凌鹏的皮肤变粗了，变黑了。他穿着厚厚的棉袄，再加上他深沉的表情，站在石头墙的前面，就像是一尊铁铸的雕像。

雪花在他的头上飘飞，风沙在啸叫。他靠着墙站着，任风沙雪片扑打，仍然一动不动。他是在想念梦泉啊！在想念一个最懂他的心、他的爱、他的志的女人。

马干部关切地走过来："凌鹏，回屋里去吧！别冻坏了身子！"

凌鹏向马干部微微点头表示感激，依然纹丝不动。此刻，他正对朦胧而幽远的风雪弥漫的苍穹默默诉说着。

远古创造了太阳、地球、月亮，还有空气、风、雨、云、露、山岭、土地和河流。既而有了白昼黑夜、节令、岁月，孕育了冰霜、雨雪、风暴、雷霆、闪电，天空飞翔的雪花，地上栖息的动物，水中游弋的鱼类。上帝面对这个充满生机的世界，便创造了人。人类出现就有了思维、语言、生产劳动，并在劳动中产生了文字。知道了饥饿和痛苦，乃至对生死的悲喜和抗争，对自然的征服和改造。于是自然灾害、瘟疫、战争、动乱、善和恶、真和假、忠与奸、丑与美、尊严与荣耀、正直与堕落的本性和追寻便一齐注入人类的生命的过程和灵魂的延续。一切都随着岁月的流逝在演绎着蛮荒、兴衰、停滞、文明，或壮烈，或冷峻，或悲苦，或灿烂的人类历史。王陵你这无声地站立在风沙之塞的历史见证，能回答当今沉重的历史足迹与文明进程是要付出什么代价吗？你能回答人的自我解放与人造地狱之间是横着一条河还是连着一座桥吗？我知道你不会回答我，因为你身边的千古谜团至今仍未解开。但我现在要回答的是，作为一个思想者的思考，在天地、大自然与历史与人类的融合延续的长河中，唯有人，不论是帝王、高贵者、贫贱者，还是平民百姓、男人女人、智者愚者，拥有财富或智慧，拥有声名与成就，拥有辉煌和暗淡，拥有欢乐与痛苦，在他的生命火焰熄灭后，都是一抔沙尘，随风而去。而大地、江河还在，树木花草还在，历史印记还在。既然这样，那么人生又需要忆念什么？追寻什么？为什么而奋争呢？一切都是如此地对立失衡，又是如此地公平统一，这也许就是真理，不容情的真理。

风在刮，沙在飞，雪在飘。

凌鹏就是雕塑，仍立在沙漠之上。

十四

梦泉不是一个软弱的女子，她要勇敢地生活下去。

她要生下自己的孩子，她要等待凌鹏的归来。

她相信凌鹏还在这个世界上，她知道凌鹏的生命力很顽强。

可是，最让她痛苦和难堪的是，一旦孩子生下来，她会面临一场风暴："谁是她的丈夫？谁是孩子的父亲？"在这样的政治时期，人的生命随时都可能被伤害的环境里，她还能继续读书吗？还能继续攀登音乐的高峰吗？

这些日子，梦泉常做噩梦，每次噩梦不是从峭岩上往大海里跳，就是坐车往山坡下滑，要不头发被人剪掉，要不穿着单薄的衣服在雪地里徘徊，要不就是干渴得嘴唇发裂，要不就是腹痛而醒，满身冷汗。

有时梦泉干脆坐起来看书，或者想一些白天的事，但总是会情不自禁地用手去轻柔地抚摸自己渐渐凸起的腹部。这种时候心情既欣慰又恐惧，既酸楚又失望，既痛苦又迷茫。想起白天的一些事，比如早上贪睡不想起床，只能装病请假；又比如怕上体育课被同学发现隐私，就只好说女人的生理期来了；心情不好，不愿意练嗓子，就说喉咙发炎。反正这一连串的似真似假的行为，让自己的声乐老师兼班主任江河看在眼里。有时碰到江河那关切、友善、充满智慧和情感的眼光，梦泉心里就会发颤，继而不敢久视，干脆就俯下头去装作认真看书。梦泉还发现，好像近些天，江河在有意观察和跟踪她，这又使她对他的尊敬和亲近产生了讨厌的情绪，甚至觉得他是不是伪君子。

江河是一个来自江南雾县响水镇的农村青年。1943 年出生，江海大学音乐系毕业，后分配到芒岛音专任教，现年三十岁，尚未成婚。虽然人长得英俊，为人厚道耿直，很有音乐才华，但就是找不到意中人。每届声乐班上都有一些女孩追他，可他从未动心过。他认为找不到自己心中的玫瑰，他是绝对不会娶的。爱情不光是性爱，最重要的是情爱、心爱和真爱。他从小喜欢文学，看过许多描写爱情的小说。他崇尚至真至圣至爱的爱情。读了法国作家司汤达的《红与黑》后，他对于连充满了景仰和激奋，甚至为了爱情也可以像于连那样"为了肯定自己的价值去恋爱，为了抗议对自己的侮辱去杀人，最后为保持自己的尊严而拒绝乞求赦免"。

冬天的到来，对于身怀有孕的女人无疑会带来很多的难以对付的困难和麻烦。比如去公共澡堂洗澡就非常麻烦，很容易被女生察觉。梦泉每次洗澡，几乎都是当澡堂的人走尽了，才从厨房提着热水去澡堂。

一次梦泉正提着热水向冷冷清清的澡堂走去，不意发现江河就站在前面等自己。"梦泉，我为你打了两瓶热水，你带去。等会把热水瓶放在这里，我来拿！"说完江河便从厨房左边的走廊匆匆离去。

梦泉呆呆地站在热水瓶前，心里充满感激也充满痛苦。

十五

终于，一些议论像狂风暴雨在暗中朝梦泉卷来。

"我看，梦泉有些不正常！"

"真像怀了孕！"

"可男人是谁？"

"表面上很正派，真是知人知面不知心。"

这样的议论在学校走廊上、学生宿舍甚至图书馆流传着。

渐渐的，这些议论传到了江河的耳里。

其实，当梦泉一进入芒岛音专的狭小世界，她的出现就让人注意和嫉妒。她有着天生丽质的姿色和高雅，有着娇美白皙的脸庞和一双会说话的大眼睛，有着清泉般的嗓音和乌云似的黑色秀发，有着文静举止中蠕动的青春浪漫和性感。江河读过许多文学作品，在江海大学时，也曾期待遇上自己心中的玫瑰，可四年流逝的岁月，也流逝了他的爱情之梦。这可是上帝有眼呀！竟把一个据说是考取了大学而又因政治风云的变幻失取的天使送到了他的身旁。越是男人欣赏和追求的女人，真正成熟的男人就越不敢轻举妄动。几个月的时间，江河尽量地去接触梦泉，可他任何一个行动和一次谈话都是十分慎重和严谨的，他怕梦泉的眼睛会误看他的人格和形象。

这个冬天一直很晦暗，几乎没有很明丽的太阳光芒照耀海湾的蓝色涌浪。原来蓬勃和壮阔的海面，总是呈现一片迷茫的气象，看不见飞驰的帆影和搏击长天的海鸥。

这是冬天一个久违难得的上午，阳光出奇地灿烂，连空气也变得温暖和清新，芒岛音专校园的树木花草都铺上了金色的光环。高天的流云变幻着七彩光泽，穿越海空的海鸥飞翔着白色的闪电，奔腾的蓝色海湾一层一层地簇拥着阳光的火焰向四面播散。走在海边的椰林小道上，江河的心情很舒畅，他在疏理自己这些年对人生、事业、爱情和知识人世变化的思考和疑惑。是的，这些年痛苦和困惑、徘徊和孤独总是多于兴奋、进取和追寻。"我是不是让自己的偏见和固执遮拦了自己生活的方向呢？"江河也多次这样问自己，可当他一听到校园一次又一次出现的大字报和大批判的声浪时，他又迷茫了，这个世界真是无法让人明白该走怎样的路。

就这样想着，不知不觉又走回到校园的西牌楼。

牌楼修建得很古朴庄重，是用天然的大理石条搭建的，至今还光泽映日。据说当年留洋归来的郑中曲博士在这里教音乐时就常在这片梧桐树下的西海阁弹奏钢琴。他培养的学生，有不少留学海外，第一个在世界华人钢琴大赛上获金奖的就是他的学生佳华。佳华获得了巨额的奖金，专程回到这里建造了西牌楼，并在牌楼上书写了"临海飞声"四个字，以谢师恩。

突然西海阁传来了阵阵悠扬而雄浑的钢琴声。

江河循声走去，走入了音乐的幻象中⋯⋯

悠悠地布满湿润的白雾，在盛开着缤纷花朵和生长着绿树和兰草的山野上空弥漫、飘移、舒展、滚动、飞扬，久久地就像一片洁白的梦，覆盖着早晨正在苏醒的生灵万物的世界。朝日冉冉在海波上跳跃升起，渐渐浮上高高的桅杆，又浮上绽开的云层，然后展开阳光的翅膀向高山的峰巅飞去。阳光的手带着新奇和暖意、带着希望和激情，扯开了笼罩着重重叠叠的苍山和无数河流、阡陌、山野的雾幔，把太阳的热力、灿烂、金黄，生命的火焰、耀眼的霓裳一齐展现在尘世。

大地萌动起来了，树木在互相拍手致意，小河在纵情歌唱，山鹰在云空搏击，蝴蝶在翩然起舞，鲜花在含情开放，兰草在朗诵绿色的诗句⋯⋯牛羊在草地上蠕动，男人女人、老人小孩一齐在阳光下伸展自己的手臂和交流着感情的语言，整个世界便洋溢着生命的律动。

突然，黑暗的云层翻滚着，伴着风的啸叫压迫过来，熄灭了太阳的光焰。暴雨狂怒着，雷霆用闪电的鞭子在无情地抽打颤抖的雨丝。整个尘世又回到了冷漠和沉默的世界。

许久许久，呜咽的大海上才亮起了月亮般晶莹的航标灯。

海始终没有僵硬，它仍在起伏着自己宽阔而雄厚的胸膛。

在空中翻飞的枯叶，随着风翻卷在漫漫的沙漠之上。

风止了，雨住了，夜来了。

临西窗的楠木书桌上，正蜷伏着一只蓝色的蝴蝶和一片带着血迹的树叶……

江河立在阳光的灿烂里，哭了。他哭得很伤心，他听懂了这首曲子。他知道这位演奏者就是梦泉，这首曲子就是梦泉的父亲在世时的代表作，叫做《蝴蝶残梦》。

琴声悄然走远。

梦泉伏在琴键上抽泣。

此刻，西海阁的白色窗帘已拉开，在风挡玻璃窗门上，贴着各种姿态飞翔的红、黄、蓝、紫的蝴蝶，一丛丛海边上采回的干花干草，扎成了一个像骑士一样的花草人，站在窗台上凝望阁楼脚下的茫茫大海，一朵鲜艳的白色梅花，悠然地躺在钢琴的顶盖上。梦泉披散着满头的乌发，穿一件米黄色的羊毛衫，着一条白色的西裤，像一尊雕像坐在钢琴前……她的手指牵着海浪在翻腾、跳跃。

江河悄悄地走到了梦泉的身后，他脱下自己还散发着温暖的外套，轻轻地盖到梦泉的身上。

他也像一座雕塑屹立在梦泉的身后。

十六

"梦泉，我约你出来，你不会怪我吧！"

"我其实很感激你对我的关心。"

"别说关心，说句实话，我们同是天涯沦落人。"

"老师，我和你不一样，你毕竟是我的老师。"

"梦泉，我也就不拐弯子说话了，我觉得你有什么难处，如果你信任我的话，你可以对我说。"江河说完，用眼睛的余光去扫视梦泉。

"我有时候想到死，真的，我经常绝望，自从父亲死后，我感到人生是那样的残酷和迷茫。"梦泉哽咽着，"真的，江河老师，你知道女人如果不幸，会比男人更惨吗？"

"梦泉，中国这样大，世上这么多人，谁没有不幸呀！就看我们怎么面对！"

　　"怎么面对，我所忍受的痛苦，即使付出生命也能面对，但不能面对的是有两个生命在我心中！"

　　"你这是……你可以告诉我！我请你相信我。"

　　"江河老师，你不要怀疑我对你的信任，你的两瓶热水，至今在温暖着我早已冷漠的心；你的那件外套告诉我，我的生命并不孤独。但是，有些事不是凭理智、感情甚至帮助可以解决的，应该说是没有办法解决的。"

　　沿着高大的梧桐树覆盖的绿色巷道，江河和梦泉缓缓地朝西牌楼走去。

　　"'临海飞声'这四个字总有一种深沉壮丽之感！"

　　"每当我看到这四个字，就像是看到了一个灵魂，一个从大海和火焰中走出来的灵魂！"

　　"好，你有这种心灵的感悟，又有什么困难不可战胜呢？"

　　"我说的是不幸，不幸与困难是不同的东西。"

　　"为什么？"

　　"有时候不幸是一个罪恶的影子，它可以无休止地折磨你，你能战胜吗？"

　　"你指的是哪种不幸的影子，可以告诉我吗？"

　　"就说这两个生命的影子吧！第一个是他（她）的爸爸，你没有见过我的丈夫凌鹏，他和我同在一个知青组，我们相爱，后来他考取了江海大学，三个月后他突然消失，至今我四处打听也不知下落，学校也没有人知道他的下落！但我相信，他是一个坚强的人，他绝不会因为脆弱而离开这个世界的。你说，这个影子能不一天天伴随我孤独地度日吗？第二个影子，是我现在腹中的胎儿，快半年时间了，我为了掩人耳目过着怎样的日子。如果凌鹏在，我需要这样遮遮掩掩吗？而他不在，我有一万张嘴又能辩清自己的清白吗？这就叫不幸，这种不幸能有什么办法解决呢？"

　　听了梦泉的诉说，江河许久许久没有言语。他抬起头，望着头顶上乌黑一片的绿荫和苍茫的天穹，他实在找不出什么语言来安慰身边的女人。这是一个多让人同情和尊敬的女性啊！在她的身上凝聚着中华民族女性特有的善良、贤淑、坚韧和刚强。在她的身边，江河感到了自己的渺小和无奈。

　　"梦泉，你说的这一切，我听明白了，我知道我确实无能为力，面对你的不幸，我实在想不出好的办法来。我看现在唯一的办法就是在小孩出生前找到他（她）的爸爸，不管凌鹏现在是什么命运，找到了他，就找到了你们三个生命的希望！"

"江河，你是我的好兄长。"梦泉侧身，猛然抱住了江河。

"你……梦泉，我的苦命的妹妹！"江河也呜咽了起来。

十七

江河失眠了。

江河失眠不为别的，他是在想用什么办法可以解脱梦泉的不幸。不然他真会看着这个优秀的女人就这样怀着人间最大的委曲和中伤甚至付出两条生命的代价。

"我绝不能让这个可怕的悲剧发生！"江河一次又一次地在房间独饮，他想用酒精来麻醉自己的灵魂，也让自己有片刻的安静，以便想出更智慧的办法来。

可是，在这样的年代，在整个国家都处在动乱的岁月，去找谁商量这种事情，而又有谁来理解支持你？弄不好反而会害了梦泉。经过几夜的失眠筹划，在江河的脑子里冒出了一个大胆的计划，他要按照这个计划去寻找梦泉失去的第一个影子。

几天后，准确地说，就是江河离开芒岛音专的三天后，芒岛这个小岛上也掀起了不大不小的波澜，在社会上突然传来江河老师失踪的消息。应该说，这个消息知道最迟的是梦泉，因为这些日子，梦泉老是一个人独处，与同学们接触很少，当她知道江河老师不在学校的消息时，学校又将要放寒假了。

梦泉是个有情有义的侠胆女性，她不忍心人们的非议染指江河。她是了解江河的为人和才华的，她脑海里朦胧地感觉到，江河一定是为她的事出走。她后悔自己不该那样坦然无存地把真相告诉江河，江河一旦出事，不是又害了一个好男人吗？"我这辈子怎么会这样呢？"梦泉无法解释自己的命运。人生怎么一步一步都布满荆棘甚至陷阱？

可此刻的梦泉又有什么办法面对突然出现的意外啊！她只能强烈地要求自己冷静，要坚强，要挺得住，要为这两个男人的沉重付出保护好腹中的生命，哪怕为此献出自己的生命。

夜很静，冬天的夜是寒冷的。天空飘洒的细雨，刮着风冰冷地无情地袭击着仍在路上奔波的夜行人。江河经过几天的询问调查也若明若暗地知道了凌鹏的情况，但是他仍无法知道他的去向和他现在的情况。江河是个血性男人，从小在农村贫困中煎熬大，又接受过高等教育的良好熏陶，他知道要做什么样的人，走什么样的路。他经常对自己说："当一个人失去灵魂的时候，活着等于死了，但一个人的灵魂寻找到了最光明和最有价值的归宿，即使是死了，他也还活着，因为他活在良知和别人心里。"自从听到梦泉《蝴蝶残梦》和对身世的诉说后，他自认为接受了一次生活冰雪对自己的洗礼，使他变得高大而坚定起来，他不想成为什么伟人，他也知道自己没有这个本事，但他要成为一个为正义和良知而殉道的勇士，这个他能做到，而且他下决心去做，哪怕前面真的布满了闪亮的刀尖和升腾着灼人的火焰。

江河藏在一棵古老而伟岸的香樟树下，倾听校园的四周渐渐静寂下来。他判断已经不会遇到什么人了，便迅速、敏捷地闪身进入了江海大学校领导居住的那栋小红楼。他按照已经打听到的住宅门牌，很快地来到了校党委黎书记的家门口。他轻轻地敲门，门内没有动静。他再轻轻地敲门，门内有人问话："谁呀？这么晚了还在敲门？"是一位上了年纪的男人声音，江河断定这就是那位江海大学的黎书记。

"报告黎书记，我是保卫科的，有重要情况报告！"

"去找管保卫的盛校长吧！"

"不行，黎书记，这是有关你个人的重要事情！"

"什么，你等一会儿。"听声音可以感觉到这位黎书记的心理防线开始崩溃。

门半开着，这位两鬓有些白发的黎书记伸出脑袋："你叫什么名字？有什么事要晚上找我？"

江河很冷静，他从身上大衣口袋里掏出一张纸："这是我巡逻到食堂门口发现写你的小字报，扯了下来，我感到事情重大，得亲自交给您。"

黎书记稍微舒了一口气："那就进来吧！"

这时候，江河定睛看了一下住房的四面，这是个三室一厅的房子，靠西边的房门开着，很显然是这位书记的卧室，其他房门关着，也许有人在睡，也许就这位倒霉的书记一人在家。不管怎样，今天的戏一定要演好。

"请喝杯热茶。"黎书记起身给江河倒来一杯茶。

江河接过茶杯，抬头望见对面墙上的挂钟，时间正好指向十二点。

"把那个给我看看。"

江河把小字报递了过去。黎书记颤抖着手接过小字报，急促地打开来。只见小字报上写着："黎尚文是支持凌鹏反对教育改革的黑后台……为了掩盖自己的罪行，他把凌鹏弄走，躲避批判，我们坚决不答应！一定要找黎尚文要回凌鹏！全校师生们赶快行动起来，坚决反对……"

"简直是胡说八道，是污蔑，是血口喷人！"黎尚文按捺不住心中的怨恨！

"黎书记，这屋内师母在休息，小声点。"

"我怕什么，她们不在家。"

"好，她们不在家，你就把心里的委屈说出来吧。"

稍停片刻，黎尚文觉得有些奇怪，这件事过去了快半年，早已没有人问及，而今天晚上偏又是一个从未见过面的保卫科干部来夜访，而且带着这样一张小报字。他开始怀疑其中必定有诈，而凌鹏正是他黎尚文同意抓出来批斗的，谁都知道，怎么今天说成是后台呢？一个党委书记的政治敏感让他改变了态度。

"这样吧，小字报放在这儿，你叫什么名字，明天上班时，你再到我办公室来一下。"

"书记，对不起，名字我以后会告诉你，今天我来还要向您打听一件事！"江河脸上露出了几分恶意。

"什么事？"

"凌鹏现在哪里？"

"你问这干吗？"

"我就是为这个而来。"

"你是什么人？"

"以后你会知道！"

"我不告诉你呢？"

"请看这个！"江河立即从大衣内拔出了一把亮闪闪的匕首。

"你不说，它可是无情的。"

"我……我说了也没用。"

"不管有没有用，你快说！"江河厉声喝道。

十八

西去的列车碾着铁轨上铺满的厚厚积雪,喘着粗气在奔驰。两旁原野上的树林和房屋都堆着白雪,在阳光下闪耀着银光。江河坐在人潮拥挤的车厢里,心情很不平静。

掏出身上所有的钱,江河估计要到西部去寻找凌鹏是远远不够的。现在他只能吃最粗糙最简单的食物,买价钱最低的火车票和汽车票。不到黄河心不死,到了黄河找不到凌鹏,江河的心也会永远不死。

实际上江河这种寻找是盲目的,也几乎是渺茫的。这样辽阔的大西北,这样人烟稀少的大沙漠,这样动荡不定的社会,这样随时都可能被批判和囚禁的、毫无人身权利保护的岁月,凭着你一个人的意志、勇气和理智能找到一条拯救自由与生命、文明与真爱的路吗?

一路的风雨兼程,一路的含辛茹苦,一路的千回百折,一路的饱尝饥寒,江河在极度艰难地寻找着凌鹏。他到一座又一座的西北沙漠上的帐篷打听过,都否定这里来过凌鹏这个人。他也去过一些关禁着审查对象的干校、农场,也同样没有看到凌鹏的踪影。他始终相信凌鹏没有死。"这样的好人,不会死!"这个不倒的信念,支持着江河带病行走在风沙和寒冷交加的西北大地。

银川市通向西边贺兰山的公路边,正停着一辆装满修路民工的大卡车。江河现在的打扮和模样跟当地的民工毫无区别,他趁大卡车停下来,民工去路边方便的机会也爬上了汽车。汽车颠簸着驶进了西夏王陵拜寺口。趁民工们乱哄哄地从车上下来,江河也就悄悄地离开了人群。

夕阳照耀下的冬天的西夏王陵,更显得苍凉、冷酷、孤独、遥远、沉重。江河在矗立着王陵的沙漠上行走,虽然感到寒冷袭人,腹中饥饿,但千古王陵的苍凉神秘,西夏文明的魔力在激荡他心中壮士般涌动的一腔热血。他站在还留散着积雪的沙石上仰望苍茫的天空,在揣摩悠远西夏人的传奇历史。他仍能清晰地回忆在历史书中读到的当年西夏人千营铁骑、万里疆土、鼎足图强的历史画卷。可现在,眼前这一片无边无际的陵园墓葬群落似乎也在向苍天发问,人世的冷暖变迁,或动荡或和谐,一代又一代人该要付出多大的代价!

迷雾逐渐从地面升起，风沙开始怒吼，江河急忙沿着归路匆匆而行。这时候，夕阳已经消失在西天的云幛里，天空是一片昏暗，往哪里走？有一点江河非常明白，这就是往有光亮的地方走。他迈着沉重的步履朝着前面闪着微弱的灯光的方向走去。快接近在风沙中摇晃的灯光了，江河心中多少有一些欣喜，他想：只要这回不死去，我一定能见到凌鹏。"凌鹏你在哪里？你快给我呼喊吧！"江河忽然感到自己眼冒金花，头晕得很。他实在支撑不住了，便慢慢蹲了下来，以后便什么也不知道了。

十九

梦泉赶快换上衣服，急忙走下楼去。在楼下等她的同学正在交头接耳地说话，见梦泉走过来，他们便再也不作声了。

梦泉随着这几个女同学朝校长办公室走去。

"梦泉，校长在等你。"一位个儿稍高的女生对她说。

梦泉走进了校长办公室。虽然到音专已快半年了，可梦泉还是第一次直接与校长接触。今天校长突如其来的召见使她感到突然，心中十分不安。

"梦泉同学，坐下说吧！"校长温文尔雅，给人一种亲和感。

"谢谢校长。"梦泉就在校长面前的一张木椅上坐下。

"梦泉，你知道江河老师他回来了吗？"

梦泉心里一怔，江河老师他回来了？"不知道！"

"他现在得了重病，正住在医院。"

"我能去看他吗？"

"不能去，这就是我要找你谈话的原因。"

"校长，你说吧！"梦泉很平静，因为她知道，要发生的事，总是会发生的，人除了死，不会有更大灾难。所以她很从容地面对即将发生的哪怕是狂风暴雨、冰雪雷霆。

"梦泉，江河老师出走整整一个月，你知道他为什么出走吗？"

"不知道！"

"他说是为了你出走。他还告诉我，你已经怀孕，那小孩是他的，他愿意承担所有的责任，只是要求学校不要追究你，因为你还是一个学生。"

"天哪！怎么能这样？"梦泉几乎要叫起来，可她没有。她仍然冷静得像刚走进来那样平静地坐在那里。这时，只有眼泪从她的心里流了出来，盈满了眼眶，挂满了苍白的两腮。"我该怎么回答，不！我一定要见江河，只有见到江河才能决定怎样回答。"梦泉心里想定了。于是她很缓慢但很诚恳地说："校长，这是我们两个人的事，我希望你能让我见江河，让我们好好地交谈一次。"

"梦泉，不行啊！他还有别的问题。"

"什么问题？"

"这不能跟你说。"

"为什么？"

"这是上级交代的，你就别为难我。"

"问题严重吗？"

"可能比你们的私自恋爱导致怀孕更严重。"

梦泉不再追问，她在想究竟是什么问题这样严重呢？此刻她又一次敏锐地感觉到这江河跟凌鹏几乎是同一个人，同一腔热血，同一颗赤子之心。她明白了，江河的事一定与凌鹏有关。天哪，怎么偏要让这样的男人遭受噩运啊！

二十

江河睡在病床上，回忆最近发生的一切。

那天，江河晕倒在拜寺口一家牧民的帐篷前，正好牧民归来发现了他，立即用车把江河送到了银川平原黄河边的一家牧民医院治疗。待江河醒来时，牧民告诉他，已从他的口袋里发现他的工作证，给芒岛音专发出了病重电报。听了牧民兄弟的诉说，江河又是感激，又是抱怨。他感激牧民兄弟救了自己的命，抱怨自己没有能找到凌鹏反而倒下了。学校肯定会派人来接他，事情也就只能是一个没有结局的出走。

早上一觉醒来，江河感到身体舒坦了一些，只是身上无力，行走时头仍然昏眩。他硬是咬着牙，在护士的搀扶下走出医院大门来到黄河边。眼前的黄河奔腾东流，泛起层层黄色波涛。那气势、那姿态，既磅礴又壮阔，使人感受到一股强大的力量从脚底下涌来。站在岸边，面对黄河波浪，江河要说的话太多，可现在他什么也没有说，他只是向着黄河祈祷，祈祷在黄河怀抱里诞生的民族要尽快结束这场灾难性的"文化大革命"，祈祷东方的文化永远如黄河奔流不息，滋养炎黄子孙永远去创造立于世界民族之林的伟力和精神。

是啊！对于江河，对于一个在新中国阳光下成长起来的青年，他已经在学会坚持、搏击、放弃、拒绝，在自觉地接受真理之火的冶炼。他用自己的热血和意志的步伐去踏平荆棘丛生的险关和道路。他倒在牧民家门口，当他在医院醒来，尝到了牧民兄弟亲自送来的糖醋黄河鲤鱼、清蒸羊羔肉时，他的眼泪像断线的珠子，滚落在衣襟上。江河第一次感受到从未有过的神圣的温暖，民族兄弟的无限深情。他知道，他的生命和整个人是属于祖国的。他一定要坚强地活下去，去做自己必须做的事情。他现在真正地来到了黄河的怀抱，他看到了日夜梦见的黄河，听到了黄河的涛声，感触到了黄河澎湃的力量和沸腾的血液。

"你叫江河？我们是江海市专案组的，现在宣布对你立案调查。"江河刚被接回到芒岛医院，就被几个穿着草绿色军装的专案人员盯上了。

江河睡在病床上，望着前面几个脸呈灰色的干部模样的专案人员，眼里射出蔑视的光芒。这些年什么调查组、专案组、政工组，他见得多，听得也多，心对于这一切早就麻木了。什么专案，爱怎么查，你们就怎么查。老子死亡关都闯过了，还怕什么专案调查？江河心里这样想着，他就是不说。

"江河，再重复一遍，现在对你立案调查，你要配合我们！"那个专案组的头头又一次对江河说。

"我现在头晕，你们要调查什么过几天再来行吗？"江河以退为进。

"他的身体还很虚弱，随时可能再昏迷，你们就等几天吧！"在一旁的护士也这样劝告道。

"好吧！过几天我们再来！"

江河心里明白，准是那个黎尚文告发了他，要不他出走怎么会惹出专案调查呢？

"这也好，反正我的命运捏在他们手里，干脆一不做，二不休，把所有的责任和风险都担当起来，就让自己做一回真正的男子汉。"

于是就有了校长来看他时，江河自觉地说出了他编造好的与梦泉的恋情和对梦泉怀孕责任的自我承担。他的心是好的，是善良的，这是他寻不回凌鹏，这是唯一能帮助梦泉走出痛苦生活的办法。可梦泉对此毫无思想准备，拒绝吗？江河已经这样做了，而自己又有什么办法可以改变江河呢？

江河呀！你真傻，你怎么能这样！

事情正如江河所预料的。那天晚上，江河用匕首逼迫黎尚文讲出凌鹏的去向后，黎尚文就意识到这个假冒保卫干部、谎造小字报的人，一定是为凌鹏而来，有其政治图谋。次日，他就以暴力威逼革命领导干部、为反动学生翻案的案由，向市革委会专案组做了举报。

因为江河的失踪，此案的调查就被搁置了下来。

现在江河回来了，黎尚文当然不会放过他。如果放过他，就意味着最终放过了凌鹏。芒岛音专的校长对梦泉与江河恋爱导致怀孕的事，完全可以按规定处理好，可这涉及对"文化大革命"的根本态度问题，他无法回避，就那只能按上级的指示办。

老校长是善良的，他清楚江河的为人。可严峻的现实，他自己面临的风暴，让老校长作难，他陷入了极度的痛苦的选择之中。

二十一

又一年的春天来了。

红艳艳的桃花开满了校园。随着气温的渐渐上升，人们已经开始抛弃抗拒严寒的装束，穿得单薄轻盈起来。经过这段时光的痛苦煎熬，梦泉越发变得坚强起来。不管将来会发生什么意外，她已经下定决心，要生下小孩，并用生命保护好这个不幸的生命。

校长在百般无奈的情况下，又一次把梦泉叫到办公室："叫你来，不为别的，还是为你和江河的问题。"

"江河是一个好人，我该承担的责任，应当由我自己担当。"

"梦泉，请理解我，我是善意的。"

"校长，我知道你的为人，不论出现什么情况，我不怪你，但你作为一校之长，也不能因为怕自己怎样，而不主持公道！"

"坦率地说，现在谁讲公道啊！"校长叹声说道。

"既然没有公道可言，我也只能听天由命了！"梦泉的语气反而平静了起来。

这时候，一直坐在办公桌后讲话的校长，站起来用手定了定架在鼻梁上的眼镜，从抽屉里拿出一份材料，缓慢地移步到梦泉身边："这是江河委托我带给你的信。因为工作组要检查，所以这封信他也没有封。江河要我直接给你，他说，你的责任就是继续读书，把生下的小孩带好。"

梦泉从校长手里接过江河的信。

雪般洁白的信笺，留着一行行清晰而风华流动的字迹。其实，梦泉很少这样认真而庄重地看江河的字，只是更多地听过他的钢琴弹奏和听他讲声乐理论。可是今天，这对平时并未坐下来倾心探讨人生和爱情的师生，却在彼此的心灵中展开了一场感情和理智的激烈搏斗。

梦泉，请你冷静地读完这封信。我刚提起这支沉重的笔，第一感觉就告诉我，我辜负了你的信任。因为我知道，在你的心目中，我应当是一个勇敢而坚强的男人，不会向任何力量屈服。可是你的判断错了，其实我是一个十分软弱和缺乏意志力的男人。我现在已经向工作组交代了我与你的恋爱关系，我愿对你腹中的生命负责。这是我的错，我害了你……现在我只能请你原谅。我愿意接受你的惩罚。只有一个要求，你不要因为我而痛苦、伤心。要挺住，不能倒下，因为你的坚强会使两条生命在人间延伸。至于凌鹏，我不认识他。但我从一些方面了解到他的情况后，我对他怀着深深敬意！我相信，有一天我会见到他，即使没有见到他，我为世界上有这样敢于说真话的男人骄傲。

梦泉，如果我不能再回到学校，请你帮助整理一下房子里的东西，我唯一朝夕相处的小提琴和那几本音乐教材你就带在身边，权当做个纪念吧！

不要过多地留不该留恋的东西，一定要敢于面对现实、面对自己，面对朋友和所有的人。

不活着很难，但一定要知道怎样活下去！

一字一行，都流动着江河血性的诉说，虽看不到绵绵难割的情丝，也没有梦断蓝桥的悲欢离别，但却有一种潜在的理性和心的叮嘱。这一字一句，梦泉感到了比海更澎湃的圣情，悟到了面对艰难和不幸，该做出怎样的决断和选择。这是真正伟丈夫的情怀，真性男人的大爱！

"校长，这不能怪江河，也不能由江河一人承担。责任在我，是我主动的，我心甘情愿的！"梦泉含泪说。

"梦泉同学，我告诉你如果光是你们恋爱提前同居，学校可以处分你们，但绝不会拘传江河。我还要再次提醒你，江河还有别的问题。"

"别的问题是什么？"梦泉急了。

"我不知道！"

"你骗我！"

"我骗你有什么用，江河都已经关了两个月了。"

"我要去找工作组。"

"你不要去，去也没有用！"说完校长又回到办公桌前坐下。

"梦泉，注意身体，有什么困难找我，对江河我会尽力的。"说完校长的眼睛也湿润了。

二十二

早餐过后，天空突然下起雨来。

梦泉拿着书本匆匆向教室走去。刚走出不远，就听见背后有人喊她的名字。梦泉回头一看，不是别人，正是江河。可眼前的江河头发长长的，人瘦了、黑了，但那轩昂的气宇仍然从单薄的身子骨中透射出来。

梦泉不顾自己怀孕快分娩了，拼命地朝江河扑去。两个久别的师生，这时已经紧紧地抱在一起。梦泉在江河的怀里抽泣，江河用劲抱着梦泉。此刻他们谁也没有说话，只是任周身的血液在各自的身躯里沸腾流淌。

此刻要描述他们的心情和感受，任何语言都是苍白的。那么我们也保持沉默吧，就让时间在这里凝固成永恒的回忆。

通向芒岛西牌楼前的码头的林荫道上，江河背着沉重的行李在匆匆前行。因天空刚放亮，海上的晨雾还未完全退隐，芒岛的花木和楼阁仍然是朦胧的一片。

江河很理智，他没有向梦泉透露他所受到的处分：开除回原籍劳动改造。而是对梦泉说：此次回校，主要是请假回来看她。为了让梦泉放心生小孩，他骗她说，再过两三个月他就可以回校教书了。

谁知这一别，竟成为与梦泉的永诀。

凌晨，江河突然离去，梦泉心里一直不安稳。她有一种不祥的预感，也许这次回学校是江河偷跑出来的，他可能遭遇了更悲惨的命运。她找谁才能了解到真实的情况呢？想来想去，梦泉想到校长。

去校长办公室，先要经过礼堂边的一条走廊。平时下雨时，同学们去礼堂上形体课，都沿着走廊去礼堂。天晴时，同学们想感受一下芒岛的海洋风光，就直接从宿舍前面覆盖着梧桐的石路走过去。自从梦泉怀孕的事在全校传开后，起先的那段时间她感到很难堪和痛苦，但当她想到已经失去的两个男人，她就坚定了起来。心态调整好了，人也就轻松了。不管是天晴还是下雨，梦泉总喜欢独自一人在这条梧桐石道上行走。本来是去校长办公室，梦泉却走到了礼堂门口。已经有几个月没有来上形体课了，当她一走到礼堂前面，一种久违的感情就油然而生。

"既然走到了这里，就干脆进去看看。"梦泉对自己说。

上午的阳光很明丽，透过窗口洒进礼堂。贴在舞台正面幕板上穿军装的毛主席像，在阳光的照射下，显得意气风发、神采奕奕。梦泉一边向前走，又一边侧身向东边的窗口张望。突然，她从贴在东边礼堂墙上的大字报上，看到了一个熟悉的名字——江河。

梦泉提心吊胆地走近那张大字报。

一看，梦泉一切都明白了，她的头顿时天旋地转。

梦泉咬紧牙，定了定神，她用手撑着腰，坚持着看大字报。

大字报的标题是《关于开除江河公职的公告》，下面的内容是：

"音乐教师江河因犯有严重的政治错误，经教育批判，拒不认错。为了坚持教育革命的正确方向，巩固无产阶级教育阵地，遵照上级指示，校革命委员会决定开除江河公职，责令其回原籍劳动改造……"

"天哪！可怜的江河！"梦泉几乎要喊起来。可她没有喊！哭吧！喊吧！怨吧！恨吧！这些年的严峻现实告诉梦泉，这一切都无济于事。此刻梦西溪教授含恨离去的眼光，又一次在梦泉眼前闪烁！

这是控诉的眼光，呼唤良知的眼光！

是怎样回到宿舍的，以后又是怎样去医院的，梦泉现在无法想起来。

她躺在医院妇产科的洁白床榻上，用手抚摸着已经凸起很高的肚子喃喃地对腹中的生命说，你要听话，一定要坚定地走到这个虽然现在还蒙着尘埃的世界上来。

二十三

江河回到了响泉镇荆棘村。开始几天他没有露面，一个人待在家里看书，不时拉一拉二胡。人们对他有各种猜测："听说江河是回家养病。"有人这样说。"江河可能是犯了错误，听说是作风问题。那个学校女孩又多，又漂亮，当老师的能不动心吗？"还有人这样说。"你们不要瞎猜，我看江河这孩子厚道、正派，不会干错事，一定是别的原因。"更有老人这样说。

不管人家怎样说，江河的父亲江道正心里最清楚："我儿子不会干坏事，要是干了好事回来种田，我看他这也是一种出息。"这话道正对外人没有说，直到江河后来娶妻时，道正那天喝多了酒，才对着自己的儿媳说过这样的话。

几乎每天收晚工回到家里，不管多么累，江河都要帮助父亲做一些家务，甚至很晚了，还在河边给父亲洗刷衣服。道正不要儿子做这些，要他继续读书，在乡下做学问、练琴。他相信这个世界是一个少不了文化的世界。道正从小也喜欢拉二胡，他拉的却是花鼓戏。村上村下都听过他拉琴唱戏。江河考音乐系也多少受了父亲的影响。

夜很深了，江河见父亲还坐在大门口抽旱烟，毫无睡意，便走了过去："父亲，我已经有几年没有拉琴给你听了，今天我给你拉一曲好吗？"

"拉吧！孩子，我就等你这句话。"

江河转身走进房子里，取出二胡，返回大门口坐定。他神情贯注，认真地拉动了琴弓。这是一首非常优美、抒情、动人神魂的二胡独奏曲。这是江河参加芒岛市文艺会演的自创曲子，曾经被评为创作一等奖。

听到这韵味无穷、悠扬、沉吟、幽远、奔放的乐曲，有如淙淙溪水穿石而过，飞溅在石岩上散发的清脆水响，谁都会有一种如坠茫茫星河、梦飞天外的感觉。只待江河拉完，眼角还沁着泪花的父亲接过江河手中的二胡，也尽情地拉了起来。

悠扬的琴声，摇晃着荆棘村的山山岭岭和家家户户。

人们感觉到世界在激动行走，人情在奔流。

这琴声和感情如醉如诉、如梦如狂的一夜，终于让江河战胜了自己的徘徊和怅惘，他勇敢地站起来了，他要重新在生育自己的世界拉响生命的琴弦。

二十四

梦泉在江河离去的一段日子里，人一下子变得更憔悴更苍老。她反复在想，怎么我的存在会让两个男人付出如此惨重的代价，真的是上帝要惩罚我吗？这些天，一想到江河，她实在是睡不好、吃不下。当她腹中的胎儿一次一次轻轻蠕动的时候，心头又袭上一种难以排除的恐惧。这种恐惧有时让她的整个身体、灵魂都颤抖起来。

她知道从怀孕的时间到与江河认识的过程，人们对她与江河的恋情肯定是有怀疑的。她也知道，江河这样做，无非让她在生了小孩以后，有一个在社会上能安身立命的名分，不让刚出世的生命遭人白眼。

分娩的日期即将到了，梦泉悄悄地带着自己早已准备好的行李和江河留下的小提琴、音乐教材走进了她自己选择的一家海滨医院。医生和护士对这位气质不凡、言谈举止处处都显露着清雅智慧的青年孕妇充满着好感。但他们也纳闷，生孩子这样的大事，怎么就没有亲人陪同，尤其是自己的丈夫？可这些又不好问。梦泉善解人意，早就从他们的眼光和窃窃私语中觉察了出来。

"其实，我也没办法。我的丈夫是一个军人。军人，知道吗？他们是不能自己做主的，不到一定的服役期，是不能请假探亲的。"

"啊！还是一位军嫂呢，那当然只能服从部队！"

"不过，你放心，我们会好好照顾你的。"

"谢谢，我知道你们都很善良，待我好。"

"女人呀！生小孩可是一个大关啊！"

"我知道，我不怕！人生也就这样，就像我男人吧，他们当兵的也随时都要接受祖国的召唤！"这是一个特殊的时代，可以这样说，对所有人的爱戴和尊敬都不如对解放军的感情那么真、那么浓。全国学解放军，叫多少少男少女对解放军是何等地拥戴啊！梦泉记得真真切切，她读初中时去慰问解放军，唱的那首歌就是《见了你们格外亲》。此刻自己在危难中，她可以去想很多的人，但是能给她带来什么？只有解放军才能保护她。她想到了解放军，想到了自己那个解放军一样英武的凌鹏。于是她就编出了这个美丽的谎言。

生活在海岛上的人们是纯朴的。是海让他们的心胸更开阔；是海让他们的意志更顽强；是风让他们能经受艰难的洗礼；是雨让他们感受生活的滋润和充实。就连在这个海岛医院工作的每一个人，他们给人的感觉竟都像海。

梦泉住进这所医院后，她看到了世界的另一面。在民间，在生活的底层世界，那情更真、更切、更纯。

这一夜，她睡得很早，也睡得很香。

第二天凌晨醒来的时候，梦泉发现玻璃窗的白色窗帘早已拉开了。窗外灿烂的阳光，已充满了她的房间。她披衣起床，沐着夏日的光芒和晨风在医院的小泥路上慢慢地行走。

多么美丽壮阔的蓝色大海啊！

多么清新温暖的湿润空气啊！

要不是她的身子不方便，此刻她一定要弹一曲《蝴蝶》！

"是的。大海是自己的故乡，孩子生下来，我就要带着他去寻找像海一样能包容大自然和人类生命的故乡。"梦泉在心中对自己说。

走着，走着，突然梦泉感到腹部疼痛起来，既而疼痛难当。梦泉立刻意识到，可能是马上要分娩了。她咬着牙，强忍着钻心般的腹痛，一步一步地向医院的妇产科移动，每一秒都是异常的艰难。她浑身在抖动，她的额头沁满了汗水，她已经无法支撑住自己，她用微弱的声音朝着医院的走廊呼喊："来人啦！来人啦！我……不行了！"

梦泉在倾盆的大雨中进行了一段极其艰苦的旋行。

漆黑的夜，梦泉仍在山谷弯弯曲曲的路上奔走，她要去寻找江河，寻找凌鹏，寻找那座小屋窗口的灯光。

脚下涨起了洪水。路两边同坡上的洪水，一齐向着山路流来。一会儿，山路就淹没在茫茫的水中。借着闪电的光焰照射，梦泉发现自己已被卷在山谷奔流着洪水的道路中间，她再也不敢挪动半步。她想喊，朝山喊，朝洪水喊，朝天喊，朝雨喊。这一定无济于事，她没有喊，她下定决心，就这样站着，等到雨夜过后再走吧！

雨仍在下，脚下的水仍在涨，洪水用力推着梦泉向路的低洼处移动。前面是什么地方？是不是深渊？有没有塌方？梦泉在黑暗中无法判断，她现在才真正知道，什么叫命运，什么叫不幸，什么叫惩罚了。

梦泉有些绝望。"今天我的一切都完了。"梦泉对自己说。

人也真奇怪，当知道和准备自己就这样完成生命的最后旅行时，心情反而平静了下来，反而觉得周围的一切都变得那么渺小和软弱，唯有自己才真正地高大和坚强。

又是一阵雷鸣电闪，又是一阵狂风暴雨。脚下的洪水滚着沙石、荆棘向梦泉涌来。梦泉被荆棘刺伤了，她感到双脚隐隐作痛。洪水的力量加大了，突然像一条河猛地扑了过来，把梦泉卷向黑色山谷的深涧抛去。

"江河、凌鹏，再见吧！"梦泉没有惊慌，没有绝望，没有怨恨，仍然心中怀着江河和凌鹏的影子随着波浪漂走。

"这会是哪儿，果真是要去上帝安排的天堂了。"梦泉想到这里，她闭上了眼睛。

"梦泉，你醒一醒，是我。"就在梦泉闭着眼睛，整个身子随着洪水向深涧滑去的一瞬间，好像一个巨人站在深涧的旋涡中，伸出双手一把将梦泉托起。惊吓中的梦泉，听到声音睁开了眼睛。

"这是怎么回事？"梦泉问自己。这哪里有什么洪水、深涧、荆棘、沙石、雨打雷鸣？这不是躺在洁白的妇产科病房吗？

"梦泉，你醒来了，我们祝贺你生了一个胖千金。"接生的医生和护士抱着正熟睡的婴儿向梦泉祝福！

望着眼前的婴儿，望着自己和凌鹏用心智、情感和血液孕育的生命，梦泉哭了。她的哭声拨动了在场的人心，也拨动了护士怀中抱着的婴儿的心。突然，女婴睁开眼睛，望着房间的明亮哇的一声啼哭了起来。

"哭吧！我的孩子，你一定听懂了母亲的哭声！"

护士把婴儿深情地送到梦泉的怀中。

梦泉轻柔地抚摸着婴儿，将脸贴向婴儿的小脸。

在场的医生护士都感动得哭了，他们仿佛看见灿烂的花丛里，正飞翔着一只美丽的蝴蝶。

二十五

现在凌鹏已真正懂得了玛拉格里达说的"语言是用来掩盖思想的，而不是用来暴露思想的"。他就是因用语言暴露了自己真实的思想而遭此厄运。他后悔吗？不后悔！但他梦牵魂绕的是梦泉。梦泉现在怎样？他们分离已两年多了。自己的生命被抛掷在西夏王陵这片沙漠上，虽然日子过得艰难，有时温饱不保，但还清闲，他远离了政治的旋涡和风暴，可以在这里面对大漠古墓发思古之幽情。随着和他一起在这里接受改造的专家学者已渐渐离去，他预感到自己也许快熬到头了。

"我知道的也不多，有些传说和历史的资料还是到这里后才从各个方面收集起来的，既然大伙相信我，要我讲，我就给你们讲一讲西夏神秘王国的一些情况。"

"凌老师，请喝茶！"一位牧民给凌鹏送来一杯热茶。

"好，我现在就开始讲西夏王朝的那段灭亡历史。"凌鹏面对围坐在身边的早已熟识的牧民兄弟，侃侃而谈。

"那是 1205 年，蒙古的首领成吉思汗即位后，便开始了统一中原的战争。他率领的军队所向披靡，不料在攻打西夏时遇到了强悍的党项族的坚决抵抗，屡战屡败，十多年都攻不下。党项族人还趁成吉思汗远征欧洲时袭击他的后方，令成吉思汗疲于奔命。公元 1226 年，成吉思汗再次攻打西夏时一病不起。另有传说，他上阵时中了西夏军队的箭，毒发身亡。因此成吉思汗留下遗嘱：要彻底消灭西夏王国，以泄心头之恨。此时银川城内西夏王都又发生了地震，瘟疫流行，弹尽粮绝。成吉思汗去世三天后，不知这个重大秘密的西夏国王率部前去投降，轻信了成吉思汗说的谎言'只要投降，我会像对待儿子一样对待你'。谁知蒙古军队立即遵旨屠城，皇族无一幸免，连王陵也被毁坏，大量的西夏典籍及文物也随之湮灭，从此这个强劲的民族销声匿迹了，它们像鹰一样从崛起到消失，从历史天空掠过，飞得无影无踪。西夏文化也突然间灰飞烟灭，留下来的只是一些历史遗迹或遗物，零落于荒烟蔓草之间。我们现在四周的陵墓也足以印证当时西夏的繁荣和文化的灿烂。可惜战争的残酷留给我们的仅仅是沉重的历史记忆，我们应当从中悟出什么样的道理呢？"

大家听得入神，也听得真切，没有人回答凌鹏的话。

"所以我常在想，一个国家和它的民族、它的人民一定要团结友善，一定要互相尊重关怀。一个国家分裂和动乱是危险的。英明的皇帝和统治者，必须懂得爱他的百姓和人民。水可载舟，也能覆舟，也就是这个道理。"

大家听后，都向凌鹏鼓掌。

凌鹏每当来到这样纯朴和友善的牧民中间，他就感到心情舒展，感到有希望和盼头，也感到自己在成长，在成熟，在接受一种伟大感情和思想的滋养。

二十六

玫瑰沟是一个神奇的地方，它在南国美丽的雪江之北。

这里一年四季盛开着不同颜色的玫瑰。相传在唐朝时，这里出了一位秀才，他的书画都以玫瑰为题，创作了不少作品。至今在雪江市的博物馆里，还保存着供游人观赏的当年那位姓郦的秀才留下的咏玫瑰的诗歌、书法和淡墨画。梦泉带着刚出生的女儿梦玫来到这里任教，不觉就两年了。这两年我们的国家发生了多大的变化啊！以粉碎"四人帮"为标志，终于结束了"文化大革命"的动荡局面。当年芒岛师专的校长，出于对梦泉的关心和人道主义的情怀，不顾阻力，仍然给梦泉补发了一张音专的毕业证书。这样也使饱尝岁月风霜的梦泉能有一个正当的身份，成为玫瑰园艺校的一名音乐教师。

"你告诉我，到这里两年了，你丈夫为什么还不出现？"

"这与我的工作有关系吗？"

"当然没有关系，但是与你有关系。"

"什么意思？"

"我爱上了你，如果你的丈夫真不来了，我希望你能考虑我。"

梦泉万万没有想到，当时热情、真挚接受她来艺校代课的教导主任，两年后竟说出了这样的想法。

"尹主任，你错了，你不该这样来打扰我正常的生活。"梦泉诚恳地说。

"我不了解你的过去，但我了解你的现在。你的到来，为我们雪江市都增添了光彩，多少年都没有见过这样智慧和美貌的女人。"尹主任酸溜溜地说。

"对不起，我没有心思跟你谈这样的话题。尹主任，我愿意告诉你，在你对我讲出这番话之前，你在我的心中是一个值得尊敬的领导。我能到艺校教书，得感谢你的帮助和关心，但你不能强迫我作为一个女人的选择。我丈夫可能一时回不来，并不意味着他今生不能回来。即使不能回来，我有玫玫在身边，会过得充实的。"

"梦泉，你不了解我。我过去也有过自己追求的女人，是因为'文化大革命'，她父亲被审查，我们只好分手，至今我的心里还有她，可是她已经在这个世界上消失了。"

"尹主任，爱情是讲缘分的，你会有爱你的女孩。"

"可我现在心中只有你。"

"你别固执，我一个有夫有女的女人哪一点都不值得你爱！"

"我要等你，一定等你！"尹主任坚持这样说。

说完，尹主任扭头迈着沉重的步子离开了梦泉的房间。梦泉望着尹主任渐渐走远的背影，心里泛起了阵阵酸楚。这也是一个不幸的男人，她本以为，自己来到这样一个遥远的边境城市就会生活安宁，谁知道命运就是这样无常，刚走出了沼泽地又来到了急水滩。

一年一度的国庆佳节到了。这是1977年的国庆节，刚刚结束"文化大革命"，祖国人民扬眉吐气。为庆祝新中国成立二十八周年，雪江市举行文艺晚会。玫瑰园艺校除了派学生排演节目参加演出外，学校还决定要梦泉老师表演钢琴独奏。这个主意是尹主任出的。他的目的很简单，就是要千方百计地把梦泉推出来，让她知恩图报，然后选择他。

梦泉当然清楚尹主任的目的，但是她却另有想法。如果自己演出一旦成功，在雪江市和更大的范围造成影响，将来对女儿的培养会有好处。女儿是她生命的全部。既然自己一生走得如此艰难，她不能再让自己的女儿也跟自己一样不幸。至于尹主任，梦泉相信自己，她可以摆脱他。因为梦泉是一个经历过生命之险的人。

尽管人生道路充满荆棘，但只要大胆地朝前走，是可以踏平坎坷，走向平坦的大道的。梦泉就是这样想的，她也要这样做下去。

这些天，梦泉认真地、一丝不苟地练习钢琴独奏曲《思念的云》。这是她父亲的代表作，说起这首曲子，也与这座城市有关。

四十年前，梦西溪大学毕业来雪江地区采风，不料在摆舟雪江时，掉到了江里。不会游泳的西溪被在江上撒网的雪江渔家女雨云救起。那是一个漂亮而多情的渔家女,当她得知救起的是一个大学生时,心里充满着崇拜,她给西溪晾洗衣服,送去雪江的土特产,尤其那些粉红色的玫瑰令人永不忘怀。为了纪念这位救命恩人,西溪连夜创作了一首曲子叫《思念的云》,从此这首曲子伴随西溪出国留学、访问、讲学,直到他离开人间。

坐在艺校礼堂的钢琴前,梦泉想起父亲,想起"文革"以前的暴风骤雨,想起江河、凌鹏,想起自己在苦难中成长的女儿,想起这座盛开玫瑰花的校园和城市,她的心中也飘飞着思念的云彩。

琴声在校园的上空回旋。

悠扬而久远的钢琴声此刻正在雪江市人民大会堂的舞台上飞旋、飘远,台下的千名观众都沉浸在音乐的美妙旋律之中。

"梦泉真美!"尹主任坐在前一排目不转睛。"太美了,简直是天使!"一位教师说。

如果说平时的梦泉,衣着打扮、发型、言行举止和内蕴的文化气质,给人的感觉是一位端庄文雅的知识女性,而今天舞台上的她身着白色羊毛衣,优雅地坐着,时而扬起时而低俯的美丽头颅与在琴键上跳跃的纤纤玉指,构成了一个绝妙非凡的画面,这便是美曲美女的灵魂和魅力的生命雕塑。

随着琴声的由近而远,由沉静而奔放,由雄浑而清丽,由委婉而坦荡,由纤细而壮阔,由低诉而高鸣,在人们的眼前和心中也展示着无穷尽的诗歌般奇美的画面……

苍翠的起伏如波浪的山岭,染着太阳金子的光芒,重重叠叠地伸向远方与天色相吻的尽头。一条银色的河流,绕着山岸蜿蜒而去,带着梦幻般闪烁的波光,沿着纵横的沟渠去染绿辽阔的田野。天空澄澈,澄澈得像一面无边的镜子照耀着大自然的山山水水和人间的城郭村落。可以用眼光,甚至用手去触摸的房屋门窗和花草树木,乃至桌上的书本和孩童们的笑脸,此刻都幻化成笑语和歌声,一齐被那一朵从校园草地上飘起的风筝托着,像云一样地穿梭在晴空的阳光里。

街上的车流在向四面八方扩散,乡村的公路上扬起了黄色的尘雾;商店的柜台上摆上了彩色的布条,学校的教室窗口飞出了琅琅书声,唯有那条在大河上漂动的轻舟,也像一朵云,寂寞地在水与天之间漂泊。

那是一朵云，一朵岁月的云，一朵记忆的云，一朵洁白的云，一朵伤情的云，一朵梦幻的云，一朵不会消失的会唱歌的云……

琴声已经淡淡地在人们耳边消失，礼堂里爆发了多年来没有的掌声。梦泉站起来，她走到舞台前向大家致意，她挥动白色的手臂，眼里含着泪珠。

二十七

坐在主席台上，凌鹏的神色一直很沉重，他没有丝毫的兴奋和荣誉感。主持会议的校领导虽然在开场白中，一再对台下的教师和学生赞颂这位三年前反白卷英雄的斗士，并宣布恢复凌鹏的学籍，但凌鹏的表情始终平静。当主持者宣布凌鹏讲话时，他才如梦初醒，他整理了一下衣服，用手抹了抹刚理过的头发，缓慢地走到台前。

"请允许我站着说几句话。我不是什么英雄，也不是斗士。当年交白卷的张铁生，他也不是英雄，只不过是一场悲惨的政治运动的某种怪胎，也是一个残缺的灵魂。我在一个风雨的晚上从这所大学的校园消失后，人们心中多了一个政治谜团。非常有缘，我去流放的地方，竟是千古之谜的发生地——西夏王陵。老师和同学们无法知道我在那里是怎样度过三年多时光的。但我有一点要告诉大家，我在那里过得虽然痛苦、艰难，甚至绝望，但是我每天都在思考，都在寻找，都在回忆和记忆生活中发生的一切。我想寻找一个答案，那就是在我们这样一个文明古国，这样一个饱经历史创伤，刚刚诞生了新的民主和政治经济制度，又才经历过自然灾害和困苦的新中国，为什么要发生'文化大革命'？为什么要既产生张铁生，又产生像我凌鹏一样的人？三年多，一千多个日日夜夜，我知道没有一个完整的答案能让我找到。但我找到了西夏王陵的历史痕迹，在茫茫大漠上，我看到了自然、历史、文化、人类是怎样演绎着各自的命运归宿的。我在那里曾发出的对王陵的感叹，以后我会通过某种方式告诉大家。可今天，当我结束这个讲话时，我要向大家呼吁的是，为了中国的未来，为了中华民族永远的光明和灿烂，我们年轻人不能做懦夫，而要做真正的思想者！拓荒者！"

从会场回到宿舍，凌鹏感到疲倦和心伤。他没有情绪和心情去理会身边的领导、记者、朋友、同学。他需要的是安静,百倍的安静。安静的时间对于他曾经很多,可此刻他觉得太少、太宝贵了。其实,他回来要找的第一个人就是梦泉,他几乎没有一天不思念梦泉,可这些天他多方打听,无从知道梦泉的下落。即使有少数的人,比如当时专案组的人若明若暗地知道梦泉的去向,但因为怕牵连自己,也就只好埋在心中,任岁月流逝去消化它。

<h1 style="text-align:center">二十八</h1>

下班的钟声响了,老师和同学们都相继离去。梦泉还坐在自己的办公室看《中国青年报》上刊发的长篇通讯《从大漠走回的思想者》:

他是一个曾经站起来对着茫茫长夜发问的知识青年;

他是一个曾经冒险向教育部抨击白卷英雄的斗士;

他是一个一夜消失在江城的血性男人;

他是一个从大漠归来还带着灵魂伤痕的思想者。

他的王陵感叹,他的牧民情结,他的大漠记忆,他的昼夜歌吟,他的足印和语言,他的笑容和忧愁,他的豁达和悲凉无一不从他的充满苍凉的身影和形态中透出……

梦泉是流着泪在读报纸。她的眼前已经出现了凌鹏!还是那个伟岸而深沉、充满机智和感情的凌鹏。她为凌鹏获得政治新生而高兴,为凌鹏能平安归来而欣慰!但她也有一种茫然的感觉,这就是今天的凌鹏已经是英雄,是斗士,是思想者。他走过了暴风雨的历程,应该走进柳暗花明的征途。而我梦泉,是一个艺校的音乐教师,与凌鹏这段未明世的恋情和凌鹏从未见过的女儿,一旦都展现在世人的眼前,世人该怎样评判凌鹏?梦泉是理智的,她明白,现在的凌鹏已经不属于她,而是属于这个崭新的时代和社会了。

想到这里,梦泉的心更加不安和痛苦起来。

“找不到凌鹏想凌鹏,凌鹏回来了我却不能认凌鹏,天哪,这就是我梦泉的命啊!”梦泉长叹着,久久地坐在办公室里,拿着报纸沉思。

吃过晚餐，匆匆忙忙洗刷完碗具，梦泉就把梦玫叫到跟前："玫玫，妈今晚要备课，你就早点睡吧。"玫玫点头应允。俗话说，穷人的孩子早当家。梦泉这个家虽说不上穷人家，但至少是一个经受了常人不曾经受的磨难的家。玫玫年幼不懂事，但是对于妈妈对她的那份亲切的关怀，却是感觉至深的。

梦玫在床上躺着，睁着眼睛望着妈妈坐在书桌前的背影。她真的很懂事，既没有吵着要妈妈陪她睡觉，也没有说话，一会儿也就睡着了。

其实，梦泉也不是在备课，而是在写一封信，一封经过了激烈的思想搏斗后决定发出的信。

老校长：

请原谅我一直没有给你写信。你是一个知书达理的长辈，这些年来我给您添了麻烦。我没有做好你的学生，为此我常常自责。最近我从《中国青年报》上看到了一篇《从大漠走回的思想者》的通讯，写的是我昔日知青朋友凌鹏。我坦白地告诉您，我们曾经在知青组相爱过。他考取江海大学，就读不到两个月就失踪了。我找了他很久，现在才知道他蒙受了如此奇冤。你知道的，在音专我又遇到了江河，而我们的恋情导致今天的结局你是完全了解整个过程的。有些事情，你知道是无法讲清楚的，永远也讲不清楚。江河也是一个好男人，是个有着忠义肝胆的血性男人。他的所谓政治原因，你虽然不讲，当时你也不能讲，就是为了去帮我寻找凌鹏，用暴力威逼那位现在还在江海大学台上的党委书记。凌鹏归来了，他算是幸运的，他付出的代价也是很大的。按照我对他的了解，他一定会来找我，很可能会去你们学校。如果他真的去了，我诚恳地希望你能规劝他不要来找我。因为这样不仅对他不好，对江河也不公平，对我和女儿玫玫已经平静的生活，又可能掀起狂风巨浪。我再也承受不了这一切。老校长，你一定要答应我的请求，不要把我的去向告诉他！

一个在远方的游子，你当年不争气的学生，再一次求你保护我的凌鹏大哥！

人生其实在很大程度上是身不由己的。婚恋更是看重缘分。现在我明白了，不属于你的，你不要去奢望成为你的，是你的终究会属于你。我真的认命。

　　老校长，如果今生有机缘我会去看您。如果没有，我也会在异乡为您祈祷。最后，我要告诉你的是，我的女儿梦玫她长得很乖……

　　乘上去芒岛的客轮，凌鹏的心就和海上的波浪一样不平静。他在心里想，梦泉该知道我回来了。尽管这段时间，各种报刊报道他的事迹，他也被迫到一些大学做报告，这一切都是他所不情愿的，但是他最终无法拒绝。每天传达室给他送来厚厚的信件，都是一些热血青年写给他的赞美信和倾吐自己对现实的看法。他不能一一回答他们，只觉得他们是真诚的。就是因为这些原因，凌鹏清楚地意识到自己被绑在一架宣传车上，成了一个时髦的政治宣传品。这可能会是另一种悲剧的开始。

　　在海上疾驰的客轮，不时拉响汽笛。船舷边飞溅的浪花，在阳光下闪烁，变幻着水光的色彩。年轻时，凌鹏只在小河里游过泳，从没有去过大海。当到了大海线边的高等学府，偏偏命运又捉弄他，让他远离大海而去了大漠。现在又回到了海滨城市，又看到了大海，此刻又在海上旅行。大海与大漠的感觉那真是天壤之别。凌鹏这样想着，就想用语言来描绘大海与大漠。大漠，苍凉、迷茫、冷峻、雄奇，而大海呢，却是壮阔、蓬勃、幽远、深沉。一触及这些词句，凌鹏就激动了起来，他想要见到了梦泉，就讲这大漠与大海就够她享受的了。

　　这时候，一群大雁排着人字，凌空而过。那气势，那阵营，那追云掠光的闪电姿态叫凌鹏萌生无限的感慨。在大漠的时光，他多么渴望有这样一群大雁凌空而来，带去他的怀念和问候，而那些岁月竟然没有一次看到大雁，反而只听见乌鸦在沙漠上一声又一声的苍凉啼鸣。

　　下午四时三十分，客轮抵达芒岛港湾码头。凌鹏是第一次来芒岛，对于芒岛他不熟悉，只是在地图上看到它所在的位置。这次来芒岛，他是想多住几天，也好躲避一下热闹的政治场面。作为一个自觉地想成为思想者的人，他确实有自己的主张。他已经向江海市委写了报告，请求到县里去工作，他愿意为百姓服务。这对于一个在时代的风口浪尖满面春风，已经显示其非凡思想才华，又经过风雨磨炼过的人，如果能把握这种机遇，完全是可以扬帆远航、飞黄腾达的。可凌鹏他已决定放弃这种机遇，因为他当时的初衷也并非为了升官，只是感到这种对知识的蔑视、对人才的不公有损国之根基。国家尚有毁基之难，个人有何前途可言？现在真理已经战胜谬误，航船驶入了正确航道，作为一个祖国赤子，就应当为国家的平安发展尽匹夫之责。

凌鹏走在芒岛的街市上，感到处处都洋溢着海的气息，就连商店卖的也大都是当地的海产品。这与他几年前在江海市看到的情况完全是两样世界。更让凌鹏感动的是芒岛市居民那眉开眼笑的精神状态，这是在几年前不可能看到的发自内心的笑容。

"世界真的变了，人心也欢畅了，中国就有希望。"凌鹏心里闪过一道璀璨的光芒。

二十九

任何道理和真诚的劝说，要想说服凌鹏心灵深处对梦泉根深蒂固的爱是不可能的。即使梦泉不在这个世界上，凌鹏也还会仍然记着她对自己的爱。

坐在海边残缺的栏杆边的台阶上，凌鹏任海风吹拂，任波浪喧嚣。他在用心呼喊梦泉。梦泉你在哪里？

白天在老校长的办公室里，凌鹏谈得激动，谈得伤感，谈得真挚，谈得深情。他不怪老校长不向他说清梦泉的去向，他理解老校长的忠厚之心。他本想跪在地上乞求老校长同情他，给他指明寻找梦泉的路。可他终于没有跪下去，他知道如果他这样做，就是对梦泉的背叛，他甚至不配做梦泉的丈夫。

老校长是仁德的长辈，他历经人生风雨半个多世纪，他从梦泉、江河、凌鹏三个年轻人的身上看到了中华民族的脊梁和希望。他钦佩敬重这样的年轻人。他有时也暗自责备自己没有尽最大的努力，甚至冒风险去保护江河、梦泉。他知道自己这一辈子别的遗憾和迷失也许人们可以原谅他，可对江河、梦泉的保护不够却已成为他终身的痛苦和不安。梦泉的信，他不止一次、两次地读，他读了上十次，他深知一个女人的心。面对凌鹏，他几乎要崩溃了灵魂的城墙。可他毕竟是一个有着深厚阅历的老者，他终于冷静下来，重新记忆梦泉的呼唤："再一次求你保护我的凌鹏大哥！"是啊！中国的道路，从新中国成立以来到"文化大革命"，已经出现了多少波折和风浪，以后是不是就一帆风顺？想到这里，老校长坚定地拒绝了凌鹏的请求。

"凌鹏，我再一次告诉你，我确实不知道她的去向。这也许就是我的过错，其实，我的过错远不在这里。"说到这里老校长老泪纵横。

"这不能怪你，要怪只能怪我自己。"凌鹏说。

"当当当……"芒岛上古寺的钟声又响了。渐渐地海湾灿烂的灯火依次熄灭，只留下海岸稀疏的路灯闪光。凌鹏被浓重的夜色和风的凉意深深地裹住，他的心也变得寂寞和悲凉。

"一切也许就只能如此？不，我一定要去找回梦泉。"

凌鹏突然站立了起来，他转身迈着沉重但很坚定的步子朝亮着灯光的路口走去。

三十

不久，凌鹏被江海市委任命为江宁县县委副书记兼宣传部长。

这是一个特殊的时期，是中国从大乱走向大治的重要历史关头。全中国人民都在思考，都在关注中国的命运，全世界也在注视中国怎样重新迈开前进的步伐。对于自己的责任，肩上的担子，凌鹏是清楚的。因为这种使命感，现在凌鹏不能再儿女情长，只能把寻梦泉的事暂时搁了下来，而迅速地投入新的战斗。

其时，全国上下议论最多的是平反冤假错的问题，这是关系到伸张正义、明辨是非、坚持真理、公正廉明、人心所向的问题。凌鹏在县委里面主攻抓落实政策和平反冤假错案的工作。按照常规，这项工作应由分管党务工作和组织工作的书记来抓，为何落在凌鹏身上？其中原委与凌鹏的特殊政治经历有关。对此，凌鹏虽有想法，但他对于组织的决定就是服从。对于抓这件事情的难度、风险、复杂性和艰巨性凌鹏是有思想准备的。这些天，他推掉其他一切可以放弃参加的会议、接待等活动，潜心地学习研究政策，掌握各方面的情况。

历史的座钟指针旋转到 1978 年 12 月 25 日，十一届三中全会闭幕的第三天，党和国家领导人及首都各界群众代表两千多人，在人民大会堂为彭德怀元帅和陶铸同志举行了隆重的平反昭雪大会。从此共和国的阳光在消融人们心头的冰霜和冻雪。接着全国平反冤假错案的消息不断传来。凌鹏感受最深的是，由"四人帮"密谋策划，其黑干将迟群起草，张春桥、姚文元修改定稿的污蔑全国教育战线新中国成立后十七年"都搞封资修，培养'白专'苗子案"；1973年轰动全国的河南店河县振抚中学"复辟考试制度，和孔老二一样是杀人不见血的刽子手"案；污蔑长篇小说《刘志丹》为高岗翻案，从作者到出版社的大批同志都遭到迫害等案相继都被平反昭雪。

这是多么大快人心、振奋人心啊！可是回头看一看江海县，仍然死水一潭。县委既不开会布置清理排查冤假错案，落实中央的一系列政策，也不重视干部群众的来信来访，通过调查研究，按照政策纠正本地区造成的冤假错案。虽然工作要凌鹏抓，但是没有具体的部署和要求，更没有授权有关部门迅速开展工作。这样下去，莫说跟不上全国迅速发展的良好政治局面，这对于推动一个地方的拨乱反正、解放思想必然造成新的思想障碍和桎梏。

"古之立大事者，不唯有超世之才，亦必有坚忍不拔之志。"凌鹏曾想到这句警醒从政者的古训，并记忆起自己写的《望陵感叹》中的一叹："我要叹冰霜年年染红叶，却无意为天国冤魂铸挽词。"这泣血之叹，是自己曾经因于沙漠冤无诉处的血之呐喊。可今天自己身居要职，手中有权，却不能为受冤屈者平反昭雪，又何以为政，何以为仁，何以为德，何以为廉，何以为公啊！岂不证明，曾经制造冤案者是正确的吗？

"我不能再彷徨等待，不能再袖手旁观，不能再为一己边塞累而迟迟不动作。"想到这里，凌鹏连夜疾书，向县委呈报了江海县平反冤假错案的专题请示：

一、请求县委召开常委会议，专题学习中央关于平反冤假错案的一系列政策，以便统一思想，明确任务，布置工作，开展调研。

二、请求县委迅速成立落实政策领导小组并抽调人员设立办事机构，专抓平反冤假错案工作布置、检查、落实和督办。

三、请求县委同意召开全县落实政策工作会议，广泛动员，层层发动，形成正确的良好的工作氛围，以保证此项工作顺利进行。

三十一

常委会议室，气氛严肃，烟雾缭绕。

这是党的十一届三中全会以后，县委召开的一次真正具有实质性和突破性意义的常委会议。过去的会议，一般都是传达上级会议精神，然后大家表态发言如何贯彻落实。会议开完了，工作也就完成了一半。而今天的会议却不一样，是要对本地区的落实政策、平反冤假错案问题进行重大决策，而其中的一些冤假错案和政治问题的造成，或多或少与在座的常委有直接联系。就拿宣传部来说，"文革"期间县剧团创作了一个小戏剧叫《红烛颂》，以赞扬教师为培养又红又专的接班人而辛勤工作、乐于奉献为主题，塑造了一个热爱学习、乐于助人为乐、品学兼优的优秀红领巾形象，结果在当时全国批判"白专"苗子的大政治背景下，这个地方的小戏剧《红烛颂》被诬为毒草进行批判。当时作者和剧团领导遭到迫害。就是因为这些案件，常委们各自有着"思想之痛"，在讨论平反冤假错案的问题上明明暗暗地出现了分歧，这使得县委书记孙华左右为难。

"平反冤假错案，中央有精神，全国各地也正在进行，我们县也不是没有问题，而且有些问题同样严重。我看不能再推，而且要主动地抓，这是人心所向。"一直沉默不语的县纪委书记终于表明了自己的态度。

"我是过来人，从反右到社教，到'文化大革命'，搞了那么多运动，确实伤害了不少的同志，特别是敢于坚持真理、提意见的同志。但是，也有些同志自己也是有一些问题和毛病。我们不能因为有些同志有问题有毛病，就忘记大方向，就回避不落实政策。平心而论，我主管过教育，教育战线对有些学校领导和教师的批判和处理就有问题。我是愿意承担责任的，只要县委作出决定，一定配合凌鹏同志工作。"县委组织部长、原县委宣传部长放明也表明了自己的态度。

"我不反对抓落实政策、平反冤假错案，但要看到一个地方，像一个县是不可能搞起什么运动来的。即使有些问题，也是按上面的精神办的。我认为，这种政策性强、问题复杂的，甚至与上面有直接关系的案子，只能等上面有明确指示才能查，才能纠，否则会上下脱节，造成新的问题。同时，也不能跟风，跟风是历史教训。我不赞成有的同志的说法，凡是'文革'抓的问题、批判的事都错了，都要纠。右派也不全都判错了吗？过去'一切都打倒'不对，现在'一切否定'就对吗？"管党群的书记曾固最后也亮明了他的看法。

会议发言，出现了暂时的沉默。

孙华稍微做了一个统计，与会的十一名常委已经有九位发言，就只差武装部政委和凌鹏没有发言。

"这是一个重大决策，我还是要求所有常委都表明自己的态度。"孙华有意识地朝傅学军政委瞟了一眼。

"好，我表态，军人以服从为天职。既然中央有这个精神，我们就应该落实。我的发言就这些。"真正的军人性格，傅学军表明了自己的态度。

"我表个态吧！"凌鹏经过深思熟虑讲出了这样一段话："听了各位常委的发言，我深受启发。落实政策问题，平反冤假错案，确实是一个政策性强，既复杂又敏感的重大政治问题。简单地说，既关系到党的政策的严肃性，又关系到一个人的政治生命。但是不管问题多么复杂，工作多么难，那就是千难万难都不如那些无端受到迫害和摧残的同志及家庭在这些年所遭受的不幸和痛苦。有的同志被迫害致残、致命；有的搞得家破人亡、妻离子散；有的变成了疯子。同志们，我们都是有血有肉，有心有思想的共产党人，难道面对这些由于我们的错误路线铸成的大错，还能无动于衷吗？扪心自问，假如我们自己遭此逆境，又会作何感想呢？县委决定要我抓这件事，我不推辞，我会万难不辞，但是我请同志们支持。如果在落实政策和平反冤假错案中，我工作出了问题，那是我个人的问题，我一定接受组织的查处。"

凌鹏讲话时，有些激动，几乎是含着眼泪讲的。可有些人并不在乎，他们长期以来是发号施令、整别人的人，没有切肤之痛是不会深及内心的。

空气一时格外的凝重。

孙华环顾了一下四周，有意清了清嗓子，作最后的总结："这样吧，现在根据大家的发言，我归纳为四点：一是同意成立落实政策领导小组和专门机构，从组织部、纪委、宣传部、农办、教育局、统战部抽调一批干部迅速到位开展工作；二是先开展调研，抓住干群来访中反映强烈的问题先调查后，按政策落实，属于常委审定的案件由常委讨论决定；三是在近期召开全县落实政策工作会议，由凌鹏同志做报告，我参加并讲话；四是此项工作由凌鹏同志来抓，希望大家和有关部门积极配合。同志们，'国之中兴，在于人心'，这件事关党心、民心、天下归心的大事，我们一定要认真扎实地抓好。"

三十二

假如没有大漠囚禁，假如没有芒岛之行，假如没有江海任职，凌鹏的人生之旅就不会发生这一系列戏剧性的变化，以及他的百姓情结和洪水之痛、爱情之缘。

夏季到来了，五六月是南方的雨季，江海县是江海市的一个边远山区县。长期以来，由于人为的乱砍滥伐，使森林和植被遭到严重的破坏。一到雨季，只要下得三到五天的雨水，且不说大雨，就是一般的降雨，也会经常出现山洪暴发。

这些天，一直下雨，刚栽下的早稻苗就淹在水里，乡亲们十分焦急，忙着疏渠排水。凌鹏和调查组同志，搭乘公共汽车去方竹乡调查。从车上下来，正遇到大雨，凌鹏等人只好匆匆赶路，躲进路边一个破旧的古庙避雨。

"人不留人，雨留人。"凌鹏站在庙门口说。

"雨不留人，天留人。"一位干部补白了一句。

"这倒有新意，你说说这'雨不留人，天留人'的道理吧！"

"凌书记，如果不是天留人，天不让下雨，人就走了。"

"对，对，对，不下这场雨，我们就别想留在这古庙里，看来还是天留人呀！"

正在凌鹏和干部亲切闲谈时，远处山边传来隐约的呼喊："快来救人呀！倒房子啦！山洪来了！"

"快，判断声音的方向！"凌鹏第一个冲进了茫茫大雨中。紧接着宣传部的两位干部也扑进了大雨的怀抱。透过雨雾，凌鹏看见右边约三百米远处的山坡边有一群农民正向山冲深处跑去。

雨越下越大，几乎让人睁不开眼睛。凌鹏冲在前头，早已顾不得许多，浑身上下已经湿透。他们跑过山坡，朝前一看，前面山冲小溪的水像一条黄龙越过河堤漫过田垅，呼啸着向田垅的低矮农家土屋卷去。只见乡亲们都已拆下自己的门板，排成一条木板墙，堵住向土屋涌去的洪水。

"快，叫老人小孩疏散，不能待在房屋里！"一位上了年纪的老农民站在堤上顶着大雨呼喊。

"快，去通知小学停课，防止学校后山滑坡！"又一位干部模样的农民急切地朝学校方向跑去。

凌鹏三人已经赶到了那栋面临洪水冲击、随时可能倒塌的土屋前。凌鹏迅速地做出判断，这样用门板是堵不住的，唯一的办法是把洪水引开。凭着他在知青组有一次排除山洪险情的经验，他果断地对乡亲们说："必须挖开一个口子，让洪水分流！"说完，他急忙从乡亲们手中夺过一把铁锄，义无反顾地跳到了齐腰深的洪水里。紧接着数十个农民兄弟一齐跳进溪流里。雨仍然在下，洪水咆哮着，一个浪接一个浪奔泻过来。河堤的口子终于挖开了，洪水沿着新开的口子，漫进了堤下的一大片稻田。

正在人们集中精力和注意力观察新开的口子，洪水漫进田埂，淹没了这一片正在成长的禾苗，心里不由得泛起痛苦的感情时，从上游漂来的一根根圆木，朝着正在溪流中护堤的凌鹏冲来。

"快闪开，有危险！"话音刚落，只见一个上了年纪的农民从岸上跳下溪流，用自己的身体护住凌鹏，拼着命用双手推开木头。木头无情地撞到那位农民的头上，继而又直向凌鹏扫去。凌鹏已经来不及躲避，和那位农民一齐倒在了溪流中。

三十三

凌鹏醒来了，他感到头有些昏眩。

"请问医生，和我一起入院的那位农民兄弟怎样了？"

"哪位？我们不知道！"医生很惊讶。

"就是为保护我受伤的那位！"

"没有，我们这里没有。"

"怎么，他没有在这里治疗？"凌鹏急了，他硬是挺着要坐起来。

"凌书记，你不能动，你的伤势不轻，还要做检查。"医生说。

"不，我必须知道那位农民的情况。"凌鹏几乎是命令的口气。

"好吧！我们去打听一下情况，再向您汇报。"护士雨菲安慰地说。

"好，麻烦你，护士同志。"凌鹏向雨菲递去信任的眼光。

三十四

凌鹏经过检查，有轻微脑震荡。由于那天在洪水中浸泡的时间长，又流了一些血，身体虚弱，行走起来容易出现晕眩。医院经过会诊告诉凌鹏，必须住院治疗。

"有什么办法，既来之，则安之。"凌鹏对自己说。

"凌书记，好些了吗？"雨菲又来到了病室。

"谢谢你护士，要不，那位农民可能就要耽误治疗了。"

"你的良心真好。"

"别人是为了救我，才受重伤的。"

"可他是个老右派呀！"

"什么老右派？我看是个好人，大好人。"

"世界上的人都像你这样就好了！"

"我好什么，我看我还不如这个右派。"

"你这样的人，我爸爸要是碰上就好了！"

"什么，你爸爸？"

"不说了，我还是给你念一段今天的报纸吧！"

"谢谢！"凌鹏笑着点了点头。

"在首都庆祝中国共产党成立六十周年大会上胡耀邦发表重要讲话：

"今天，我们在这里隆重集会，庆祝中国共产党成立六十周年。此时此刻，我们大家都深深意识到：我们党和国家正处在拨乱反正、继往开来，就要是彻底消除'文化大革命'的消极后果，继承党在毛泽东同志和其他老一辈无产阶级革命家领导下所开创的伟大事业，进一步开拓中国人民的社会主义——共产主义光明大道……"

"好！好！讲得好！"凌鹏兴奋起来。

"凌书记，你可不能太激动！"雨菲笑着用手指了指凌鹏还绷着纱布的脑袋。

不知不觉凌鹏住院治疗快一个月了，他感到病情有了明显好转，便一再要求出院。国家拨乱反正的任务这样繁重，全国形势这样好，我还躲在医院里，心能安吗？县委书记孙华很理解他，不止一次来看他，安慰他，给他通报县里的情况，要他安心养病。凌鹏第一次真正感受到了党组织的温暖。

一天上午，孙华开完会议，又借道过来看望凌鹏。

"孙书记呀！你这样忙，就别来了，你来了，我心不安啊！"

"凌鹏呀！我来不光是为了看你，还要告诉你我落实了你的指示。"

"别开玩笑了，我有什么指示让你去落实！岂敢！岂敢！"

"你不是要雨菲给我搭过信吗？"

"我，雨菲……"凌鹏想了一下。

"明白了，是为那天救我命的老孔治疗的事吧！"

"是的，我已要市委办出面安排他在县人民医院治疗，药费由县里解决。至于他的右派摘帽问题待你出院后再派人调查落实。"

"谢谢书记！"凌鹏的语调带着感动。

三十五

别看凌鹏长得高大英俊，似乎少一点文雅之气，但他的细心、耿直、理解、体贴和耐心却是一般男人所难以做到的。病情稍一好转，他就把病房变成了办公室，不是批办文件看材料，就是找下属来汇报工作，或者询问他布置的某项工作的进展及落实情况。就连老孔的病情和治疗情况也隔三岔五地询问。上次谈话中，护士雨菲偶然提到她爸爸时，流露出一丝酸楚，他立即捕捉到了雨菲脸上的阴影，这个阴影一直投射在他的心灵上。

早上用过餐，待医生观察和询问诊断完病情，凌鹏便对站在一边的护士雨菲说："我看今天窗外的阳光很灿烂，想邀你陪我散散步可以吗？"

"当然可以，照料你是我的职责。"

"好吧！那我们就出去走走。"

凌鹏站起身来，先在房间里舒展了一下身子。他张开双臂朝两边拉开，然后又轻轻地扭动腰身，接着还下蹲了几次，感到放松，肢体也灵活了，便扭身招呼雨菲朝病房外的绿色草地走去。

雨季刚刚结束的夏天，天空格外的明丽，没有一丝云彩，只有一片像海水一样湛蓝的天。医院的草地长满了绿油油的小草，望去就像一块绿色地毯。相间其中的几棵古老而壮实、弯曲着虬枝的香梓树，给人一种寂寥和恬静的感觉。

"人的天性是追求自由，关在房子里，真是不自由。"凌鹏有感而发。

"人一旦得病，自由就受到限制。在某种意义上说，我们护士的自由是与病人的自由联系在一起的。"

"此话怎说？"

"很简单，病人如果病情危急，需卧床治疗，或者要输氧，打吊针，准时量血压，而护士的责任，就是要一丝不苟地把这些事情做好。有时，还要寸步不离地守护在病人旁边，以观察病情的变化。如果病人恢复得快，这一切都不需要了，那我们护士也就解放了、自由了，尤其是绷紧的神经获得了自由。"

"真是不容易。"

"世上之事，无论大小，在我看来要做好都不容易。"

"如果我没猜错的话，这话可能是你父亲曾经对你说过的。"

"何以见得？"

"又何以不见得？我是从你的年龄上得出这个结论的。"

"看来，你是想要了解我的父亲。"

"有这个想法，如果你以为可以的话，不妨谈谈他老人家。"

"可是他不在了。"

"啊！对不起。"

"没关系。你第一次醒来说的那些话，就在告诉我，你是一个好人，是一个有血有肉、知情知义的领导干部。这样的干部太少，我敬重你。"

"千万不要这样恭维我，我只是一个平常之人。"

"我其实知道你的名字和情况，我看过《中国青年报》的文章，我知道你也不容易。你走到这一步，是付出了代价的，甚至是生命的代价。如果没猜错的话，你也一定付出了感情的代价。像你这样的男人，一定会有女人爱你。"

"那都是过去了，比起国家的不幸和人民所遭受的苦难，我个人的不幸不算什么，我并不怨恨谁。我只是想这种悲剧不能重演。我们的责任，就是要使这种国家和民族的悲剧不再出现。"

"我也这样想过，有些事情虽然是具体的人干的，可想到底，他们也是受害者。除个别本来就心理阴暗的人外，他们也是陷入了盲目的冲动之中。就说我自己吧，'文化大革命'之初，我也当过红小兵，跟着大哥大姐们去我们院子里的专家楼抄过人家的家。但想不到，后来造反派也抄了我的家，还把父亲押着去批判、游街。"

"你父亲当时……"

"我父亲当时是省文化厅艺术研究室主任，他学的是戏剧专业，曾经做过编剧和导演，担任过省京剧院院长。'文革'开始时，很多编剧，因创作过反映封建社会生活的朝代更替的历史古装戏，被批判是为封建统治者涂脂抹粉，歌颂帝王将相。还有的因写现代爱情戏，被斥为宣传资修和阶级调和论。我父亲则是因为厅里的造反派要组织批判《牡丹亭》，他拒绝去参加批判发言，被斥为反动学术权威，要他低头认罪，揭露当时的厅领导批准演出《牡丹亭》是宣扬封建庸俗的黄色爱情。我父亲对此十分反感，他说，这是一个以生死之环扭结而成的凄迷动人的传奇故事，表达了'情到深处，便生死无别'的哲理，剧情动人，感情雅丽，其中的梦境演绎表达男女欢好的曲子，演员也表演得庄严、深沉，给人的感受绝非有丝毫的俗尘飘舞而是生命的神圣结合。可是，那个时候，谁还会听你讲这一套？一顶帽子扣在你头上，你就别想再抬起头来。以后无休止地批斗，又是抄家，又是挂牌示众，还逼着父亲每天去冲刷厕所。父亲是刚烈之人。有一天，坐在家里，他独自一人对着墙壁说'士可杀，不可辱'。我不懂这句话的意思，也没有告诉母亲，万没有想到的是，第三天父亲就在他的办公室上吊自杀……"

雨菲哽咽着无法再说下去。

凌鹏停住了步子，像铁塔一样庄严地站立在草地的湖边。他掏出手帕轻擦眼角的泪珠："雨菲，那个岁月，像你父亲这种惨遭迫害的知识分子可不少啊！我在西夏时，同时被监禁的人中，大都是北京来的文艺界的学者和专家。他们的遭遇，他们心中的烈火，他们的呐喊，尽管已经留在那片千古之谜的沙漠上，但我们一定要记住，中国再也不能走这样的回头路。"

"是的，这一个月来，我在你身边学到了不少的东西，这其中包括你的思想、知识、意志。我也从你的身上，看到了我们这一代人的影子，看到了祖国的前途。"

"别说这些，说多了，就俗气。你还是谈谈父亲死后的事吧！"

雨菲走着，弯腰从草地上拾起一片枯叶，她认真端详着、摆弄着，幽幽说道："父亲死后，我和母亲就像这片在生活的空间里被遗弃的枯叶了，整天在狂风里飘浮、卷起又坠落。"

"你母亲是做什么的？"

"我母亲是一个舞蹈演员。父亲被批斗，她已失去了演戏的自由。后来母亲改嫁了。我才知道父亲的悲剧的根源，其中之一是来自母亲的美丽和高傲。"

"为什么？"

"原来省里管文艺演出团体的那个领导跟厅长有矛盾，他就借'文革'之机，想以批《牡丹亭》入手搞倒厅长。而很长时间，他又盯上了我的母亲。当时我母亲确实长得漂亮，演技又好，是省里的知名人物。只要把我父亲搞倒了，既可以戴罪于《牡丹亭》的支持者，又可以威逼我母亲，达到其不可告人的目的。父亲死后，面对一家两口的生活重负，加上为料理父亲后事欠的账，母亲一筹莫展，每天以泪洗面。我那时还年幼，只好陪着母亲哭。一年以后，'文革'的风浪仍未平息，母亲实在支撑不了这个家，她也于百般无奈之下，便答应了那个领导的要求。"

"当时，你不反对吗？"

"我反对！可我怎么能弄清这些事呢？"

"你能接受那种现实？"

"我不能！但是我又可怜我的母亲，所以母亲改嫁后，我就要求下放到了父亲出生的那个小山村。"

"以后你母亲来看过你吗？"

"她常来，她给我送食品、衣服，送钱，鼓励我读书。她告诉我，为了我她可以付出一切。"

"我明白了，她心里只有你。"

"妈妈还说过，一个人一生只会爱一个人，不可能再爱别的人。即使别的人可爱，但这不会是完整的爱，这应当叫爱慕和敬重，也可以叫崇拜。"

"你母亲伟大，了不起！"

"你怎么这样说？"

"你现在也许不理解，我想有一天你也会这样说的。"

雨菲再没有说什么，只是停下来，仔细地端详着眼前这位大哥哥。

凌鹏望着雨菲纯真和圣洁的眼光，淡淡地笑了。然后他俯下身子，从湖堤上拾起一块白色的石子，朝着湖心扔了出去。

平静的湖面顿时有了一圈圈向外扩展的涟漪。

三十六

雨菲后悔不该给凌鹏讲那么多，自从凌鹏知道她的身世后，对她的关心，胜过了自己的母亲和其他亲人。她有一种离不开凌鹏的感觉了。只要一闭上眼睛，凌鹏就会出现在她的眼前。

几回去病房，她都走错了房间，她还不时往凌鹏住的病房跑。她笑自己痴情，恨自己太没有姑娘的沉稳和内敛。她已经把那天地上拾的树叶保留下来，夹在日记本里。她在那天的日记上写道："这一天我把自己比作这片树叶，有一天我要把这片树叶连同我的心和整个爱送给他。"

凌鹏出院后，就全身心地投入到了工作中去。只有两件事，他是时常放在心中的。一件是要继续设法找梦泉，另一件事是不要忘记了关心雨菲，她是一个值得保护的好妹妹。每每想到这里，凌鹏也感到了生活和工作的充实。

县委书记孙华通过一年多的工作，他对凌鹏的看法极好。他一直认为凌鹏是一个正直、慷慨、务实、有思想、有开拓精神的干部。他总想多给他压担子，多让他接触群众，在实际工作中去锻炼提高。但他也从一些渠道和干部的议论中，恍惚察觉到自己越是这样做，班子里的有些成员越是不买账，甚至还给凌鹏的工作设置这样或那样的阻力。好在凌鹏是一个有气量的人，他明知别人给他穿小鞋、使绊子，甚至挑拨离间，他好像就没有那回事，依然干得上心，做得认真。这一天，孙华一走进办公室，县委主管党群的曾固书记就跟了进来。

"老孙呀！有时间吗？想跟你交流一点情况。"

"行，你就坐下说吧！"

"是这样的。最近一段时间，落实政策的工作推进力度是很大，得到了全县上上下下的拥护，这件事情，县委决策是对的。但是也有反映，工作还是抓得粗了一些。像全县一百多右派，怎么说改就全部改正，有些从省里下放改造的极右分子，也就凭省里的文件就下通知摘帽，这样做，我担心会出问题。"

"我插一句，老曾，右派改正的文件你也签了字，而且也是党委讨论授权的，怎么能说是落实政策办随意处理的呢？"

"不，问题不在一般的右派，我是指比如像孔子谨那样的极右分子，当时在全省都出了名，是省委书记点名的，像这样的可能要征求一下省里的意见吧！"

"还有别的问题吗？"孙华有些不耐烦了。

"有。又比如原来批判《红烛颂》戏剧，那当时是县委集体讨论批判的，处理作者和剧团领导也是当时的政治形势做出的。我虽然是具体的组织者，可这是大气候所致。现在凌鹏硬是要办公室起草专题报告，请求县委批准公开来反。这样做，我想不通，这不是借口开平反大会整人吗？"

"没那么严重吧！但是我要说明的是，要不要公开平反《红烛颂》，这不是凌鹏的主意，这是广大师生的要求。昨天，我到县教育局参加教育改革座谈会，很多老教师就迫切要求公开为《红烛颂》平反。大家说，人家作者、剧团团长乃至演员受了多年委屈，难道我们领导机关连作个自我批评都不敢吗？当然这件事怎么处理，常委会要讨论的。"

"总之，孙华同志，我们可是老搭档，在这样把握全县政治大局和人心向背的大是大非面前，你可要把好关啊。我这里还收到一封信，你也看一看吧。"

曾固走后，孙华从信封中抽出了信纸：

曾固书记：

作为县直机关的干部，有一种倾向，我们希望引起县委的重视，你是主管党群的副书记，按理说，落实党的干部政策和平反冤假错案，应当由你来抓。可是近段时间，凌鹏大权在握，在全县上下发动全面清查处理落实"文革"被处理的干部。那些右派尤其是教育战线的，就一夜改正了。不知道你看到了没有，《江海日报》有篇题为《平反冤假错案的春风吹暖四方》的报道，是一个叫孔娟的记者写的。她把功劳全部记在凌鹏的身上。什么坚定执行上级决定，坚持实事求是呀！深入群众调查呀！这篇文章通篇就没有讲党的领导，讲集体的作用，讲政策的威力。我们认为，这实质是一个政治问题，有的人就想借落实政策搞政治资本，把矛头指向一批老领导。听说凌鹏还准备为《红烛颂》公开平反，这无疑是一枚重型炸弹。我们对此拭目以待。

最后的落款是"县直机关部分干部"。

孙华看完这封信，心情也是复杂的。虽然他对使用凌鹏还没有因这封信和刚才曾固书记的谈话产生动摇，但是报纸上这样突出地宣传一个县委主要领导是不是正常？会不会给全县干部造成误解？至于他自己，孙华也算是一个文化人，他教书出身，原来也没有从政的愿望，也是因为"文化大革命"的特定条件，家里有着红色的工人阶级背景，得以走到政治舞台上。这些年的政治局势的变化，他也曾经迷茫过，但是让他真正明白了许多重大政治问题的是是非非，还是党的十一届三中全会做出的一系列重大决定。考虑再三，孙华觉得平反冤假错案没错，必须抓下去，记者的报道也不一定与凌鹏有关，但有些事情以后自己还是要更加慎重一些，毕竟在班子中已经出现了风雨。

夜很深了，常委会仍在继续。

会议的焦点是对《红烛颂》作者和剧团团长的平反，是公开昭雪还是只具体落实政策，不做公开宣传。常委们的讨论一开始就出现了严重分歧。一部分常委认为，已经成了历史的事情，现在纠正了就行，不必公开平反昭雪，因为处理这件事的不少领导仍在工作岗位上，怕影响感情，今后不好开展工作。另一部分同志则认为，中央对重大的冤假错案都公开来昭雪，为全党带了好头，更加树立了党的形象，而我们为什么不敢呢？双方各执一词，争论异常激烈。

孙华怀着极大的冷静在倾听常委们的发言。曾固书记一个劲地在抽烟。凌鹏则旗帜鲜明地表示必须公开平反，给人民群众一个满意的交代：

"我看大家的意见都已表明了，这件事情还不能简单地以少数和多数来表决。作为县委书记，在重大原则问题上，我应该表明自己的态度。我的态度是泽海县前段落实政策的工作进展好，群众反应强烈，抓住发生在我县的错案《红烛颂》公开平反昭雪是符合民心的，我们不应该过多地考虑自己的得失。要为民所思，为民所虑，为民所忧，为民所图，除此之外都不是共产党人的追求和胸怀。我希望我的这个决定，大家能理解和支持。"

会议到这顿时沉默了起来。

许久没有人附和表态。

突然武装部政委带头鼓起掌来。掌声震撼着常委会议室，也震撼着大家的心。

三十七

孙华读着匿名信，皱起了眉头。

> 一个县委副书记，与医院的护士、报纸的女记者打得如此火热，来往如此密切，是不是需要问一个为什么？据我们知道和女护士的关系是在住院时建立起来的；和女记者的关系则是为她的右派父亲平反建立起来的。这样的干部不处理，我们保留向上级机关反映的权利。

下面的落款是"知内情的革命干部"。

稍有政治经验和生活阅历的领导干部都知道，在干部问题上，唯有经济问题和作风问题是最敏感的。尤其是作风问题最容易在社会上流传，造成消极影响。凭孙华的感觉和判断，凌鹏是一个生活非常严谨的人，怎么会在作风问题上自己打开缺口呢？这也是一个防洪堤啊！无论从何种因素考虑，特别是对凌鹏这样的年轻干部，孙华感到自己有责任保护他的成长，于是孙华决定找凌鹏直接交谈一次。

吉普车朝方竹方向飞驰而去。沙石路上扬起了遮天的尘雾。窗外的阳光很美丽地映照着冬天的山山岭岭、田野村落。这是一个温暖的冬天，也是多年来少有的让人快乐的冬天。随着中央发出了农村改革的文件，农民的积极性空前高涨，特别是他们看见当年"割资本主义尾巴"时，挨批斗的"暴发户"也一个个平反，就更加放心大胆地发展农村经济了。

"你看这冬修水利的热闹场面，是多年不见了。"

"是的。我听说不少农民听了电台广播农村改革的政策，还自发地放鞭炮呢！"

"确实得人心啊！政策是党的生命呀！"

"孙华同志，你今天邀我出来，我好有一比！"

"一箭双雕。"

"从何说起？"

"不说自然会有结局的。"

"那就等着瞧！"孙华若无其事地说。

车子又穿过了一片宽阔的田野，拐过一道河湾，便进入了一条两边是山的狭窄山道，公路边是一条哗哗流着清亮的山水的溪流。溪流沿着河床奔泻，遇到河中凸起的岩石，又溅起一团一团的流花。透过玻璃窗，望着这片景色，凌鹏已经回想起来了，这就是他上次调查遇灾的方竹乡古庙村。

"你知道吗，听说有位西方经济学家说，谁要是解决了中国的农业问题，只要把解决问题的措施、政策、方式、观念总结出来，一定可以得诺贝尔经济学奖。"

"这倒没听说过，不过我也认为，能解决中国农业问题，就等于能解决中国的所有问题，那就是得十个诺贝尔奖也不为过。"

"等着瞧，中国总有一天会要拿这个诺贝尔奖的。"孙华很自信地说。

"不过，我想，这样也太抬高诺贝尔奖了。那时候我们可以设一个世界农业奖，自己奖自己，就像当年诺贝尔奖开始实施一样。"

"这个设想好，中国是世界农业大国，应该设这个奖。"孙华也同意凌鹏的见解。

说话间，车子开到了那座破庙前。

"前面的路还没有修好，只能步行。"司机告诉大家。

"走走好，正好呼吸一下山区的新鲜空气。"孙华说。

"在城里拿钱也买不到。"凌鹏说。

孙华和凌鹏有说有笑地朝山的深处走去。

去年夏天洪水泛滥，冲垮了不少河堤，现在正集聚了一群男女劳力在挑土筑堤，不时传出一阵阵欢笑声。当凌鹏和孙华出现在河堤边时，乡亲们都好奇地停下活来，打量这几位不速之客。这时，突然有人在喊："县委领导来了。"

孙华立即走到堤前，他对着乡亲们大声说："乡亲们，辛苦了！我叫孙华，他叫凌鹏，我们来看望大家。"

"孙书记好！凌书记好！"堤上的乡亲们在喊。

古庙村的乡亲，谁也没有忘记去年帮他们护堤抗洪的凌鹏书记，谁也不会忘记前年组织干部到这里为古庙村修公路的孙华书记。中国的农村目前虽然还很贫困，但是他们渴望富裕，拥护改革，他们对干部所做的每一件事心里都是有数的。

村民们暂时停工，很礼貌地朝两位县领导围了过来。

"请喝茶。"年轻的姑娘送来了热茶。

"请抽烟。"年轻的小伙子送来了香烟。

时值冬天，这里充满着温情和喜悦。

这时，一位上了年纪的老农民挤到了孙华书记的跟前。

"孙书记，我没有见过你，但知道这条路是你组织修的。修了这条路，我们村真正搞活了，现在卖粮、卖猪、卖红薯都靠车拖。平常说要想富先修路，看来一点也不假哦。我代表全村乡亲感谢你！"

"孙书记，我也要向你汇报，这个凌书记可是个好书记。去年夏天，要不是他冒险来指挥我们挖堤排洪，真不知道是个什么结果。我也要代表乡亲们感谢凌书记。"又一位干部模样的农民说。

"别感谢了，乡亲们，今天我想问你们一个问题：刚才来时我注意到了，这条河堤要恢复有近一千米，而且要填的土方也不少。你们村并不富裕，修堤的资金是怎么解决的？"

孙华说完，便用眼光环顾四周。

"孙书记、凌书记，我是古庙村的党支部书记，叫章春贵，上次你来组织修路时，我正好去县里办事。上次凌书记来抗洪，我还来不及跟他打招呼，他就跳到河里。后来凌书记负伤昏迷了过去。所以我很惭愧，两位书记来到本村，都没有喝过一杯茶。今天又是我们村一个喜庆的日子，想不到两位书记一起来，而且是轻车简从。要不是刚才三毛伢子认出来了，可能又会喝不到我们的茶。二位书记要问这钱从哪里来，说来说去又要感谢二位书记落实了中央的干部政策。事情是这样的：上次跳下水去挡木头的孔雨韵，原来是省出版局的一个下放干部。这次改正右派，给他补发了八千元工资。他说，为了感谢乡亲们对他在农村十几年的关心和上次县委安排他住院免费治疗，决定把这八千元捐给村上修复河堤。乡亲们听了非常感谢，经过村党支部讨论决定，只同意接受四千元，其余资金全村各户筹措，也表示对孔雨韵同志的敬重。"

"原来这样！"听了支书的介绍，孙华心情非常激动。

"老孔还在村上吗？"

"在，他现在正在家里绘施工图纸。他说水利工程要讲科学，不能蛮干，弄不好洪水一来又要出问题。"村支书说。

"他懂水利技术？"孙华问道。

"他什么都懂，他还会做医生呢！我们村里人的小病，主要靠他治疗。"一位年轻的妇女说。

孙华明白了，这是一个有心人，一个有知识的有心人。人在逆境中，尚能如此奋发为百姓做事，多么难能可贵哦！此时孙华对孔雨韵的敬意油然而生。他在心中自责，要是当时听了凌鹏的建议，孔雨韵同志还可以提前半年落实政策。

夜色降临了，吉普车仍停在古庙前面的公路上。孙华和凌鹏还坐在古庙下的河堤上交谈。河水带着月色星光从脚下如玉带般缓缓流过。山区的风虽然寒冷一些，但是因在山窝里回旋，却还没有城里的风那么寒冷刺骨。看来这有着兄弟般情谊的两位江海县当家人已经是心相印、手相牵了，要不怎么这样晚了，还在山溪边有说不完的话呢。

"你问我与雨菲的事，如实地说，我对她还真关心不够，像她那样的家庭遭遇，谁要是不生恻隐之心，那是石头心肠。至于孔娟，我仅见过一次面，那是今年上半年在省里开落实政策会议，她来到会上要采访我，我拒绝了她。她后来说，我说出一个人的名字，你如果也拒绝的话，我就无话可说。你说那人是谁，就是今天我们拜访的下放干部、当年的省出版局副局长孔雨韵同志。你说，面对劫后余生的老干部的唯一的爱女，我能再拒绝吗？作为一个人，能如此薄情面对这群纯洁真实的年轻人吗？"

"其实，你做得对，这些事情落到我身上，我也会这样做。但是凌鹏，我还是要提醒你，你已经三十多岁的人了，不管人家怎样议论，甚至捕风捉影，个人问题还是要考虑的，也不能再拖！"

"刚才跟你讲了梦泉的情况，她的下落不明，我是无法面对任何一个女人的，我的心永远都会不安宁。"

"不能这样，我估计梦泉她现在一定是成了家，要不她不会回避你。说不定，她知道你也成了家倒会来看你。在这种特定的历史条件下形成的意外分离，彼此之间谁也不会抱怨，会原谅的，你应当理智地思考，把握自己的婚姻问题。"

"再等一段时间吧！我一直托人在寻找。"

"我也同意你的做法，但要有一个时间表，知道吗？时间表！"

不知道什么时候他们离开这条溪流的河岸，只知道当吉普车启动的时候，月亮已经隐进了暗淡的云层。

三十八

雨菲的胃病又发作了，几天都无法进食，只能躺在医院里打吊针。

医院的领导、医生、护士都劝她给母亲打个电话，也好让自己的亲人来照顾，雨菲就是不肯。还是那位曾经给凌鹏做过治疗的医生，他不经雨菲的同意，把她得病住院的事告诉了凌鹏。

晚上县委的会议开了很长的时间，而明天又要下乡，凌鹏几次想跟孙华请假，他都制止了自己。因为他是一个真实的人，请假他是不会撒谎的。直到十一时散了会，凌鹏急速地驱车来到医院。

值班的护士很热情地把凌鹏送到了雨菲的病房。雨菲并没有睡着，凌鹏的到来让她感到意外，更感到欣喜和幸福。

"凌书记！"眼泪盈满了雨菲的眼眶。

"好些了吗？怎么不告诉大哥！大哥是你的亲人呀！"

"我的亲人，大哥！"雨菲抽泣了起来。

"雨菲，要坚强，病不可怕，可怕的是我们自己脆弱。你不是也这样对病人大哥说过吗？"

"哥！你过来，我有话说。"

凌鹏有些迟疑，此刻他耳边又响起了孙华的话："有人写了你的匿名信，讲你与护士、记者交往不检点……"

"哥！你过来……"雨菲几乎是哭腔。

凌鹏仍未移动身子，这是何等沉重的步子啊！对于他这样的男人，曾经是风雨沙漠、生死不惧，而今要面对一个弱女子，一个纯洁的灵魂，他能拒绝她的呼唤吗，这是心和灵魂的呼唤。

"我估计梦泉她现在一定是成了家，要不她不会回避你。"这也是孙华的话。孙华呀孙华，你是要我听你哪句话啊！

许久许久，雨菲再也没有叫他，只是闭着眼睛，那眼泪夺眶而出，挂满了她苍白的两腮。

凌鹏顿时醒悟过来，他急忙走过去，俯下身子，用脸贴着雨菲："好妹妹，哥想你！"

凌鹏的泪水如泉般涌出。

攀过峭谷，穿过修竹，画板在湖边，涂出蔚蓝的天和白色的鸟，美丽的倩影飞进他心灵的窗户，剪开心中的朦胧。

凌鹏躺在床上，望着对面墙上雨菲画的那幅《白色鸟》，心海里汹涌着激情的波涛。雨菲此刻正在浴室里梳妆，自己整个生命的美丽和流动的曲线。她是护士，她学过医，学过美术，学过舞蹈。要不是这场"文革"灾难，她一定会更加妩媚、雅静和温情四溢。

雨菲披着如蝉翼般轻盈的粉红色睡衣，步履悠悠地飘向那张像一叶轻舟似的新婚殿床。凌鹏已经像大鹏展翅，张开了双臂，那是多么宽广而充满力量和梦幻的手臂。雨菲已悄然褪下睡衣，让自己的胴体无任何尘封地沐浴着室内明亮而多情的光芒。雨菲躺在手的翅膀上，在大海上飞翔了起来。

大海浩瀚，无边的深情，无边的温暖，无边的色彩，无边的斑斓。

天空神秘，无边的空灵，无边的情韵，无边的灿烂，无边的幽远。

生命在飞翔，灵魂在飞翔，梦在飞翔，歌在飞翔……

感情在飞翔，幸福在飞翔，美在飞翔，性在飞翔……

是谁在吟诵？是谁在歌唱？是谁在倾诉？是谁在遐想？

"才知道人生的宽容和幸运

原来世界这么大

又是这样小

此刻，人间只有我们两个人。"

雨菲在幸福地自语。

三十九

老校长终于给梦泉写了一封信。

梦泉：

　　我一直想给你回信，但每次提起笔，想到你怀孕时在学校的情景，我的心就酸酸的。我实在不愿意再因为我给你回的信，让你难过和痛苦。可是，我又必须告诉你，我没有违背你的心愿。这样，也算是了却了我一个曾经没有勇敢地保护你的长辈的万分之一的歉愧。

　　凌鹏确实回来了。他是从西夏的大漠归来的。回来后，他很风光，因为他成了坚持真理的斗士，反"四人帮"的英雄。但有一点，我感觉他仍然很清醒，或者说没有被身边的颂歌和鲜花熏昏头脑。他在寻找你。他来到了我们学校，他要我告诉他你的去向和有关情况。我没有告诉他你的去向，更没有说你生孩子的情况。但我告诉了他你与江河的情况，以及江河被开除回乡务农的遭遇。

　　听了我的诉说，凌鹏很悲伤。他后悔没有能保护你，他也如实地讲了对你的爱和思念。他能理解你和江河，他对江河的侠义肝胆，为了帮你寻找他付出的惨重代价感到自责和难过。在芒岛待了一天后，他走了。后来我听说他被调到江海县任县委副书记，而且工作干得很不错，特别是抓平反冤假错案在整个江海市影响很大。看来，他不会改变自己。

　　梦泉，现在我们的国家已经逐渐安定了下来，人们的心情也舒展了起来，一切工作都开始走入正常的轨道，我当然高兴。可年龄不饶人呀！再过一年我就到退休的年龄了。我不能用自己的工作来弥补曾经有过的过失和遗憾。但我要告诉你的是，你的老校长是一个善良的人，他一生最大的连自己也不能饶恕的过错，就是软弱。

　　梦泉，你会幸福的，我相信你永远不会软弱，真的，不能！

读完信，梦泉泣不成声。这哪里是读信，分明是一颗真诚的心在温暖她的心。梦泉已经十分感激老校长的真诚的帮助，她当然知道，在那个特殊的岁月，人与人之间一夜就可能变成对立关系，谁还能不谨慎地对待任何一件事情？老校长能这样做，已经尽了心。可现在人家即将离开自己奔波了一辈子的神圣岗位，这样地自责自己，不仅仅是一种品德和人格精神的体现，而是一种更深入人心的理智和深情。他让人刻骨铭心，终身不忘的。梦泉非常珍惜地把信件收藏起来，她想有一天见到江河，见到凌鹏，一定要让他们也一同感触这颗平凡人伟大的心。

"笃笃笃……笃笃笃"，有人在敲门。

"妈妈，有人敲门！"七岁的玫玫已经很懂事了，她急忙跑进内室去告诉梦泉。

梦泉刚洗过澡，头发还未吹干，仍湿漉漉地披散在额头上，白皙而泛着光泽的脸庞和脖颈在灯光的映照下，更显得楚楚动人。虽然已近三十岁，而且还生过小孩，要是不知底的人，见到梦泉，都还以为她是未婚姑娘呢！

听女儿说有人敲门，梦泉连忙扯下一条干毛巾，使劲地在头上揉，企图揩干水，然后她又把头发用手帕暂时扎了起来。

打开门，只见尹主任站在门口。

"对不起，打扰了。"

"让你久等了，我刚才在洗澡。"

"啊！难怪，有一股清香，一股清香。"尹主任酸酸地说。

"尹主任，你找我有事？"梦泉不想让他坐。

"有事，又没有事，想看看你。"

"我有什么可看的，我们不是天天见面吗？"

"那不一样，那是公众场合。"

玫玫还小，她不可能知道大人的事，便站在妈妈跟前听大人对话，不时地还眨着眼睛注视一下眼前这个男人。对这种上了年纪的男人，小玫玫总有一丝天生的敏感，那就是怎么老不见自己的爸爸呢？

"尹主任，说句实话，像我这样孤女寡母的，真还没有时间去想别的。等会我还要教玫玫认字，如果你没有工作上的事，我想你能不能……"

"你是要我走？"

梦泉没有回答，只是微微点头。

"其实，我还真是找你商量教学上的事情。"

"那就请说吧！"

"是这样的，最近学校分来了几个本科毕业的声乐专业学生，学校考虑到你是'文革'时的专科生，想让你去省里进修，课程想作一个调整。"

"啊，是这样的。"梦泉的脑子很快闪现一个可怕的念头，这是逼婚。她想，学校谁不知道我梦泉带着一个小孩在身边，怎么可能去省城进修？小孩谁来照顾？在这个小县城她举目无亲。要说业务水平，学校原来在"文革"前毕业的本科学音乐的老教师，哪一个又不了解我梦泉的业务和实际水平。虽说，读的只是专科，但是从小受父亲的教育、指导，特别是弹钢琴、唱歌的技巧，包括一些理论，早已达到大学本科的水平。

尹主任之所以如此，不为别的，就是因为他早已盯上了梦泉，他要娶梦泉。尹主任当然错了，这不是一般的智力上的错误，而是人对人认识的错误。他自以为梦泉身处困境，是个弱女子，虽然清高，但是必然经不起人生的打击。

"梦泉，这件事叫我为难，所以我特地先告诉你，让你有思想准备。"

"尹主任，谢谢你的好意，至于工作的调整，当然只能由学校决定，我一个普通的教师只能是服从，至于以什么方式服从，那是我自己的事情。"尹主任没有想到梦泉并未因他的这个举动而感谢，反而不冷不热地回答了他的话。他感到没趣，但他又转念一想，女人呀，只是未到时候。

"好吧！你冷静地想一想，想明白了，再来找我。"说完，尹主任趾高气扬地走了出去。

玫玫急忙帮妈妈去关了门。

梦泉此时坐在床前，忘记了自己一头的湿发，呆呆地望着墙壁，眼泪夺眶而出。玫玫走进房间，见妈妈在流泪，她感到突然、惊奇！怎么那位叔叔一走妈妈就哭，他欺侮了妈妈？没有呀！那位叔叔只是跟妈妈说了一些话。平时那位叔叔见了自己还很亲热哩！

"妈妈，你怎么哭了？"

梦泉忙用手去抹眼泪："妈妈没有哭。"

"你哭了，妈妈，你是想爸爸了吗？"

"玫玫，你怎么了？"梦泉万万没有想到，刚七岁的小孩，在此时此刻会提出这样让她揪心的问题。自从玫玫第一次向她问到自己的爸爸时，她就告诉她，爸爸出国留学了，在搞科研，要很长很长时间。她的心病就是怕别人在她的女儿那里问到她爸爸的事，所以这些年来，她对玫玫是形影不离。就是去上课，她都把小玫玫一个人关在房子里。小玫玫还真听话，自己一个人玩，从来不吵闹妈妈。现在这件事情已经开始面临现实的挑战，怎么才能让玫玫相信自己呢？

"玫玫，你先睡吧，妈妈今天不能教你认字了。刚才那位姓尹的叔叔又给妈妈布置了作业，我要加班。"母亲应该在儿女面前做一个最忠实和正直的人，因为她不仅有着用自己的心血和生命的乳汁哺育后一代的责任，而且更有着用自己的高尚人格和道德情操塑造儿女品格和灵魂的神圣职责。现在梦泉却要用美丽的谎言去哄骗自己幼小的女儿，她是百般无奈，更是万般地痛苦。可怜天下父母心呀！

天真无邪的玫玫很快就进入了梦乡。睡在床上，她的小脸上还荡着浅浅的微笑。梦泉站在床边望着熟睡的女儿，心里塞满了酸楚。

"梦泉，你会幸福的，我相信你永远不会软弱！真的，不能！"这时，老校长的话又在她耳边响起。老校长呀！你真是智者，几十年的风雨人生，让你深邃地透视了这个世界，也让你自觉地反复解剖了自己的灵魂。许多人，甚至是伟人，都读过鲁迅先生关于解剖自己的警言，可解剖自己谈何容易！在"文化大革命"的狂涛中，多少人在灵魂深处爆发革命，可谁又真正地解剖自己的灵魂，用理性和正义校正自己的方向呢？那么多的冤假错案，那么多的无情批判，那么多的黑白颠倒，那么多的利令智昏，那么多的捕风捉影，那么多的你争我夺……不是谁都不明白、不醒悟、不明真理、不辨忠奸、不知真伪，而是就像老校长说的"犯了不可饶恕的过错，就是软弱"。梦泉坐在玫玫睡着的床前，她想得很多、很远、很深，也想到了江河，想到了凌鹏，想到了老校长。她知道，现在她去找其中任何一个人都可让自己不至于走投无路，但是她不能。梦泉天生就不是弱者。此刻，她真敬佩老校长，他不是明明断定自己今后的道路仍然会充满风霜雨雪吗？

四十

再说回到荆棘村务农的江河，可受尽了乡间一些世俗人的冷眼。父亲理解、体贴自己的儿子，尽量把农活揽着自己干，让江河在家里继续练琴，钻研音乐。他相信，有朝一日自己的儿子一定能扬眉吐气。

一天，江道正老人对江河说："听说我们村小学古老师的右派也反正了，你是不是也到学校去问一问，或许可以恢复工作。"

"爸爸，我跟他不一样，他是历史问题，本来反右就是左的路线的结果。我是自己违反了学校的纪律。"

"你去寻找的那个凌鹏，我听说现在是领导干部了，他没有问题，怎么你还有问题呢？"

"爸爸，你别再说，我还有别的问题。我不是跟你说过了嘛，你是不是嫌我连累了你？"

"孩子，你不能这样想！你去不去，我不勉强，但你一定要振作起来。我最不放心的是你的身体，你回乡都七年多了，都快四十岁的人，还不为自己想想，至少也该找个对象吧。"是的，父亲也许是对的。一个临近四十岁的人，还要靠父亲支撑这个家，实在说不过去。婚姻问题，江河实际上已经淡漠了。如果听任自己的性子，他是决意做独身男人的，但看到终日劳累的父亲，他又不忍心。不管怎样，他毕竟已经年过六十了，应该也让他歇一歇了。

"父亲，学校我就不去了，可你讲的找对象的事，我也在想。这样吧，你看儿子有没有缘分，我从现在起会考虑这件事情，你就放心吧！"

"儿子，你这才让我高兴！"说完，老人哼着乡间小调，扛着锄头走向了门前的田畴。

江河也突然想起了什么，立即走进父亲的房间。窗外的阳交亮亮地照耀着这个冷寂和朴素的房间。南方农村的木架床，挂着已经发黄的苎麻蚊帐。一张破旧的书桌靠窗户摆着，桌上的煤油灯的灯罩已经缺了一个口子。望着煤油灯，仿佛看到那昏黄的火苗映着一个瘦削的背影在眼前晃动。

"啊！想起来了。"江河想起来了。他昨夜起来解手时，发现父亲房里还亮着灯光，他悄悄地移到房门口，透过门缝，看见父亲在伏案写着什么。回村七年了，他还从未看见父亲半夜起来写东西，一定是父亲有什么心事！今天一早父亲就找他谈落实政策的事，还有对象的事，是不是父亲心里有了什么难言之事？或许他的身体有了什么不适？江河觉得反常，便站在房里思考起来。

江河边想边朝窗前走去。走到桌前，他发现桌上的砚池里还有尚未干涸的墨汁。毛笔虽已插入竹制笔筒，可以看出，那支用过的笔仍然闪着手擦过的光泽。

"一定是父亲在写东西！"江河心里想，可父亲写什么呢？他想找出父亲写的东西来。他的手刚要触及抽屉的拉手，又停住了。不行，我不能这样做，这是父亲的隐私！江河的手缩了回来。

　　血肉之躯，心灵之痛。父亲呀！你是多好的父亲，你为儿而忧，为儿而喜，为儿而苦，为儿而叹！你有儿不为你争气，有妻却离你而早逝。可你千不该、万不该将痛苦独自咽，将离愁一人牵。有话应对不孝儿讲，有难应对不孝儿诉。哪怕只能承担万分之一，心灵之痛也许轻一些。想到这里，江河断然拉开了抽屉，他要了解父亲，知道父亲，为父亲做哪怕是一点让父亲欣慰的事。

　　抽屉里放着一叠父亲写的文稿，字迹之清秀，行文之流畅，语言之真切，思想之深沉，感情之深烈，意蕴之幽远，江河自愧莫及，自愧知父太浅。下面是江河父亲夜书的短章，读后读者自会有别样感受，可那是在一个特殊的年代。

　　　　我乃一山野农夫，日出而作，荷锄而乡山色水光；日落而归，挑箩而载月辉夜露。是风雨之晨，亦牵草饲牛；是烈日之午，亦溪边看水；是雪飞之暮，亦破冻摘青。累，自有累中味；苦，自有苦中儿；寻，自有寻中意；息，自有息中梦。我不为名谋，不为财喜，不为利忧，不为仕迷。只为淡泊忠厚四字，识自然人缘之造化，穷天地人心之作合。倘何年何月何日，上帝召唤，我即借翼而仙游太虚，愿托白云，抒此情怀，留半言片语在故土，亦不枉客居六十余载。故有夜半十叹：
　　　　一叹神州法制之脆弱，何以明镜照浊流；
　　　　二叹官者为政之自私，何以百姓在心中；
　　　　三叹智人知理之不言，何以真理论曲直；
　　　　四叹壮士豪情之淡化，何以热血写春秋；
　　　　五叹天地浩然之枉然，何以宽厚丈人间；
　　　　六叹真理闪光之无奈，何以清辉化尘埃；
　　　　七叹岁月悠悠之冷漠，何以真情暖冻窗；
　　　　八叹女人忠贞之不幸，何以相思慰断魂；
　　　　九叹自然天成之危难，何以锦绣壮河山；
　　　　十叹杜鹃啼血之悲凉，何以东风唤春还。

此十叹，乃我生命之呐喊！血性之呐喊！灵魂之呐喊！是心痛之思，情痛之吟，肉痛之歌！愿以此为儿嘱，为乡文，为村赋，为田辞。

江河被这血和情、灵和气、胆和魂凝成的经典绝章而震撼！他现在拥有的已经不是一般人都有的父亲和兄长，而是拥有一个用土地和山河精神铸造的伟大民族魂。他庆幸自己人生的辉煌和壮烈。他相信，这个父亲属于中国，属于中国五千年文明之脉流出的一滴永不褪色的血液！

四十一

夜色降临了，在田间劳累了一天的父亲回到家里，正准备去厨房生火，不料江河却早已在厨房里忙开了。

"父亲，今天你休息一会儿，我给您做饭菜来！"老人纳闷，七年呀！两千多个日日夜夜，都是他早起晚睡为家忙，为儿忙。可今天是什么原因，叫儿子这样高兴呢？

"好吧！盼望能有人给我做顿饭吃。"老人特别高兴。

一会儿，桌上就端上了七八个菜，细细一数，有炒肉片、蒸芋头、煎鸡蛋、黄花菜汤、鲜鲫鱼、炸泥鳅，还有香菇和酸萝卜。

"儿子，这些菜哪来的？"待江河坐定，老人发问了。

"父亲，还有这瓶酒！"江河拿着一瓶白酒走过来。

"儿子，今天到底是为什么？"

"父亲，告诉你吧！今天我有三喜：一喜是我创作的歌曲《田园牧歌》发表了，收到稿费十元；二喜是镇上学校请我去代课教音乐，每月代课工资是二十九元五角；三喜嘛，你不仅是我的好父亲，还是好老师，是身教言教相结合的师之典范。我不瞒你说，昨天我读了你的《夜半十叹》，使我看到了光明，增加了与生活和命运抗争的勇气。我要为你的十叹，在中华大地最终变为十喜、百喜、千喜而干杯！"

"好儿子，今天这前面两喜，值得干杯，至于后面那一喜嘛，那就凑个数吧！"

"父亲，为您的健康、愉快干杯！"

"儿子，为你的振作、愉快干杯！"

四十二

乡村的夏夜是最难熬的，在房子里读书写作而不打开窗门，人就会热得透不过气。用手巾擦汗，一会儿就能拧出一股水来。打开窗门让凉风吹进来，虽然人感到舒坦些，可是成群结队的蚊子，会扰得你片刻不安宁。江河无奈，只能关着窗门，光着赤膊，在煤油灯下备课。时间久了，他备课进入了当年的芒岛音专的那种境界，什么热和闷、烦和累、忧和愁，统统抛到了九霄云外。也只在这时，江河才真正知道父亲为什么身居山野还要为中华民族的命运和未来叹息。如果说，在世间人生的平台上一边是耀眼的金质奖章，它象征着荣誉、地位和财富，一边是站着一位饱经岁月风霜磨难的清贫父亲，他豁达自信宽容大度，深知爱的真谛，假如要问江河会选择什么，他一定会选择父亲。因为他懂得父亲的伟大意义，已经不是简单的物质财富、荣耀和血缘基因可以诠释的了，而是一种精神、一种品质、一种胸襟，更是理智与人性之光的凝聚与迸射。它不仅仅是照耀一个人或一个家族的征途，更可以照耀无限广阔的世界，塑造人类灵魂的峰巅。

江河在学校代课，他重新走向了社会，重新被人们关注。学校的同事、学生的家长，也包括学生都在暗地里议论他："这样的好教师，发现太晚了！""我们最喜欢听江老师上音乐课，他的歌唱得真好，像广播里播的那样动听。"议论越多，江河在人们心中越是一个谜："一个四十岁的男人，怎么就不娶亲，是不是他的身体有什么问题？"

时光流逝，慢慢地人们发现，江河总是星期天独自一人搭车进城，回来时又总是带来很多的书报和杂志。他的衣着和发型也逐渐变得时尚起来。江河变了，父亲格外地高兴。

这年冬天，下了一场多年不见的大雪。一清早起来，天空正纷纷扬扬地下着鹅毛大雪，白雪松松软软，蓬蓬勃勃地盖住了乡野的道路、田园、溪流、山坡，整个山镇变成了一个银色的世界。江河站在学校操场的雪地上大声地唱着什么。远处的人们谁也听不清楚，只远远地望着他在雪地上来回奔跑。其时，江河的感情因白雪而激荡，他的灵感因雪飘而迸发。

雪花　雪花

你是雨的精灵

你是露的蝴蝶

你随风呼啸起舞

你伴云依恋飘洒

你的相思是大地丰收的音符

你的挚情是江河奔腾的浪花

你滋润春天的梦幻

你倾诉知心的情话

你的爱在阳光的灿烂里流淌

你的魂在鲜花的缤纷里升华

雪花　雪花

世界因你的点缀变得透明深邃

岁月因你的装饰变得慷慨无瑕

我要用心底的激情歌唱你

你是人间最美好的期待

你是我生命的天空最美丽的彩霞

　　半年后，这首由江河作词作曲的《雪花》发表在《中国歌曲》上。

　　这时候，芒岛音专派来了干部落实江河的政策，要求他回校。江河很动情，但又很坚定地谢绝了学校。他决定再不离开这个山村。他从雪花的透明里，看到了山村的圣洁、高尚和无限广阔的人生天地。

　　江河从此无论是创作还是教学都进入了一个激奋和理性的阶段。白天他精心执教，晚上他全身心地投入创作。这一夜，是一个明月与星光交相辉映的夜晚，他回到了家里，听父亲兴奋地拉完了一支二胡独奏曲《春江花月夜》。他终于带着几分羞怯地对父亲说："我现在决定，对外发布一个消息，在我们这个小镇，哪位女孩能把我的《雪花》唱好，我就娶她为妻！"这是一个没有写成文字或者在报纸广播里发表的广告，但它的内容不胫而走，一时传遍了大街小巷和村村户户。

　　人生往往是痛苦、挫折、烦恼、意外、不幸、机会、偶然幸运与缘分的组合。比如江河与梦泉吧，她是那样的倾城国色，妩媚清雅。她的美，纯静、智慧，既洋溢东方女性的含蓄、沉凝，又富有西方女性的洒脱、热烈，有时近似疯狂。再说江河，他的音乐素养高，不仅音色美、浑厚、飘逸，而且音域宽广、洪亮。听他唱歌是一种享受，一种梦幻，一种激动。对梦泉的爱恋，应当说江河的暗恋浓度胜过自我表露的几百倍，所以他恋得苦、恋得痛，是灵魂之痛，深心之痛。而梦泉的爱恋，则是爱只属于她的初恋，而后恋的江河对于她已经转化为尊重和欣赏，爱情中透着的是永远的敬仰和珍重。

一个女人被两个男人爱着，女人当然很难、很痛苦！

两个男人爱一个女人，分别有着不同的彷徨、痛苦和失落！

现在江河不再去爱梦泉了，他知道梦泉本不属于他，可他能为梦泉付出，他早已认为那是他对梦泉爱的最好的归宿。

四十三

凤芝，在镇上人们称她为美人鱼。她的美是小河里的纯洁山泉洗浴出来的，像芙蓉花出水那么清润而鲜丽。高挑的身材，乌黑的秀发，明亮的大眼睛，和她爱穿的红色羊毛衫一道，勾画了一道明媚的小镇风景。当她听到江河的"征婚广告"后，心情很不平静。她几次偷偷地跑到学校去窥视江河，有两次她的印象特别深。一次是在镇政府举行的文艺晚会上，江河在指挥全场的观众唱歌。他的形象、气质、才华全都通过他的一招一式，潇洒地展现在凤芝的眼前。还有一次是江河在夏天的小河里游泳，她见江河光着上身，露出坚实的胸膛和白净的肌肤，舒展鸟翅似的双臂，几乎被他男性魅力击倒。趁芳心慌乱之时，凤芝躲进了自己的闺房，躺在洁白如雪的床上仍在品味刚才动人心魄的画面。阁楼悬在小河的麻石堤岸上，她像一叶轻舟，在夏天里漂泊。凤芝很聪明，她已下定决心唱好《雪花》，她要向江河飞翔而去。但她有时又感到迷茫，我一个山镇女孩，仅仅读了高中，这样的文化水平，万一要是被江河选中了，我在他的跟前一开口，不就无言以对吗？不知道是谁的主意，还是她自己的办法，她从一个省城教书的亲戚那里借来了一本《毛姆随想录》，这是一本关于爱的书，她想从书中去寻找关于爱的警句。

凤芝关上门，躺在床上，借着射进窗户的太阳光，用手翻开了书页。

一行行字出现在她的眼前：

"爱，一是指性爱，一是指仁爱。前者会消逝，会死亡，甚至会衍生成恨。后者则是永恒，是善。"

现在的凤芝，她已经不自觉地坠入了单恋的爱河，有时候，她对江河的暗恋几乎进入如痴如醉难以控制的地步。几次遇见他，她都想表白自己的爱意。今天读了这段话，凤芝的心反而平静了许多。她在想，我现在的这种爱是怎么一回事呢？她当然不清楚，但有一点她明白，爱情绝不是简单的性爱，尽管她的爱是建立在对男人的爱慕之心上。然而，她又怀疑自己了，我的每次梦中追寻江河，不都是在他的亲吻、拥抱中被卷进那深渊之中，然后自己感到天旋地转，有一种强烈的力量推着自己去痛饮幸福快感吗？醒来，她每次都哭了，而且哭得很伤心，因为她只是在梦中见到江河，身边根本不存在江河。于是她的整个灵魂和身体都在隐隐作痛。现在她想，这梦中所示难道就是性爱，是要消逝和死亡的吗？多么可怕啊！

镇政府礼堂里，灯火辉煌，这是多年来农民少有的快乐时光。中央发出了农村改革的文件，农民有了自主权，又承包了责任田，生活一天一天明显地好了起来。国庆文艺会演，在农民热烈的掌声中进行着。

江河坐在礼堂右边六排靠边的位置上，也在兴致盎然地观看演出。

"下面请听女声独唱《雪花》，作词谱曲江河，演唱者荆棘村代表队凤芝。"

男主持人报完幕后，场里顿时出现了不少人交头接耳的小声议论。

"听说这首歌的作者是音乐系正规毕业的大学生，因为政治问题回乡的。"

"这首歌，早在全国性音乐刊物发表过，我看过。"

"还听说，这是江河有意创作为自己搭鹊桥的。"

舞台淡蓝色的天幕在灯光的照射下，显得格外的空旷和辽阔、幽远。用白色碎纸片做的，一朵朵、千朵、万朵银蝴蝶似的雪花从舞台上空悠悠扬扬地飘下，轻轻地、软软地，带着梦幻和朦胧的思恋的雪花，飞舞在台上，也渐渐地飞舞在观众的眼前，飘落到观众的心上。据说这个创意是江河精心设计的，那时候没有现在的电光声色、现代技术，只能靠最原始而形象的手工创作表达。

优美、舒展、深情的旋律和着漫空飞舞的人造雪花在滋润人们的心田，心田里，正在破土萌发温馨的充满向往的感情新芽。

> 雪花　雪花
> 你是雨的精灵
> 你是露的蝴蝶
> ……
> 你滋润春天的梦幻
> 你倾诉知心的情话
> ……

凤芝唱着唱着流出了深情而激动的眼泪。

"真好，真美！"江河再也不能控制自己，他站了起来，走到台前，从坐在前排献花的少先队员手中，要了一束鲜花，快步地跑上舞台，双手颤抖着把鲜花送到凤芝手上。

> 雪花　雪花
> ……
> 你是人间最美好的期待
> 你是我生命的天空最美丽的彩霞……

台下掌声一片，此起彼伏。
凤芝满含热泪向大家鞠躬致谢。

四十四

两个月后的一个春暖花开的日子，江河独自一人去了凤芝的家。一路上，江河的心情特别好，步履轻松。山边的杜鹃花，红艳艳的，像燃烧的朝霞。蜜蜂嗡嗡地在温暖的阳光里飞翔，是去采摘生活的甜蜜。路边流淌着明亮的山泉，愉快地奔向碧玉般的田野。江河边走边欣赏春天的美丽，也在想着凤芝家是什么样子。

其实凤芝也正在等待他。她早已梳妆好了，穿着一件浅红色的羊毛衫，着一条白色的西装裤，乌黑的秀发自然地垂在肩头，看去真还有几分青春光彩。她心里比江河踏实，因为今天的见面，是她主动约定的。昨天晚上凤芝试探过自己的父母对这桩婚事的态度。

"爸妈，我和江河接触一个多月来，我总觉得他人好，厚道，有才华，尤其他的音乐才华。我不图他升官发财，就图今生今世找一个可靠的有追求的、生活快乐的男人。"

"凤芝，不是妈妈脑筋不开放，别的我都没有意见，只是他的年龄与你相差太远。"

"妈妈，这算什么事呀！我看他一点都不显大，男人就要成熟一点。"

一直在沉默的父亲，听着母女的对话不发表任何意见。这时，坐在他旁边的凤芝母亲，推了推他的胳膊："别只顾听我们说话，你倒说说你的看法，明天人家就来了，总得有个说法。"

"我没有什么意见，我相信凤芝的眼光，只是有些事情要讲清楚，听说那江河原是一个国家教师，不要脚踩两只船，将来调回城里，一脚就把凤芝给踢了。"

"你讲哪里去了，上次学校来人给他落实政策，要他回去他就是不回去，他说这辈子就在农村了。"

正当凤芝站在自己的房间，透过玻璃窗往镇子上的路上瞧的时候，她心里想的昨晚与父亲交谈的对话还没有完，就看见身着黑色西装的江河兴致勃勃地朝自家方向走来。凤芝忙走出房间："妈妈，他来了！"

江河走进了凤芝家，凤芝和她父母在门口热情迎接他。路过门口的小镇上的邻居，也三三两两地朝这边张望。

待江河坐定，凤芝忙给他端上杯热茶。凤芝的父母在一边坐下，不时定睛打量着江河。江河很自然地坐在凤芝家，用眼睛的余光去捕捉两位长辈的表情。

"凤芝，伯父，伯母，我这次来，没有带别的礼物，请你们原谅。"说完，江河从自己的衣袋里掏出一本《歌曲》刊物，递给凤芝："凤芝，这是发表了《雪花》的歌曲期刊，就送给你做订婚纪念。"然后他又从衣袋里掏出一个小红包，走到凤芝的母亲跟前："伯母，伯父，这是我近年的稿费，送给两位老人表达我的心意，请收下！"

凤芝的妈妈接过红包很激动。她不知道稿费是什么意思，但她明白，这一定很重要、很珍贵，可能比钱还值钱。于是她悄悄地问凤芝："这里面的稿费是什么东西？"

凤芝听了妈妈问话，"扑哧"一声笑了出来："你呀！真是老土，这稿费呀，也是金子，也是银。它是文化人写文章、音乐家写歌曲赚的钱，叫稿费。"说完，凤芝又转过身来，对着江河："我代表爹妈谢谢你！你今后可不能欺负我啊！"

江河真没有想到凤芝会是一个这样开朗贤秀的姑娘，也没有想到她的父母是这样厚道。他激动了，这是一个音乐人的激动。激动中有许多心灵的音符要飞出口，激动中有许多五线谱的想象要品味，激动中，更有男儿的一腔热血在沸腾。他在努力控制自己的激动，他在更细心地观察眼前这家将来要相亲、信任、相爱的人。

四十五

江河家的小土屋亮堂起来了，门前的梨树上都挂起了彩带和彩球，乡亲们都赶来参加江河的婚礼。一块只能摆下三四张桌子的地坪里，坐满了说笑的男男女女、大人小孩。江河的父亲，高兴自不待言。这些年来，他又做父亲，又做母亲，还要做媳妇，心中的难呀，苦呀，累呀，怨呀，没法往哪里倒。今天的场合，今天的喜事，让他把一切都忘得干干净净。

"不怕大家见笑，我这一辈子就是喜欢拉个二胡，今天我儿子新婚之喜，又是我的媳妇凤芝过门的第一天，我给大家唱支曲子，高兴高兴！"老人说得动情，乡亲们一致鼓掌，表示赞成。

一曲《喜洋洋》在荆棘村的乡野飞旋成多少人家的笑，多少人家的乐，多少人家的向往和期待。江河紧紧地拉着凤芝的手，站在父亲的旁边，早已热泪盈眶。在欢笑和祝福的乡音不断随风飘远的热闹气氛中，乡亲们渐渐地告辞了，消失在山村浓重的夜色里。待江河一家把前坪里屋整理好，打扫干净，多情的圆月这时才拨开厚厚的暗云，把柔亮如水的清辉，悠悠地洒在墨绿色的山野树影和屋盖上。

"今夜月亮真美！"江河和凤芝坐在新房的窗前望月。

"我小时候望月亮，总是叫妈妈讲月亮的故事，人长大了，望月，就想自己的心事。"

"想什么心事？"

"还用问吗？"

"我不知道！"

"你骗我。"说完凤芝就撒娇似的坐到了江河的身上。那是一种怎样的感觉，这种感觉凤芝无法说清楚，就好像是坐在一匹高大的白色骏马的背上，既感觉触着奔跑中肉体浮动的温暖和快感，又仿佛乘白云在天空飞翔，既憧憬着斑斓的彩云世界，又强烈地受到太阳光灿烂的抚爱。在这种至奇至美至洁的感情天地里，凤芝突发奇想，我就是雪花，我要在这片爱的天空里融化成一片无限美丽的彩霞。

"江河，你现在在想什么？"凤芝用炽热的嘴唇贴着江河的脸说。

"我在想，你真像一朵晶莹圣洁的雪花。"

"你不怕我融化消失吗？"

"不怕，你在我心上融化，就变成了与我同一颗心。"

"同一颗心，同一个人！"凤芝兴奋极了，她抱住江河狂吻起来。江河闭上了眼睛，他感到脸上有一种特殊的快慰感，痒痒的，湿湿的，热热乎乎的，更多的是心的怦怦跳动和周身的热血沸腾，还有男人的力量开始涌动！

"我，我要你！"凤芝的手悄悄地伸进江河的怀中。江河的手也轻柔地伸向凤芝起伏的胸脯。那是一种多么美妙的抚摩和颤抖。江河真要像一匹骏马，立起飞腾的姿势，向辽阔的原野奔驰了。他抱着凤芝站立起来，沐着月亮的圣光朝床前走去。

每一步都很庄严，每一步都很凝重，每一步都很眷恋，每一步都充满海洋般的澎湃深情……

四十六

玫玫发高烧住进了医院，本来梦泉想请假去照料玫玫，可她没有去找尹主任，她怕尹主任又利用请假的事来威逼她，她只好花钱在学校附近请一个学生的母亲去照料。每天直到全校的师生都进入了晚自习时段，她处理好自己的教学事务，才匆匆忙忙地赶往医院去看玫玫。玫玫是个懂事的孩子，随着年龄的逐渐增大，她更加聪明、自觉，更加知道怎样关心妈妈。

"妈妈，你忙，在家休息，阿姨对我很好！"每次梦泉气喘吁吁地来到医院，玫玫总是装着高兴的样子，反过来安慰梦泉。

"玫玫，妈妈乐意跑。"梦泉边说边给玫玫送上带去的香蕉。

人的良心一旦被金钱和情欲的贪婪侵蚀，一定会变得残忍和凶狠。至于别人的生命和自尊受到何种伤害和摧残，全然不会顾及，反而以为这是一种胜利者的乐趣。那位道貌岸然的尹主任就是这种人，他明知这些日子梦泉为女儿治病操劳、奔波忧虑；明知梦泉一人支撑一个家心力交瘁，可他偏要乘人之危去夺取一个善良女人不愿染尘的心。

梦泉刚从教室回到家里，急促地洗完澡，正拿着东西往医院去，不料门才拉开，尹主任就出现在门口。

"能让我进去吗？"

"尹主任，实在对不起，玫玫在医院等着我！"

"我今天去了医院，她很好，已经不再发高烧了。"

"啊！那真得谢谢尹主任对孩子的关心。"

"别说关心，其实我早就把玫玫当成了自己的女儿。"听了这样的话，梦泉眉头紧锁，心里很不是滋味，但她终于没有流露出来。梦泉平静地说："你关心孩子，我感谢，可别把她当女儿，我这个母亲惭愧。"

"说了半天，你还让我站在门口，别人看了多不好！"

梦泉无奈，只好忍气吞声地退回房间。谁知道，这个尹主任便跟了进来。梦泉的心突然紧缩了起来，人真是，尤其是美丽的女人，一紧张反而脸色显得更红晕水灵。特别是正在起伏着的双乳，透过薄薄的秋衫，更显露出女性独有的魔幻力量。尹主任的眼光像狼的眼睛发出的绿光直射向梦泉，使梦泉浑身发抖。

"尹主任，你，我们到外面的客厅里坐吧！"

"梦泉，我，我已经受不了了！"说完，尹主任扑向梦泉。

"别，别这样！"这时候的梦泉，也不知道从哪来的猛劲，她使劲一推，就把尹主任推向了床沿，自己趁机跑出了房间。尹主任从内房出来，许是被梦泉一把推醒，他站在梦泉跟前，仿佛一下变得软弱起来："刚才，我实在是控制不住自己，你太美了，太让我动心了！"梦泉仍站在那里，一动不动，也没回答他的话，只是两眼流着委屈得难以诉说的悲伤之泪。

"梦泉，我走了，我只怕自己也会要疯的。"

望着尹主任离去的背影，梦泉仍然没有动弹，也没有言语，但她现在已经完全恢复了思想的清醒和记忆的明晰。在她的眼前和记忆中，她已经経受了一场带着血泪的风雨。

第二天上午，梦泉从医院接回玫玫，便在房子里冷静地思考起来。她想，昨天晚上发生的事，仅仅是一个信号，以后这个失去理智的男人还会来纠缠。他想要得到自己，那是她绝对不能答应的，可是有些坏男人什么事都可以做出来的，说不定有一天还会对玫玫下手。一想到自己唯一的寄托和希望，她的心就紧缩起来，她就感到浑身在发冷。没有了玫玫，就没有了自己的一切。她必须用全部心血来呵护、保护玫玫，哪怕是上刀山下火海，她也不会动摇和犹豫。

透过明丽的阳光照射的窗户，梦泉可以一直望见校园左边的教室走廊，她在此已经来回奔走倾注了多年心血。走道边的那一排排小白杨也凝结着她无限的深情和希冀。她时常在想，我这一辈子没有机会成为一个真正的音乐家和歌唱家，可我希望我的学生、我的女儿会成为这样的人。然而人生竟是如此的残忍，就连这唯一的希望现在也要被无情的现实击得粉碎。

"妈妈，快十点了，你怎么不去上课？"玫玫像往常一样提醒自己的妈妈。

梦泉如梦初醒，在女儿的问话里才把思绪拉回现实的时空。

"只有离开，别无他路！"梦泉果断地对自己说。

这是一个令人心酸的初秋之夜。玫瑰园艺校尚未开学，许多教师还外出未归。这些日子，尹主任虽然再没有来干扰梦泉的正常生活，但只是远远望见他的身影，梦泉心里就萌生一种恐惧感。梦泉利用放暑假的间隙，在县城的城南租好了一个停学的旧校舍准备办一个家庭幼儿园。她下决心要离开玫瑰园这块是非之地。如此宁静的夜晚，梦泉有许多的遐想和回忆。最无法割断的还是她对凌鹏的思念和对江河的感激。明天就要离去了，在这个命运又做出一次艰难的选择时，她像出征的将士，反倒有一种悲壮的情绪和奔向疆场的勇气在心中奔突。

"玫玫，过来！"

正在做作业的玫玫跑到梦泉身边。

"去把墙上的那把小提琴取来！"

"妈妈，你要拉琴？"

梦泉点了点头。

玫玫十分礼貌地把小提琴送到母亲手中。

梦泉脱去长袖秋衣，露出无袖的银色紧身内衣。那姿色，那神情，俨若天仙。她轻轻地把小提琴贴着脸颊，右手挥扬起琴弓，一曲《蝴蝶》的旋律，便化作无数的蝴蝶在玫瑰园的庭院上空盘旋。

美丽动人的小提琴声在夜色中穿行。

温柔清雅的月光在琴声中飘落。

梦泉哭了，她的哭泣在琴声中倾泻。

琴声止了，蝴蝶仍在人的心上飞翔。

"妈妈，你怎么哭了？"

"玫玫……"梦泉用拿着小提琴和琴弓的手把玫玫抱在怀中，"玫玫，妈妈想哭，想哭啊！"

"妈妈，你哭吧！我陪你哭！"

"玫玫，我的玫玫。"

"砰"的一声，梦泉无意中失手，小提琴重重摔到地上。

四十七

1983 年，正是中国农村改革风起云涌的关键时刻，凌鹏就被调任江海市委副书记。是喜是忧，对于凌鹏来说是一件并不在意的事。他对于做官，只是不负百姓的期望，终身莫留骂名。这些年来的官场生活，他有说不清的酸楚和辛苦。思想深处的思考和自我辩论，总使他对现实工作中出现的许多问题、矛盾感到困惑与无奈。雨菲则是一种极其安分和无求的心理，她不愿凌鹏走，不光是因为孩子刚一岁不到，需要有男人呵护，有主心骨，有避风的港，而是这些年对凌鹏的了解，她知道越是担当重任，凌鹏越有潜在风险。凌鹏是直心肠，血性人，眼睛里容不得沙子。这个世界往往对这样的人，就是少一些理解和关爱，想起自己的父亲、母亲，雨菲的心就惶恐不安。

"菲，我明天去市里报到，翔子全靠你了呀！"

"去吧！要注意身体，工作是干不完的。"

"我最不放心是你的身体，特别是胃病，一定要坚持治疗。"说完，凌鹏走过去，先亲吻了雨菲，然后又在小翔的脸上亲了起来。

凌鹏终于又出现在江海市的滨河大道上。

晚风吹拂，波浪拍岸，灯火灿烂，车鸣船驰，城郭隐约，树木泛墨。此一时彼一时，真可谓三十年河东，三十年河西，世事变迁，时代演进。十几年前，凌鹏血性正旺，面对祖国出现的种种扭曲人之灵魂、伤国家之根、动民族之基的动乱局面，向海发问，朝天仰叹，结果落了个失踪南国囚禁大漠的悲惨下场。如今，彤日破雾，东风涤尘，春催花开，雨润沃野，神州月明，山河色新，自己也脱尽重重束缚，可以纵横挥戈为民立报。还有什么不可以弃，不可以忘，不可以抛的？做官就要做一个"人自洁来还洁去，赤条条离土无牵挂"。想到这里，凌鹏面对大海唱起了自己在西夏王陵写的一首歌《沙漠的黄昏》：

残阳抖落的风尘
洒满月光的泪滴
彼此的挥手
饱含缠绵的情意
不见了草地奔跑的牛羊
不见了沙河荡漾的涟漪
沙漠的黄昏
你是我无边的惆怅
你是我青春的知己
我的倾诉祖国虽不曾听见
一字一句全都埋进你炽热的心底

暮色吞没的古道
隔断带血的乌啼
彼此的灯火
点燃了苍凉的日历
不见了牧民帐篷的踪影
不见了马队艰难的步履
你是我思念的遥远
你是我患难的兄弟

我的追寻祖国虽未看见

一步一程始终跟着你跋涉的足迹

是啊！此时临江而唱大漠歌该是怎样的心境，何等的情怀，何等气概！

如果说迷茫岁月，赤子的倾诉和追寻只能在雾海中自我奋争，那么今天就可以在浩浩东风里大显身手。凌鹏已经跨上了时代的骏马，成了改革开放征途上的勇士，放开大步朝前走吧，哪怕前面还有重叠的山，汹涌的海。

坐在市委大楼的办公室里，凌鹏在翻阅群众的来信。也怪，凌鹏上班不到一个月，群众的来信，据办公厅信访局的同志说，除了市委书记外，他的来信算是多的。可见老百姓对一个新来的市委领导的信任。实际上，凌鹏几年前在江海县抓落实干部政策的工作作风和反映，不仅在整个江海市有影响，就是在全省也有影响。

凌书记：

我们村由于乡政府组织修地下渠道的工程一直没有完成，加上质量有问题，现在不但没有解决缺水问题，反而造成原来的自然水灌溉的梯田也漏水，无法再耕种，乡亲的饮水也要到几里外去挑。据说县里也拨了钱，但工程就是搞不上去。到乡政府反映情况，也无人受理。到县里反映，县里又推乡里。我们没有办法，只好向你反映情况，请求市委派人调查处理。

越读凌鹏越感到气愤和不安。过去凌鹏一直抓落实政策和意识形态方面的工作，现在改为抓农业、农村、农民工作，按约定俗成的说法，叫"三农"工作。他深知"三农"工作的重要和关键，这是整个国民经济发展中基础性的工作。农村不稳定，全局没法稳定。他深知基础不牢、地动山摇这个道理。

"请问你是农办的赵主任吗？我是凌鹏，你能到我办公室来一下吗？好的，一会儿见。"凌鹏放下听筒，拿起笔在这封来自江海县马鞍埠村的群众来信上批示："请农办牵头，监察局、信访局参加，立即赶赴马鞍埠村实地调查，并提出处理意见，尽量解决实际问题。"

一会儿，农办的赵志民主任来到了凌鹏办公室："凌书记，你找我？""是的，请坐。"凌鹏一边仍在写着什么，一边抬头示意赵志民同志坐下。

待赵志民主任坐定，凌鹏站起来，给他倒了一杯水，然后拿起桌上的批件："这个来信你先看，我的意见是立即派人调查。这关系到一百多亩地的耕种和数百人口的饮水问题啊！"

赵志民接过群众来信，粗略地看了一遍："凌书记，你的指示，我马上去落实，尽快弄明情况向你汇报。"

"好吧！辛苦你了！"

"凌书记，我走了。"赵志民快言快语，说完转身就走。不等赵志民走出房门，凌鹏又大声叮嘱一句："如有特殊情况，可灵活处理。总之，不能误事。"

赵志民听见凌鹏的话，回转身来回答道："凌书记，你放心吧！"

四十八

这是初夏的一个星期六上午，凌鹏正在听取赵志民等人的汇报。突然，隐隐约约听见市委大楼门口有人在喊口号。凌鹏正要秘书去问情况，这时，办公厅主任匆忙跑来，对凌鹏说："这是枫木坝移民来上访，反映移民安置政策没有落实，生活困难，要求市里派人去调查处理。上访的移民说，市里不表态，他们就要在市委门口静坐。"

凌鹏沉思片刻："你去告诉市委徐副秘书长，约见三五个代表，明确告诉他们，我会直接抓移民安置问题调查，工作队明天就会去。要求上访的移民，今天就回去，要相信市委、市政府会实事求是解决问题的。"

"好的，我就去找徐副秘书长！"办公厅主任匆匆离去。

"志民同志，我们接着汇报情况吧！"

赵志民主任拿出一叠调查材料，认真地开始了汇报。他的声音平缓而清晰，把问题说得一清二楚。说到最后，赵主任声音变得沉重起来，几乎是带着强烈的爱憎在说：

"对这起损害群众利益的所谓政绩工程，通过反复调查取证核实，我们的结论是，首先决策缺乏科学论证，修地下渠道没有从地质条件和施工技术上论证确保渠道的上部不漏水。结果是渠道经过的地段上的水田几乎无一处不漏水，造成不能再耕种。其次，施工单位缺乏能胜任这种复杂工程的技术人员和施工设备，因此出现施工上的问题和难题，不是积极想办法解决，而是想马虎应付，只图过得去，不求质量经得起时间的考验。现在渠道里到处出现塌方，且无人敢进去施工抢修。再次，由于渠道长达五百多米，把地下水渠串通，致使原来的饮水井水位急剧下降，又带来村民饮水和家养的牛羊猪禽饮水困难。最后，更为严重的是，县乡和村民共筹措的用于修渠的打井等工程资金一百二十万元，其中被挪用、贪污、吃喝就花去了四十万元，结果无法保证工程所需资金。"

听到这里，凌鹏脸上的表情由严肃转为愤怒："对于挪用、贪污、吃喝的问题，有具体的材料说明吗？"

"有。第一，经现任乡长吴省农批准从中转去十万元，给乡农电站装修房子；第二，施工单位通过多报工程量土石方，多报钢材水泥、炸药的价格，就贪污资金二十万元，其中有五万元送给了乡长吴省农；第三，从前年冬天开始施工，到今年上半年停工，乡村两级干部来检查、视察、请客、送礼、吃喝就花了将近十万元。村民说，这是什么水利工程，是一个腐败工程！"

"慢，我想问几个细节：一、吴省农为什么要批准挪用十万元给农电站装修房子；二、这个工程队与吴省农有什么关系；三、明明这个工程有问题，去年村民告了将近半年的状，为什么没有人理睬！"

赵志民主任听了凌鹏的提问后，转身对市监察局李副局长说："凌书记问的几件事，你更清楚些，你汇报吧！"

李副局长点了点头："凌书记，这次调查，赵主任给我们的分工是，他和水利局的同志侧重调查工程方面的问题，我和审计的同志侧重调查财务方面和有关违纪的问题。通过半个月的调查和找有关当事人谈话取证，您提到的这三个问题的情况也是清楚的，鉴于涉及江海县委的主要领导，我们没有在县里通报，所以这个汇报仅限于今天的与会同志。第一，这个农电站站长是江海县委曾固书记的弟弟。农电站建了一栋房子，本来想通过加收电费补充建房经费，因为减轻农民负担，不能随意收费，所以这个曾站长就找了吴省农帮助解决资金问题。第二，这个施工单位实际上是乡上水利员自己组织的，请了几个县水利局退休的技术员设计和现场指挥。而这个水利员就是吴省农的妻兄何解。第三，此工程上牵涉县委领导，下连着乡长，因此村民上访，县乡都无人管。"

"典型得很呀！以权谋私，腐败伤民呀！"凌鹏沉重地说。

大家听完汇报后，开始小声议论。

让大家自由交流了几分钟后，凌鹏又问："调查组的处理意见！"

"是这样的，我们有如下四点建议。"赵志民接着说。

"说吧！"

"第一，由市委领导向江海县委和政府交办此案件，并限期办理，其中涉及经济问题，由市县纪委联合办案查处。

"第二，由市水利局牵头，县水利局、乡政府参加，迅速研究治理渠道漏水和解决饮水问题的措施。我们初步建议毁掉渠道改用安装电排的办法，可能见效快，且省资金，但这个方案只供参考，不作最后决策。

"第三，资金除依法依规追回部分外，不足部分建议由市、县、乡三级政府筹措，不能再向农民集资和摊派。

"第四，待问题查清后，要依法依规对当事人及有关领导追究责任，并公开曝光，以期顺乎民心，吸取教训，引以为戒。"

"好！我看你们的调查深入、认真、客观、细致。既坚持了实事求是，又注意了工作方法，还把握了程序，注重了解决问题与查处问题相结合。我想这件事对我们的教训是深刻的，要引起的思考也是多方面的。我同意调查组的四条处理意见，请各有关部门抓好落实。至于向江海县交办此案问题，待我请示市委书记、市长后再付诸实施。大家辛苦了，我们办事就要坚持这种作风。谢谢大家，散会！"

四十九

雨菲自凌鹏去了市里，就干脆住进了医院。在医院里住，自然方便一些。因为只有一间房子，无法再请保姆，白天雨菲只好把凌翔寄养在医院附近的居民家，待下班后，再去接。就这样忙忙碌碌，来回奔波，不知不觉两年过去了。期间虽然凌鹏也尽量抽空挤时间回来看看他们母子俩，但往往是来去匆匆，几乎很少有时间交谈，甚至很晚回来时，翔子都已睡熟了。在儿子的心灵上，凌鹏几乎没有留下什么印象。

每天雨菲踏着夜色，抱着翔子走在回医院的路上，她心里总是怀着一种凄清和伤感的重负。冬天，他们母子伴着寒冷而归，秋天迎着风霜去，夏天冒着酷热而回，春天沐着雨水而往。渐渐地雨菲由于家庭和工作的重压，人也消瘦了，已经基本好转的胃病现在又不时发作。同事、朋友，甚至医院的领导都劝雨菲请假休息，或者调往市里，但都被雨菲婉言谢绝。雨菲是了解凌鹏的，她不能因为自己去影响凌鹏。她知道凌鹏走到这一步已经非常的不容易。她珍惜凌鹏的情谊，她爱凌鹏，但她更珍惜凌鹏的人格，她把凌鹏当作自己崇拜的偶像。想当初，她主动向凌鹏求婚，也就是敬重凌鹏的为人正直和才华、作为。她认为既然自己属于凌鹏，也必须属于他所追求和从事并为之奋斗的事业。

在自己疲倦和伤感的时候，尤其是翔子身体不好的时候，雨菲也确实在心里埋怨过凌鹏。她哭过，伤心过，也自己对自己发怒过，但这一切她从未向凌鹏表露过。

人生有些变故，人与人之间的误解，也包括夫妻之间的一些恩怨和猜疑，往往与一些意外的事情联系在一起。特别是那些带有偶然性和戏剧性的事情，本来很正常，并非有什么问题，但是因为出现和发生在特殊的条件和环境里，造成的痛苦和创伤，是永远也无法抚平的。也许这就叫命吧！这种命有时往往会折磨人一辈子。

雨菲就遇到了这种命运，让她陷入了深深的痛苦和徘徊之中。

时间是 1985 年的冬天，她被评为江海市卫生战线的先进工作者。临近新年时，市里召开劳模大会，雨菲高兴地去市里开会。她想，这次去市里，一定要和凌鹏多待一些时间，好好看看江海市的海滨风光，雨菲为此还特地委托白天带翔子的保姆好好照料翔子。

走进了江海市区，雨菲心旷神怡，目不暇接。虽说她是省城下放到江海县去的，但是这时候的江海市却是今非昔比啊！满目的绿树高楼，林荫大道，宽广而鲜花盛开的滨江公园。更让雨菲心动的是在街上行走的男女青年入时的现代打扮，充满愉快的笑脸，使她又看到了一个更加精彩的世界，更加美丽的人生。雨菲是秀丽而高雅的，她完全相信自己，在这样的天地里，她的青春光彩会更夺目。

从公共汽车上下来，雨菲提着行李，匆匆向市委大楼走去。这是她第一次去市委，也是第一次走进这样气势雄伟的办公大楼。她在想象见到凌鹏时的情景。凌鹏的自豪与潇洒，同事部下的热情与羡慕，自己的兴奋与羞涩。这一切，无论怎样，她都会感到幸福和激动。

值班室的同志听说是书记的妻子，自然很敬重她，表现出不一般的热情。一位年轻的女干部还主动帮她提东西，带路去找凌鹏。

"雨菲大姐，凌书记可是好领导，大家都非常敬重他。"

"感谢你们对他工作的支持。"

"我们，我们谈不上，还是凌书记有水平，有思考。"

在那位女干部的引导下，雨菲不知不觉来到了凌鹏的办公室门口。那位女干部正要敲门，这时对门办公室走出一位男同志："小高，你找凌书记？"

"是呀，这是雨菲大姐，凌书记的夫人。"

"哦，对不起，没有去接您，您请这边坐。"

雨菲下意识地感到事情有些蹊跷。

"雨菲同志，是这样的。凌书记知道你会来，但今天上班时忽然接到报告，新城县的一个水库出现滑坡，已经冲倒了几栋民房。书记不放心，他赶去了，这是他留下的房间钥匙。"

雨菲接过钥匙，心里酸酸的："我们走吧！"

女干部继续热情不减地领着雨菲朝凌鹏住的宿舍区走去。

一路上她的心乱极了，她在江海县医院编织的梦幻，现在似乎悄然破灭了，她不记得自己是怎么走进凌鹏宿舍的。

不全是旅途乘车的疲劳，主要是下午雨菲进城受到的意外伤感，她无心吃饭，打开自己给凌鹏捎来的装着面条、鸡蛋、板栗、腊肉、豆干的塑料袋，望着这些物品，雨菲伤心地哭了。人说好夫妻是冤家一点都不假。你这个凌鹏，明明知道妻子下午要来，就不能换别人去，非要自己去？再说，从市到县到乡还有那么多的领导干部，他们都干什么去了，非你去不可？雨菲并非不懂得情理，她有一种感觉，凌鹏到省城后，好像在心灵上离她远了一些。有时候这样想，她还责怪自己胡思乱想，自讨苦受，可今天的现实不能不让她又一次萌生这种念头。她记得新婚之夜，凌鹏给她讲过一个他所深爱的女人，他说那个女人也许已不在这个世界上，所以想她也丝毫不会减弱他对雨菲的爱。当时崇拜浪潮下滋生爱恋的雨菲对这些全然不顾，她认为，只要片刻拥有，何叹不能长久。那夜爱到了极致，对于雨菲是海枯石烂般地刻下了深爱的痕迹。

夜降临了，尽管那位姓高的女干部又热情地打来电话，表示愿陪着雨菲去海滨看夜景听涛声，但心已渐冷的雨菲谢绝了。她说自己一路上着了寒，头有些痛，明天再去看。热情的高干部听说雨菲着了寒，又表示愿陪她去看医生或给她送药来，雨菲又告诉她，没什么大碍，自己带了感冒药，一再表示对高干部的感谢。

靠海湾的窗门打开了，雨菲站在窗前，凝望海湾灯火辉煌的楼群，海滨大道如银河闪亮的彩练，海湾上停泊的巨大油轮在波光浪影里闪耀，心情有了片刻的舒展。这是一个怎样壮阔而丰富的世界啊！凌鹏作为这个世界的管理者、当家人和操舵手，他的责任有多大！他的担子有多重！想到这里，雨菲也有一种意识，我是不是太小心眼了，我配做这样的一个博大胸怀男人的妻子吗？雨菲呀！你到底要什么？你崇拜他什么？

海风带着寒意，飘进窗口，轻吻着雨菲冰冷的脸腮。秀发在风里柔意地飘飞，雨菲的脑子已经完全复原于往日的沉静和有序的思维状态。

"翔子，下次我一定带你来，带你去看海！"雨菲自语道。既而，她把眼光投向海的远方，那呈现着墨绿色的远天之上，月亮星光在云层里跳动着朦胧的光辉，展示着神奇而美妙的梦幻。

一切让雨菲进入一种从未有过的神思之境。

雨菲感受到凉气袭人，鼻子也有些不通畅的感觉。她随即关紧了窗门，拉拢了米黄色的窗帘，房里立刻归于一种异常的平静。坐在书桌前，享受着婚后难得的宁静时刻，雨菲随手翻看着摆在书架上的书籍。书架上摆的书并不多，但有些书雨菲从来没有见过，她感到好奇、新鲜、有趣。她一本一本地翻看，放下，又拿一本，再翻看一本，再放下。她的眼前闪现着《未来的领导》《西文经济学》《中国近代社会思潮》《落日的辉煌》《读人记》《西文艺术史》《宏观经济学的产生与发展》《城市论》《决策艺术》……最后雨菲翻开了一本厚厚的书《人情四品》。这是一册由林语堂、周作人、梁实秋、胡适、徐志摩、沈从文、鲁迅、朱自清、张爱玲等文化名人所写的关于世情、乡情、爱情、亲情的精品文章汇编本。这些人物，雨菲大多数不了解，她只有两个人较为熟悉，一个是鲁迅，一个是徐志摩。她曾经在中学时读过鲁迅的文章，徐志摩则是由凌鹏介绍知道的，当时凌鹏还给她讲过徐志摩与陆小曼的故事。现在看到这本书，雨菲很高兴，她翻开目录一条一条地选，她要选最喜欢读的文章。

突然《爱》的文章进入她的眼帘，作者是张爱玲。张爱玲她不了解，但她觉得这个名字动听，有一种温情泛上心头。她便认真地读起来。《爱》，文章极短，总共有四百多字，却写了一个非常凄凉的故事。说是在一个村子里，有一个小康之家的女孩，生得美，许多人来做媒都不成。有个年轻人，春天的晚上经过她家的后门看见她穿着月白衫子，手扶桃树站定，便对她说："噢！你也在这里吗？"她没有说什么，彼此相看，一会儿各自走开。后来这女子被亲眷拐走到他乡给人做妻，又几次被转卖。老了她还记得从前在后门桃树下见到的那个年轻人。

于千万中遇见你所遇见的人，于千万之中，时间的天涯的荒野，没有早一步也没有晚一步，刚巧赶上了，那也没有别的话可说，唯有轻轻地问一声："噢！你也在这里吗？"

雨菲反复读，反复想，这篇文章到底表达了什么。她没有想清楚，她想明白的只有一句"没有早一步也没有晚一步，刚巧赶上了，那也没有别的话可说"，这句话就是说缘分吧！不然那一步之差，就会失之千里。

凌鹏不是正好在那时间的天涯荒野走到了她的身边吗？

雨菲呀！你也是一个穿着月白衣裳的女孩啊！你可比那女孩幸运万倍。

雨菲又翻开了梁实秋写的《槐园梦忆》，读着梁先生悼念故妻程季淑女士的动人心魄的文字。"圣人忘情，最下不及情，情之所钟，正在我辈。"雨菲有一种触电的感觉。她再细读下去，梁先生文中所引用《梦后》的诗句，更让雨菲心颤了起来：

孤零零的枕儿啊！
想着梦里的她，
舍不得不偎着你；
她的脸儿是我的花，
我把泪来浇你！

雨菲的眼角有了泪花。别说已经走远的妻子，今生不能再重逢，就是自己相隔百里的夫君，数月不见，自己也有以泪浇枕之苦。所以梁先生的梦泪她是感同身受的。她又接着一页一页往下读，雨菲发现书里竟夹着一张年轻漂亮的女人照片，照片的背后写着一首诗，时间是1973年8月17日。诗的标题是《读邓红翰诗〈出神〉想起的》：

缠绵的雨丝　扯不断思念
安静的小提琴上　抽出的相思

挂满绿色的枝条　湿润的风

吻落了烛光的凄清　朦胧的花影

在月光里凝固成岁月的扁舟

即使天老地荒　只要河流不干涸

也还会涛声依旧……

　　然后雨菲还发现在书中的诗行"两手交接是我们当时＼唯一途径使我们融为一体＼眼中　倩影是我们＼所有的产生出来的成绩"下面都加上了标记，说明这些诗句引起了凌鹏的共鸣。

　　此时，雨菲的灵魂在轰响，她简直不知道该怎样去理清自己的思绪，让凌鹏留存的照片和诗以及凌鹏在诗行下面加的标记，意味着什么？意味着他心中另有女人，而这女人非她能比！这该是多么可怕的事啊！

　　这一夜雨菲失眠了。

五十

　　回到医院，雨菲拼命地工作，整天不多言语，原来活泼开朗的影子荡然无存。带着翔子在医院走，也是露着忧郁的神色。同事们感到惊讶！本来评了先进，应当精神更振奋，怎么反而低沉了起来？年纪稍大的医务人员敏锐地感到雨菲肯定有什么心事。

　　"是不是在江海市与凌鹏发生了什么矛盾？"

　　"不会呀，他们感情一直不错。"

　　"人家都说是男才女貌，更何况还是患难之交。"

　　"人呀，也难说，男人做了大官，要不变心也真不容易。"

　　议论终归是议论，到底是因何原因，谁也无法知道。其实，雨菲也不知道，自己究竟为什么会是这样？要说凌鹏对她有什么不忠她也说不清楚，无非是在他看的书中发现女人的照片和诗。这又能说明什么呢？可是天下女人的心都是敏感的，尤其是对优秀的男人，会更加敏感，更何况现在凌鹏正是春风得意的时刻。

　　晚上，雨菲刚做完家务，便听到敲门声。打开门一看，院长站在门口笑呵呵地说："雨菲，祝贺你呀！"

雨菲感到突然，开会回来，院里不是召开了欢迎会吗？现在又来祝贺什么呢？

"院长，你是说……"

"雨菲，你不知道吧，刚才县人事局旷局长找到我这里说，县委曾副书记对你这次评为市里先进很高兴，考虑到你的实际情况，为将来方便调市里时好安排，决定安排一个转干指标给我们医院，并戴帽给你。"

真是太突然了，雨菲从来没有想过这种事。她一直安心做自己的护理工作，现在县里关心她，给她转干，她真不知道应该是高兴还是怎样，她实在拿不定主意。

"院长，这事太突然，我要跟凌鹏商量后再告诉你。"

"表都拿来了，你就填吧，凌鹏肯定会支持你。"说完，旷院长从信封里掏出一张转干登记表递给雨菲。雨菲没有接，她执意地说："旷院长，我也感谢你的好意，表先放你那里，等我与凌鹏商量后再告诉你。"

旷院长是一个厚道人，他理解雨菲。作为一个市委副书记的妻子，县里突然要给她转干，确实是一件大事，在社会上、医院里肯定会有影响，会有议论，雨菲要与凌鹏商量也是在理的。想到这里，旷院长便说："表先放你这里，有什么情况你及时告诉我。"说完便向雨菲道别。

"院长慢走。"雨菲把院长送到门外。

转身回到房间，雨菲看着放在桌子上的转干登记表，心里开始有些触动。我总不能在这里待一辈子吧。凌鹏总是要照顾的，他工作那么忙，多么需要她啊！这次到省城开会，就失之交臂，至今她心里想起都难受。不知听谁说过，再好的男人，女人长期不在身边，也有飞走的时候。想到这里，又看看床上熟睡的翔子，雨菲此刻真希望凌鹏能理解她、支持她转干。

大凡世事，都有许多偶然性，正当第二天雨菲准备给凌鹏打电话时，他原来的秘书，现任县委办公室副科长的小朱，跑来告诉她，下午凌鹏要来县里视察一个养殖专业户，可能晚上就住在县委招待所。雨菲自然高兴，心想，今天晚上就可以与凌鹏商量转干的事情。

县委的会议散得很晚，小朱早已把雨菲母子接到了县委招待所。翔子等不了爸爸，早在雨菲的怀里睡着了。谁知道，会议散后，曾副书记硬要求凌鹏听他谈点情况。因是老同事，又是已经快两年没有见面，凌鹏便坐了下来。

"凌鹏同志，你下来一次真不容易，我知道市里事情多，像你这样抓农业，我确实钦佩。其实这个养猪大户，我们早就知道，但就是没有意识到去调查总结，在全县推广，真正使他成为发展农村商品经济的带头人。你今天晚上这席话，让我们长了见识，促进思想观念的转变。"

"老曾呀！我这点水平你不是不知道，要讲抓农业，我得向你学。"

"向我学？我赶不上形势了。今天我留下来，要跟你汇报的是我那弟弟挪用水利资金的问题。说真的，这件事情我一点也不知道，可现在弄出这样大的问题，我感到自己有责任，我愿意接受组织的处理。不过，现在要退还这笔钱，他们农电站还真有困难，这件事还请您多关心。"听了曾副书记的话，凌鹏没有立即回答，他站起身来，在会议室走了几步，然后停下来走到曾副书记跟前，用严肃但又亲切的语气说："老曾，这件事情上次我跟你谈过，市里不插手处理，全由县委处理。但这可是一件关乎民生和民心的大事，你可要把握好啊！我们这些领导干部，群众是看在眼里，放在心上的，可不能让老百姓失望呀！"

"你说得对，我一定向老孙汇报，妥善处理！"

"好吧，我还要去看看我那小翔子。"说完，凌鹏与曾副书记握手。

县委招待所除了走廊，灯光全部暗了下来，唯有凌鹏住的那间房子还亮着灯光。夜已经很深了，小翔又一次在梦里发笑。雨菲给凌鹏讲到了转干一事，还把那张登记表拿给凌鹏看。不料凌鹏看到这登记表突然站起身子，压低声音对雨菲说："你真糊涂呀！你知道这是圈套吗？我们正在查他弟弟的经济问题，他就给你转干，你想想会在社会上造成什么影响？你叫我怎样面对那些搞不正之风的人？"

"不是没有把握才跟你商量吗？不转就不转，说那么严重干什么？你以为这个社会里就你廉政，别人不照样做官升官吗？"

"雨菲，我这样对你要求，不是为了自己升官，更不是图什么虚荣，我是从心里对自己说，做人要无愧于心，做官要无愧于民。至于个人的升迁沉浮我早置之度外。你要理解我。"

"我要不理解你，早就跟你分手了！你想想，你说走就走，一去就两年了，你回来过几回？每次回来不是夜晚就是下午，每次离开不是早晨就是深夜，好像我这里是旅店。你可知道我们母子过得有多么难？去省城开会，本想和你好好谈谈，可我前脚刚进城，你后脚就下了乡。"

"我是对不起你，我也没有办法，谁叫你找一个我这样的男人啊！"

曾经沧海

103

"你是嫌我吧！嫌我们母子连累你，还是嫌我老了丑了配不上你！凌鹏，你有话可以直说，不要拐弯抹角地折磨我。"雨菲话讲到这个份上，自然是与那天晚上看书的事有关。

"你想到哪里去了，今天不谈这些了，我明天上午还要赶回市里去开会，有什么以后再讨论，转干这件事就这么定了，我们不转！"

雨菲没有再说什么。说真的，她并不想转什么干，这纯粹是节外生枝。可她对凌鹏这种态度，心里是难受的，委屈的，有吐不尽的苦水。既然你明天又是清晨要走，我待在这里干什么呢？女人的心一旦倔强起来，有时比男人还犟十分。雨菲走到床前，抱起正在熟睡的翔子，气冲冲地要走。

"雨菲，你怎么这样呢？"凌鹏拦住雨菲。

"你不要拦，等会我们吵起来，影响不好，你让我走吧！"

凌鹏知道雨菲的性子，只好陪着她抱着翔子朝夜色浓浓的深处走去。

五十一

孔雨韵经过省委领导反复做工作，终于走出了古庙村，回到了省里工作，担任文化厅长。他算是幸运的，一回到省里，就参加了省委扩大会议，听传达邓小平同志的南行讲话。历史前进的脚步声，使他深深感到，中国的改革开放已经进入了新的发展时期，中国有希望，人民有盼头。孔雨韵很兴奋，很激动，他许久都不曾写诗了，听过报告回到家里，就奋笔疾书：

> 莫道迟来怨东风，
> 神州无处不飞红。
> 历尽沧桑明望眼，
> 征程万里看吾翁。

其实，上面提到的那位文学大师，就是孔雨韵的恩师，因在"文革"中含冤而死，他至今不愿向人说出他的名字。他说，有些人的名字虽然不知道，但他的人格和文章会永远活着，有些人的名字，虽然显赫，甚至人为地渲染，让人顶礼膜拜，可随着时间流逝，也将淡然而逝。这就是生活的辩证法。

他的老师后来这样讲道：

"也是在这条希望与死亡的路上，有的人的灵魂已经失落，有的人的灵魂在经受煎熬，为何人和人的灵魂就不能沟通？"

孔雨韵告诉他的朋友们，他现在又重新走上了领导岗位，不为别的，只为走在希望与死亡的路上，去多做些沟通人与人的灵魂的事情。

1993年的初秋，全国首届明日之星青年歌手电视大赛在江海市举行。孔雨韵作为东道主出任这次大赛的组委会主任。他对这次青年歌手电视大奖赛倾注了极大的心血和精力。从选拔程序、初赛、复赛到决赛每一个环节，包括评委的确定、计分标准、场地安排、宣传、接待，乃至整个组织的协调都指挥若定，他感到离开领导岗位这么多年了，省委又安排自己重新做文化工作，就应当竭尽全力，不负众望。

刚到省里担任农办主任的凌鹏早已知道孔雨韵落实政策重新安排做文化厅长，也确实为他高兴。有时情不自禁地摸一摸天气变化时仍然有些酸痛的肩膀，就会想起孔雨韵冒险救他的情景。他在商店里买了一些点心，捎上一瓶酒，步行来到了省文化厅宿舍区，找到了孔雨韵的住处。

"我本想去看你，可老厅长刚退，许多事情我还要多了解，所以就只有愧对朋友了。"孔雨韵边说边给凌鹏倒茶。

"你呀？我相信没忘记我。可什么时候能来看我，这我就不太相信。所以，我趁刚报到，还没有进入角色，先上门问个安，只怕以后，就只能会场相见啊！"

"你这是实话，大实话哦！"

"我记得还是去古庙村，看你们修河堤时，跟你喝过农民兄弟自酿的古酒，你酒量大，弄得我和孙华招架不住。今天这瓶酒，没有他人，我们一人一半，用大杯干，行不？"

"行，人生难逢一知己，逢一知己便足矣！"

凌鹏端起酒杯，主动地去碰孔雨韵手中的酒杯："说什么呢？就说萍水相逢，同舟共济，风雨征途，肝胆相照，为民尽职，无怨无悔！"

"正中下怀，正中下怀，干杯！"孔雨韵也是兴致盎然。

就这样，你一来，我一往，天涯海角，酸甜苦辣，山高水远，人间冷暖，长吁短叹，花落花开，月缺月圆地畅怀说着，不知不觉两个小时过去，这瓶酒早就点滴无存。

许是喝快了，抑或凌鹏的酒量本来就不如孔雨韵，他似乎有些醉酒，开始说一些让人伤感的话来："雨韵兄，你可知我来省城的苦衷呀！最近一年多雨菲可是对我冷若冰霜呀！那次县里要给她转干，我不同意，是伤了她的心。我后悔，我就不能冷静地处理这件事。当时，我就怀疑那姓曾的是给我设圈套。这下可好，雨菲干部没有转成，他照样提拔到市里当监察局局长，他弟弟的问题也不了了之。我说雨韵兄呀！我这人是不是有问题？"

"不是你有问题，是我们的干部制度有问题。你想想看，什么叫好干部，什么叫不好的干部，有明确的标准吗？一个干部不出大问题，你能说他不好？再说我们这样的监督机制，对领导干部怎么监督？干部提拔了，别说群众不知道，就是一般干部也不知道，还是少数人在决策。我这个人，就认一个理，凡是损害国家和人民利益的事，坚决不干，凡是看清的事情，一定要说。至于采不采纳，我服从组织。"

"看来，你在吸取历史教训！"

"这个教训，让我痛苦了十几年。"

"我也有过教训，可我不后悔！"

"我不是后悔，我是说要从痛苦中思考问题，至少我们不能犯同样的错误！"

"此话怎讲？"

"从我党的历史看，解决不正之风，反对腐败，只能靠两条：一条是自我警醒、修养，达到自律的境界，叫自己管住自己；二条是靠制度和法治，用制度管人，用法治惩处违法者。舍此无有他法！"

"你那个不叫老婆转干，固然带了好头。可你不转，别人照样转，别人转了，照样升官。你不转，并不证明你如何正确。这是因为没有严格的制度约束。如果制度有明确规定，那些能转的要什么条件，不符合就不能批，批了就要查处。可现在你去查，能查清楚吗？一个集体讨论，一个特殊情况，就没法处理了。"

"怪不得雨菲说我嫌她母子连累我。平心而论，虽然当时我认为雨菲这样说是不理解我的难处，可其中怕连累自己确是最主要的思想根源。"

"凌鹏呀！做女人不易，做领导干部的女人更难啊！我跟你说呀，就因我判成右派要戴帽下农村改造，我妻子只好跟我离婚，才让孩子和她没有下农村，不然全家都来古庙，她一个城里长大的知识女性怎么受得了？我能怪她吗？我不能，因为我们都是受害者。在一定程度上讲，她带着孩子度日也难、也苦啊！前年她和女儿来看我，一见面，我们彼此又高兴又伤心。我细看她，不到五十的人，已经满头白发，如果不是因为我，她绝对不至于这样。"

"那你以后打算怎么办？"

"没有考虑，先工作一段时间再说。"

"是不是可以考虑复婚？"

"这事也不能简单，毕竟我们分开那么多年了。"

"不知道为什么，我看到你，就好像看到了自己的影子。"

"这可不能这样看，时代不同了。但有一句话，我要提醒你，雨菲是好女人，你可不能难为她，更不能有负于她！"

"是呀！这大半年，我们几乎无法沟通。"

"责任在你，责任在你！"孔雨韵连连说道。

五十二

玫玫已经十九岁了，出落得眉清目秀，苗条的身材，俊美的脸蛋，一双水灵的大眼睛，好像会说话似的，人见人爱。她琴拉得好、歌唱得好、舞跳得好，尤其是民族舞蹈，跳得更具风采和魅力。梦泉为了培养玫玫，可是费了一番心血。

梦泉在那个悲伤的秋天带着玫玫离开玫瑰园艺校，从来到县城郊区租下一所已停止办学的小学校舍办学前班开始，直到又回到县城自办梦泉文艺中心，可说是历尽了千辛万苦，遭遇到无数的刁难和打击。最让梦泉高兴的不是她事业的成功，而是玫玫已经成长起来了。她对玫玫即将去参加在江海市举行的全国青年歌手电视大赛充满着信心。她相信，玫玫这只金凤凰一定会带着她几十年的心愿和向往飞出这个偏远的山城。

这些天，梦泉在处心积虑地帮助指导玫玫设计演出服装、发型、舞蹈、练唱、练琴。玫玫很明事理，十几年来她跟着母亲颠沛流离，相依为命，沐雨栉风，学文习唱，所凝结的母女情是世上最圣洁、最富有坚韧性和奋发力量的源泉。她知道，参赛不只是为了自己的艺术青春，更是为了母亲。因为她的一切都来自母亲，而一切也应属于母亲。

夜深了，梦泉仍在灯下给玫玫缝制红舞鞋。她对玫玫说："你穿了我缝的红舞鞋，就会充满战胜困难的勇气，因为这鞋里缝进了母亲的心愿和期待，也缝进了母亲几十年的追寻和梦想。"

玫玫也无法入睡，因为明天她就要乘车去南国的一座美丽的石林城市参加初赛，她将要在那里第一次接受广大观众的检验。她知道也许这次比赛会成为她生命的新起点。

也许是心理电波的原因，梦泉总感到心中还有什么事需要对玫玫说。玫玫也翻身数次，要走进母亲房子里去说什么，可就是想不起来。

时间在流，月光在流，心河也在流。

此刻梦泉手中的针，不知为什么没有扎中鞋子，却扎进了自己的手指，鲜血流了出来。梦泉并不感觉痛，反而觉得头脑特别的清醒。哦！想起来了，玫玫去比赛，一定要给她取个艺名。

"我老是想有什么事要对玫玫说，原来是这件事，这针尖还真有灵！"梦泉自言自语。

"妈妈，你怎么还不睡？"玫玫跑到了母亲身边。

"快了，只一两针就缝好了。"

"慈母手中线，游子身上衣。明日江海去，母女心不离！"

"好女儿，你学会作诗了！"

"刚才在床上想的。"

"好！好！女儿有出息！"

"玫玫，我想给你取个艺名。"

"什么叫艺名？"

"就是从事演艺的人，一般都要有一个向世人公开的名字，并非自己的原名，这就叫艺名。"

"好的，妈妈。"

"我想了一下，给你取个艺名叫'水月'。"

"水月？能告诉我缘由吗？"

"泉乃水之源，这是我和你的血缘；月乃思之梦，这是我心中常有的女儿想象。"其实这"月"并非意在此，而是取了"鹏"的一部分，意在怀念凌鹏。这是万万不能说的。玫玫听后，十分高兴："好妈妈，从明天开始，我就宣布我的艺名叫水月。"

"水中之月，你将沉淀人世间多少悲欢离合和花好月圆的故事啊！"

梦泉默默地想着，不免有无限的感慨。

五十三

　　省政府会议室正在召开紧急会议。主管农村工作的金副省长严肃地说："最近一段时间农民负担又在加重，涉农事件不断发生，必须引起我们的高度重视，特别是农村工作部门的领导同志要深入农村调研，了解实情，分析原因，采取坚决措施，制止农民负担的反弹。"接着金副省长把眼光投向凌鹏："凌鹏同志，你明天就带队，监察厅、减负办、农业厅、教育厅派人参加，一起到石溪县桑河乡调查最近出现的由于加重农民负担引发的部分农民闹事打砸乡政府事件，并帮助当地县委、县政府做好善后处理工作，确保农村社会稳定。"

　　"金副省长，你的指示，我一定照办，但是考虑到石溪县离省里较远，有些问题怕来不及请示，您能否授权，我就某些能拿准的问题，代表省政府表态。"

　　"可以，既然派你们去，我就相信你们！"

五十四

　　桑河乡是一个偏远的山区乡，这里离省城距离五百多公里，离县城也有一百多公里，是省里确定的贫困乡，人平年收入不到五百元。本来像这样的山区乡，交通不便，且农民居住分散，自然条件差，完全可以保留原来的行政体制，可是在全地区进行的撤区并乡的行政体制改革中，不从实际出发，将邻近的三个乡并为一个乡，在三个乡中，桑河乡最贫困。并乡后，新的乡党委和政府决定，为集中建三乡统一的乡办中学，每户人平摊派教育集资费一百元。对此桑河乡的农民出来抵制，认为不能这样摊派。新任的乡党委书记到该乡做群众工作时，被情绪激动的十个农民围困起来，不得脱身，甚至有农民还揪扭了书记的手臂。乡长知道此事后，未经请示，就派出乡干部和派出所民警，赶赴现场，把书记抢出来，同时抓回了几个带头闹事的村民。不料，在傍晚时分，这个乡的农民，在当地的一个小学教师组织下，一百多人赶到乡政府，对机关进行打砸，并抢回被抓去的农民。

同时，一百多农民静坐在乡政府礼堂要讨一个说法。后经县里派人表态，取消对农民建校集资的决定，并对造成的涉农事件进行调查，许诺将依法处理，农民方才离去。可现在的问题是：一方面乡干部很有情绪，要求从严查处打砸乡政府的凶手，否则将来农村工作无法开展；另一方面，为首的那个教师仍然纠集二十个农民在县政府上访，要求对乡干部和民警非法拘禁村民依法查办。凌鹏带队到了桑河乡，通过全面调查、座谈和访问当事人，对解决桑河乡的涉农事件，打电话请示金副省长，向县委县政府提出了处理意见：

一、撤区并乡工作做得匆忙，有些需建设的公共设施，如建学校、修公路、办水利等都没有认真研究，广泛征求群众意见，按有关政策办理。因此对于摊派建校资金，在没有广泛征求群众意见的情况下，就强行收取，是违背中央一系列减轻农民负担、制止违规集资摊派政策的，应予纠正。由此引起的相关问题，应从中吸取教训，并承担一定的决策实施责任。

二、少数村民对摊派集资建校有意见，找下乡做工作的党委书记反映是合法合理的行为。但发展成围攻乡党委领导，是错误的，也是违法的，应当教育批评。乡政府决定并派干部和民警未依程序报批，将三名村民带回乡政府拘禁是违法行为，应追究相关责任。

三、小学教师黎某借三名村民被拘禁造谣生事，组织发动一百余农民到乡政府聚众闹事，并打砸办公室，造成一定的经济损失和不良社会影响，是极其错误的，应按照有关法律，追究组织者和少数打砸抢分子的法律责任。

四、乡党委和政府要通过这件严重的涉农事件，进一步提高认识，吸取教训，做好减轻农民负担的工作和撤区并乡的遗留问题和新问题的解决。任何时候都要把"三农"工作放在重中之重的位置，不可掉以轻心。

对于这四条意见，党委和政府领导非常重视，认真地研究了落实的办法。不到一个月的时间，桑河乡的问题基本得到解决，干群关系进一步融洽，农村工作出现了新的景象。

这件事情对凌鹏触动很大，坐在办公室里只要一接到来自农村举报农民负担加重和反弹的电话，他就心不安、神不定，有时还易于发怒。"我真不明白，我们有些干部，对于农民，为什么感情那么淡漠，动不动就在农民身上做文章，打农民的主意。农民增收有多难，难道就一点都不知道吗？"凌鹏不止一次对身边的干部说。

深秋的一个星期日，凌鹏带领司机、秘书驱车重返桑河乡暗访。当他通过查访，了解到所有的问题都得到妥善解决，农民也心顺气顺了，感到非常高兴。

"你说的都是真的？"凌鹏在一家路边店问一位上了年纪的村民。

"真的，乡长还到村里做了检讨。那个组织闹事的教师，已经被追究法律责任，他还给村民写了悔过书，要大家以后要遵纪守法，不要学他。"

"是的，任何时候都要遵纪守法，有什么意见和要求，要通过合法的途径解决，不能乱来。农民也要守法，社会才会安定。"凌鹏一边喝茶，一边亲切地与村民交谈。

"我们邻近的响泉镇，前些日子还来了几个村民，说是向我们学习，回去也要组织村民，抵制加重农民负担的行为。我看他们不能这样，要不，不知道又会出什么事。"又一个村民说。

"你说的那个响泉镇离这里多远？"凌鹏特别关注这个信息。

"距离这里只有三十公里，靠县城方向。"

凌鹏的脸上又凝重起来。他想他应该去一趟响泉镇。

五十五

响泉镇的建筑很别致，展现着南方的地域风情和文化内涵。多是青砖灰宅，即使新修的房子，也是青砖砌的。街道一边依山，一边临水。小镇不大，仅千百户人家，可也显得精致、热闹、古朴、整洁，有文化韵味。夜灯初上，街道两边的路灯像一串银色灯笼挂在树干上，被灯光照亮的家家户户门口张贴的对联，格外鲜红耀眼。小街没有铺水泥，还是原来的麻石和青砖路面，只是修整得很平坦光滑。去镇政府要绕道，街道上无法通行。后来才知道，镇政府几次开会决定要拆除街道旧房屋把路拓宽过车，都遭到镇上居民强烈反对。

凌鹏一行三人走在街道上，目睹着远离省城的这样一个乡间水边小镇，真有一种说不出的欣慰和舒畅。尤其经历了"文革"的风雨，还能看到这样的古镇，更是觉得十分不易。

小镇上的餐馆显得更红火。透过餐馆的窗户和门口，进进出出的人群和依稀听到的杯盆碰撞声中夹杂的笑声和说话声，可以想见小镇餐馆的热闹和豪饮情景。

走过正街一百米远，前面出现一条侧巷。巷道显得很窄，大概过三轮车都会有问题，在高墙的屋檐下悬挂的电灯，把白溶溶的光洒落在深深的巷道里，生发着幽静和惆怅。再往前走，身边就完全消逝了刚才的嘈杂之声，而只感到有股凉风拂面而来，风里还带着浓郁的菜香。快近出口处时，抬头一看便是一片闪着耀眼星光的墨绿色夜空。直到走出巷道，沿着石阶而下数十步，又进入了另一片天地，停泊在河边的帆船亮着一闪一闪的灯光。这时候锅盆的撞击声、男人女人的吆喝声和说话声、孩童的尖叫声，还有水声、风声和远处的汽笛声，一齐汇成了一曲奇异的交响乐。

> 昔日龌龊不足夸，
> 今朝放荡思无涯。
> 春风得意马蹄疾，
> 一日看尽长安花。

凌鹏吟出这首诗后，便问同行的秘书："你知道这首诗是谁写的吗？"

"不知道。"秘书回答说。

"这是唐朝诗人孟郊所写，诗名为《登科后》。孟郊一生坎坷，屡试不中，四十六岁才及第。这是他登科后欣喜心情的抒发，表达了他在长安城南曲江、杏园一带与朋友午宴时的得意神采。可是人生多变，他只做了很短时间的溧阳尉就辞官家居。后被河南尹郑余庆召用，又不幸病死途中。可见他的'春风得意马蹄疾，一日看尽长安花'，是何等的短暂，让人为之叹息。正因为如此，他也才有千古流传的《游子吟》：'慈母手中线，游子身上衣。临行密密缝，意恐迟迟归。谁言寸草心，报得三春晖。'人在世上，父母养育之情，夫妻之情，儿女之情，兄弟之情，朋友之情，都是真真切切的人生感受和体验，唯其最真、最贵！人若离开一个情字，就失去了生命存在的意义。当然，我在这里强调的情，是大情、纯情、真情，是对祖国、对人民的热爱与奉献之情，对父母的感恩孝敬之情，对妻子儿女的尊重和爱护之情，对同志朋友的忠诚与关爱之情。而不是去计较个人得失、贪图虚荣的私情、矫情、放荡之情。"

"主任，你这番情论说得好。我猜想这一路上，你的所看、所言、所思都离不开对乡亲的一片真情。"

"是啊！百姓乃我们的衣食父母，我们纵然披肝沥胆、肝脑涂地也难报他们的'三春晖'于万一。"

说话间，前面便出现了一个灯光闪耀的临河餐馆，走近一看店名叫"响泉酒楼"。凌鹏三人好奇地走了进去。

夜色越来越浓。站在响泉楼上，凝望夜色下的响泉河和对岸的苍山，田野、村舍都在一片朦胧的月光里。闪亮的灯光，清脆的狗叫，在河岸公路上奔驰的汽车，停泊在楼下的轮船，正在行驶的帆船，偶然响起一两声笛鸣。还有楼下码头边女人们挥动擂槌的浣衣声，构成了一个充满生命律动和活力的美妙夜世界。在这样的世界里停留，少了许多心灵的失落和望眼的尘雾，更多的是平静中的感奋，踏实中的期待，追恋中的沉稳。

山郭酒旗迎千帆，杯中犹闻汽笛响。
水镇斜晖暖万户，井畔应惜珍珠泉。

凌鹏端着茶杯，在酒楼中来回走动，他在品味这副嵌着地名的对联。

一会儿，桌上就摆满了各色乡间菜点。端菜倒茶的山村姑娘用不标准的普通话，给客人介绍菜名："这叫鲜炒木耳，木耳在山野小径边生长，细嫩新鲜，色泽紫黑，用鲜肉拌炒，色味独特；这叫清蒸土鸡，是农家在野外放养的鸡，因吃野食长大，肉细而甜，清蒸出来，其味香甜无比，滋补身体……"

"且慢，小姑娘，你介绍的这些土菜，我听明白了，但我想问一个问题，这菜名的解说词是谁告诉你的？"

"是我老板的家爷编的。"

"家爷是什么意思？"

"就是她丈夫的父亲。"

"你能否请老板一见？"凌鹏亲切地说。

"好，我去告诉老板！"小姑娘翩然而去。

片刻，一位衣着整洁、面容红润、长得端庄素雅的中年妇女端着一碗冒着热气的汤来到桌前。

"各位客人，这是板栗炖排骨汤，专送客人品尝的。"

"谢谢！我没有猜错的话，你一定是贵店的主人，请问大名？"

"我叫钱凤芝，开餐馆后，大家都说叫钱凤芝不好，好像我就只为钱。我就给自己把名字改了，叫'凤子'，现在全镇上下，认识我的人都叫我凤子，再也没有人叫我钱凤芝。"

"改得有水平。你这凤子，我看可以这样解释：一是好记，叫起来亲切，本身就是一个品牌，二是也有好的含意，红楼梦里的凤姐很能干，会当家理财，你这凤子就算是她的妹妹。来，我敬凤子老板一杯酒。"凌鹏兴致极好，竟邀凤子喝起酒来。

五十六

世界上的事情是复杂的，也是千变万化的。既有其规律，也有偶然性。许多问题，许多苦恼，许多的徘徊与寻觅，有时候就在不经意间找到了线索，解脱了困惑，走出了迷茫，而迅速看到了曙光和希望。

凌鹏三人夜宿响泉镇一家私人旅舍，一觉醒来，已是曙色满窗。许是昨夜多喝了点山乡谷酒，倒也兴致不减，一清早起来，他就独自沿着小镇后山的小路，爬上了响泉岭的望文塔。

朝晨山野之美，凌鹏仿佛又回到了知青点的山水之间。如果昨夜暗入响泉镇，望夜色中山镇的朦胧灯火，一切都在月白灯火中似隐似现，若近若远，神秘而凝固，感觉是如梦如幻的话，那此时风清日艳，登高极目，山野翠岭，尽收眼底。明媚中显露灵性，空旷里凸现峻秀，流动中挥洒乡音，沉静里洋溢丰厚。苍山、碧水、梯田、沙田、石岩、断墙、码头、飞槽、旗幡、红楼、瓦屋……一切都变得鲜活而蓬勃，古典而生动，稳健而放纵，清新而富贵。

"真是明山秀水，文雅之境呀！"凌鹏此时萌生起从大漠归来不曾有过的豪放与激昂。

"索居易永久，离群难处心。持操岂独古，无闷征在今。"忽闻身后有人在吟诗。凌鹏转过身去，只见一白发苍苍的老者，胸前挂着一个纸牌站在他面前。

凌鹏定睛一看，纸牌上写着"保护古树！保护命根！保护文脉！"凌鹏的心为之一抖。他想，这老头绝不寻常，刚才吟那诗就意味深长。于是他很谦恭地对老者说："老乡，刚才你吟诵的诗，我如果没记错的话，那是唐朝诗人谢灵运《登池上楼》诗的结尾四句。"

"同志，佩服！我念的正是这首诗的后四句。"

"向老乡请教，你为何要在我身后吟这四句诗？"

"如果我没猜错，你一定是个干部，而且是从城里来的大干部。我有冤要伸，有屈要诉，可镇上、县里谁也不理解，反把我当成了疯子。"

"有这回事？"

"我疯不疯，请听我浅浅地说说这四句诗的意思吧！"老者摘下胸前纸牌放在地上，面朝山下的田野、溪流娓娓道来："这四句诗是这样的：独居独处容易感觉岁月迢迢太长太长，远离朋友却又寂寞难遣，更是伤心难禁，固守节操难道只有古人才能做到？隐居之忧，今天从我身上得到验证。"

"老乡，我明白了，你是想告诉我，回避现实矛盾寻求自身解脱，反而会有寂寞难排，还不如面对现实，做一个敢于进取的人，固守节操绝非只有古人才能做到，今人更应如此！是吗？"

"干部同志，我总算遇到知音，这是天地有心啊！"说完，老人双膝跪地，抱住凌鹏的腿大声哭了起来。

一切都在老人后来的讲述中弄明白了。此时凌鹏的心受到极大的震撼和创痛。原来这位老者并非别人，他就是江河的父亲江道正老人。随着老人如泣如诉的叙说，凌鹏的眼前出现了一幅幅惨白的画面。

"江河是我的儿子，从小就像我一样，喜欢吹拉弹唱。我只读过两年私塾，会背些唐诗宋词，也读过《增广贤文》《三字经》《幼学琼林》。他母亲死时，他只有七岁。我就一边做母亲，一边做老师，把他拉扯大，直到考取大学。不料毕业后参加工作没几年，就因爱上了一个叫梦泉的学生，为了表示自己的忠诚与侠义，竟冒险用暴力逼迫当时江海大学的书记说出凌鹏的去向。终因此事受到开除的处分，而在校继续读书的梦泉后来也不知去向。江河回到农村，整整七年默默劳作和自学，以田地土屋为伴，直到'文革'结束，农村进行改革，形势逐渐好转，后来在学校代课。在我的再三劝告下，他才在年前与一位叫钱凤芝的回乡知青成婚。婚后夫妻恩爱，次年生一男孩，取名叫江曲。谁知，正处农村经济发展，国家走向开放的好时期，江河却因得了急性黄疸肝炎未及时诊治而离开了我们，那年他才四十岁，死得太早，太惨。临死前，凤芝因去接小江曲，没在身边。江河拉着我的手，声音微弱地对我说：'这些话，你不要告诉凤芝，你知道就行。我这一辈子想起来没有太多的遗憾，但就做错了一件事。在芒岛音专，我爱上了梦泉，她是我心中早已渴望的女人。为了爱她，我表面上冒险去帮她寻找以前的男友，甚至不顾自己开除，表明对她的忠诚。这一切就是为了使她放弃那个男人，但是我错了。其实，那是一种更大的自私，对于一个心中只有一个男人的女人，我这样做，不仅得不到她，反而是害了她。因为我在学校宣布了与梦泉的关系，甚至承认她腹中的小孩是我的……这样梦泉就没有了退路。我满以为她会属于我。可是她却永远离开了我，以致我后来千方百计地打听寻找，终于没有找到她的踪影。父亲，我知道自己活不长了，这份心思，我只有告诉你，才能不愧对凤芝，以后凤芝有合适的男人，你也要支持她……'江河走了，我的希望，我的心，我的一切也被粉碎了。我只要看到凤芝和小江曲，想到江河这些话，我就不能不伤心，但我又不能让他们母子感受痛苦。这人呀！"

凌鹏听得悲泪纵横，他扶老人坐在望河塔的石级上。"我对你说这些干啥？我真老糊涂了。"老人突然清醒了起来。

"没问题，我理解你。那就请说说你这纸牌上写的那几句话的缘由吧！"

"这两年，我们家才安宁下来，凤芝在河边上租人家的房子开了一个小餐馆，还算能养家糊口，我也常去帮些忙，在家里种些蔬菜供食用。谁知去年秋天，镇上刮起了一股大挖古树的风，说什么镇上要发展苗木花卉经济，派人把我屋前屋后几株上百年的香樟树和桂花树挖了。我当时用身体去挡，跪在地上求他们。镇干部却将我拉开，硬是把树挖了拉走，后来才知道他们把树送到县里去搞苗木展览去了。我不服，就到县里告他们侵犯了我的自留地上的财产，破坏了生态。县里派人调查，说土改分房子时，这树就有了，房产证上没有标明有树，说明这树仍属集体财产，不予受理。我告他们破坏生态林，他们又说，这是县里的指示，为发展苗木经济做典型示范，不仅不是问题，反而应当肯定。后来看我老上访，县信访局说请示了管农业的副县长，表态给我五百元补偿，劝我不要再上访，否则就要追究我无理取闹。我当然不服，我想一个国家这么大，总有地方说理，总有人会为我做主，所以我就写了这块牌子，准备去市里、省里。镇上干部不让我去，经常派人来拦我，我没办法，干脆天天去镇上，看他们把我怎么办。他们也没法子，就在外面说我是疯子，是因儿子死了气疯了。我就算疯子吧，也是这些不按政策办事的人逼疯的。干部同志，我没有疯，一清早见你从小镇上走出来，我就知道你是一个大干部，我可能遇到青天了。"

"大干部，青天，你相信世上有包青天吗？"

"我相信，我相信，不相信，我还能活到今天？"

"我也相信，但党有一个、百个、千个包青天也不行啊！"

"那你说要靠什么？"

"要靠法制，要靠老百姓的监督！"

"法制，监督，谁来法制，谁来监督？你看看这些干部，谁来监督他们？我们老百姓？哈哈哈哈，同志呀！你可让我失望啊！"说完老人站起身来，又从地上拾起牌子："我叹官者为政之自私，何以百姓在心中。"正要扬长而去。

"老乡，你稍慢，我还没有讲完，你看看这些年的变化，是不是法制在起作用？你敢到县里告状，镇干部也不敢把你怎样，是不是也有法制的因素？要是在'文革'时，你能这样吗？不是早就挨批斗了或打成什么分子？老乡呀！社会发展和进步，终是云不遮月呀！当然，曲折和黑暗有时总会有的，这也是不以人的意志为转移的！"

老人不再移动步子，用沉思的眼光望着凌鹏："你说我这件事，还上不上访？"

"你不用再上访了，十天半个月我会让你知道结果的。但是我告诉你，我绝不是青天，我是一个欠了许多债的人，这辈子都还不清啊！"

"此话怎讲？"

"但愿后会有期。"说完凌鹏走到老人跟前，从他手中接过牌子。

"这牌子就送给我吧！多保重！"凌鹏的眼角湿润了。

老人望着凌鹏的背影："好人，好人，世上还真有好人！"

五十七

回到省城，凌鹏几晚都难以入睡。

他在想农村、农民、农业问题，想法制、政策、监督问题，想江河、梦泉、凤芝、雨菲，还有江老先生的付出。这是一笔多么深重的心债呀！

经过几天的思考，其中又邀请财政、物价、国土、农业、林业、环保、教育、卫生、交通等干部召开座谈会议，凌鹏主持农委起草了两个文件：一个是关于进一步减轻农民负担，制止乱收费、乱集资、乱摊派、乱罚款的文件，并附上调查报告和一些典型案例；一个是关于制止乱伐古树的通告，明确古树的管理和砍伐审批程序，以及对乱砍滥伐的处理规定。这两个文件都得到了省委、省政府主要领导的高度重视。特别是前一个文件，经省委常委讨论和政府常务会议讨论，以省委、省政府两个办公厅的文件发出。制止乱伐古树的通告，则以林业厅的名义公布于众。一时之间，这两个文件，特别是第一个文件，在全省引起了强烈反响，受到了广大农民的拥护和支持。

在对待农民问题上，能否得到省委和省政府的重视和支持，凌鹏一开始并无把握，还担心会遇到阻力，可是结果却出乎他的意料。他当然高兴，比什么都高兴。可是从历史的经验来看，往往关键的环节，不是发出了文件，而是能否真正落实文件。想到这里，凌鹏只带着减负办的一个处长驱车到一百公里以外的新城县荷叶湖乡调查。

荷叶湖乡是一个水乡，自然风光十分绮丽。夏季正是荷花开放的时刻，一湖一湖盛开的荷花，红艳艳地映射着金色的阳光，显露着妩媚而迷人的色彩。一簇簇舒展的绿色荷叶，漂浮在碧玉般的湖面上，似玉盘托珠，如翠袖抛絮，洋溢着少女的温馨和摇曳的柔姿。人入其境，会让你如品甘露，似饮美酒，如痴如醉，百般感情激荡，万般思绪飞飘。

坐在湖边小店，饮水赏荷，看到老乡的笑脸，谈笑的热烈和兴奋，凌鹏心情很好。他看到了农村的变化，经济的发展，生活的改善。

"请问老乡，家在哪个村，有几口人？"凌鹏还随手递给那位靠近自己的老乡一支烟。

"谢谢。我是荷叶湖农场的。家里有五口人，老伴、儿子、儿媳和一个小孙子。"

"一个幸福家庭。"

"别说幸福，还算过得去，可就是不如现在的农村！"

"为什么？国营农场还不如农村的发展？"

"我们那农场呀，干部不团结，私心重。农村都在搞改革，发展民营经济，可我们农场还是吃大锅饭。前两年搞了承包，结果是几个干部带头承包，只包赚，不包亏。他们要得的全得了，可上缴部分就以各种名义赖着不交。"

"老乡，你能详细讲一讲吗？"

老乡不再说话，他在冷静地观察眼前这位干部模样的人，心里有些不踏实。

凌鹏见对方不说话，也猜出了老乡的顾虑。

"我就如实告诉你吧，我是省里做农村工作的干部，特地下农村调查。你放心，我们只是调查。"

这时，在一旁观察的减负办陈处长连忙走了过来："这是省农委的凌主任，你有话只管直说。"

老乡不知道这主任是多大的官，可他明白这主任是一个好干部，看他的面相和对农民的亲近表情，他断定是一个可以信任的人。

"真的，我是不打算说的。前两年我们还派代表去省农业厅反映情况，可就是没人管，据说有些事还涉及省里的有些部门领导。"

"你能讲具体一些吗？"

"这样吧，你在这里等，我回去叫我儿子来，他是农场的会计，他知道内情。"

凌鹏想，也好，我正要对国营农场的改革问题做次调研呢！

五十八

当然时代不同了，社会在进步中，但现实也严峻地告诉人们，滥用权力的腐败行径仍然在伤害着社会，动摇着共和国的根基；在戕害党和国家肌体，腐蚀人与人的灵魂，阻碍着社会的发展、进步。凌鹏通过下乡调查，他明显地感觉到，农村的问题，特别是农民负担问题，农村的发展，根子还是在干部的作风上，这也包括思想作风、工作作风、生活作风。有一个基本规律：凡是图虚名、做表面文章、搞假政绩、干部作风虚浮、不艰苦奋斗、吃喝之风滥行的地方，农民的负担就重，社会风气就不正，经济就发展缓慢；凡是工作务实、关心群众疾苦、敢于改革、把百姓放在心上的地方，农民负担就轻，农民的积极性就高，民风就淳，经济也发展快。

凌鹏听了那位农场会计的反映，心情更是不平静，他连夜向省委写了一个专题报告，要求派出调查组查清农场的问题。报告刚递出去，凌鹏就遇到了麻烦事。

这天上午，凌鹏刚走进办公室，值班室的同志就告诉他："金副省长要你去一下。"一路上，凌鹏在想，金副省长找我，是关于减轻农民负担问题，还是制止砍伐古树、农村扶贫、水利建设问题？一般平时有事，他都是直接打电话，很少让秘书转告，凌鹏觉得这次有些特别。

走进金副省长办公室时，他正在接电话，他用目光示意凌鹏坐下。

"金副省长，你找我？"待他放下听筒，凌鹏主动地说。

"是这样的，这段时间减轻农民负担的工作，从调查到起草出台减负的文件，你们农委干得不错，特别是你，辛苦了。我看这件事情就告一段落，让下面去抓。你呢，要把精力腾出来，抓一下农村结构的调整，特别是研究一下村级体制问题，减轻农民负担就让分管国营农场的郑副主任去抓。"

听了金副省长的话，凌鹏感到突然，怎么就告一段落，这可是一件大事啊！平时对他们内部的分工，金副省长从不管，为什么这次却要代替他来进行内部分工呢？凌鹏觉得其中必有原因。于是他试探地问："那落实减负文件的督促检查和抽样调查，明察暗访工作还搞不搞？"

"当然搞，当然搞，你就不用管了，让老郑去搞，他也有经验，你就集中精力抓农村的经济发展，这些事要老郑直接向我汇报就行了。"

"那好吧，老郑你找他谈？"凌鹏故意这样说。

"不！我叫你来，就是给你通气，你跟老郑说一下就行了。"

"好的，那就告辞了。"凌鹏向金副省长道别。

凌鹏还未走出门口，又听到金副省长的声音："老凌，你还要提醒老郑注意抓一下国营农场的改革问题。"

五十九

原来凌鹏写给省委的报告，被分管农业的省委副书记批给了分管农业的金副省长。金副省长冷静地看过凌鹏以个人名义写的报告，预感到一场风暴就要向他席卷而来。于是他当机立断，要挡住凌鹏的去路，坚守住自己长期经营的阵地。

事情还得从头说起。

金副省长何许人也？十年前他是荷叶湖国营农场的书记兼场长，后来调农业厅经管处当处长。由于此人善于察言观色，推测上级的心理，加上也确有一些行政才能，比如善于出点子、提口号、平衡关系。有些事，他虽然做得放手，有时甚至不如别人，但经他一归纳提升，一总结，就可以成为典型，成为样板。当年的荷叶湖农场，就是农业学大寨的红旗单位。80年代，农村改革拉开序幕，他的政治敏锐性很强，马上就推进了国营农场内部的承包改革方案。他把林场、养殖场、农场、渔场和农贸经营公司分五块进行承包。经过新闻媒体一宣传，尽管当时根本还看不出什么成效，他就成了改革的典型，接着就调农业厅，然后就升任副厅长、厅长，再后来被选为分管农业的副省长。到90年代初期，随着改革的深化，原来的承包制不规范，没有明确的约束机制，特别是长官意识影响，最终导致承包者只包赚、不包亏的问题全面暴露出来。少数人在承包中发了大财，而国家的资产不断流失，大多数职工的利益得不到保障。即使在合同中写明的各项提留都兑不了现。又因承包者基本是厂领导，根本无法对他们经营的真实性进行审查、监督，农场职工对此意见很大。虽多次到厅里反映，都因与金有关而被置之不理。后来随着全国城乡特别是国有企业产权制度改革的深化，新任农场领导清醒地意识到这才是实质性的改革，必须抓住机遇，推进农场的改革，经过较长时间的研究、讨论，并经职代会通过，做出了农场产权制度改革的方案，并决定对农场的资产进行全面清理、评估，包括在省城注册的农贸经营开发有限公司所拥有的金银大厦的资产。然后再采取产权转让、并购、公开拍卖、股份合作等方式进行资产重组，明晰产权，建立现代企业制度，让企业自主经营，自我约束，自我发展，真正进入市场参与平等竞争。这本是一个真正改革的方案，但因为原农贸公司的承包人就是金副省长的妻弟，又加之过去在承包中的问题，甚至贪污侵占、挪用等因清理而暴露出来，故金副省长一直没有同意这一方案，仍然在延续这种不规范的企业承包经营制。

凌鹏从农场会计介绍和反映的情况中，隐约地看到了潜在的问题和危机，又从侧面了解到农业厅不可能会主动地组织支持农场进行改革。他出于无奈只好以个人名义向省委写了专题报告，但没想到这个报告落到金副省长手中，问题没解决，自己反倒被排斥在外。这时，凌鹏才深深地意识到改革的艰难。是啊，一个农场的改革，都因利益的调整、权力的被制约、腐败渠道被堵死而举步艰难，可见一地、一县、一省、一国改革之难。难在哪里？问题不是再清楚不过了吗？

"我必须冲破阻力，我不能看着国家的财产受损失，群众的利益受损害，不正之风滋长蔓延，最终损害党和国家、人民的根本利益！"凌鹏决心已定，他要冒这个风险，要闯这个险滩，要踏这个地雷阵。

六十

雨菲仍然在江海县医院工作，凌翔已经上初中了，个儿长得比母亲还高。凌鹏几次调动调整工作，也没有一个稳定的住所，无法考虑雨菲的工作调动。他不愿意给组织添麻烦，他也知道自己做农村工作，下基层多，在机关少，即使把雨菲调来城里，也关心不了她，还不如这样双方暂时维持现状。

再说孔雨韵在文化厅长的岗位上能适应形势，从实际出发抓群众文化和文艺团体改革，在全国颇有影响。再加上他工作作风深入，勤廉带头，每次党风廉政考察时都口碑极好，又被升任省委副书记兼纪委书记。上任后，他知道自己有很多大事、急事、难事要办。可有一件事他一直想办，但无法办。现在他认为，是必须办的时候了。

"喂，是省卫生厅吗？请找一下解厅长。哦，你就是呀！解厅长，我老孔呀，孔雨韵。是这样的，我有一件事，是我个人的事，想请你帮忙……是真的，是请帮忙……但一定要跟你们管人事的同志说清楚，这是一个特殊情况……对！……对……对。而且雨菲同志表现很好……是很注意影响的……好……好，就这样！"

一辆黑色的新式奥迪轿车停在江海县医院门口。

从车上走下一位看上去上了年龄的老者，头发基本斑白，但精神很好，走路挺直了身子，而且双目有着慈祥的光芒。

一个身穿白色运动服的中学生，手里提着一个足球，蹦蹦跳跳地从医院内的走廊上跑过来，临近细看，这男孩长得标志、聪明、健康、活泼、充满着青春的蓬勃。

"请问这位同学，你认识一个叫雨菲的同志吗？"

"谁，雨菲同志？"少年很惊讶。

"是的，雨菲同志！"

"老爷爷，她是我妈！我叫凌翔！"

"翔子，你不认识我，可你妈认识我，我叫孔夫子，带我去见你妈！好小子，都长这么高了！"孔雨韵高兴得直拍凌翔的肩膀。

六十一

"再喝一杯！"

"别喝了，我知道你心里难受！"

"比起来沙漠上，现在的处境那是两重天地！"

"可你也得冷静，不能急，要因势利导，要把握时机！"

"老孔呀！眼看国家财产流失，职工利益受损害，腐败之风蔓延，我能不急吗？我们入党干什么？当领导干什么？难道就是这样前怕狼，后怕虎，就怕自己掉乌纱，就不怕老百姓反对我们吗？"

"你是本性难移！"

"好！凭这句话，我倒要和你干一大杯！"

这个晚上，在凌鹏宿舍，孔雨韵和凌鹏，就是这样推心置腹地边饮酒边交谈。人世间，这也许才是最真实、最坦荡、最血性的男儿的衷肠倾诉。比起那些在黑色幕帘和蓝丝丝的灯光映照下，一句一语一字都反复推敲，吞吞吐吐，左顾右盼，互相猜度，彼此提防，干着误国殃民、贪污腐化、损害百姓利益勾当的阴谋行径，这豪饮之气，该是何等的大气磅礴，何等的惊天地泣鬼神！

"凌鹏，今天别的不谈了，我要走了。可有一件事，我要告诉你，你

曾经沧海

123

必须听我的。"

"老孔兄呀！我什么事没有听你的？"

"别的听不听我不管，这件事非听不可。"

"你说吧。"

"我上个星期日去了一趟江海县医院，看到了我的可爱的小侄儿凌翔小子，那可比你强，比你英俊，一定比你有出息。"

"别夸他，还不知道他今后怎样成长呢！"

"一代胜过一代，这应当是我们的愿望。"

"你快说下面。"

"我给雨菲送去了一张调令，调省卫生厅工会的调令，要雨菲下月上旬报到，怎么样，不反对吧！"

太突然了，凌鹏根本没有思想准备。

"你，孔老兄……"凌鹏站起来，紧紧抱住了孔雨韵！

六十二

"章主任，你明天带两个信访室的同志去荷叶湖农场调查，一定要弄清楚这些年农场实行承包责任制履行合同的情况，不要理睬任何干扰，有情况直接向我汇报。"孔雨韵还把凌鹏已掌握的有关材料和写给省委的报告复印件给了章正之主任。

"这些材料里有线索，有当事人的名字，你们要注意方法，保护举报的同志。"

"孔书记，我们一定按照您的指示，把问题调查清楚。"

时代确实变了。市场经济的浪潮澎湃于中华古老土地上的每一个角落，每一寸土地，各种生产力要素，如土地、技术、劳力、资本、产权、专利、策划、创意，乃至管理，都在激烈地震荡、流动、融汇、组合，然后迸发出无穷的力量，改造着客观世界和主观世界，创造出相对丰实的物质和精神财富。

在这样的大背景下，也有一些人，一些手中掌握了权力的人，他们并没有读懂历史，读懂改革，读懂市场经济，而是仍然陷入了权力社会的泥沼之中，还在研究和实践"人不为己，天诛地灭"的哲学，视人民如草芥，把自己当作高贵者、太上皇，不可一世，贪得无厌。孔雨韵知道，作为一个具体的，单个的人，也许没有回天之力，但是只要整个民族是清醒的，整个社会是有序的，或是充满着光明的照耀，就总有一天会形成如同市场经济般澎湃的浩然正气和正义力量，必然荡涤一切封建主义和腐朽思想留给人们的残余影响和毒疮，腐败便没有了滋生和蔓延的土壤。

想到这里，孔雨韵的心情变得明亮多了。他激动地拿起电话："是凌鹏吗？告诉你，序幕已经拉开，我相信这场演出会是激烈而悲壮的。"

"也许会平稳谢幕，因为改革毕竟是人心所向。"

"那当然，我也希望这个结果。怎么样，你什么时候去接弟妹？"

"她说不要接，等搞好了交接就自己过来。"

"你呀，真是冷血动物！"

六十三

雨菲终于来到了省城，心情比过去好，对凌鹏也更加体贴和尊重。

她心情不错的原因，是孔雨韵给她解释了当时凌鹏为什么会断然反对给她转干。

"你知道吗？好在凌鹏当时不同意，要不有些事情一时说不清，你知道别人怎样向省委告状的吗？说雨菲就是孔雨韵的女儿，是孔雨韵托关系干的事。其实他们犯了一个常识错误，在中国，父女的名字和辈分不可能一样，女是雨菲，父是雨韵可能吗？但当时，就有人相信。"

孔雨韵的这席话，不仅让雨菲愉快地接受调动来到凌鹏身边，而且也解除了雨菲心中对那首诗的郁结。一首情诗，让雨菲痛苦和迷茫了多少年啊！

凌鹏有一个习惯，晚上不去开会或在办公室看文件，就在家里看书，或者思考问题写点东西，他还兼了农业大学的教授，平时还要挤时间去跟学生讲课。这个晚上，凌鹏正在备课，他在思考，怎样加快城市化进程的问题，他感到这个问题已成为中国发展和解决农村问题的一个重要课题。

"凌鹏，这样晚了，该休息了。"雨菲走进书房，还给凌鹏递上一杯热牛奶。

"你先睡吧！我还在写一会儿。"凌鹏向雨菲投去感激的目光。

"这才是真正的家庭，夫妻生活呀！"凌鹏此刻无限感慨。

结婚十余年，十余年夫妻分开，彼此无法照料，那种寂寞、感伤，那种思念和牵挂，曾让他徘徊、痛苦。而今天的这些，却离不开孔雨韵的帮助。孔雨韵如兄如父，是的的确确的智者仁者。

"凌鹏，有件事我想问你！"雨菲披衣又走了进来。

"什么事，你说吧！"

雨菲靠近凌鹏："你看这张报纸。"

一张彩色的报纸上《中国首届青年电视歌手大赛落下帷幕》的标题赫然映入眼帘，里面有一张彩照，一位亭亭玉立、光彩照人的青年歌手的照片。下面的解说是：这位来自南方小镇的女歌手水月以她优美的歌声、动人的表演获得大赛第一名。

"凌鹏你看这女孩像谁？"

"像谁？"凌鹏拿近一看，他的心一下紧张了起来。

"这不是梦泉吗？"他不敢说出来。

"坦率地告诉你，我在你的书中看过一张照片，那个女孩跟她一模一样，所以我就把这张报纸留下来给你看。"

凌鹏的心再也不能平静了。他这才想起这些年来，雨菲对他那种既热又冷的态度和夫妻之间的一些生活中的微妙变化。原来如此啊！现在凌鹏必须面对现实，面对一颗曾经是那样圣洁善良、多情的心。他万万没有想到，自己夹在书中的梦泉照片会让雨菲发现。他那样做，也并非对雨菲不忠诚，他是想，既然一切都结束了，就让这段旧恋情埋在心底，他也不愿意去触及自己曾经受伤的心。现在雨菲知道了这张照片，而且看报纸上"水月"的照片的年龄与当时梦泉的年龄几乎相差不多，而且太像她了，如果把照片拿出来对照肯定不会有多大的差异。凌鹏这时也有一些恨自己，如果当初就跟雨菲讲清楚比现在解释要容易十倍，而且也不会在雨菲心中留下挥之不去的阴影。他不是女人，但他完全可以想象，一个天真无邪的女人，对于一个男人的不诚实，甚至是欺骗，一生将会是何等的不安宁。凌鹏想到这一切，他觉得不要再有丝毫的隐瞒，应当全部地毫无保留地把这所有的一切告诉雨菲，也许这样他最终能让雨菲理解。

"雨菲，你坐下来，听我慢慢跟你说。"凌鹏站起身来，转过身子，走到书架前，去找那本书。他翻开书页，找到了那张写着诗句的照片。这是一张已经褪了色、但依然容貌清晰可见的照片，这张照片已经伴随凌鹏走过了二十几年的风雨旅程。

"雨菲，你看到的是这张照片吧？"凌鹏从书中把照片拿出来送到雨菲的手上。

雨菲接过照片："是的，凌鹏，对不起，我不应该乱翻你的书。"

"是我对不起你，我应该早就告诉你。"

"我，我……"雨菲心也有些乱。

"雨菲，你慢慢听我说。"凌鹏又从雨菲手中接过照片，指着照片上的人影，声音低沉柔缓地向雨菲诉说着他与梦泉相识、相处、相爱的过程，又把一年前去响泉镇偶遇江河之父，才知道江河为他为梦泉所付出的一切。听到凌鹏的真情诉说，雨菲哭了，她哭得很伤心。她也是女人啊！她也是因"文革"而使一个好端端的家庭被弄得家破人离，她还是一个善良、有同情心的女人。对于梦泉，对于江河，包括凤芝，她都能理解，多么不容易呀！应当说他们为了凌鹏，不，为了自己这一家做出了多大的牺牲哦。江河走了，梦泉不知去向，这一切又该在凌鹏心中压着怎样的重负。

"凌鹏，你怎么不早说，我也是女人，我不会怪你的！"雨菲伏在凌鹏的肩上痛苦地饮泣。

"雨菲，我当时并不知道江河一家的事，只知道梦泉无法找到，我想，既然梦泉不知去向，我跟你谈这些，那又有什么意义呢？不是也在你心中蒙上一层迷茫和伤感吗？后来，我也几次想跟你说，但都因工作的忙碌和心情的不佳，没能下决心跟你说，现在，我只能请你谅解。"

"凌鹏，不存在谅解，如果能找到梦泉，我会为你们高兴，你应该去找。如果你以为这张照片也可能成为线索的话，我愿意帮你去找！"

"雨菲，我感谢你，不过这件事，我们要暂时放下来，等有机会再做了解。"

"为什么？"

"你刚来，许多事情你还没有遇到，到时候你就明白了。梦泉是要找的，江河一家也是要关心的，这是我的责任。"

"这也是我的责任。"

"雨菲，你真善良！"凌鹏抱住了雨菲。多少年，多少夜，凌鹏已经没有了这种激情，雨菲也没有了这种至亲至爱的感觉，是什么使他们那样？

又是什么使他们今夜如此激情澎湃呢？

人呀！男女之情、夫妻之情也是一个说不清的谜啊！

六十四

荷叶湖农场沸腾了。

省纪委的工作组刚去，省农业厅指导产权制度改革的工作组又进了农场，而且还是农业厅的一位副厅长带队。

"孔书记，你看怎么办？我看这样做，农场的干部职工会无所适从。"

"这样吧，老章，我们的人暂时回来，先让他们去搞，搁一下再说。"

"那好，我们明天就回省城，具体情况回来再向您汇报。"章正之放下电话，对身边的干部说："这叫风云突变，你们看弘扬正气有多难呀！"其他两位同志也摇了摇头，没有说话。

金副省长办公室。

省委的郑副主任正在听金副省长作指示。

"这个荷叶湖农场改革方案，其实你们早就应该批，根本不要送我。"郑副主任抬起头，望了一眼，想说"不是你叫送来的嘛"，可他没有说出来。金副省长也停了片刻，点燃香烟，深深地吸了一口："我也不批了，你带回去告诉农业厅领导，要支持改革的嘛！不要求全嘛，可以先改后完善嘛！到时候，我去看看。说实在的，离开农场十几年，我还真有感情。"说到这里，他故意停顿下来。

"金副省长，我也知道，你对农场感情深，怕搞乱。这农场可是你一手建设和发展起来的，可不容易啊！"

"这都是过去，现在是要看发展，什么办法能发展壮大农场经济，就采取什么办法，不要怕嘛，天塌不下来，今天就说这些。"

金副省长又停顿下来，眯着眼睛瞄了郑主任一眼。

"金副省长，我听说农业厅已经在农场发动改制工作了，是不是去前向您汇报了？"

"没有汇报，我哪管这么细，只是龙厅长到省政府开会时，顺便说了一句，农场的改革还是要抓紧，不要让人家说闲话。"

其实，对农场的复杂性，其中的弯弯曲曲，郑副主任不是不清楚，他是清楚的，只是一生的从政生涯告诉他，惹不起，躲得起，凡事不要锐气太盛。他很钦佩凌鹏的一身正气，但他也为凌鹏担心。既然这局棋是金副省长在下，他也只不过是他手中的一个棋子，自己也只能不昧着良心干事而已，其他的事就只好睁着一只眼闭着一只眼，这小胳膊是扭不过大腿的。想到这些，郑主任马上说："我会去督促的，过一段时间，也请省长能亲自去考察一下。"

　　"好吧！就这样。啊，想起来了，那凌鹏最近在干啥？"

　　"听说他爱人调上来了，最近好像在机关多一些。"

　　"我听说，省委孔副书记和他很熟？"

　　"不清楚，好像我听有人议论，他爱人是孔副书记帮助调上来的。"

　　"好，遇到凌鹏问个好！"郑主任离开金副省长办公室，走到门口时，正碰上省林业厅魏副厅长。

　　"金省长找我。"魏厅长赶忙解释，仍然掩饰不住几分得意。

　　凌鹏从孔雨韵那里知道纪委工作组被迫调回的消息后，心里十分的不安，他很沮丧，也很愤怒。可有什么办法？连省委副书记都只好退兵，我这个农委主任又有什么用？凌鹏是不会服输的，可现在你能不服输吗？

　　"凌鹏，跟你商量一件事。"雨菲走进凌鹏的书房。

　　"什么事，说吧！"

　　"趁翔子去学校寄宿，我想去一趟响泉镇。"

　　"啊！很远，路不好，你身体又虚弱。"凌鹏关切地说。

　　"不要紧的。我想我应该代你去看看江老人家和凤芝母子。"

　　"那你去吧，我这里刚发了工资，你拿去给他们。"雨菲接过凌鹏手中的钱。

　　"你也该睡觉了，快十二点了，有些事不能急。"雨菲走过去，深情地用双手揉凌鹏的双肩。

　　夜很静，很深。

　　这段时间发生的事，让江河的父亲感到有些惊奇。这是怎么啦？真是世界在变，变得如此的不同。自从他向那位省里来的干部反映农村的问题，尤其是他家屋前屋后的古树被挖走的问题后，先是镇长赔礼道歉，补偿了三千多元，后是县林业局又派人调查，也给补偿一千元。前几天还来了一个魏副厅长，开来了几辆小轿车，对他家的前后看了一遍，然后询问了他家所有的情况，只是没有问及上次他反映问题的情况。后来，他还从凤芝那里了解到，魏副厅长特地去响泉酒楼吃饭，非常客气地称赞她的菜做得好，并说这样的手艺到了省城肯定要赚大钱，希望她能去省城经营。走时，还让一位处长给了凤芝一张名片。这一切老人十分清楚，皆由上次那位干部听他反映的问题引起的。他在猜想，那一定是一个大领导，是一个真正让老百姓信赖的好干部。他被这一切感动了，他甚至开始怀疑几年前自己写的那《夜半十叹》是不是太偏颇了。

冬天来临，响泉镇山上的枫树已经被冷霜染红，远远看去就像一簇簇火焰，近看却是一树树红花。雨菲来到响泉镇上，已是下午三点多了，她按照凌鹏写的地址，画的线路，很快找到了响泉酒楼。这是一栋富有江南建筑风格的临河酒楼。午餐时间已过，酒楼自然有些清冷，但走进酒楼可以感受主人的精致和热情。见一位相貌端庄秀美、气质高雅的中年女人到来，酒店的一位女服务员立刻迎了上去："请问大姐您找谁？"

"我找凤芝老板！"

"你是从城里来的？"

"是的，我叫雨菲，是她的朋友，我从省城来。"

"您请坐！"小姐热情地请雨菲坐下，连忙给雨菲端来一杯热茶。

"大姐，这么冷你还来看老板，真不容易。可很抱歉，她去她家爷家了，可能暂时还回不了，听说家里也是从省里来了人。"

"离这里多远？"

"不远，就两公里左右。"

"那我自己去找她。"说完雨菲站起身来欲走。

"这样吧！大姐，我进去交代一声，我带你去。"这位小姐非常厚道，看得出这都是凤芝调教的结果。有的人看不起乡下人，总以为乡下人土气，其实像这样的乡下年轻人，并不比城里的年轻人差，朴实得很，纯情得很，地道得很。雨菲被感动，她在这位小姐带领下，匆匆向江河家走去。

在江河家见到了江河白发苍苍的父亲，见到了漂亮能干的凤芝，雨菲特别的高兴："你们看看，这就是凌鹏让我带来的证明，要不怎么突然会有一个女人来找你们？"

凤芝接过雨菲手中一个大牛皮纸信封，抽出一叠纸，打开一看，原来是一张写着"保护古树，保护生命，保护文脉"的纸。

　　"你就是那位省城大干部的？"老人激动得双眼热泪直流。

　　"江老伯，我是雨菲，凌鹏的妻子。"雨菲接着把凌鹏的情况与江河、梦泉的不幸，向老人和凤芝讲了一遍。

　　"原来是这样的！"老人终于明白了最近发生的一切变故。

　　"大姐，你别说了，江河隐隐约约给我讲过他在学校的遭遇，那时我不懂事，根本没有在意，他留给我一本《古典音乐欣赏》的书，我放在酒店里，回去给你看，里面还有两首诗。"

　　"雨菲，这些事我都知道，这都是缘分。江河有你们这样素不相识的真朋友，他在九泉之下，知道我们的相逢，也会感到欣慰的。"

　　"这是凌鹏让我带给您的，你老要多保重，待明年春暖花开时，我们再接你去城里看看。"雨菲把一个厚厚的信封递给老人。

　　"我不能要，我知道你们肯定不宽裕，农村开销少，凤芝也有一些收入，我们还算过得去。"

　　"江伯，你不要再推了，这是我们的心意。"

　　这一夜，凤芝和雨菲住在一起，她们亲如姐妹，整整谈到次日晨曦爬上窗棂。

　　坐到回城的公共汽车上，雨菲翻开了那本《古典音乐欣赏》，她发现扉页上写着一首诗。题名叫《幻影》：

　　　　　如水月光
　　　　　柔柔地随玉露
　　　　　湿润了红荷的绿衫
　　　　　被风吹皱的涟漪
　　　　　漂动着相思的浪花
　　　　　在芬芳里栖息的蝴蝶
　　　　　仍在诗意地飞翔
　　　　　黑云遮住了星光的闪耀
　　　　　闪电在呼唤雷的嘶鸣
　　　　　急骤的雨瀑　从高天飞泻

把人间最美丽的爱恋

粉碎成一湖落寞　没有了花影彩翅

只有零星的血痕残翠

伏在波浪上哀歌……

　　有感情的刀尖在刺雨菲的心，她的心在流血，这是一个男人多么凄惨的爱之哭诉啊！她闭上眼睛，在回想认识凌鹏的那一幕幕，人生是多么的艰难而不幸啊！怎么这一切都要降临到一些好人身上，这是上帝的不公平。雨菲头一回在问天："天呀！你怎么这样，老是让不幸来折磨、摧残这些血性的男人、女人！"她想起凤芝说过书中有两首诗，她断定这首一定是江河写的，而另一首呢，她在慢慢地翻着书页。

　　结果在书中某页的空白处，她看到了行行娟秀的字，那首诗，叫《问天》：

我在走向黑暗　走向深渊

走向悬崖　走向激流　走向坦荡

去挽那一天的狂风暴雨

去踏那海的啸叫

我要问，生命何以飞虹

青春何以泛绿　岁月何以圆梦

人间何以为善　知己何以为爱

天不语　地不语　山不语　水不语

雾还是重重雾　夜还是沉沉夜

只有海滨阁楼呻吟的旋律

以歌的形式伴我向青天发问

　　世界永远不会有终点，短暂的生命，不会有自己选择的结局。这是无缘的结局，无言的结局，也是无悔的结局。雨菲知道这是梦泉的诗。两首诗，向人间捧出了两颗心。这两颗心也许是深埋在岁月里，但让雨菲感到了人世的沉重和无奈。

　　她现在真正理解了凌鹏的感情世界。她尊重并同情梦泉。她知道如果梦泉要真想寻找回凌鹏完全可以有办法，因为以凌鹏的知名度，她不可能找不到他，只是梦泉没有去找，可见她心地的善良和胸怀的博大。

远远望去，有两个伟岸的男人身影在滨江大道上并肩而行。

"我想，你帮我找一个人。"凌鹏对孔雨韵说。

"找一个怎样的人？"孔雨韵问道。

"是三年前，在我们省电视台举办的首届全国民族青年歌手大赛上金奖获得者水月。"

"怎么，你对这女孩感兴趣？"

"不是感不感兴趣，我看了她的照片，总觉得像一个人。"

"谁？"

"梦泉。"

"你还在想梦泉？"

"不是我在想，她已经向我走来了。"

"雨菲的心情刚平静，你可不能让她再痛苦啊！"

"她知道了。"

"是什么态度？"

"她理解，是她提议要我找回梦泉。"

"那好！我帮你去找一下水月报名时的地址。"

在临江大道上，孔雨韵和凌鹏一边散步一边交谈，脚下的波浪拍打着麻石堤岸发出阵阵声响。

"你看了昨天的省报吗？"凌鹏问孔雨韵。

"没有。"

"昨天省报的头版右上角，报到了金副省长视察荷叶湖农场，充分肯定他们进行产权制度改革的消息。"

"这好嘛！只要改革，只要加强对国有资产的管理，我们的目的就达到了，并不是非要查一个什么出来。"孔雨韵很坦荡地说。

"问题是这场改革会不会规范操作。"

"问题是如果有什么问题，我们能不能发现,这是关键,要凭事实说话。"

"我也在想，如果荷叶湖农场真正按照中央政策进行改制，这是好事，应该支持。但如果只是为了对付调查，欲盖弥彰，那问题就复杂了，也难办了。"凌鹏对孔雨韵说出了自己的担心。

"拭目以待吧！"

正待二位知音继续向前走去时，凌鹏的司机急匆匆跑了过来："凌主任，金副省长电话。"

"喂，我老金呀！你是凌鹏吧。"

"是，我就是，金副省长，你有何指示？"

"老凌啊！是这样，百岛湖乡，又是因农民减负问题发生了涉农案件，现在有一百多农民在乡政府请愿，我的意思是请你去一下百岛湖乡，帮助现场处置群体事件。"

"好，我就去。"

"天黑，路上要注意安全哦。"

六十五

"请问凌主任，上午你跟农民讲话时，我发现你动了感情，眼含泪水。我想问，你当时是什么心情？这件事情说明了我们政府的工作存在什么急需解决的问题？"新华社女记者任欣欣，从头天晚上到次日上午，一直待在现场，几次要采访凌鹏都被婉言拒绝。可现在她已堵在凌鹏的房门口。

看来这次是无法逃避了。说实在的，从昨天晚上见到任欣欣，到今天上午她要求采访，整个过程任欣欣表现出的一个新闻工作者敬业负责的良好作风，叫凌鹏感动。他感到自己也无法拒绝这位青年女记者的采访。

"说句心里话，我的心情到现在都很沉重。本来我们的乡领导决定农民集资投劳修乡村公路的出发点是好的，但是按照省里的减负政策，应当召开村民代表会议和直接组织村民进行讨论、发表意见，再作决定，而乡政府没有这样做。当有部分农民认为是加重负担到乡政府上访时，与乡干部发生争执，骂了粗话，乡干部就用大便去糊农民的嘴，由此引起一百多人到乡政府请愿。这种事情的发生，我感到是一万个不应该，是严重的不按政策办事，侵犯人权的违法行为。干部中出现这样的丑事，我感到深深的难过！这说明我们有些干部缺乏对农民基本的感情和对人格的尊重，应该受到严厉的查处。就政府工作而言，这件事情也说明，人民政府必须依法行政，执政为民，时刻把群众放在心上，坚决不能做损民、害民、伤民之事。我认为对人民群众的感情和态度，是根本性的政治问题。"

"现在上访的群众都走了，我看得出，大家对你的态度很满意。你意识到了群众为什么给你鼓掌，并迅速离开乡政府吗？"

"我意识到了，这是因为我也讲了真话，同时我检讨了我们工作中的错误，表明处理问题的态度。"

"还有一个原因，你在民众中的印象和口碑好，从你的眼泪里，农民看到了党的干部的真实情感，他们信任你，才离开的。"

"也就是说，我表的态，不能是空头支票，是不是？"

"你讲对了。其实，现在减负问题，不是政策问题，政策早就有了，主要是落实问题，而落实又关键在干部，在干部对农民的感情上。"任欣欣说话也带着浓厚的感情色彩。

六十六

她很漂亮，她从不涂脂抹粉。

凤芝自从被乡亲们喊成凤子后，她自己对人介绍也不提凤芝的名字，而是只提凤子。凤子进了城，走在大街上，同样引人注目。她一样衣着时尚，发型现代，一样穿高跟鞋，一样戴上耳环，一样讲普通话，一样能唱卡拉OK。

"凤子，在街上走，我和你在一起，别人肯定认为我是乡下来的，反而会把你看成城里人。"

"你别这样取笑我好不好！"

"不信，今天我们试试看。"雨菲善解人意，她给凤子买了米黄色的新款西装套裙，又带她到美容店烫了头发。她要好好地陪凤子在城里玩几天，让她也开开心。

走在街上，其实这两位中年女性各有风姿，各有气质，自然引起不少中年男子，也包括一些青年男人的注目，即使是女性同胞，也少不了瞟她们两眼。美的形态和物体总是让人注视和羡慕的。

有时候，雨菲还一个劲地跟凤子讲这讲那，比如讲城市的景观哪里最美丽，讲商店哪个最高档，讲购物哪里价格更便宜……后来她发现凤子根本没有听，而是把所有的注意力都放在观察大街上大大小小的酒店上。

"我要是来这里开个酒店，再推出系列家乡土菜，那一定红火。"凤子心里想着，脸上便自然地露出灿烂的笑，脚步也轻松多了。雨菲看出了凤子的心思，她也曾经这样想过，凤子的小孩也快考大学了，如果能让凤子进城开个餐馆，再把江老伯接来城里，既能解决江曲的读书困难，对凤子将来找男人也方便。这种想法雨菲早想找凌鹏说。

继续朝前走去，只见大街的左侧一栋新的像森林般巍峨的摩天大厦拔地而起，好不富丽堂皇。裙楼正在装修。靠广场的右侧，建起了一座宫殿式的飞金流银的售房部。凤子情不自禁地走进了售房部。

尽管雨菲进城快一年时间，可她从未到过这种地方，真没有想到这可是一个丰富多彩、让人眼花缭乱的世界。这里有整个大楼的模型，有亮化的效果，有大楼周边的绿化环境展示，有楼内的餐厅设置，住房结构和装修的样板，有各种物业服务的说明、提示、收费标准，还有售房的交款比例和分期付款的要求，甚至怎样按揭，等等。尽管这一切凤子不一定都能看明白，但她已经感觉到，这座城市她完全可以来试一下，她相信自己的能力和意志。

"雨菲，我城里不熟，你能不能帮助我打听打听，有像这样位置好的大楼，租一层餐厅来经营经营。"开始，雨菲以为是听错了，这样的大楼能租得起吗？她不敢相信凤子有这样的胆量。她是想过，让凤子进城，但她想的是小店子，而不是这种庞然大物。

"好吧！我一定帮你打听。"雨菲心里虽然还不完全明白凤子的想法，但她还是先答应了下来，她要让凤子高高兴兴地玩几天，不能扫她的兴。

六十七

这些天，江海电视台一直在播送金银大厦产权公开拍卖转让的广告。这个广告在江海市产生了不大不小的议论。后来广告不再播了，听说金银大厦拍卖时，仅有三四个业主参加，所有报价都低于标的，最后只好以拍卖流产为由，协商转让给了一家叫"大富豪"的房地产公司。

本来荷叶湖农场改革在金副省长的亲自指挥下，一段时间比较平静，新闻宣传也有一定的影响。但没有想到的是，随着金银大厦的转让，农场的职工却不断上访，甚至大厦里原来的职工也集体到省政府上访。上访者主要反映的是，大厦转让有腐败行为，要求上级查处。

"这是胡闹，广告都打了一个星期，还有什么暗箱操作？"金副省长大发雷霆，"老郑你不是在抓农场改革吗？你说说看。"

郑副主任用手推了推眼镜，环顾左右，用平静的口气说："农场的整个改革反映还是不错，但农贸公司的改革确实存在一些问题，主要是没有经过职工代表大会讨论，连标的也就是公司的几个头定的，按照规定是要有评估机构全面进行资产评估。"

"你别说这么多，既然你知道有缺陷为什么不纠正，我不是要你抓这项工作吗？"

"我当然有责任，但他们根本就不经过农委，而农业厅早就批准了，我怎么去纠正？更何况，直管职能部门是农业厅。"

"那你们说该怎么办？"金副省长把眼光投向农业厅长。

"关键是做好农贸公司和金银大厦职工的工作，新闻部门不能再炒作了。"农业厅长说。

"好吧！请农委牵头，老郑你负责，农业厅参加一位副厅长，农场的党政主要领导都要赶到现场直接做工作，态度要鲜明，新闻部门由我去打招呼。"说到这里，金副省长停顿了一下："郑杰你告诉凌鹏，这件事他就不要插手，你集中精力抓一段。就这样吧！散会！"

金副省长十分注意保持一个省领导的尊严，他很有风度地和大家握手道别。

待大家走后，他又拨通了林业厅魏副厅长的电话："是老魏吧！你过来一下。"

"金副省长……"魏副厅长推门而入，"您找我有事？"

"是的，上次去响泉镇把情况摸清了吗？"

"基本清楚。"

"说说。"金副省长认真地听着魏副厅长的叙述，还不时插话，问一些细节。

最后，金副省长对魏副厅长面授机宜："这可是要绝对保密，而且只能是你我他知道。这他，就是东森大厦董事长任方州，所有事先让任去办。"

"万一他有别的想法呢？我对任方州没有把握。"

"你把他换了！"

"是，当然我尽量说服他，真要换人，一下子还找不到合适的人选。"

"那这件事你可不能砸锅，否则，我不饶你！"金副省长面呈严肃状。

六十八

凌鹏真有些急了。农贸公司所属金银大厦产权转让引起的全公司多数职工集体上访，已在整个省城造成了极大震动。作为农委主任在一边旁观，不是凌鹏的性格。

"告诉郑副主任下午三点到我办公室汇报金银大厦的事。"凌鹏对秘书小徐说。

不到三点，凌鹏就坐在办公室等。

三点到了，仍不见郑杰，也没有电话。凌鹏正要去找秘书小徐，只见小徐急急赶来，手里拿着一封信："凌主任，这是郑副主任派人送来的。"凌鹏接过信，打开一看，一张信笺底下有一张小剪报。信笺上写的话很简单："凌鹏，我因为敬重你，所以不来打扰你。职工上访的事，我们尽力而为。你最好不要也卷进来。送上剪报，你读一读，会有所获。"下面落款：郑杰。

凌鹏拿着剪报认真看了起来，这是从俄罗斯作家列昂尼德·姆列钦所著的《历届克格勃主席的命运》一文中，选摘的关于对苏共中央书记谢列平的评价，告诫领导者要吸取谢列平的"错误"教训，其中有一段文字：

> 权力会使人堕落。谢列平的朋友们相信，谢列平是个例外。好啊！你是个例外，你与众不同，你与别人格格不入，你不愿被同化，那么，等着你的注定是被排斥。很快，勃列日涅夫就把谢列平赶出了政治局。做过克格勃主席的谢列平被赶出政坛，立马就在克格勃的监视之下，谈话随时被窃听，一切都受到了监视，一举一动都会被记录下来。在那样的制度环境中，不管一个人多有棱角，总能找到磨盘将他磨成粉末。

许久许久凌鹏都没有抬头。他的眼光还久久地停留在这些密密麻麻的铅字上，心情变得异常沉重。他看到了郑杰正艰难跋涉在充满荆棘的道路上，随时可能掉入陷阱，可他偏不要别人去扶他、帮他，因为他不愿意连累更多的朋友、同志。这是什么环境？这哪里还有什么公正？这已经不是"文革"的岁月，西夏王陵的岁月，要让人叹息的岁月，而应是让人奋发和挺进的岁月。可谢列平的教训，给人的是什么启示？凌鹏陷入了迷茫和困惑。他多么需要见到孔雨韵啊！可孔雨韵已经出国访问去了。

六十九

凤子从省城回到响泉镇后，她的观念、打扮、经营管理、酒店的装饰都发生了根本的变化。用江河父亲的话说："城里的风，把凤子吹得判若两人。"其实，凤子的内心深处的变化更大，她已经不满足在响泉镇这个天地里立足办酒店，她要把酒店开进省城，她相信自己的眼光和能力。

上午10点，凤子对镜梳妆，正准备去县城，刚步出酒店门口，就看到一辆黑色宝马疾驰而来，然后就停在她的店门口。

从车上走下一个身穿西装的中年男人，看打扮不用猜，准是搞酒店业的。

"请问这位小姐，凤子是在这里吗？"

"我就是，你是？"凤子站在门口朗然回道。

"我叫任方州，省林业厅所属东森大厦董事长，今天专程拜会凤子老板。"

"请进。"凤子把任方州请进酒店，然后叫服务员送上菊花茶。

"是这样的，我和凌鹏是朋友，我们的大厦本月正式开始招商。我从凌鹏那里了解到你做得一手好乡里土菜，又会经营。我想我们是否有可能合作，把土菜引进省城，说不定还真会别开生面，发大财。"

"我前段时间去省城和雨菲上街，就注意到了你那个东森大厦，真有气派，我还去售楼部参观了，真是大开眼界。当时，我就想，要是能租上一层办一个乡菜馆，说不定还真能独占风光。可是我这小本生意，实在不敢妄想。所以，回到响泉镇，我又收起了幻想的翅膀。"

"这不是幻想，绝不是幻想，我想我们能合作好。"

"那你就谈谈合作的条件和方式。"

"是这样的，我看你可以先租，也可以先购，至于租金和资金可以通过经营，或借，或按揭，或贷款等办法解决。"任方州滔滔不绝地讲开了。他的话，凤子有的听明白了，但有的却听糊涂了。不管怎样，这可是一个机会，不明白到时候可以去问凌鹏雨菲嘛！凤子终于被任方州的劝说打动。

"好吧！我先把酒店的事料理好，过两天就去省城找你。"

任方州很满意地笑了。

七十

从任方州那里拿到了租赁合同书，凤子心里不踏实，她找到雨菲。

"雨菲，我的愿望有了一线曙光，可这合同在签之前，我想请凌鹏看一下。"

"哎呀！凤子，真不巧，凌鹏刚去机场，要到北京开会，一星期才回。"

"那怎么办？任董事长要我明天就签，要不，他就要给别人签。"

"那怎么办？我们俩好好商量商量。"雨菲安慰凤子。雨菲是善良的，纯朴的，她尽管也有过命运的打击，但她对于政治，对于由此可以引发的许多不幸是无法知道的。就拿凤子面临的租赁合同一事，她就想得简单，只要算清楚了租金，就可以租。她万万没想到这是圈套，是阴谋。而这阴谋不是对着两个女人，而是对着那个正在云空中飞行的男人。

"雨菲，这可是一个机会，你要帮凤子，就帮在这个节骨眼上，要不，明天楼盘就是别的主人了。"

"我们都对合同不熟悉，更不懂法律，这是大事，得等凌鹏回来。"雨菲坚持要推迟签合同。

"你看，这不是写得清清楚楚，租东森大厦一层三千平方米做酒店经营业务。为支持民营企业家凤子，由雨菲担保，优惠租金每平方米十元一月，共计一年36万元。先期预付三个月租金，以后逐月在每月25日支付。如遇两个月不按时支付，则甲方有权终止租用。"

凤子心里琢磨，按照在响泉镇的经营规模计算，她完全可以有较好的收益，只要优惠一年后，便可进入良性循环。她实在想签，可是这预付金哪里来？她犹豫了。

雨菲却很为难，凤子想租，而自己又不甚懂经营之道，她只怕自己鲁莽害了凤子，可是不同意，万一让凤子失去机会，问心有愧啊！此时此刻雨菲想起了江河、梦泉，也想起了凌鹏等人的侠肝义胆。她便对凤子说："预付款我们一起去借，只要你有把握，我看你就签吧！"

"不，雨菲，他还要你担保哩！"

"我担什么保？"

"就是说万一出了问题，我不能履行合同，你就要负责任。"

雨菲想起自己还从来没有做主做过一件像样的事，既然是为了凤子一家，那这个保就担了吧！她相信，要是凌鹏在场也会支持的。

"我签，我愿担保！"

"痛快！"这时，那个曾经在响泉酒店留过名片的处长，拿着照相机对准雨菲、凤子、任方州。

"咔嚓"一声，快门的响声虽然很微小，可谁知它会孕育一场平地风雷呀！

七十一

金银大厦拍卖的真相越来越清楚，郑杰感到问题非常严重，他不能不向凌鹏汇报。

飞机刚着陆，郑杰早已守在通道的出口等待。

"老郑呀！我不是说，你不要来接吗？"

"凌鹏，我有要事，你先别上车。"郑杰把凌鹏叫到出口的一边。

"是这样的，金银大厦的拍卖标的是金副省长的小舅子定的，经过金副省长同意，然后报农业厅批的。定好后，金副省长的小舅子便叫他的所谓把兄弟四处打电话恐吓其他参与竞标的业主，然后等别人不敢参加了，他的小舅子就邀请魏副厅长的儿子，还有林业厅一个处长的姐夫三人合伙竞标，结果以最低价格获得了整个大厦的产权。"

"真是可恨！"

"凌主任，你看这事？"

"金副省长知道情况吗？"

"没有，这是我组织调查的，只有调查组的知道。"

"那他那个小舅子没有察觉？"

"我放了迷魂药，我说只要职工不再上访，这事也就完了。"

"所以，他们在拼命做上访职工的工作，有的在送礼、送红包、请吃饭。"

"对，正是这样，他们根本就忘记了我们的存在。"

"好，老郑啊！我看你也成熟了。"

"成熟了，不是吧？你不是劝我不要学俄国的谢列平吗？"

"那也是我的一种认识，让你见笑。"

"不，你做得对，看了这篇文章，确实让我想到了许多许多更为严峻的问题，但我们还是要相信毛泽东同志的经典诗句：天若有情天亦老，人间正道是沧桑。"

七十二

梦泉高兴极了。她与高艺编导的歌剧《乡亲》终于可以进行预演了。这是一个反映乡干部为老百姓伸张正义，与暗中入股、开发非法煤矿的地方红顶商人抗争，最后经过曲折激烈的斗智斗勇，保护了国家财产和人民生命安全，惩治了腐败的故事。戏中的女主角梦泉自己扮演，在《月下追夫》那一场中，有一首歌叫《问苍天，百姓有谁怜》，听后，无人不潸然泪下。

> 月水溶溶　寒风阵阵
> 誓为百姓写状文
> 字字显露正义心
> 问苍天，遇难矿工有谁怜
> 斗邪恶，农家女子敢抗争
> 但愿浩气扫阴霾
> 还我丈夫清白名
> 妻虽落难无悔怨
> 青丝不语未染尘
> 此去江河千里远
> 梦中泪　苦守秋灯盼佳音
> 长天明月伴君行

当乡长的丈夫带着妻子用鲜血写的举报信上京告状，最终昭雪了不白之冤，法律的正义之剑劈开了"官煤勾结"的黑幕。在阳光照耀的法庭上，乡长唱的《天下唯老百姓最大》，把剧情推向高潮。

地是谁种

路是谁开

乡村田野流金

城市工厂飞彩

纵是卫星上天

巨轮下海

哪一件不是人民流血流汗干出来

哪一件没有人民的智慧和风采

看天下唯有老百姓最大

天高地厚神州春常在

然而没有想到的是一个如此深刻地揭露阳光里的阴影，歌颂党的基层干部的歌剧，却被宣传文化部门的领导否定，梦泉陷入了极度的痛苦之中。她花了两年时间，历尽千辛万苦，没有想到会是如此结局。

"梦泉，既然领导叫我们改，我们就改吧。"高艺安慰道。

"高艺，你糊涂，这戏还怎样改？把棱角磨掉了，没有任何矛盾冲突，把现实的美与丑、善于恶、假和真的搏斗写得淡而平，那还叫什么艺术，还能说明什么深刻的思想内涵，我不改。"

"梦泉，你又任性了，别急坏了身体。"高艺心疼梦泉，他总觉得梦泉做事太固执，太认真，这样会对身体不利，但有什么办法呢？

梦泉也明白，这些年的合作，她的文化工作室在全省民办艺术团体中有这样大的影响，多亏了高艺的配合帮助。可只要高艺一提到个人的婚姻之事，她就回避，她就拒绝，她就沉默。她心中仍然有凌鹏，她直到今天，还留有凌鹏写给她的诗和凌鹏平反以后的报道《从大漠归来的斗士》。她之所以要创作这个《乡亲》歌剧，既是为老百姓呐喊，也是对凌鹏那段铁血履痕血性男人的歌唱。这样，她就心里踏实了。

七十三

郑杰在调查农贸公司金银大厦产权转让一案的关键时刻，被金副省长指定带队去江浙等地考察农业产业化的现状和做法。凌鹏知道这实际上是一个骗局，是为了遮掩即将败露的黑幕。既然是省政府的决定，当然只能服从。临行前，郑杰给凌鹏打了一个电话，他在电话中告诉凌鹏：农贸公司所属金银大厦产权拍卖问题基本调查清楚，但是如果省委不下决心，你我将是无可奈何。同时，他还提醒凌鹏要防止关键时刻背上有人捅刀子。

"谢谢，老郑，你放心去吧！家里的工作我会认真处理的。"放下听筒，凌鹏陷入了深沉的思考之中。现在凌鹏才真正感觉到，在权力被滥用时编织的关系网中，谁要想冲破，不仅是付出代价，也不光是凭勇气，而且还需要智慧和策略，需要各个方面的支持，否则自己反而会陷入被动局面。这，就是现实的严酷，也是中国反腐败的艰难险阻之处。此刻，他比任何时候都想念孔雨韵，他希望他早日访问归来。

随着金银大厦职工集体上访风波的慢慢平息，又由于郑杰外出考察的原因，农委工作组也就自然而然地撤了回来。凌鹏不好直接过问，因为金副省长明确交代过，这件事他不要插手。现在唯一的希望只有省委领导出面，才能改变这种胶着凝固的现实。

凌鹏吸取了上次个人报告的教训，他再也不敢轻举妄动，贸然行事，他必须冷静观察，待孔雨韵回来后，直接口头汇报。

其实这种暂时的平静，似乎问题趋于解决，实质上，职工的情绪仍然随时可能被激发。而最终解决问题，又必须对产权转让的合法性进行确认。

金副省长虽然荣登副省长宝座时间不到三年，可他还是很有政治经验的。他早已预谋着对付凌鹏可能出现的进攻。"现在应该把握火候！"金副省长对魏副厅长说。

"是的，必须抢在孔雨韵回来前，把凌鹏搞定，然后通过调查组宣布金银大厦产权转让的合法性。这样，以后再翻，也翻不到哪里去。"魏副厅长的这一提醒，让金副省长看到了光明："是的，你就叫他们去煽风点火吧，我看你凌鹏怎么脱壳。"说完，金副省长对魏副厅长得意地一笑。

一位署名"平正连"的检举凌鹏间接收受东森大厦巨额资金贿赂的信被中纪委批转下来："请 ×× 省委查处。"

主管农业的省委田副书记立即找凌鹏谈话。

"凌鹏，我找你来，是想问你一件事！"田副书记表情很严肃。

"什么事？你问吧。"

"是关于你的一个叫凤子的亲戚，她在东森大厦租赁楼层开酒店的事，不知道你知道不？"

"我知道一些，但不是很清楚。我要说的是凤子和我们不是亲戚，但从感情上说比亲戚还亲。"

"那租房的事，你清楚吗？"

"我不很清楚，因为是凤子自己的事，我也不便多问。"

"可人家说你妻子雨菲也参加了签合同，还表态愿为凤子的履约担保。"

"有一天，好像雨菲提到这件事，因我急着接电话，就把这件事放下了，没有详问。"

"是这样的，现在有人举报你间接收受租赁优惠所得，慎重起见，我先找你谈一下，请你配合组织调查。"

"我一定！请省委相信我。"凌鹏很干脆地表明自己的态度，他当然了解自己，他凌鹏是永远不会干这种事，他相信雨菲也不会干这种事。但是冥冥之中，他突然感到有一种不祥之兆，那就是半个月之前，郑杰给他留下的那页剪报。他现在都没有忘记剪报中有这样一句话："你不愿意被同化，那么等着你的注定是被排斥。"凌鹏知道，一旦矛盾尖锐化时，岂止被排斥，也许会被碾成粉末。可为了人民，为了中华民族的振兴、祖国的命运，他只能选择被排斥，被碾碎，而决不回避和逃脱。

七十四

凌鹏回到家里，已经快九点，可敲门没有任何动静。

凌鹏掏出钥匙打开房门，家里没有雨菲的踪影。凌鹏立刻敏锐地觉察到："他们对雨菲下手了。"雨菲一个平常的女人，一个善良的女人，她能经受威逼恐吓利诱吗？这一切我凌鹏早已领受，可我是男人，她是一个弱女子啊！凌鹏立即又给凤子打手机，他发现凤子的手机关了。

"喂，请问你是好乡亲酒家吗？"凌鹏又给凤子的酒家打电话。

"是的，我这里是好乡亲酒家。"

"你们凤子老板在吗？"

"不在，她上午出去，还没有回来，我们也在找她。"

"好！谢谢！"凌鹏沉重地放下电话。他走到窗前，拉开窗帘，推开窗门，虽然看到的是满城灿烂的灯火和街市上奔泻着光的车流，但他清楚地意识到，他的一家和凤子将面临一场暴风雨。

七十五

　　任欣欣写的《关于减轻农民负担的思考》的内参，得到了中央领导的肯定，并做了批示。新华总社给她记了功，给予了奖励。这些对于她来说，固然重要，也说明她的工作没有辜负组织和百姓的希望。但她知道减轻农民负担、解决农民问题，在中国仍然是一个沉重的课题和重大的政治问题。她之所以在这个问题能做出一些思考，提出一些解决的对策，都是来自凌鹏对她的启发，特别是她亲历凌鹏调研处理农民问题现场，透过种种现象，看到了一些本质和规律性的东西。对于这个问题，她需要继续调查和深究，她带着许多的问题来到了省农委办公大楼。

　　"我想找凌鹏主任。"

　　"对不起，小姐，他不在。"

　　"请问，他去了哪里？"

　　"不知道。"

　　"您能帮我联系一下吗？"

　　"对不起，没办法。"

　　"怎么没办法，你们办公室的人还找不到主任，是不是失职？"任欣欣有些激动。

　　"小姐，请别这样说，有些事情你并不了解。"听了这位办公室女干部的话，任欣欣凭以往的经验，她意识到，是这位干部不相信她。

　　"我是记者，我想找他。"任欣欣把记者证掏出来给那位女干部看。

　　"我很抱歉，记者同志，我无法给你联系。"那位女干部仍然拒绝联系。面对这种情况，任欣欣也感到有些奇怪，她也不再为难这位女干部："好吧！不打扰了。"说完她扭头离去。

　　从各方面打听凌鹏，都无从找到下落，给他家去电话也无人接。任欣欣快五年的记者生涯还没有遇到她找不到需要的信息渠道。可这次很怪，这个堂堂的正厅级农委主任和他的妻子就在这座城市消失了。任欣欣躺在床上，心里空空的，有一种从未有过的失落感，她开动脑子在思维的空间里寻找凌鹏。

"迷恋！你和爱情一样，能经得起痛苦的磨炼和考验。但销魂的乐趣和甜蜜的享受，却是你可望而不可即的。"

这段话可以表达任欣欣此刻的心情。真的，在她采访和认识的众多大大小小的官员中，她最崇拜的人就是凌鹏。有时候，她几乎到了不愿离开他的程度。她现在无法想起这段话来自何处，但她承认自己确实对凌鹏产生了迷恋。现在凌鹏消失了，她感到震惊，感到痛苦，感到失去了灵魂和感情中的某种依恋。尽管她的父亲、母亲一再进房来催促她去吃饭，她却感到自己腹中饱饱的，根本无心情吃饭："请你们别再打扰我行吗？"任欣欣对着父亲的又一次催促，生气地说。

任方州最疼的人不是妻子、父母、朋友，而是女儿。他把当记者的女儿视为掌上明珠，一生的荣耀。尤其是看到自己的女儿，有时陪着中央、省市领导出现在各种不同的公众场合，他就有一种说不出的自豪感和欣慰感。现代社会也是一种明星崇拜的社会。记者当得出了名，也会成为明星的，特别是女记者，完全可以成为一些人的偶像和追寻的目标，不论走到哪里都会卷起一阵旋风。这当然让人钦佩和仰慕。任方州还是头一回看到当记者的女儿这样心躁气烦，不思饮食。他心慌了。倘若女儿有什么闪失，他这颗掌上明珠黯然失色，他生活的天空也因此会晴转阴，继而乌云密布。这是多么可怕的事啊！他必须关注女儿的一切。吃饭是大事，不吃饭是更大的事。一个正经的人，突然不吃饭，这是天大的事。

"欣欣，你跟爸爸说，你是哪里不好？"

"我哪里都不好！"

"不可能，你昨天都好好的，怎么今天就……"

"今天就不好，就不好！"任欣欣越说越有气。

"好，我的欣欣，你就说你为什么不好？"

"我心情不好，我命不好！"任方州开始时还以为任欣欣是一般的什么事在生气。现在听到她讲"心情不好，命不好"，就感到问题严重了。他要下决心弄清情况，否则他也会陷入烦恼之中。

任方州坐在女儿床前："不管是什么事，你说给爸爸听，我会千方百计帮你想办法！"

"真的？你说话算数？"

"当然算数，爸爸什么时候说话不算数？"

"这倒是。"

"那你说，什么事？"

"我要你帮我找两个人，找到其中一个都可以。"

"找到了，你就吃饭，就心情好？"

"那当然！"这可让任方州明白了，这孩子是不是有对象了，或者为对象的事发生了什么矛盾，才这样情绪波动？他这才心里踏实了下来。

"你说找谁？"

"凌鹏、雨菲。"

"凌鹏、雨菲？"任方州突然身子抖了一下，脸色也在微妙地发生变化。他在想，女儿为什么跟这凌鹏、雨菲沾上了，现在省纪委不正在审查凌鹏吗？

"你找他们干什么？"任方州压低声音说。

"别管为什么，我要你找到他们其中一个的下落。"

"这没有办法。"

"你为什么没有办法，堂堂的东森大厦董事长，社会关系那么广！"

"你没有必要跟当官的来往！"任方州带着教训的口吻说道。

"哈哈，你跟当官的来往还少吗？我看你跟那些厅长、处长的交往，我早就看厌了，看烦了。"

"不许你这样跟爸爸说话！"

"我讲的是实话、真话。记者就要讲实话、真话。"

"我是你爸爸，你可不能放肆。"

"现在是什么时代了，男女平等，我看父女也要平等。"说完，任欣欣用手把被子往头上一拉，"我要睡觉，你走吧！"

"你，你这毛丫头！"任方州无可奈何地走了出去。

七十六

雨菲的老胃病又复发了，大便里还渗着鲜血。

省卫生厅纪委的同志，从调查中了解到雨菲完全是无辜地受牵连，这是一个圈套。他们也不请示上级，就以雨菲病情严重为由，送她去医院治疗。

再说那凤子可不是一般的农村女人。省林业厅的纪检干部把她弄去，要她交代与凌鹏的关系，凌鹏如何帮她租房子。面对又威逼又利诱的突击审查，她联想起那位魏厅长去响泉镇接她去省城的情景，她明白，这一切原来是阴谋，都是为了陷害凌鹏。这时的凤子，就只认定一条，这些事跟凌鹏无关，都是姓魏的一手制造的，要找你们去找那个姓魏的。有本事，你们把那个姓魏的叫来，跟我当面对质。也不知道凤子从哪儿学来的，她还理直气壮地警告那些看守她的人："再不放我出去，我不是撞死，就要绝食饿死。"说这话的当天，她就开始粒食不进。

"金副省长，我们把问题看简单了，现在这三个人都无法弄下去。"魏副厅长沮丧地对金副省长说。

"为什么？你们不是有合同书、有雨菲在现场签字的照片吗？"

"是有，可她们谁也不承认跟凌鹏有关！"

"你们不是有办法吗？"

"有什么办法，那雨菲病危送医院，谁也不愿再去审；那凤子态度硬得很，还大吵大闹绝食，口口声声要与我对质，大家也怕弄出人命收不得场。据说省纪委审凌鹏，审了半天凌鹏只有三个字'不知道'。听说省委主要领导表态，凌鹏的问题要等孔雨韵回来决断。我看那姓孔的一回来，这凌鹏非放出来不可！"

"那就没别的办法？"

"实在想不出什么好办法。"

"一群笨蛋！"金副省长骂了一句后，稍停片刻，"干脆把那个娘们放了，让她继续去办酒店，这是事实，看孔雨韵怎么下结论。我可还要提醒你一句，这场戏全是你出的主意，到时候，你得好好对付，弄出了娄子，我可饶不了你。"听了金副省长的话，魏副厅长浑身冒汗。他当然没有想到，事情会是这个结局，他满以为有金副省长做后台，自己又精心策划了这份合同，肯定可以置凌鹏于死地。但是，他万万没有想到，机关算尽太聪明，却忽视了孔雨韵这个人物的存在。你金副省长又哪里是孔雨韵的对手呢？算我这一辈子倒霉，就听天由命吧！

"金副省长，我魏宗延多谢你多年的培育关心，这回纵是千难万险下地狱我也会一人承担，你放心吧！"说完魏宗延站起来，挺直腰，朝门口走去，还真有一点慷慨就义的样子。

七十七

"流氓，政治流氓！"任欣欣一边摔东西，一边在哭，在骂。

"欣欣，你别砸了行吗？"母亲哭泣着阻拦女儿。

"我就要砸烂这个耻辱的家！"任欣欣拿起一张小板凳朝电视机狠狠砸去。任方州忙扑过去挡，板凳正好砸在他的头上，鲜血直流下来。

"你，太放肆了，住手！"任方州一边用手去堵流血的伤口，一边又去扯任欣欣的衣服。

"任方州，你听着，从今天开始，我不再是你的女儿！"任欣欣一把推开任方州的手，转身返回自己房间，拿着装有衣服的箱子，急匆匆地朝门口走去。任方州傻了，他没有反应。待欣欣的母亲缓过神来，欣欣已经走出房门，留下"砰"的一声门响。

"欣欣，我的女儿！"

一个不幸母亲的呼叫声在破碎的厅堂回旋。

七十八

在简陋的新华分社招待所，任欣欣住了下来。这里从现在开始是任欣欣新的生命征途的新起点。她从这些年社会变革的风风雨雨，各种经济阶层、社会群体的思想、观念、道德、文化、心理、感情的碰撞，直到家庭生活和价值取向的旋涡，她感受到世界的壮阔、幽远、无限，也感触到生命、灵魂和情感的被侵蚀与伤害。人生原来如此的艰难、险恶、无奈哦！她此刻才发现自己真正开始了人生的跋涉，尽管前面会有冰霜雪雨、坎坷和深渊，甚至会有生与死的考验，但她已经认定，即然自己迷恋上了记者的事业，就把它作为神圣的天职去履行，每一步都不能愧对苍生社稷！

十二点过去了，零点来临。任欣欣仍在奋笔疾书，她要用自己正义的胸膛，向中央最高层倾诉一桩阴谋陷害忠良的冤案。笔下的第一个黑幕人物就是魏宗延，接着第二个就是她亲生的父亲任方州……

"我相信党会尊重客观事实，为忠实于国家和人民的好公仆洗刷尘污，还忠良者以清白，还社会以公正，还百姓以正义，还人心以光明。"

七十九

"雨菲，雨菲，你看谁来了？"只听得凤子在门外就叫开了。凤子真是个人才，她在东森大厦开的好乡亲酒家不到半年就打开了局面，生意十分红火。人心是雪亮的，人们不因传出的酒店受贿案而不齿凤子，反而络绎不绝地来这里品尝凤子的手艺，甚至许多记者还慕名来采访凤子，他们为凤子的能干和仗义感动喝彩。

凤子提着自己为雨菲做的饭菜笑微微地走进来。她的身后却跟着一男一女两个年轻人，一大把鲜艳的花遮住了拿花的男孩的脸庞。

"妈妈！"抱鲜花的男孩突然疾步跑到雨菲床前。

"翔子，翔子，你回来了？"雨菲伸出手去摸儿子的头。

"伯母！"站在翔子旁边的女孩亲切地叫着雨菲。雨菲定睛一看，眼前站着一个天使般美丽的女孩。

"妈妈！这是我朋友。"

"朋友？"雨菲转惊为喜，她爱怜地看着儿子，觉得他仿佛一夜间长大了。

凌鹏可以回家了。他没有要机关来车，他独自沿着江边大道走回去。望着滨江大道两边的璀璨灯火，身边飞驰而过的车队和成群结队匆匆赶路的市民，他的心情是舒畅的。尽管他的问题，省委没有明确结论，但他从孔雨韵的谈话中意识到，事情也就这样。

"同志，你坐车吗？"一辆的士停在凌鹏的身边。

"坐吧！"凌鹏心想，坐上的士或许还能了解一点社情民意。

的士司机很健谈，不时地提起话头来。

"同志，你是领导还是普通老百姓？"

"你看呢？"

"看不出，你的特征不明显。"

"什么叫特征不明显？"

"我是说，是干部、领导、知识分子、农民、工人、一般的市民，都有一定的服装、风采和言谈举止的不同。看你样子像干部，说话斯文像知识分子，穿着又像一般市民，所以我不敢瞎猜。"

"有趣，有趣，你就权当我是个一般市民怎么样？"

"那我问你，你住哪里？"

"这重要吗？"

"当然重要。"

"为什么？"

"你先说你住哪里，我再讲重要性。"凌鹏觉得这个司机很精明，如果他说出住的地方，当然也等于告诉了他身份。于是凌鹏改变了回家的主意："就在前面那个好乡亲酒家停下来。"

"你去吃饭？"

"是的。"

"那可是一个能干的女子，人好，人实在。我们的哥都愿意去她那里吃饭，她对人都一样，不分贵贱，价格也便宜。听说省里有个大干部，还为她租餐馆的事吃了官司。我就弄不明白，人家开餐馆，凭实实在在的做饭做菜服务赚钱，吃什么官司？那些贪污受贿的倒逍遥自在，我就为她抱不平。"

"不错，你这个人讲是非，重事实，下次有机会我一定坐你的车。"

说话间，好乡亲酒家到了，车子停下来，凌鹏付了钱，站在河边望了望好乡亲酒家。他并没有进去，他继续朝前走去。

"凌主任，你等一等！"一个年轻女人的声音从身后传来。

"是你！"凌鹏回头一看，任欣欣正朝他跑来。

"我知道你会出来的！"

"是吗？"

"一共委屈了多少天？"

"不想它！"

"好人，世界上好人的典范！"

"你太夸张了，新闻不兴夸张。"

"对你，我愿意夸张。"任欣欣真诚地说。

"任记者，其实你并不了解我，我始终是一个忙碌的人，忙碌的人。"

"此话怎讲？"

"也就是说，认定的理，想做的事，尽心尽力去为之。至于别的一概置之度外，这样人才能超脱，但不是脱俗。因为我原本就是百姓中走出来的，应当回归百姓之中。"

"你的话，我没有完全听懂，但有一点我明白，你是不想离开百姓，即使现在离开了。"

"知我者，欣欣记者也。"

"凌鹏同志，让我称你同志，这样我感到我们距离近一些。"

"我赞成。"

"我今天感到很幸运，因为在我即将离开这座城市到一个偏远省会去工作的前天能在盼望中见到了我尊敬的兄长，而这种道别又是在不经意的彼此倾吐中完成，我相信今生我们还会有缘，不管是什么缘。"

"但愿人长久，千里共婵娟。"

"凌鹏同志，你保重，为了我们的国家和人民。"任欣欣说这句话时，明显地带着哭腔。

凌鹏握住了任欣欣的手，他的眼角也滚出了泪花。

八十

中纪委派出了调查组。中央纪委领导在任欣欣写的《揭开黑幕还社会以正义》的内容上批示："必须严查此案，以明是非，以正法纪。"省委常委也召开会议明确此案由孔雨韵负责组织配合中纪委调查组工作。

2000年12月23日，经过反复调查取证，中纪委调查组在省纪委的配合下，查清了荷叶湖农场农贸公司所属金银大厦产权转让的黑色内幕，以及为了掩盖阻拦改革和腐败行径、精心策划陷害凌鹏的事实真相。除对有关厅局、农场领导和当事人追究法律责任外，金副省长也被宣布停职审查。

一场由改制而引发的政治风波平息了，但它所产生的创痛却还久久地留在知道事实真相的人们心上。

八十一

他一生爱山，爱水，爱田园，爱树木，爱文学。爱着白雪覆盖的原野，爱着红叶满坡的秋色，爱感受感情流动的热情、深沉和浓郁，然而此刻在旅行中，他却爱听普通百姓的坦然对话和平淡但又充满乐趣的朗笑。

在南去的列车上，拥挤不堪的人群，吵闹喧哗声不绝于耳。各种气味在初春寒冷的风中飞扬。凌鹏靠着雨菲坐在硬座客厢的窗口，借着车窗射进的明亮阳光，他在读黄永玉写的《比我老的老头》，读着读着他禁不住独自发笑。妻子不解地问："你笑什么？"

"我读一段给你听吧，你一定会笑。"接着凌鹏便给雨菲一一讲起了书中提到的大文化人和画家，比如冰兄、黄苗子，还有钱钟书先生。凌鹏滔滔不绝，好像书是他写的。雨菲看到凌鹏从未有过的轻松、舒畅、洒脱，她从心里高兴。

突然车厢前面出现了吵闹声。原来一个穿着阔气，看上去像个大款模样的中年男人在跟列车上的一位女服务员吵嘴："你不是说，买了你的杂志和报纸，可以给我换卧铺票吗？为什么到现在还没有影子？"在旁边的几个同行的年轻人也跟着起哄。这时，抽烟的，大声说话的，尖叫的声音从各个角落传来。凌鹏正要站起来去制止正在争吵的人群，雨菲忙拖住他的衣角："你要学会适应，这是第一天呀！"

凌鹏接受了雨菲的意见，耐心地继续看自己手中的书。

列车继续前行，夜色越来越浓，窗外的景色几乎辨不清出轮廓了。凌鹏要去厕所，只能在走道上挤过站立的人群，到厕所门口，已经排了很长的队伍，凌鹏便跟在后面。这种感受已经多年不曾遇到，而此刻凌鹏才真正意识到自己回到了老百姓中间。

"雨菲，你就靠着我睡吧！没问题，注意别感冒。"

"我这样行了，我担心压酸你的肩膀，你的肩周炎还没有好。"

"没问题，这样好。"凌鹏硬是把雨菲拉着靠在自己的肩头。

随着列车的颠簸，雨菲进入了梦乡，可凌鹏的脑子反而格外清醒。这两三年调到省里工作，他遇到了多少让他揪心、痛心、伤心的事啊！他总算走过来了。这次省委能答应他的要求，他是从内心感激。他感到只有这样，他才真正履行了自己对人生选择的承诺。此时此刻，他在深情地回忆自己给省委全体常委写的那封信：

省委各位常委：

　　我给你们写这封信是经过反复思考做出决定的。这次省政府换届，提名我为副省长候选人，我感谢省委对我的信任。但是我从自己的思想理论水平、工作能力、年龄等方面考虑，我认为应当让更年轻、更思想解放、文化知识水平更高、领导实践工作能力更强的同志来担任。这是我的真实思想，也是肺腑之言，我恳请省委同意我的请求。

凌鹏知道，他的请求能够批准，常委们是经过了激烈的争论的。这说明常委们真正理解他。所以在省委书记找他谈话时，他就更进一步提出了辞去农委主任的请求。他说，我愿意真正做一个能上能下、能官能民的干部，同样希望省委同意。

现在一切都如愿以偿，他可以与雨菲一道别无牵挂地按照孔雨韵提供的地址去找梦泉了。

这是位于祖国最南端的一个省的边远县城。县城四面环山，一片苍翠如城似宫，生态环境极好。古城墙虽经岁月的侵蚀，仍然还可以看见起伏断残的城墙。城内街道不宽，却很整洁，地面全是麻石铺的。街两边的商店酒楼，大部分仍是木质结构，只有少数的红砖楼房矗立其间。街上人来车往，倒也显露出县城的繁华景象。

吃过早饭，凌鹏和雨菲就在街上打听寻找玫瑰园艺术中心。他们穿过一条巷道，又走过一条大街，身边停着的的士、摩托、小巴，还有少量的马车，任你选择。几次雨菲都想开口搭的士，她怕凌鹏走不动。但一看他走路的神态，她也就没有作声。

再往前走，出现了一栋红色的欧式建筑楼房。只见朝广场那面的墙前围满了不少观众。凌鹏和雨菲走近一看，是一张海报。

"今晚在县工人文化宫礼堂演出歌舞剧《彩云之乡》，由首届中国民族青年歌手电视大赛金奖获得者水月领衔演出。"

"你看女主角叫'水月'。"雨菲激动地说。

"是呀！今晚我们必须去看《彩云之乡》。"

许是因为找梦泉有了线索，许是因为今晚可以见到水月，凌鹏和雨菲不知有多高兴。快到中午了，他们便在一座临街的酒楼坐了下来。

"来人呀！城管队员打人！"突然听见楼前有女人的喊声。

"我去看看！"不等雨菲回话，凌鹏便急匆匆地走下了楼。走出楼门口，只见三个穿着制服的城管队员在揪扭一个卖水果的中年妇女。

"你们不讲理，不叫摆摊我可以搬走，你们不能把我的水果全倒在地上。"女人边哭，边向城管队员扑去。

凌鹏站在一边，看清了事情的真相，他的心情不平静，他急忙走了过去。

"这位女同志你冷静一下。"凌鹏把扑向城管队员的女人拉开。

"你们也要冷静。"凌鹏用眼光扫射了一下眼前的三个城管队员。

这时，围观的群众越来越多。

"同志们，我是从外省来贵县旅游的闲人，刚才我看见他们正在互相发生冲突，我特来劝告，请大家支持一下。"雨菲已经挤到了凌鹏身边，"其实，这件事情很好解决，如果大家同意的话我想发表一点解决问题的意见！"

"好，我们听你说！"围观的人群中有一个男青年插话。

"这位女同志，我认为你没有按政府的规定，在指定地点摆摊，损坏了市容市貌是不对的，应当主动纠正并按规定接受处罚，而不应该强词夺理，甚至拒绝管理。"说完，凌鹏又转向那三位城管队员："你们三位同志，从严管城市环境，制止乱摆摊设点是对的，但是把这些水果全部都推倒在地上，造成业主不应有的损失是不对的，这也是不文明执法的行为，我想，你们也应该从中吸取教训，自觉改正。"

本来凌鹏这些话，说得有情有理，连那位卖水果的女人也点头认可。不料那三位城管队员中的瘦个子队员却冲到凌鹏跟前，指着他的鼻子大骂起来："你是她的什么人，你胆敢干扰我们执法，来，把他带到城管队去。"听瘦个子这样一吼，那两个人立即过来揪扭凌鹏。雨菲可紧张了，她没有见过这种局面，她紧紧地挽住了凌鹏的手。

"你们用不着带我走，我跟你们去，但希望你们放过这位女人，至于要罚多少款，我负责！"凌鹏用眼光逼退了那两个动手的人，朗声说道。

这时，围观的人群也在窃窃议论："人家说得在理，这些城管队员也太不讲理了。"

八十二

工人文化宫礼堂坐满了观众。凌鹏和雨菲购票晚了，坐在中间十排的位置。金色的帷幕徐徐升起，灯光映照着宽广的舞台，天空飘浮着七彩云霞，背景是重重叠叠的远山和从山峦伸展而来的飘带似的公路。

优美、清脆富有浓郁民俗风韵的音乐从远而近，拨动着观众宁静的心灵。在无数乌啼莺歌的奇异鸣声中，伴和着如泉水流淌的电子琴声，一群美丽而矫健的男女青年载歌载舞在舞台上变幻着各色各样、轻柔、跳跃、舒展和奔放的人体曲线，组合成象征彩云飞翔的梦幻画面。

这时，一位身穿绚丽的民族服装，如倾城国色般美丽的苗族姑娘，如燕轻飞，在舞台的中央旋转，旋转成一簇无比的山茶花。接着，十个健壮而高挑的身穿白色民族服装的小伙子围着这位姑娘尽情地跳跃、舞蹈。

可以断定，这位女主角就是水月。凌鹏睁大了眼睛，他差点叫出来："她是梦泉，梦泉！"雨菲也认出来了，可他们都不敢喊出声来。

> 岁月流出欢笑
> 果香飘满山坡
> 田野荡漾金浪
> 大路汽车穿梭
> 朋友，请你听我说
> 这里曾走出美丽的歌手
> 彩云为她编织动人的情歌
>
> 可爱的山窝窝
> 富饶的金银河
> 你是歌声故乡
> 你是春的花朵
> 朋友，请你听我说
> 这里曾走出英俊的小伙
> 快乐和锦绣装点崭新的生活

掌声响起来，像潮水般热烈，凌鹏和雨菲激动得流出了眼泪。

八十三

一清早，凌鹏就起床刮胡子、整理衣裳。雨菲理解他，都快三十年未见面了，一朝相见，会是什么情景。

"凌鹏，今天上午你一个人去，等你们见面了，我再和你一起去看梦泉。"雨菲善解人意地主动提出了一个让凌鹏思考了一个晚上的问题。

"雨菲，我谢谢你的理解！说真的，我也没有把握，真见面了会出现什么局面。可有一点你放心，我任何时候都不会再伤你的心了。"

"造成你们的分离，并不是你们自己的原因，是政治原因。你当然应该看她，让她心中有一种感情的慰藉，女人的心思你要懂。我听人说初恋是人生最难忘的，我也是女人……"

凌鹏走了，他怀着激动的心情，迈着的却是沉重的步子，朝玫瑰园方向走去，走向梦泉艺术中心。

冬天的影子在逐渐温暖的风中消失，春天踏着阳光的花香走来了。玫瑰园坐落在彩云湖畔，梦泉艺术中心就设在彩云湖边一栋木质结构的民宅里。

凌鹏的突然出现，让梦泉久久地愣怔在那里，她不敢相信这眼前的一切！这个两鬓已有银丝的沧桑男人，竟会是自己曾经日思夜想的凌鹏吗？！

三十年哦，多少岁月尽皆流逝，连同最美好的青春。一朝相聚，近在咫尺，她却明显感到自己沉重得迈不开脚步，泪水也渐渐模糊了自己的视线……

在场的高艺和女儿玫玫仿佛也明白了什么，他们远远地看着，看着那个男人一步步走近梦泉。

"我还以为这一辈子见不到你了……"

"梦泉，是我害了你，我对不起你！"

"这不是你的错！不是，不是，我知道你比我更苦！"梦泉猛然抬起头来，她用力揩去盈满眼眶的泪水，深情而仔细地端详着凌鹏。

"梦泉，现在我最想要知道的是，这些年你是怎么走过来的？"

"一言难尽，就是三天三夜也说不完。"

"那就慢慢说吧！"

"你不走？"

"不走！"

"你太太来了吗？"

"她来了，住在城里。"

"我们什么时候见面？"

"在你调整好了情绪后。"

"你还是那样冷静、理性。"

"不，我老了，已经把许多世事都想明白了。"

"总算我们都活下来了，我真高兴真幸福！"

"我也是，昨天晚上我和雨菲看了你们的演出。"

"哦，感觉怎样？"

"太美了，简直是至丽至美！"

"你是讨好我还是讽刺我？"

"不是，真的，我以前没有看过这样的歌舞剧。"

"谢谢！你知道演女主角的水月是谁吗？"

"不知道！"

"我们的女儿，她叫玫玫，算起来她今年二十六岁了。"

"要不，我还说她像你，昨天晚上，我就想喊。"

"你要真喊这县城可是一条大新闻啊！"

八十四

雨菲和梦泉终于相见。两个善良、真情的女人一见如故，坐在一起说着知心话。梦泉长雨菲三岁，雨菲就称她梦姐。这些天，梦姐长、菲妹短的，弄得凌鹏只好靠边站。有时这姐妹一说起来，就躺在床上一直迎来曙光初露才入睡。

凌鹏也不是没有事，他的心事更重，因为梦泉的《乡亲》要修改，不然省里再通不过，梦泉会受不了的，这是她艺术生命最终极的追求啊。

而凌鹏的出现，更让玫玫感到太突然！她几乎不能接受这个残忍的事实。但经梦泉把全部的真相说清楚，玫玫理解了母亲，也愿意接受这个迟来的父亲。

"你爸爸为了寻找我们放弃了自己的领导岗位，放弃了各种优厚的待遇，甚至在主持公道时，都可以受普通的城管队员凌辱，把他当众带到城管队去。要是他是省长、厅长、市长、县长，他们敢吗？这也是妈妈为什么要矢志不移地争取进京上演《乡亲》的主要原因。"

八十五

夜很深了。梦泉艺术中心的门口响起了汽车的喇叭声，接着是急促的敲门声。

"谁呀？"导演高艺披衣站在房门口发问。

"是我，新华分社记者任欣欣。"

"任记者，我就来开门。"

高艺把任欣欣迎来了会议室，他一看表正好零点。

"你这样晚了，有什么急事？"

"不是急事，是好事。"

"你们的《乡亲》，中宣部领导有批示。"任欣欣把批示递给高艺。高艺接过一看，是《文艺内参》：

> 记者任欣欣在采访中发现梦泉艺术中心自筹资金创作的塑造农村乡镇干部为维护国家和群众利益，敢于坚持斗争，舍生取义，反对和制止腐败的艺术典型，很有现实意义。可是在当地演出后，受到有关文艺管理部门和领导的指责并宣布不准再演。笔者认为，这样粗暴干涉文艺创作和演出的做法是违背"百花齐放，百家争鸣"的双百方针的，应当引起各级党委和宣传部门的重视。要多支持，少干涉；要多指导，少指责；要多扶助，少限制。这样才能坚持先进文化的前进方向和繁荣文艺创作。

针对这篇报道，中宣部领导的批示是：请文化部艺术局重视此事的调查。应当积极扶持，完善提高支持民营文艺事业的发展并为文艺创作和演出创造更为宽松和谐的环境。

"谢谢！我代表我们中心的全体同志谢谢您！"

"你呀！别谢我，该谢的是你们梦泉大姐的原丈夫凌鹏同志，是他给我提供信息并撰写初稿，没有他，我怎么知道你们现在的处境？"

"啊！原来如此，但是你也一定要感谢！"

"这样吧，很晚了我该走了。你们趁着凌鹏同志在这里，把本子好好改一改，我等着你们去北京上演时，再写续稿呢！"

八十六

2001年阳春三月，彩云湖畔，鲜花灿烂，七彩缤纷。

梦泉、玫玫、高艺、雨菲，还有艺术中心的全体职员，沐浴在温暖而明媚的阳光下，听凌鹏讲述修改后的《乡亲》：

"《乡亲》这个剧本，我看了很多遍，确实感人，有震撼力，是一曲人间正气歌。但是从思想上、艺术上来看，仍需要不断完善，提高它的品位。现在经过了新的修改，昨天我又看了彩排，我感到它较之以前有了思想性和艺术性的质的飞跃。主要体现在以下三个方面：

"一是更深层地揭露了现在不少地方出现的矿山安全事故，有相当多的矿井是非法开采，而非法开采后面，是官商勾结。这就使《乡亲》更富现实意义。

"二是更合理和生动地塑造了为老百姓鼓与呼、敢于与腐败势力做斗争的基层干部形象，从本质上反映了干部与群众的血肉联系。

"三是地域风情和民族文化特色鲜明、丰富。从舞美、灯光、音乐、服装到舞台表演的一些特殊的道具和场景变换，都极具艺术感染力……"

听了凌鹏这一番"思想与艺术性"的讲话，梦泉兴奋、激动，她带头鼓起掌来。她真感到欣慰、幸福！在这样关键的时刻，上帝又把凌鹏送到了她的身边。她以前只知道凌鹏喜欢哲学、政治、文学，写过许多诗歌，但不知道他在戏剧方面也有如此深刻的见解。她庆幸今生今世认识了一个让她永远都不会放弃的男人。

而一旁的雨菲也激动不已，原来她知道凌鹏的为人、为政、为文，却不知道他对文艺戏剧还有如此渊博的知识。她看着激动而兴奋的梦泉，尽管心里掠过一丝酸楚，但她仍然为她高兴，而且她不能不承认，梦泉确实比自己和凌鹏更般配些。

玫玫更是激动、感慨不已，她真自豪有一个这样思想深刻、胸怀宏大、正直无私、博学多才的父亲，要不是身边众目睽睽，她真要冲上去拥抱她亲生的父亲。

高艺此刻的心情也不平静，跟随梦泉办艺术中心已经足足五年了，五年的时光，让他见识了这世上至善至美的女人，也许，别人可有她这样的美丽，但绝非有她这样的果敢、坚韧、智慧、柔情。现在他算明白了，梦泉为什么一直拒绝他于爱情的门外，那朵在风雨中、阳光下、梦幻中摇曳、微笑、伤感的红玫瑰，他总是无法触摸她的一枝一叶，甚至吸吮一缕清香，原来她心中始终有一个男人在伴随着。这是一种怎样的精神状态，一种怎样的不竭的爱之力量啊！作为一个文艺人，他再一次领悟了伟大的艺术家对生活的坦言——

如果这种深爱在人间确实存在的话，爱必然会成为彼此永远的牺牲。

八十七

"看着梦泉这样忙碌、焦虑、操劳，我真不忍心。"雨菲对凌鹏说。

"是的，五月上旬就要进京演出，再怎么节约，这么大的队伍进京，算来算去还差二十万元。我想了许多办法，也已经给一些朋友发了信，就看情况怎样了。"

"凌鹏呀，有句话说了你可别往心里去。"

"我知道你要说什么，你是说假如你现在是省长，你用得着这样呕心沥血地帮忙借钱吗？"

"你这人呀！真拿你没办法！"雨菲轻轻给凌鹏肩上一拳。

一个小时后，凌鹏整理好《乡亲》的宣传广告词，便夹着资料袋往玫瑰园去。刚走到门口，便看见一位风度翩翩的青年朝这边走来。

"请问这位大伯，凌鹏同志是住这里吗？"

"你是？"

"我叫江曲，我妈妈叫凤子！"

"江曲，凤子！哎呀！你看我都不认识你了。"凌鹏转身对着门口喊，

"雨菲，江曲来了！"

江曲在凌鹏暂时租用的"家"坐了下来："凌鹏叔叔，我妈让我专程来看您和雨菲阿姨，她说很想念你们。"

"我们也想念她。"雨菲忙说。

"你妈开的酒家现在怎么样？"

"还好。妈妈说，原来欠的租金全还了，她正在和东森大厦谈，想把餐馆的产权干脆买下来。"

"行啊，我看凤子真是个搞经营的料子！"雨菲兴奋地说。

凌鹏听了江曲的话，心里也很舒坦，凤子总算熬过来了。看到眼前的江曲，他的心却又隐隐作痛。江河倘若健在，看到这一切，又该怎样高兴啊！

这时，江曲从口袋里掏出一张支票，说："凌叔，这是一张二十万元的支票，我妈要我交给你。她还说，就不要借了，算是一个民营企业对文化工作的支持。她还说，她现在也要搞企业文化，等梦泉阿姨的戏在北京打响了，她还要请他们剧团到江海市去演出。"

"你妈太好了！"雨菲流着泪说。

凌鹏眼中一热，一滴清泪慢慢溢出了眼眶，悄悄滑向腮边……他站起来，沉默着向室内走去。

一个男人，面对大沙漠他不曾落泪，面对诬告和被审查亦处之泰然。可是今天，他落泪了。

八十八

五月，鲜花盛开的五月。

清晨冉冉升起的太阳，用光芒的辉煌裹住了这个小小的火车站。

梦泉艺术中心《乡亲》剧组的全体演员在与凌鹏、雨菲告别。梦泉和玫玫彼此用手挽着凌鹏、雨菲，依依不舍地朝即将启程的列车走去。

一步一步，仿佛都感触着各自的心跳。

一步一步，都踏着地球转动的节律。

一步一步，蕴含多少心中的叮嘱。

一步一步，又昭示着多少美好的未来。

梦泉和玫玫的眼睛早已湿润。

凌鹏和雨菲在坚强地微笑。

梦泉拉着玫玫向车厢的门梯走去。站在车厢门口，梦泉又返转身来，向凌鹏、雨菲挥手。

突然，梦泉的手停在了空中。

"梦阿姨，我们来了！"凌翔高喊着，带着女友从站台上飞跑过来。他们的身后，任欣欣正抱着一束玫瑰花气喘吁吁地赶来。

列车开动了。

列车鸣响了汽笛，犹如嘹亮的号角，顿时响遍阳光的空间。

凌鹏、雨菲、凌翔向着北去的列车挥手。

"梦阿姨一路平安！"任欣欣大声喊着，挥动着那束殷红的玫瑰。

在五月的阳光里，任欣欣手中的那束玫瑰花，显得格外的鲜丽、耀眼……

2005 年元旦写完初稿

此情如水

（节选）

曾经沧海
——谭仲池长篇小说选

CengJing CangHai
TanZhongChi ChangPian XiaoShuoXuan

一

这片夜，突然变得沉重深邃，变得焦躁不安。夜，时针刚指向 11 时。黑色夜晚，竟然无情地用带血的雕刀把这个不幸的时间深深地刻在任重生命的肌体上，每个字都在颤抖地呻吟着。他躺在急速行驶的白色救护车上，往日熟悉的街市道路、高楼、路标、灯光，他已无法辨认。只是紧紧地咬着牙齿，承受着难以承受的心绞痛。他感到背部也是异常胀痛，连左手臂也痛得发抖。他知道死神的魔爪，正在用劲撕裂他的心脏。

"喂，我是米大夫。……典型的心肌梗死。"

"路上交通拥挤，病人异常危险。"

"是，直接进手术室。"

"可是，前面塞车了。

"用扩音器呼喊！"

"是。各位司机朋友，请让开道，现在救护车上有危重病人，急需送医院抢救……"

"请大家支持，请大家让路！"

任重听着司机的呼喊，仿佛觉得减轻了一些钻心的痛苦。他的意识立即又清醒起来，感觉到自己面临的危险。他没有睁开眼睛，却看到了前面一条阴森的隧道，闪着幽亮和寒冷的青光，他知道那是地狱之门。

他是这座城市的市长，曾经多次去医院调查情况、了解工作、听取医院领导和医疗专家的汇报。尤其是 2003 年 4 月出现的"非典"疫情，他更是夜以继日地奔走在城市的各家医院和急控中心、车站、码头、机场之间。那些日子他心中的焦虑、担忧是无法言表的。也就在那些日子里，他看到了医生、护士们的忘我工作精神状态，对他们有了更深的理解和感知，从心里增加了更多的尊重和敬佩。他平常也知道锻炼身体的重要，只要能抽出时间，他就会和妻子一道去爬山、打网球或游泳。可他万万没有想到，会突发心肌梗死急症，让自己也躺在救护车上，听任命运的摆布。偏偏这个时候，竟有那么多的车堵在前面。他顿时悔恨，作为一个市长平时怎么就体验不到一个危重病人面临抢救的时间选择。也许一分钟，甚至几十秒钟，就有可能让一个鲜活的生命走向死亡的世界。也正因为这样，像中国这样大的国家，这样多的城市又会有多少急需抢救的著名艺术家、将军、领袖人物、企业家、律师……乃至普通的百姓，就因交通堵塞而失去重生的机会。

辛酸的泪珠盈满了任重的眼睛。

揪心的疼痛仍在一阵一阵地煎熬他。现在，每一秒钟对于他来说，都至关重要。

奇迹出现了，前面拥挤如潮的车流终于让开了一条宽阔的大道。

救护车鸣着笛，闪着红灯，穿过夜色浓重的江边大道，呼啸着驰向蓝江医大附属医院的手术大楼。

任重慢慢地睁开眼睛，看到了灯光照耀着如雪般洁白的手术室天花板。

刚才发生的一切，他现在感觉朦胧。有一点，他特别清楚，那就是心口不再绞痛，耳边传来了医务人员紧张而焦躁的对话。

"上帝不要我。"任重脸上掠过一丝蜡黄的苦涩的笑，他喃喃地对自己说。

"感觉好些了吗？"做完手术的安教授温和地问道。

"好多了，只是心口有些压胀感。"

"手术已经做完了，你看看影像吧。"安教授指着电脑屏幕上显现的心脏动脉血管图像说。

"原先就堵在这一节，我给你安了个支架，现在通了。"安教授接着说。

"谢谢你们救了我。"任重的声音满怀感激。

已经是次日凌晨1时，想起刚才看到的影像，任重不能入睡。此刻他心中浮起的万千感慨，将成为日后刻骨铭心、永远感恩的记忆！

特护室在一楼，是一间狭小的房子。因是老房子，墙皮开始剥落，显现出苍老的容颜。打开北面的窗户，可以看清外面那条十分繁华的街道。那些小商铺早早地开了门。因为街市空气十分闷热，不少商店的老板还光着膀子在干活。这时街边卖早点的摊前，已经陆续围起了男女市民。有些骑摩托的青年，还故意按几声刺耳的喇叭穿街而过，显得潇洒而有情绪。特护室的南面有进入的门，正对着病室的走廊。不等曙色放亮，就能听见走廊上传来零碎的脚步声和断断续续的咳嗽声。不时，还传来自来水冲洗的强烈水声。就这样躺在床上，任重只好歪着脑袋借着开窗的一瞬间，看窗外的世界和听门外的声响。直到在这里度过了 10 天危险期，任重都没有起过床，更不知道这走廊在白天究竟是一个怎样的喧嚣场面。他只知道，这些日子，脚背上、手臂上都扎着输液管的针头。这些日子，他究竟吃了一些什么东西，至今想起来，也不是很清楚。他的心中最清晰的印象便是只有输液瓶安静地悬在他的头顶上，透明的液体一滴一滴地送走嘈杂、落寞、闷热、难耐的时间。衣服一次又一次汗湿。医生、护士一次又一次动员他要多喝水。他没有办法或者说是无奈，带着几分羞涩，顺从女护士给他精心地擦洗，然后换上干净舒服的衣服。在这个时候，任重很少说话，有时他干脆闭上眼睛，他也不止一次猜想，目染他的胴体和一切被视为隐私的器官，女护士是一种怎样的感触和心态。

"这都是为了生命啊！"任重在心中叹道，"可女护士又为了什么？假如自己是这位年轻而美丽的女护士……"后来，任重转到了老干部住院部，他接触医生、护士的时间长了，渐渐有了语言和情感的交流。大家也乐意和他交谈，彼此之间的心越来越近。有一次他竟直接问给他细心擦洗身体的女护士："你们是怎么过来的？"

"说真的，当时心情很复杂，很害怕，甚至想逃走，可一想到这是自己的职业，又有什么办法呢？就这样糊里糊涂走过来了。现在一切都是这样。我们也适应了。"女护士闪着明亮的眼睛说。这一刻，任重的心情也很复杂，很感慨，很苍凉。作为一个经历了人生风雨和生命创伤的男人，一个管理着上千万人的城市市长，他从来没有去想一个护士的生命经历、感情依恋和她们的喜怒哀乐、人生选择。今天，他看到了她们的圣洁、慷慨、坦荡和真挚。他感到她们就像一块没有任何瑕疵的晶莹白玉，在眼前放射着夺目的光辉。

一个月以后，任重在医生的允许下，起床自己洗漱、上卫生间，并开始在病室的走廊上由护士陪伴着散步了。

每走一步，他感到一种从未有过的舒畅、兴奋和感情的寄托。现在这每一步，对于他来说，是意味着生命意志对未来希望的铸造。虽然走廊上仍有热浪般的空气袭击他衰弱的身子，虽然他穿着病人的衣衫，没有了往日的潇洒风貌，虽然他每走一步都还感到轻飘而不踏实，虽然在走道上打扫卫生的女工总会礼貌地给他让道，但他总感到有一种深深的愧疚。

隔壁病室的门突然打开了。

一个穿着白色套裙的倩影，他还来不及捕捉，就在眼前一闪，消失在通向阳台的门楣。

她真的有些像天使般美丽，可没有看清她的容貌。有诗人说过，望女人的背影最美妙和富于想象感觉，可千万不要让她回头，那样会割断你永远企盼的梦幻。

任重在护士值班室打听到，住在隔壁3号病室的病友，是一位名叫佟良骥的已经87岁高龄的中国著名的城市设计师。刚从美国留学归来的女儿佟盈盈一直在这里陪护他。老人是一个充满智慧和幽默感的人，女儿是一个豁达开朗的才女。他们来到这里只一个星期，就掀起了不少让人快活与谈论的波澜。

就说一个关于佟老的故事。

据医生告诉他，佟先生得的是皮肤瘙痒病。一直查不出真正的原因，完全要靠吃安眠药和涂药膏才能止痒安眠。先生又急着校阅他即将付印的专著《论新型城市模式》的书稿，便总是静不下心来配合医生的治疗。

有一次他的主治医生下决心和他谈话，要求他暂时放弃校对书稿："佟教授，我能理解你对事业的执着，我读过你的许多关于城市设计、生态保护和环境治理的文章，早为你忧国忧民的强烈情怀感动，心存崇敬。可你这病也必须加紧治疗，我诚恳地希望你配合我们。"

"大夫，你是医生，你在设计我的命运，对我的身体负责，这使我和女儿感动。但你也要知道，我做的是设计城市，设计更多市民未来命运的工作。我也要对自己的人生选择和生命归宿负责，这样我们找到了共同点。你要我什么时候吃药、打针我都配合。"

"可是，我现在最需要你做的是休息、静养，人的生命规律是不可抗拒的。"

"你是说我老了吗？"

"我不是这个意思。"

"是这个意思，没有关系。我知道自己已是一个白发老人，但你可知道，在知识的天地飞翔时我还是一只年轻的鹰。让我告诉你一个秘密。"

"什么秘密？"

"让我女儿告诉你。"

佟老先生故意卖关子，随即又翻开了桌上的书稿。

佟盈盈忙走过来："秦大夫，我来告诉你他的秘密。"

佟盈盈打开抽屉，拿出一本书递给秦大夫："这就是我爸爸的秘密。"

秦大夫接过书，一看书名，心不禁为之一颤：《未来的世界是垃圾做的》。

接着书名下有佟老的批注：

这本书写得真好，尽管有些观点我还有自己的看法，但作者所提出的问题实在太重要、太及时、太引人关注了。我其实早知道自己生病的原因，那就是这个世界在残酷地践踏自己的文明、环境和赖以生存的资源和理性成果，我绝对相信并不排除我的皮肤瘙痒症与空气环境水质的污染有关，光靠医生和药物是远远不够的。疾病在教训我，也正在教训全人类。

面对一个思想者，一个在设计人类未来城市命运的老人，秦大夫此刻心潮澎湃，要知道治这种皮肤病是没有特效药物的，而真正治愈这种病是需要佟老这种顽强的意志和精神的力量的。

这是一种境界，一种生命价值升华的涅槃。

秦大夫没有再说什么，他也没有再打扰佟老校对书稿，他朝着佟老的背影，深深地鞠躬后悄然离去。

其实，对佟老的名字和事迹任重并不陌生，只是遗憾相识太晚。现在，任重也只能以一个病友的身份去拜访佟老先生了。

早餐后，阳光明丽地照耀着窗棂。任重整理了一下散乱的灰白头发和穿在身上的病号服，拨通了佟老房间的电话："喂，你是？"

"我是佟盈盈，你好。"非常脆亮的声音。

"我是你隔壁的病友任重，我想见见佟老，可以吗？"

"啊！你是任重市长，久仰了。来吧，我爸爸念叨过你。"

"他说到我？"

"是的！"

"好吧，我就过来。"任重放下电话，心里非常高兴。

盛夏江城的夜晚是如此的不平静。

任重披衣站在阳台上，凝望夜色中的市区。他看到江城的万家灯火，闪烁在高楼顶端的轮廓光，穿越街心的星光大道，如流星般涌动的车流，心情非常舒畅。这是一个何等壮丽与辉煌的世界啊！此刻，他百感交集。来到这座城市任职将近 10 年。在这 3000 多个日子里，他跑遍了全市的乡村、社区、街巷。只要一坐下来，他的脑海里就会浮现出他刚到滨江市之时在基层调研中看到的一切。那些日子，他为偏远山区因自然条件不好、基础设施差导致的农户贫困而忧虑；他为山区煤矿的安全常常夜不能眠；他为城市下岗职工的就业、弱势群体的救助往往食不甘味；他更为发展中遇到的各种障碍和观念桎梏而心急如焚。他知道，要解决这些基本的问题，最关键是要靠发展经济。10 年的风雨兼程，10 年的酸甜苦辣，10 年的殚精竭虑，10 年的艰难搏斗，现在的滨江市变美、变绿、变高、变宽了，变得让市民们兴奋、自豪和充满热爱建设城市的亲切感。凡来到滨江市的国内外朋友，会真切感觉到这座城市发生的深刻变化和迸发着的蓬勃活力。

是啊！每当任重乘车经过新修的宽广而平坦的城市林荫大道，望着高耸入云的楼群，沿江秀丽而洋溢着深厚文化底蕴和人文关怀气息的滨江风光；望着一片又一片绿意葱茏的草地和广场；望着展示着现代化魅力的高新技术产业园；望着夜幕下闪耀着梦幻般神秘和星河般灿烂的亮化景观，他不止一次地流出激动的眼泪。只要人们一问到他做市长的感受，他总会说这两句话：我感谢市民这些年来对政府工作的理解和支持；感谢市民对我个人的宽容和关爱。是的，这是他发自心底的话。他可以举出许多的事例印证自己的话。

不知道什么时候起风了，带着浓烈热气的风，在高楼之间的缝隙里穿梭流动，发出一声声一阵阵尖裂的怪叫。窗子上的玻璃被风碰响，抵御蚊子的窗网也在微微晃动；慢慢的，远处的灯火渐次变得朦胧。此情此境，任重又感到心里有些许的沉重，白天与佟老和佟盈盈见面的情景，顿时又在眼前真切地叠映着。

放下电话，任重匆匆朝佟老病房走去。身着杏红色套裙的佟盈盈早已站在门口迎候。

"欢迎你，任市长。"佟盈盈笑容可掬地伸出娇嫩而柔软的手。

"你好，佟小姐。"任重很亲切地朝佟盈盈微笑。

这时，任重才有可能用瞬间的眼光拍摄下佟盈盈美丽的姿容。

真是天姿国色，倾国倾城。在任重的记忆中，他还是第一次欣赏到佟盈盈这样美丽的女人。而更重要的是他被佟盈盈非凡脱俗的气质和风采感染得不能自已，要不是佟老正站在房中等他，他还真要多看佟盈盈几眼。

"佟老，您的关于城市设计和城市文化的许多文章我早就拜读过，真是相见恨晚！"

"任重同志，我们能在这里见面，也算是一种缘分。"

"这个缘分可不怎么样。"佟盈盈插话。

"我看很好，它能让我们对要探讨的现实问题有更深沉和担当责任的思考，人不得病不知道身体的重要，不得重病，不知道生命的脆弱！"

"说得好！佟老，我就有这种感受。我对大夫说，我这次得病，有两个深刻教训，一是过去对自己的身体状况估计过高；二是知道要锻炼，也坚持了，但不知道要劳逸结合，加上忽视了饮食和休息，结果还是得了这个心肌梗死。"任重边说边指了指自己已消瘦下来的身子。

"任市长，我爸爸就是一个工作狂，你这个教训也适合他吸取。"
佟盈盈接过任重的话说。

"就你能干，光顾插嘴，还不快给任重同志倒茶！"

"你呀！人家是市长，怎么老是左一个任重同志，右一个任重同志，好像你是他的上级。"

"佟小姐，这就是你的不对，叫同志有什么不好？要说阅历和知识，在佟老跟前我还真是一个学生。"

"任重同志，你别见怪。我们搞专业的人，不在乎职务，所以我平常这样称呼同事习惯了，对你也这样了。"

"佟老，这样好。这些年人们的称呼中，几乎听不到同志这个名词了，今天您称我为同志，我感到亲切、实在，拉近了我们之间的距离。"任重的回答令佟老高兴，他从对话中感受到任重不是一般的为官者，是一个很有思想修养和理性的人。他不再有顾虑，便滔滔不绝地对任重谈了他对当代城市化运动的一些看法。

佟老说："我就 CEGC 模式的推广给中央写了信，国务院领导在批示中明确指出：'这种模式是城市发展方向。'这就意味着沿用现行城市发展模式违背了城市发展方向，推广 CEGC 模式有可能成为国策。"佟老说得很从容，脸上洋溢着喜悦，眉宇间透着智慧的光泽。这时候，他早把皮肤的痛痒置之度外。佟盈盈站在一边用敬仰的目光注视着自己父亲的纵意谈吐。她知道这是父亲住进医院最高兴的一天，因为他找到了知音，见到了高山流水送给他的兴致和心情的舒坦。

稍停片刻，佟老又接着说："CEGC 模式能解决城市发展中的三大难题，即土地资源日渐枯竭、建设投资入不敷出、人居环境日趋恶化。十大城市病就是最深刻的例证。如占地多，交通堵，停车难，油耗大，污染重，不宜居，效率低，治安差，生态遭破坏，安全事故频发和基础设施投资巨大。而 CEGC 模式所开创的第三代城市，正是送给新世纪之初中国新一代的美好城市。"

任重听得入迷，仿佛在听一段精彩的评书，听到动人处，他的脸上便泛起激动的神采。

"佟老，您具体谈一谈什么是 CEGC 模式和第三代城市的特征。很遗憾，我对此还一无所知。但是，对当今城市发展中的这种顽症却深有感触。"任重很动情地说。

"这个问题虽然一两句话不一定能说明白，但有一点却是十分清楚的，目前的城市，首先随着规模扩大和汽车的剧增，人居环境日趋恶化，城市中美好的东西正在消失，让人越来越感受到城市的浮躁和窒息。正因为如此，面对城市危机，从著名的《雅典宪章》算起，人类已经苦苦寻觅了七十多年，而 CEGC 模式所开创的第三代城市就是这个寻觅的结果，它正显露出城市发展的曙光。"

"佟老，您这里讲的是城市面临的选择，而第三代城市的出现，使这种选择找到了目标或者叫方向，但如何解释什么是第三代城市，我想请您说得更明确一些。"

"好吧，如果你有兴趣的话，还是请你自己辛苦一下。"说完佟老指着桌上一叠厚厚的书说："盈盈，把我写的那本《第三代城市》的书送给任重同志。"

佟盈盈转身走到桌子前很快就找到了那本书。

"任市长，给你！"佟盈盈瞪着一双明亮的大眼睛，久久地盯着任重。

任重接过这本设计精致、厚重的书，走到佟老跟前："佟老，您给我签个名吧！"

佟老抬头望着任重："我那个叫佟良骥的符号，早就给你画上了。"

"还是昨天晚上，我爸就签好了字，要我今天送给你，没有想到你捷足先登。"佟盈盈心直口快地说。

"真要感谢你们。佟老，您好好休息，盈盈，好好陪陪父亲，我先走了。"任重说完，便转身离去。

回到病房，任重和衣躺下，借着上午透过玻璃窗的太阳光，翻开了《第三代城市》：

……这里简单介绍一下三代城市的划分：马车时代的城市为第一代城市，无序化发展出来的现行城市为第二代城市，CEGC 模式开创的三维空间有序化的城市为第三代城市。

第三代城市是高度宜居的美好城市，简言之，就是要建设文化生态园林城市。具体要求是，城市的规划建设发展要始终坚持弘扬城市的历史文化精神，融合发展现代文化，保护历史文化遗存遗产，彰显其文化特质并渗入城市的建筑和景观形象之中。要始终注重生态保护，城市的湖泊、湿地、古树要尽量地保护和使其维持良好的原始生存状态。在城市拓展和建设中要始终把节约土地、防止环境污染和交通堵塞放到极其重要的位置。这样，一个美好的城市就会展现在我们的眼前。其显著特征是：市区绿地面积占60%，从空中看下去，是一个绿色的大花园；全部开敞空间中，既看不到汽车也听不到汽车的噪声，整个城市都很宁静；在所有的户外空间中，儿童都可以自由嬉戏，根本不会发生汽车碰撞人的事故；由于城市高度紧凑，人们可以自由自在地沿着遮阳避雨的长廊（就像颐和园的长廊那样），走很近的距离去上班，不受日晒雨淋之苦；城市发展到三个人两辆车时也不发生交通拥挤和停车困难；所有的公交车都是全天候的快速公交，所有的换乘距离都不超过50米，十分舒适快捷；人们只在个别情况下才会自己开车。城市汽车油耗很低，尾气污染很轻，是真正绿色交通的城市。数量经济学家李京文院士曾感慨地说："这样的城市才真正是天上人间。"

读着这段生动、形象、切中城市本质的文字，任重心情异常激动，心胸豁然开朗，眼前突然一亮："这不就是我们要追求的城市发展目标吗？"任重随即用笔在书页的空白处写道："这是一幅新型城市发展蓝图，我们一定要让它变成现实，这就是我要用再生生命向滨江市的父老乡亲做出的庄严承诺。"

写完这段话，任重的心情久久不能平静，仍像蓝江的波浪翻腾奔流。

二

在医生的批准下，当然也在任重的要求下，现在他可以散步、爬楼了。但医生的要求依然是严格的、谨慎的，一再叮嘱他要控制心率，为了防止意外，每次都由值班医生、护士陪他散步、爬楼。

夏日的早晨，医院里很早就有人出来活动。尽管空气里还残留着热气，四周的树木摇晃着疲惫的身姿，进进出出的汽车散发出难闻的尾气，但医院的过道、走廊、马路上依然行走着身着各种服装和表情各异的病人。在这个世界里，自然是忧愁多于欢乐、沉重压过轻松、希望在驱赶绝望。任重是一个心志坚强、富有同情心和丰富情感的男人，小时候就受过良好的家庭教育。他10岁就能背诵唐诗宋词，在父亲的引导下写得一手好毛笔字。后来读大学，虽然被卷入"文革"的汹涌浪涛，也一度手臂上戴着红卫兵的袖章去参加打倒走资派的革命运动，但运动进程中间出现的"打砸抢"和残忍地破坏、焚烧文物、书籍的行为，让任重震惊和惶恐，他怀疑这种革命行为的正确性和文明性。他终于退避了这个战场，回到农村去陪伴父亲种田，并利用夜晚大量的时间借着煤油灯光，读了不少的书，其中也包括从街上捡回来的红卫兵抄家时散落的《西方哲学史》《列宁哲学笔记》《红与黑》《雪莱诗选》《钢铁是怎样炼成的》《牛虻》等书籍。这种阅读对于他后来的命运起到了决定性的作用。

任重有时间规律地又开始了清晨的散步。

佟盈盈站在门口，迎候任重稳步走过来。

"任市长，允许我陪你走一走吗？"

"当然可以，可是你要照顾你父亲啊！"

"他正在看书，这是他几十年的习惯了。"

"真不容易！"

"我爸说，一看书，一进入思考，他的痒病就被抛到了九霄云外。"

"你父亲真是一个彻悟人生冷暖的智者。"

"我看你对世界上的事考虑得也很深刻。"

"是吗？比起佟老，我始终只能是学生。"

"我还听说你带了不少研究生，我真羡慕他们有你这样的导师。"

"你就别笑话我了，我这算什么导师！说实在的，我这是逼着自己多学点东西，我给你讲个故事吧。"

"你说吧。"

佟盈盈给任重投去一缕热炽的温情脉脉的目光。

沿着医院大楼的环形马路，任重和佟盈盈并肩缓缓前行。

"那是 2001 年在日本福岗，参加联合国人居中心主办的 CDS 论坛，那次演说让我至今不能忘怀。"任重如是说。此时富于想象的佟盈盈已经真切地走进了那个现实的世界。

那是一座富丽堂皇的会议大厦。

会议厅内，座无虚席，来自亚洲四十多个城市的市长，都相继发表了各自对于实施 CDS 计划的见解和建议，会场上不时爆发出认可和赞扬的掌声。

任重站在演讲台上，精神饱满，目光炯炯有神，他那神态和姿势告诉世界，中国的城市正在崛起。

"……一直以来，我对美国海洋生物学家、生态学创始人雷切尔·卡逊女士在《寂静的春天》一书中曾经描绘到的由于工业发展带来很多的地方春天不见鸟鸣的场景记忆犹新。由此也引发我对在城市发展过程中，如何节约资源和环境保护问题进行深沉的思考：历史和现实早已揭示了这样的规律：如果在经济发展过程中，我们忽视了对资源的节约和环境的保护，这种发展必然要付出沉重的代价，而有些代价是用任何办法都无法补偿的；因此当城市发展到一定阶段时，对资源的节约和环境的保护要看得更为重要。因为，这关系到城市的未来。我非常赞赏里昂市市长所讲的，如果我们的市长和市民丧失了对城市昨天的记忆，也就不懂得创造今天的城市，如果不知道创造今天的城市，那也就会失去未来美好的城市。所以从现在开始，我们就要更加关注城市的未来。"

说实在的，佟盈盈听着任重这段演讲词，她对任重的敬仰和崇拜几乎近似对自己学富五车的父亲。更使她神往的是，一位日理万机的省会城市市长，竟对城市的昨天、今天、明天有着如此深刻的思考。她朦胧中感到自己离任重越来越近，仿佛能触到他宽阔胸脯起伏和有节奏而强劲的心跳。

"曾有记者问过我，参观埃及金字塔的感受，我告诉他们：理智和理想都是自己的国王，人人都可以用自己的智慧去建造一座金字塔。同样，在构建节约型环境、友好型城市这一宏伟事业中，我们需要用循环经济的理念，造一座我们自己心中的金字塔，所用的不一定是石头，而是我们的科学、智慧、辛勤汗水和共同企盼。"

多么精彩的尾声，犹似激昂和澎湃的旋律在佟盈盈的心中轰鸣，她看到了一个伟男子正站在海岸伸开双臂去拥抱大海，大海的波浪也正簇拥着他走向阳光升腾的海面。

突然一辆中巴救护车鸣着笛从身边疾驶而过，接着后面又跟来几辆小汽车，一会儿就把任重身边的马路堵得水泄不通。

"我们回去吧！"佟盈盈拉了一下任重的袖子。

"不，这一定是出了什么事，怎么一下来这么多车？"

"出了事有医院，你还是回去吧。"

"再等一会儿。"任重坚持不动。

这时，从救护车上接二连三地抬下了十几个男女村民。

目睹这个场面，任重径直朝救护车走去。

"任重，你……"佟盈盈大声喊道。

夜很深，透过打开的玻璃窗，远处高楼亮着的灯光，渐次熄灭。楼群变成了一片暗灰色的城堡，唯有灿烂着的"喜来登国际大酒店"字样的彩色灯光还在星空下闪烁。任重在窗前站了一会儿，感到胸口有些闷，于是又躺了下来，他强迫自己睡觉，可就是睡不着。早上散步时遇到的事情仍在他的眼前闪现。

"这些村民得的什么病？"任重挤近救护车前，问一位干部模样的中年男人。

"是铅中毒。"

"有多长时间？"

"已经十多天了，在乡医院治疗不见效，才转到省里来。"

"这里有乡干部吗？"

"没有，这都是村里自己做的主。"

"一共有多少人中毒？"

"加上村上的学生一共有一百多人。"

"这么多人中毒，怎么县政府不管？"

"县里派人来看了一下，说要调查清楚，要我们村上先送乡医院观察。

这十多个村民病情较重，怕出问题，是村支书自己垫钱要我们送来。"

"你叫什么名字？是哪个乡镇的？"

"我是村上会计，叫刘志耕，我们那里叫紫竹乡葵花村。"

"好吧。我来帮你们办手续，联系医生。"

"谢谢你，这位好同志。"刘志耕见任重这样乐于助人，便满怀感激地说。

任重急转身朝佟盈盈招呼："你带手机了吗？"

"带了。"

"我要给医院的院长通电话。"

"可我不知道电话号码呀。"

"你打114问院长值班室的电话。"

片刻，佟盈盈沉着冷静地把拨通的手机递给任重："任市长，请你说话！"

"我是任重市长，请你告诉方院长，在医院的急诊室门口有十多个铅中毒的村民，请他迅速组织医务人员诊断治疗，至于费用和其他需要解决的问题由我负责。"

任重说话时，心情显得有些激动，他自己也感觉心跳很快。佟盈盈站在一边，发现任重的额头沁出了许多汗珠，脸色也似乎变得苍白起来。于是她关切地说："你怎样？是不是有些不舒服？我们先回去吧。"

"没问题，等院长来了再说。这些村民真让我放心不下。"听任重说话的声音，佟盈盈明显感到他确实有些累了。她怕任重支撑不住便情不自禁地伸出手臂去搀扶任重。

"盈盈，我没问题。"任重轻轻地、温情地用右手推开佟盈盈的手臂，然后递给她真挚而庄重的微笑。

夜色更加浓重，窗外开始起风。

任重依然没有睡意。要是平时，他知道这种群体性中毒事件，一定会带领卫生医疗部门的同志奔赴一线去现场处理问题。可现在他住在医院，每一个自由的行动，都必须获得医生批准，有时甚至还必须由医疗组的负责人表态。任重知道，在这种情况下，要医生批准是绝对不可能。可上百个村民中毒的事件至今调查处理如此缓慢，甚至对十多个严重病人也没有人来组织协调治疗，仅仅让几个村干部负责，实在让他无法放下心来，他觉得自己有责任。他果断决定，天一亮就直接赶到紫竹乡葵花村去现场调查。于是，他给秘书拨通电话做出了具体安排。这时，任重拉亮电灯，一看手表已是凌晨3点了。

　　天刚放亮，晨曦还没有来得及勾画出江城的轮廓，任重乘坐着吉普车便向通往紫竹乡方向的高速公路疾驰。

　　平常早晨6时许，任重就起床洗漱，然后下楼走出住院部院子，沿着通向医学院的中心广场的大路散步。佟盈盈几乎与任重同时起床，而且她总是安排时间主动陪任重散步。可今天怎么不见动静，听不到走廊上的脚步声？待佟盈盈打开房门，夹在门缝的一张纸条便落在地板上。

　　佟盈盈俯下身子拾起纸条。她打开一看，是任重写给她的。

　　佟盈盈同志：

　　　　因我一早就赶去乡下处理中毒事件已来不及向医生和院长说明，请你转告（我随身带了救心丸），我会十分注意身体（我已通知市卫生局领导和医务人员同时赶到目的地），只要事情处理安排好了，我即返回。对于我这种违反医院规定的行为，我愿接受医院批评，同时，也请你一并转告我心存的歉意！谢谢你的支持和帮助。

　　　　　　　　　　　　　　　　　　　　　　　任重

　　　　　　　　　　　　　　　　　　　　　凌晨4时

　　这就是男人，一个有血有肉、有着赤子之心的男人。自己还身在重病的疗养之时，却心挂群众疾苦，毅然去处理关系群众生命安全的事情。怎么不让人感动，油然生敬？

　　院长、医生、护士传阅着这张纸条，大家的眼眶都湿润了。

　　这不是一张普通的纸条，它是一个人民公仆纯洁灵魂的宣言书，它要告诉我们的人民群众，共产党人任何时候都是和他们同呼吸共命运的。

　　夜幕刚降临，淮洲县常委会议室就在召开紧急会议。

　　会议室的气氛显得有些紧张。

　　"这件事情教训太深刻，主要是我们的干部对群众缺乏应有的责任感！这么多群众出现中毒，竟然不及时报告，连住院治病的市长都赶到现场调查处理问题，我们还蒙在鼓里。这件事怎么处理，请各位常委发表意见。"县委书记潘耀华越说越激动，越说越气愤。

　　"我先谈谈有关情况。"县长高山手里拿着一份材料。

"这是我从网上下载的帖子，我念给大家听一下：标题是'谁给污染企业开绿灯，百人中毒无人过问'……直到记者赶赴现场调查，还有三十多人，其中有学生十三名仍住在乡医院观察，据医生诊断是铅中毒。而造成中毒的直接原因，是这些村民居住的附近一家刚刚投产的化工厂污染饮用水引起的。对此，村民们非常气愤，正在酝酿集体去省城上访。"这是《蓝江晨报》的一个记者写的，据说省委书记已在宣传部送的《社情通报》上对转载的这节报道做了重要批示：这件事情太严重了。今天一清早，任市长赶到葵花村，已经有上百群众聚集在村上，准备租车去省政府上访。我感到这个事件的发生以及造成的不良影响和后果，县政府是有责任的。首先我要检讨，这种关系到群众生命安全的大事，政府竟然没有把好关，我们的工业、环保、质监部门和当地政府都干什么去了，是不是都不知道这件事情，还是另有别的原因，一定要查清，要实行行政问责。"

"我听说，县环保局本来不同意，是上级环保部门直批的。"高山的话一落，政法委书记就插话了。

"这件事各级新闻媒体很敏感，很关注。现在打电话给宣传部问这件事的真相和处置情况，现在电视、报纸、电台记者很多。我认为必须抓紧调查处理，好给新闻界一个客观、准确的说法。"宣传部长也发表了自己的意见。

听了大家的发言，潘耀华沉思片刻说："我看时间也很晚了，对这件事情大家的看法也比较统一，根据大家的意见，我归纳这样几条，请有关常委抓好落实。一是要高度重视和深刻认识这件集体中毒事件的严重性；二是由纪委、监察牵头组织环保、工业、质监、卫生等部门专题调查这个企业的审批过程和造成污染中毒的情况，然后提出处理意见；三是请宣传部门和政法部门做好舆论引导和社会稳定工作；四是迅速将本次会议讨论情况和目前采取的措施，由办公室综合向市委、市政府报告。散会。"

潘耀华迈着沉重的步子，走出会议室。他深深地叹了一口气，然后沿着楼梯走去。

早上8点，新一天的太阳又暖暖地照耀着医院的病室。

安教授站在任重的床边，亲自给他做心电图检查。护士赵静在用毛巾给他擦去额头的汗珠。

"任市长，你也太冒险了！你那天清晨出去，让我们万般焦虑，又不知道上哪儿去找你。好在你考虑得周到，通知县医院的医务人员到了现场，要不我们怎么能放心啊！这种事你再也不能做了，否则我们负不起这个重大责任呀！"安教授一边看着心电图，一边诚恳地对任重说出这番话来。

"安教授，这件事，我一直感到很抱歉。今后我一定改，一定做一个遵守纪律的模范病号。"

"其实任市长一直都表现不错，我们护士们私下还说，任市长这么大的官，根本就不像官。对我们那么尊重，那么平易近人，又有知识。跟任市长交谈，能让我们从中学到很多东西。你这次突然不见了，可把我们吓死了，要不是佟盈盈把你写的纸条交给院长，那我们大家还不知道挨什么处分哩！"护士赵静也在一边附和着说。

"赵静小姐，要是院长不要你了，我就让你到我们市政府去上班。"

"我哪有那个本事！"

"那总得找出路呀！"

"任市长，你这是笑话我。"

"不会的，我从心里尊重你们。我在这段住院的日子里，深切感受到护士们工作的辛苦、细心、繁杂、脏累。我老在想，要我做护理工作，还真没有这种精神。你看接屎接尿、帮助病人擦洗身体、日夜守护在床边，连瞌睡也不敢打。我也知道，你们同样有父母要照料，有小孩要牵挂。有的护士家里也同样有住院生病的亲人需要看护。可你们为了病人，这一切都得放弃。世界上有许多伟大的人物，世界上有千万种职业，我认为你们的职业是最伟大、崇高的。而这种伟大和崇高永远都是付出和给予，而没有任何的索取和荣耀，在某种意义上说，是用自己心灵的光芒和工作的重负去换取别人的忧伤、绝望和痛苦。"说着说着，任重的声音有些颤抖。

"任市长，你别说了。你现在的心跳太快，你不能激动啊！"安教授的眼眶也湿了。

上午8点半，医护人员按照常规查房后，病室又恢复了宁静。

任重感觉这几天身体状况又好些了，便经医生允许，除早晨和晚上的散步外，又增加了10点至10点半的爬楼项目。现在离锻炼时间还有个把小时，任重想就葵花村调查企业污染造成村民中毒一事，向全市各级政府主要领导写一封公开信。

坐在窗前，铺开稿纸，任重心情又异常沉重起来。

"作为第三世界，中国要加入全球化和现代化的食物链，只能从下游加入，这是一个非常尴尬的处境。一方面，从现实出发，我们不得不加入全球化；另一方面，加入就意味着要为上游提供资源，并接受上游的垃圾。最初，在我们不自知的情况下，接受了先污染、后治理的发展模式，以为这也是一条必然之路。在《凭什么你可以过别人的生活》中，我指出这是一种卖肾卖血的发展模式。这种模式之所以在我们已经清醒的情况下还能继续下去，是因为，现在是强势集团在卖弱者的血和肾。这导致了严重的社会矛盾，也导致了人与自然关系的进一步紧张。所以我要问，是谁要过别人的生活？是传统地区的原住民，还是前来获取利益的大公司及地方政府？"

　　这位叫田松的作者在《博览群书》上发表的这篇《关于文明转折点上人类的困境》的文章，其中诸如此类深刻精当的文字，让任重十分欣赏和认可。他也很赞同田松先生的观点："对于未来的新文明，我接受了'生态文明'这命名。"

　　田松先生还谈到了幸福：

　　"幸福是一个与物质无关的量，要多少年薪才能日日欢歌？在现代的城市里，多少年薪都已经不能日日欢歌了，因为我们已经失去了欢歌的本能……在新文明的建设中，传统是我们可以拥有的最具体的参照，也是巨大的资源。人类需要从传统中汲取与自然相处的智慧，也要向传统学习与人相处的智慧、学习幸福。"

　　关于幸福的理解，任重显然不完全赞成田松的观点，但从精神层面、人的向往和解放、自由、博爱乃至个性张扬、感情的宣泄和对美、对爱、对性、对饮食的追求和体验、享受方面来思考，确实是一个"与物质无关的量"，然而人类发展的客观依据是幸福的载体和基础，当然离不开必要的物质条件和生活环境。比如一个人得了重病，虽然有坚强的意志，战胜疾病的勇气，也有好的心态，甚至可以坦然面对死神的威胁，但真正要把病治好，还必须服药和接受某些设备、器械和技术的检测和治疗。这当然属于物质范畴，而非纯粹的精神和理想所能奏效。

　　一时间思考着如此重大的让多数人们还在迷茫中跋涉，让自己都感到心的震动和激荡的人类发展的命运问题，任重感到自己在跨越，在成熟，在进入一个新的思维过程。这种自我心灵的艰难对话和自我新旧意识的较量，迫使任重对葵花村发生的污染事件陷入更沉重的反省之中。

　　"我是一市之长，对此我应当吸取什么教训？担当什么责任？接下来又该去做什么，而不能做什么？"任重在问自己。

高山收到了传真来的任重市长写给他的信。

读着任重市长的亲笔信，高山心情异常沉重、不安、自愧。他从心里感到对不起任重市长。淮洲县发生如此严重的中毒事件，而自己却迟迟不知情。在调查处理中还在左盼右顾、徘徊不定。这究竟是为什么？

"高山，我给你写这封信，不是给你施加压力，更不是推卸我作为市长的责任，我是想告诉你，在全国上下都认真贯彻落实科学发展观，注重持续发展，建设节约型和环境友好型社会，进而全面构建和谐社会的关键时刻，我们的领导干部和政府官员怎么仍陷在盲目之中不可自拔？我们为什么会相信这样一些事情，而不相信另外一些事情？为什么会坚决否定我们从前的失误，而又重新去肯定昨日的失误？为什么总是把盲目性演变成自觉性？葵花村新建的化工厂，造成饮水污染，导致上百人铅中毒的事件，给我们敲响了警钟。而事情发生后，各级政府和干部如此麻木、轻率、不负责任、缺乏同情心的处理态度，其教训更是深刻的。我希望我们每一位领导干部，包括我在内，绝对不要讳疾忌医，要敢于自我解剖、自我揭短、自我亮丑，对人民群众有一个好的交代，对自己的良知和良心有一个理智的答案。一个人的一生，生命是有限的，需要和想做的事一定很多，但更重要的是，不是看我们做了多少，而应当看我们做对了多少？做好了多少？是不是真正给人民群众带来了福祉和实惠。

"有人认为，中国新文明的春天尚未到来，是因为我们还在盲目地继续延续工业文明，而这种工业文明其实是一种罪恶，它只能加速人类文明的死亡。如果，我们追求发展，而始终忽视节约、保护、珍惜资源，忽视治理环境污染和控制破坏，忽视发展和保护生态，忽视人的精神追求和审美渴望，又还有什么文明可言？更何谈建设新的文明？

……

"高山，我之所以在医院的病房给你写这些话，我没有别的意思，是要你百倍地珍惜人民给你的权力，珍惜自己拥有的智慧头脑和强健身体，珍惜自己曾经有过的许多美好梦想和赶上了这个飞速发展逐步走向高度文明的时代……"

此时的高山，捧着任重的信，他流泪了。

几天以后，淮洲县城忽然变得不平静。街头巷尾，田间村落，人们都在议论高山县长在县电视台公开向全县人民道歉检讨的新闻。事情的经过很简单，但引起的社会震动却是空前的。

自葵花村中毒事件发生以来，淮洲县委组织联合调查，到高山接到任重的信，从县委书记、县长到部门领导、乡镇干部都迅速投入到全面检查整顿治理环境污染和玩忽职守的专项工作中来。

这些天，高山亲自听取调查组的汇报，还轻车简从到葵花村实地调查，去企业现场查看，到医院看望村民。这一切都让他深感政府工作的失职。尤其是这家化工企业，明明达不到环保要求，却通过各种手段获得批准并允许生产。中毒事故发生后，乡镇干部怕承担责任，企业怕赔偿损失，都隐瞒实情，把问题推给村上，置上百村民的健康甚至生命安全于不顾。如此严重的污染失察失职事件，作为县长他感到痛心。为了告诫自己，整肃政风，取信群众，高山毅然通过县电视台向全县人民公开就此事道歉和检讨。

"这是一起让人痛心的、严重损害群众利益、危及群众身体和生命安全的事件。作为县长，我有不可推卸的责任。我诚恳地向全县人民道歉，并做出深刻的检讨……唯有这样，我们心中才会警钟长鸣，政府才会自觉置于人民群众的监督之中，每个公务员才会时刻不忘记维护、实现和发展人民群众的根本利益！"

这一觉，任重睡得特别香。

佟盈盈已经坐在病室守候了整整一上午。她要暂时离开这个已经熟悉的医院，去香港联系父亲出书的事情。走之前，她真想再见一次任重，和他说上几句话。她担心任重一旦出院，也许以后就很难见面了。

安教授也来到病室，他看见任重在熟睡，脸上自然也泛起喜悦的微笑。

"安教授，任市长的病能完全康复吗？"

"主要靠他坚持服药，坚持锻炼，也还要注意休息，防止过度劳累和情绪急剧波动。"

"赵静告诉我，听你们医生说，其实任市长的身体素质和心态都很好，这次得病，主要是过度劳累引发的。"

"这当然是一个重要原因，但不是唯一的原因，毕竟他存在诱发的基础或者潜在因素。"

"当然，我是说，你们一定要管住他，好好劝告他，让他懂得怎样爱护身体，怎样才活得健康幸福，就像我父亲一样，永远都快活！"

"谁在议论我呀？"任重突然睁开眼睛。其实还在安教授到来时，他已经醒了。他感觉到他身边坐着一个人。他嗅出了她身上散发的淡淡的玫瑰香味。这种香味那天佟盈盈陪他散步，他就已经闻到了。他当然不能在佟盈盈单独一人守候他时醒来。

"我们没有议论你，安教授是在表扬你。"

"是吗？老安你表扬我什么？"

"任市长，你别听她说，我一个医生，有什么资格表扬你一个大市长。"

"你又来了，我早说过，在你眼前，我就是一个病号，一个服从你治疗的病人。"

安教授很厚道也很机敏，他知道佟盈盈有话要对任重说，便急忙告辞："任市长，佟小姐，我有事先走了，你们谈！"

"安教授慢走！"佟盈盈站起来礼貌地对安教授说。

"盈盈又有什么话要说？"任重的心情其实很复杂，他内心是多么希望佟盈盈能常来看他，和他交谈。他觉得佟盈盈有知识、有气质，又长得漂亮、善解人意，是一个能相处和交流思想的女人。可是人言可畏，他又担心与她接触太多，让人生疑，以致使自己面目全非。因有了这种心态，任重在佟盈盈面前，总是自觉不自觉地摆出一副长者的样子，他想用这个年龄差来拉长人们视觉上的距离。

"我要暂时离开这座城市。"

"去哪里？"

"去香港帮助父亲联系出版的事情。"

"多久？"

"可能半个月，也许不止。"

"去吧！你爸爸这里，我们会帮助照料的。"

"我来不是这个意思！"

"那是什么意思？"

"他希望你能帮助他成全一项事业。"

"有可能吗？"

"有！不容置疑！"

"那就好，不过我不相信你这样说。"

"我知道你不会相信我，但你应该相信一个为了事业一辈子执着奋斗的老人。"

"当然，我会认真思考你提出的问题。"

"那我的任务完成了，再见！"佟盈盈立即站了起来，她眨着美丽的眼睛，朝任重挥了挥手，准备离去。

"慢着！盈盈，我写了一首诗，一直想给你，你就带着它去香港旅行一回吧！"

任重伸手从枕头底下拿出一个信封："现在不准看，行吗？"

"行！"佟盈盈说完，猛然扑到床前，伸开双臂搂着任重，在他的前额上亲了一个响吻！

三

波音 747 展开银色的双翼，在白云蓝天沿着无形的但又准确的航道朝香江的上空飞去。

> 一只玉色的蝴蝶
> 在风的温暖里翔舞
> 窗外的天空　蔚蓝成海的颜色
> 绿树的枝丫披着阳光的抚爱
> 在回忆春天的斑斓
> 昨夜　醒得很早
> 朦胧的梦还没有完整的构思
> 只听见小鸟的欢叫在耳边回旋
> 我知道马路上已经扬起了灰尘
> 可你心头的河流仍守着天空的星月流淌
> 飞翔吧　美丽的灵魂
> 懂得欣赏自己和别人一样重要
> 就不要怕百花也有凋零的时候
> 我会永远为你祈祷的是
> 即使树干受伤了　树叶依然青翠

佟盈盈已经是多次从怀里拿出这首诗阅读。她早已背下了，可她放不下这诗页，她知道这不只是写在纸上的诗，而是一颗在纸上跳动的心。

　　如果说，这回在医院她与任重相识，是一段缘分，那日后她走向任重身边，去挥洒自己的智慧和力量则是她一生中最快乐和呈现生命活力和女人情怀的最重要时期。

　　受父亲佟良骥的影响，佟盈盈还在读高中时，就非常喜欢读德国哲学家尼采的著作。她从书中知道尼采的不幸身世：尼采5岁时父亲就因脑震荡去世，这在他的心灵留下了永不消逝的伤痕。同样，因受祖母的熏陶，尼采从小就酷爱典雅的美，并反对胆怯。拿破仑和歌德成为尼采终身崇拜的人物。在以后尼采的学说中充满崇尚力量和艺术的火焰。尼采是一个真正意义上的哲学生命体，他的理性思辨和人文情怀始终超越时代和人的境界。他认为超人就是世界的创造者，而孤独和刚毅则是创造者最突出的性格，只有孤立的、最深沉和最超俗的人，才会成为最伟大的人物。有时候佟盈盈在不经意中想起任重，她总能感觉到他的格外孤独和刚毅的性格，感觉他心中时刻奔突着的像山泉那样圣洁和不息的力量。她自己认为从任重的身上，看到了时代的灿烂和春天的明媚。佟盈盈最喜欢读尼采健康恶化时，在瑞士的恩加丁，那个空气异常清新、有细长落叶松覆盖的山坡，嶙峋的岩石、寒冷的冰河环绕的胜地，将散步或登山时萌发灵感写出的《查拉图斯特拉如是说》。尼采在《权力意志》的遗稿中，自称《查拉图斯特拉如是说》是"一本写给所有人的书，也是无人能读的书"。尼采曾经用诗歌的语言向人们介绍他书中的主人公："请看查拉图斯特拉，他是怎样从山上走下，向每个人讲述他最善意的话吧！看他自己是怎样温和地对待他的敌人即教士吧！是怎样同他们一起受苦吧！这里，无论什么时候，人都是被超越了的；这里，'超人'的概念变成了现实。"

　　只要一想起这本书，想起书中人物的话和尼采精彩的表达语言，佟盈盈总是激情荡漾，把自己也当作了查拉图斯特拉。她用这个标准去选择朋友和丈夫，常常使她陷入迷茫的雾海丛林，有时竟看不到一缕光辉。已经三十多岁的青春芳华，她仍在孤独地行走。任重的出现，使她改变了自己的想法，知道自己并非查拉图斯特拉，而任重才真正像查拉图斯特拉。

　　"是的，他真像。尤其是他凌晨独自出走，或是在爬楼时旁若无人地拾级而上，把大家抛在身后。"

　　佟盈盈这样想着，竟感受到了一种从未有过的欢欣、羞意和雄性的袭击。她清楚地记得，陪任重散步时，任重对她说的一段话："我们也许在新的舞台上，只能是笨拙地舞蹈，歌里或许也会有忧伤，但毕竟是要朝着喜悦的方向奔去。"这与查拉图斯特拉 30 岁离家进山，独处修道 10 年得以醒悟时对太阳说："有光而不照耀人间，哪有你的幸福？"真是异曲同工。

"各位旅客，香港就要到了，现在地面温度 38 摄氏度。"

机舱广播里传来了播音员的声音。佟盈盈仿佛从梦中醒来，她侧身透过机舱望云海，天空是那样的浩瀚美丽，白云飘浮，若帆若岛，在变幻着奇异的图景。此刻，佟盈盈在想，纵然自己是一个笨拙的舞者，我也一定要抓住人生这根壮实的绳索，跟他去跨越高山和大海。

高山的公开道歉和检讨获得社会一致的认同和好坪。不仅因高山的这个举动，在淮洲县是首次，就是在全市、全国，作为一级政府的主要领导能公开检讨工作并向人民群众道歉也属先例，它的意义和作用远远超越了事件本身的影响范围和层次。为了更取信于民，对此，淮洲县委和政府也果断地做出了对葵花村污染事件的处理决定：

一、依法关闭造成污染的企业并追究有关人员的责任；

二、对因铅中毒引起的治疗经费和误工由污染企业给予村民补偿和赔偿；

三、对问题发生后，县、乡镇机关已知情的工作人员和有关领导未能及时上报和处理，造成的不良影响和损失，按不同情节实行行政问责；

四、此案件迅速向全县通报，要求全县各部门、各企业要进行自查自纠，切实解决环境污染问题，对问题严重的，要停产停业限时治理达标。

任重从医院出来，没有回家，就直接走进了自己的办公室。

还是那张熟悉的办公桌，那架电话机，那套坐套已陈旧的木沙发，还是那个伴随他上山下乡、下企业、下基层的玻璃茶杯。

一切如故，一切都亲切，一切都是那样地有序排列。

只是桌上的报纸杂志、朋友送的书籍堆高了。

任重坐下来，习惯地向四壁张望，又看见了对面墙上挂着的自己写的横幅"石泉"。他想起了一位香港叫慧的女记者采访时，要求他解释"石泉"的含义。他实在感到这种自己提笔书写时的心灵感慨只能意会不可言传，但是无奈人家问了怎么办？也就只好如此解释：

"石缝里流出来的泉圣洁、温柔，进入江海也气势澎湃。泉水滋润的石头光泽、坚毅，屹立流泉之中也颇刚烈。人若如此则也超然，感受自然之真了。"

没有想到，任重的这番解释，竟被记者录入镜头之内，在"凤凰卫视"也多次播出。这时，秘书进来，习惯性地送上文件夹。任重打开蓝色文件夹，映入眼帘的是一份淮洲县关于处理葵花村村民铅中毒事件的报告并附有高山的公开道歉信。

看着高山的公开道歉信，任重想得很多，也很远、很深。他是了解高山的。10年前，高山刚好大学毕业，自己申请回到淮洲县一个偏远的山区乡当了一名副乡长。因他学的是林业专业，由于他创新了林地流转新机制，很快就发挥了林业资源的优势，使一个贫困的山区乡在不到3年的时间就解决了温饱问题，逐渐摆脱了贫困。在一次县乡人大、政府换届时，他的民意测验得票在全县数第一，市委通过深入的考察，破格任用，让他当上了主管林业的县长助理。

时间流逝，高山在县长助理的岗位上又干得很出色。不久他就被人大任命为主管农业的副县长，接着他先后在农业产业化和乡镇企业改制、小城镇建设、农村生态保护方面又进行了大胆的探索。特别是在土地流转上，他通过积累林业创新机制的经验，运用到农村土地流转上，率先建立了农村合作经济组织和推行公司加农户等多种形式，既节约了土地，又降低了生产成本，真正使农村走出了一条增产增效又增收的致富之路。高山的务实作风和工作实绩，广大农民看得清楚。不少农民还签名写信向市委推荐高山担任更重要的职务。在这种情形下，正好省委提出要大胆使用敢于解放思想、开拓创新、廉洁务实、既有实绩又有好的口碑的青年干部担任县市党政一把手，高山自然又有机会走向了县长岗位。这次农民铅中毒事件的果断处置，高山表现出自我反省、主动接受群众监督、自觉承担责任、检讨工作错误的态度和行为，在全市和社会上产生了强烈的反响，得到了群众的谅解，又树立了政府敢于负责的良好形象。任重对此感到满意、欣慰。此刻，他思绪临笔，不能自已，便在淮洲县的报告上批道：

"淮洲县委、政府对葵花村因企业污染饮水造成部分村民铅中毒事件的果断处理和表现出的自我批评精神，反映了县委和政府对群众利益和身体健康生命安全的重视和负责。我同意这些处理意见，更对高山同志能以大局为重、自觉公开向群众道歉、检讨政府工作的做法表示赞赏和钦佩！现在我们的干部队伍正是少了这种敢于正视错误、承担责任的精神，少了这种不怕群众批评、勇于揭短的自觉性，少了这种不计个人得失、始终以人民群众利益为重的胸怀和感情。这件事，对我也是深刻的教育。我希望全市各级政府的主要领导都能像高山一样认识自己、对待自己，尊重群众、服务群众、为了群众。"

当然，像任重这种学者型的现代领导者，他的眼光和注意力已经不仅仅把事物的出现限于一时一地的局部看待，而且他思想的触角更深，他要寻找这偶然后面的必然。他要透过局部看到全部，抓住瞬间把握长远。此时，也正是此时，他竟然又想起了一同住院治疗的病友忘年之交佟良骥老先生。

"是该让佟老给我们的干部讲一堂课，让他深刻透彻的思辨和睿智哲学的语言表达来穿越现实的时空，校正我们可能已经迷失的方向。"

任重这样对自己说。

滨江市政府会议中心座无虚席。

佟良骥正在给全市的县处以上干部讲课。他讲的题目是"CEGC 模式是城市发展方向"：

大家知道，目前的城市是病态的城市，我国尚处在城市病的潜伏期。所谓病态城市，是指大城市病日益严重的城市。为了说明这一点，我下面以被广泛认为最成功的城市东京为例。东京的城市病，主要表现在病态的交通、病态的城市。先说东京的病态交通，据测算，东京市区 30 分钟的通勤仅占 1.7%，30~60 分钟的占 31.6%，60～90 分钟的占 42.4%，90 分钟以上的占 24.4%，通行时间非常的长。日本有些人把东京地铁称作"通勤地狱"，认为东京交通已是不治之症，这是因为它剥夺了人们步行、自行车、公交车、小汽车等各项出勤权，而只留给人们挤乘地铁的权利，完全违背了以人为本的原则。我们可以把东京交通概括为 16 个字：准时而费时，畅通而拥挤，没有别的选择。再说病态城市：东京城市的功能布局是畸形的，在面积不大的中心区，集中了城市主要的经济和行政的功能，一半以上的工作岗位也在这里。而东京的市民则居住在蔓延至两千多平方公里的范围，交通距离远，交通时间长，所发生的交通总量也很大。这种畸形的布局也成为不治之症。因此，否定现有城市模式，这是近年来发达国家的共识。2000 年 100 多个国家代表参加的世界未来城市大会，发表的《柏林宣言》指出："全世界的城市没有一个做到真正可持续发展。"但是，人类总是在探索城市发展之路，而且一刻也没有停止过。以迈克·詹克斯为代表的一批英国专家尖锐地指出："占世界人口 1/3 的城市消耗了全球2/3 的资源，城市再这样下去，全球将发生生态性灾难。"他呼吁"我们

此情如水

191

必须竭力发展出另一种城市模范""紧凑型城市应该是可持续发展城市的愿景"。我认为 CEGC 模式所开创的第三代城市正是这种紧凑型的城市模式。概括起来，采用 CEGC 模式，将形成城市发展中三个重要拐点：第一个拐点，城市发展从土地资源枯竭转变为土地资源宽裕，特别是老城区改造，从城市的负担转变为可二次开发出大量新增土地资源宝库。第二个拐点，采取 CEGC 模式，土地出让金收入大于城市建设投资，城市发展从资金不足转变为资金宽裕，特别是在城区改造，从政府贴资转变为政府长期增收的小金库。第三个拐点，城市从不可持续发展转变到全面可持续发展的方向。比如生态保护、园林建设、环境污染治理、土地节约、历史文化遗存、文物保护……我的这些研究结论，很惭愧告诉大家，我用了 30 年的时间。

掌声从会场的某一个座位响起，接着便雷鸣般地响彻整个会议大厅。佟老听到这掌声，看到大家激动的神情，心中也翻卷起无尽的快感和对自己苦苦探索的宽慰。任重更是兴奋，因为他已重返生命旅途，他决心在新的舞台上去导演一幕更壮丽、动人、精彩纷呈的城市发展的经典戏剧。

高山很激动地离开了会场。

他自己驾着车没有急于回家，而是沿着蓝江灯火辉煌、绿树婆娑的风光带缓行，他要到江心岛去独坐一会儿，认真思考一下，自己面临新的时期，如何迈开更坚实的步伐，即使前面有坎坷，他也会毫不后悔地朝喜悦的光辉方向奔去。

月光照耀着美丽的江心小岛。

江风吹动树木花草，散发出沁人心肺的清香。高山把车停在江边的大堤上，缓步朝夜色中的江亭走去。江亭里有麻石做的长条凳子，高山记得很清楚。在省城读大学时，他和同学们常来这里吟诗唱歌。

"一种强烈的、无法用言语描绘的渴望在我内心中燃烧着，我好像整个人都被带走，来到一个无边无际的旷野——没有大树，空气里还带着一股咸味，一大片低垂的夜空、空旷；还有他，灵魂和孤寂的主人。"

这是一个女人在朗诵英国诗人沃尔特·德拉·梅尔的小说《侏儒回忆录》中的一段描写。高山也情不自禁地吟道："是什么东西奔涌在我的内心中？它好像插上了翅膀一样向他飞奔过去，成为他沉默的同伴。"

"你好，我想你也喜欢读沃尔特·德拉·梅尔的作品。"

这位夜色中的女人已向高山走近。尽管夜色朦胧，可她的身姿显现的线条和她声音的甜美，以及眼睛的光波告诉高山，她不是一个俗气的女人。

"你好，能在这里认识你，我很高兴。如果我没记错的话，我俩背诵的这段文字正好在一个段落的首尾之间。"

"是的。我很佩服你的记忆力。我听父亲说过，记忆力极好的男人一定是一个思想深刻和善于思考的男人。"

"要是女人记忆力好呢？"

"我父亲没有说过，我想那就是一个没有出息的痴情的女人。"

"你真幽默！对不起，我能知道你的名字吗？"

"当然可以，我叫佟盈盈，刚从香港回到这座城市。"

"呵呵！那好，也许我们还能见面，我叫高山，在淮洲县政府工作，如果可能，盼你能到乡下走走。"

"你是高山，那个公开在电视里道歉的县长？"

"是的，你认为这样不好吗？"

"太好了！我在香港看到好多报刊都登载了这则消息报道，而且评价极高！"

"不可能吧？"

"没什么不可能，这就叫做政治民主。"

"政治民主？"

高山借着明亮的月色再一次凝眸眼前的佟盈盈，他不禁在心里叹道："你真美！"

这个江心岛亦称珍珠岛，有很多的传说、故事。岛的面积仅两平方公里，曾经住了三百多户人家，就连岛名也传闻不一。有的称之为栖凤岛，有的又称其为飞雁岛。无论哪一种说法，都在赞美它的灵秀和寄托着美好的愿望。"栖凤""飞雁"都有很美丽和令人遐想的象征。高山和佟盈盈初次相识，便萌生一种他乡遇故知的感觉，共同的话题和对文学的眷恋、艺术的向往，让他们有许多的话要交流。

"佟小姐，我想知道，你这次从香港回滨江市的目的。问这样的问题，你不介意吧？"

"我在美国留学回到香港，就在《新时代》周刊做自由撰稿人，我撰写的文章，大都是讲历史文化、城市规划、设计和形象艺术、生态文明和人文关怀，这与我小时候受父亲影响和读的一些经典著作有关。这次回来，我是帮助父亲完成一项他追求了一辈子的事业，就是要创立第三代城市的学说。"

　　"你父亲就是佟良骥先生吗？"

　　"是的，他是专门从事城市发展研究的。一生中，他到过世界上一百多个国家的重点城市，可以说他的整个生命和精力、感情、忧乐都与城市紧紧地联系在一起。他的研究生戏称他是中国的城市之父。"

　　"我明白了，我也更加感悟到佟老一生的不懈追求，他不是为了自己，而是为了我们的国家、人民和他热爱的故乡。"

　　"真正的爱国者，同样也必须热爱自己的故乡，要用自己的挚情，永远抚爱养育自己的山水，哪怕曾经是穷山恶水。"

　　"那我能帮你们做点什么？"

　　"我从电视里看到你的公开道歉勇气和你言谈中表达的内心世界，我想我们有可能成为'沉默的同伴'。"

　　"为什么一定是'沉默的同伴'，而不是一道飞奔的战士，或者成为新时代的'飞雁'呢？"

　　"这需要时间，也必须经过锤打。"

　　"我知道，因为我们彼此毕竟刚刚认识。"

　　"高山，你看天上的月亮，已经钻进了云层，她的影子留在中天闪亮，我们是不是也该各奔东西了？"

　　"你真幽默，应当是各归其巢了。'

　　"那我们走吧！"

　　真的，这夜的寂静在岛上的感觉是梦幻般的。如果你此刻心情很好，江风又是那么凉爽而轻柔，就连青蛙的歌唱也把节奏放慢，身边还有自己喜欢的女人，那时间都会凝固起来。这是因为像如此宝贵的时刻，人生是少有的，那是一种万分珍贵的生命和感情的资源。

　　沉默，他们真的沉默了，并肩缓步沐着夜色朝归路走去。真是一对沉默的同伴。其实，他们也彼此知道，谁的心里都没有沉默，有多少激动和想象在汹涌啊！

　　"世界是个大舞台，所有的男男女女都不过是演员，他们有自己的出口和入口，一个人在一生里会扮演很多不同的角色。"

　　佟盈盈突然在沉默的行走中，又想起了威廉·莎士比亚的这句名言，在今后的岁月里，她在这座城市中会扮演什么样的角色，真是难以想象。

　　置身于岛上的各种生物，如蟋蟀、小鸟、昆虫的低语里，凝视黑暗充盈的宇宙和两岸依然闪烁的灯火，高山的心里也很不平静，他也在想，在未来的岁月自己该选择怎样的角色。

两个灵魂清醒的男女在沉默中握手离去。

可夜正在熟睡。

创造 CEGC 城市发展模式的消息不翼而飞。

驻滨江市的中央各媒体和省、市报纸、电视台一齐起动，掀起一股宣传 CEGC 城市发展模式的舆论浪潮。

想不到的是，这个模式的设想，被任重市长采纳，并决定在新拓展的临江星空新城进行试点。起先，为了慎重科学决策，甚至听取反对的意见，滨江市政府还特地请来了全国城市规划的权威人士。出人意料的是，当这些专家认真地看了模拟的 CEGC 模式结构和仔细进行询问后，大家竟对此举做出了极高的评价。其中最具权威和代表性的是中国城市规划院总规划师阳葆先生，他说：“这种新型的城市发展模式，解决了我们多年想解决而没有解决的问题。在相对较高的开发强度下，实现了人车全面分离，构筑了人性化的户外活动场所，这是城市发展的方向，值得在全国推广。”任重市长一直在认真倾听大家的发言，他不断地和佟老交换眼神。这一天，佟盈盈也特别兴奋，她负责帮助父亲操作电脑、放录像、做记录。她的全部精力已投入到 CEGC 模式的演练之中。

以下这些 CEGC 模式的保证指标，让专家们惊叹不已：

1. 市区人均占地 33 平方米左右，相当于每平方公里 3 万人居住；

2. 市区每平方公里可容纳 2 万辆汽车，相当于车均占地 50 平方米，而且在汽车拥有率达到 1000 人 600 辆的饱和水平时，未发生交通拥堵，不存在停车困难，城市不发生低密度扩散“摊大饼”现象；

3. 绿地率大于 50%；

4. 城市开敞空间全部为没有汽车出现的人性化户外活动空间；

5. 同时具有步行、自行车、公交车、小汽车等四套独立交通系统，这四套交通系统相互间没有平面交叉，而且都是全天候遮阳避雨的。

坚持以上指标并得到执行，在中国城市化、机动化的全过程，粗略估算，累计可节约 3 亿亩耕地，十多亿吨汽车燃油，数十万亿元城市建设投资，并实现城市全面可持续发展。

任重在召开这次专家论证会之前，也曾一次又一次地反复推敲和否定这个模式的可行性。但这种肯定、否定、再肯定、再否定，直至肯定的过程，让任重明白了一个道理，这就是人的行动和目标的确立必须尊重客观规律，必须尊重人性化的要求。他在这段时间里，有时觉得自己从医院走出来后，变得更为青春和激奋，但又更懂得学会倾听、学会沉默、学会对一切事物的深沉鉴赏。他知道这一切都来自佟老的教诲和熏陶。你看人家佟老，在这一片肯定声中，是如此的沉稳和平静，就像是一个杰出的音乐家知道如何使用沉默。因为他知道，在沉默之后，对于无法用语言言说的东西最有效的表达就是音乐。而今天佟老知道，他对自己的探索，只能是在地平线上看到了一丝亮光，还根本没有看到壮丽的日出。因此使用沉默是最好的心灵感触的表达。尽管他不一定创造音乐，但他一定会创造与音乐有同样意义的新的城市模式艺术。

会议在一片长时间的热烈掌声中降下帷幕。

与会的专家、学者、政府官员、新闻界朋友，满怀希冀和热情纷纷离开会场。

可佟老仍坐在那里沉默。

"父亲，我们也走吧！"

佟老没有回答女儿佟盈盈的话，依然在沉默。目击这场面，这使任重想起了耳聋的贝多芬，在指挥乐队演奏后，他还站在那里，就像一尊光辉的雕塑。

"佟老，看来我们的跋涉就要从今天开始！"

"任重，你喜欢海吗？"佟老突发奇问。

"当然，我喜欢海，我每次到海边，都要去海里游泳。我也爱山，每次到有山的城市，一定会去爬山。"

"这叫跋山涉水，是一种意志和信念的自我铸炼。任重同志，我祝你成功。"

此刻两双坚定的手握得好紧。

佟盈盈站在一边，激动地望着父亲和任重握手。她的心里翻卷着波澜。父亲一生的追求，任重一生的寻觅，都是为了这千座万座人间的城市，为了千树万树花开的春天。

"任重，今天的会议，我好像感觉不是在开会，而是在举行一个向着光明的未来跋涉的古老仪式，因此还真有些悲壮的色彩。"

"说得好，知我者我的娇女也！"

佟老站起来，竟伸开双臂拥抱了盈盈。

四

任重走进办公室，又开始了一天的工作。

他仍然习惯地坐在办公椅上，打开了蓝色的文件夹：那一叠厚厚的文件是任重几乎每天要完成的作业。一提起笔批文，任重会立即想到背负着沉重作业负担的孩子们。他经常不无幽默地对自己说："还想减轻学生的作业负担，我连自己的作业都无法拒绝。"

他多么渴望有一天，这个文件夹是空的，或者就是那么一些反映民生的重要信息：某某企业的污染得到了有效治理；某某贫困山区的农民已经脱贫；某某县的水利、公路基础建设基本完成；某某街道办事处又为居民办了几件实事；还有关于如何发展经济和社会事业、保护环境、促进和谐社会的建议、意见和批评……他相信，这一天总会到来的。

翻阅一份份文件或报告、请示件，突然一封字迹清秀的信出现在眼前。这字，他既感到陌生，又有一种亲切的感觉。他怀着复杂的心情迅速拆开了信封。

任重先生，让我这样称呼你！几天前，你主持召开的 CEGC 模式专家论证会，让我和父亲格外地感激你。尽管你并不是为了我们，但其中你的良苦用心我们是深知的。没有必要再说客气话，父亲要我告诉你，为了 CEGC 模式的实现并取得预期效果，他和我会竭尽全力支持你。我不会写诗，你送给我的诗，让我感动。这里，请允许我将我喜欢的豪斯曼写的一首非常有名的诗《千树中最娇》送给你，以表达我对你的崇敬！

> 千树中最娇，如今樱桃
> 花蕊挂满枝条，
> 伫立于林间道旁，
> 披着复活节的白裳。
> 如今，我一甲子又十载，
> 二十年华不再来，
> 七十减却二十春，

也剩我五十年。

观赏世上花事，

五十春天只一霎时，

我即往林间，

春樱树白雪挂满。

　　尽管诗不是佟盈盈所写，但读了这首诗，任重感到它胜似佟盈盈自己写的。要知道，一个多愁善感、懂得爱人又知道享受爱的人，要在葱郁的森林里，去摘取一朵能表达自己心境的野花并非易事。那是要恰到好处，而且能传情达意的。能找到这首诗，无论从哪种角度去品味和思索都是雅致和纯美无比的。任重从心里佩服盈盈的女人情怀。后来他在一次交谈中，对佟盈盈说，那首诗你让我懂得，人要善于抓住每一次机会，花时间去体验美的事物和美的情感，乃至美的生命律动。无论对自然、对人类、对生活、对朋友、对恋人都应如此。你也许还想告诉我，一个真正的男人，一个思想者，一个创造者，不要错过寻找、发现、创造和享受美和感情的机会。

　　任重待自己的情绪平静下来，他又继续批阅文件。这时，又有一封信出现在眼前。不过这封信上的字迹，他太熟悉了。写信的人就是高山。高山此时为什么要给他写信？他感到有些突然，于是拆开了信。

　　任市长：您好！写这封信，我思考了几个夜晚，我要是说错了，你批评我。最近，我了解到市里要采用 CEGC 模式实施星空新城建设规划，我对此举非常拥护。那天你主持的佟老给我们讲的城市发展课，让我激动和思考了好多天。我认为，这种探索和实践，是需要勇气的，一定会遇到艰难险阻、风风雨雨。我还年轻，在基层工作的摔打中，我逐渐增加了心理承受力，也知道如何校正自己生命的航标。我愿意为描画星空新城蓝图献力。如果您不拒绝我的请求，请批转市委组织部考虑我的请求……

　　"好男儿就该这样！"

　　任重兴奋地在桌子上捶了一拳。

　　蓝江如练，泛着天蓝色的波浪，款款地向西流去。未来星空新城就坐落在蓝江与星河的交汇处，呈三角形，两面临水，是上帝赐给滨江市人民的一片风水宝地。尤其是近些年的城市建设，拉开了整个城市的巨大框架，拓城提质的大格局已经初显轮廓。城市三环线的建成，一系列临江景观的出现，长达数十公里的滨江风光带，独领中国城市绿色风骚。遥望西峙的葱茏如画，势若波浪起伏，而又似绿帆高挂的绿峰山，更给江城平添一股蓬勃生机。

高山已经被市委任命为星空新城建设指挥部常务副指挥长，协助主管城建的副市长专抓新城的开发建设。站在江岸，高山伫立许久，感慨万千，心潮也如波浪翻卷。现在，他的手中正捏着一份厚厚的星空新城的房屋拆迁和土地征收方案。这里面的内容具体而纷繁，渗透着有如乱麻般复杂、需理清的关系和问题脉络。有拆迁的棚户、企业、单位的调查情况；有历史遗留下来的土地纠纷和产权不明的资料，有困难停产企业的情况说明……高山觉得手中的这份材料是那么沉重，沉重地压在心口上，感到有些喘不过气来。此刻他甚至开始怀疑自己的选择是否正确。

"我是不是太感情冲动了？"

"高山同志，你后悔了吧？"

一个清脆而熟悉的声音，从高山的背后传来。

"是你，盈盈？你怎么知道我在这里？"

"其实，这是很正常的心理状态。昨天在指挥部，我看见你皱着眉头翻着这叠资料，就感觉到了你的压力，也猜测到了，你曾经把问题想得过于理想化，甚至带有某种情绪的冲动，所以我说你可能会后悔。"

"不！我还没有到这个地步，只是我觉得跟原来自己预想的确实不一样。"

"这叫自找苦吃。"

"自找苦吃？"

"是的，你要有充分的思想准备。在中国这块土地上，任何一个思想者、创造者、独行者都必然是痛苦的、艰难的、冒险的，这与中国长时期的封建统治制度和农耕传统文化的影响有关。"

"可现在是 21 世纪了，中国已迈入了工业化时期，经济全球化的挑战也正逼着我们转变观念融入世界潮流。当然，任何一次新事物的出现，总是有一些人不理解，甚至怀疑，但我认为那只是暂时的，当事物发展到一定阶段，人们会明白过来，因此过程也很重要。"

"但愿你的过程与结果同样壮丽、精彩。"佟盈盈说完，转身离去。

佟盈盈的美貌、知识、气质和感情世界，确实是丰富而迷人的。见到她的人，都感到她的身上有一种独特的魅力，有心灵的震撼感觉。即使平常对女性的敏感很理性而又非常能自持的男人，只要一见到她，尤其是与她交谈或者共同在一起谈论某项工作、探讨某个问题、欣赏某项艺术、评价某个作品，都会情不自禁地对她表现出一种内心的爱慕和倾情，任重在医院有过这种感觉，现在高山则更加强烈。

"别胡思乱想！"高山警告自己。

夜已经深了。高山仍在指挥部和拆迁办的同志们研究拆迁问题。拆迁办唐主任激动地说："有的企业简直不像话，他们要的是天价，没法谈下去。""从居民户来说，大多数居民正好住的是棚户，本来居住条件差，他们都希望改变居住环境，因此很支持整体拆迁、异地安置、货币补偿。但也有少数户主坚持不签字，要求补偿过高。"一位干部说。

"最严重的是，过去有些企业与开发商签订协议转让土地，现在要统一开发，收回企业自行转让的土地，大部分企业都表示理解和支持政府，但也有少数，甚至个别企业在开发商的挑拨下，扬言要组织企业职工到政府上访。如果这个问题解决不好，不仅影响整个拆迁，而且会导致社会不稳定。"拆迁办唐主任继续说。

听了大家的发言，高山沉思片刻后，便做了简明的表态性讲话：

"第一，这次实行整体拆迁安置，熟地挂牌转让，统一规划开发建设的星空新城是城市建设的一次创新和突破，必须毫不动摇；第二，必须坚持按政策补偿和拆迁，不能乱开口子，但要做过细的思想疏导工作，使广大被拆迁户理解和支持；第三，无论是单位或企业都必须按已定的规划，整体由政府依照政策收购土地，实行统一开发建设，其收购标准由国土部门评估确定；第四，未改制企业，由国资委组织进行改制。企业改制要与拆迁征地分开来处理；第五，对于可能发生的上访甚至矛盾激化，既要做好工作，及时发现问题，又要有工作预案，依法处理，不要造成被动，干扰我们的工作大局。"

踏着夜色，大家迈着沉重的步子离开了指挥部。

坐在车上，望着窗外闪烁的灯火，高山虽然感到一天工作有些疲劳，但望着这座不夜城，他感到有一种爱意在心里升腾。

"你会爱上这座城市的。"高山一直在想这句话是谁对他说的。他终于想起来了，这是佟良骥教授讲课时说的。是的，他现在爱上了这座城市，他当然准备将自己的命运与这座城市紧密地联系在一起。

已经快两个月没有回淮洲县了。妻子苏睫不止一次地给他打电话："你真的忘了我吗？"

"哪里，我刚来实在是走不开，你来这里休息几天吧？"

"你那个地方，我听说是一片工地，尘土满天，噪声遍地，你又不会陪我，我还不如待在这里自己玩好。"

"哎呀！理解万岁嘛，几十天短暂分别就不理解了？"

"理解！你们男人就要女人理解，可就是不理解理解女人，真没味。"

苏睫不高兴地关上了手机。

星空新城规划室。

佟盈盈把星空新城人车分离的规划图纸摊开，她脸上浮起兴奋的红晕："你看，这个创意设计，在中国可是首例。从这座新城开始，中国就有了一座这样的城市，在地面上看不到汽车，听不到汽车的噪声，也闻不到汽车尾气的臭味，更不存在交通的拥堵！"

高山："可行性怎样？通行的效率怎样？方便市民出行吗？"

佟盈盈："你提的这些问题，不仅都考虑到了，而且做了非常科学的测算。这些数据都优于先进国家交通的管理和运行水平。"

高山："佟教授真伟大！"

佟盈盈："你用伟大的字眼来肯定一个对城市创意和生态城市模式追寻了一辈子的设计师，我感谢你。"

佟盈盈热情洋溢地把手伸向高山。

高山紧握住了佟盈盈的手，他感到一股像电流般温热而让人心弦激荡的暖流，瞬间充溢了他的整个身体，他几乎要被这暖流击倒。但高山没有，他依然像高山挺立着，只是手有些颤抖，眼睛迸射着一个男性强烈的光芒。

"高山，我真不知道怎样表达对你的感激。"

"一切都在不言中，谈何感谢？原本我要代表全市人民感谢你和佟教授对这座城市倾注的爱。"

空气似乎也有些凝固起来。高山一时竟忘记了松开握着佟盈盈的手，也不知道什么时候，窗外悄悄地闪过一道人影。

苏睫这段时间心绪很不好，连续发生几起和病人吵架的事。

坐在家里，苏睫心烦得很，她不知道该怎样打发这无趣的日子。

她从书房里找出了与高山恋爱和旅游时拍摄的照片。她一页一页地翻开，回忆那一段段甜美的日子。

去伦敦，这是曾经让苏睫激动忘返的异国梦幻之旅。苏睫出身于一个高级干部的家庭，从小就受到母亲的万般溺爱，视为掌上明珠，自然也就养成了一个很不好的习惯——喜欢吃零食。就为苏睫长期吃零食，高山与她发生过争吵。后来，由于多种原因，高山让步了。此后，只要一外出旅游或出国，高山都要陪她去品尝各种各样的美食和糖果点心。

"如果你想挑动自己的味觉，拥有绝妙的美食体验，你就得去伦敦。"苏睫不止一次对同伴们讲起她在伦敦的美味之旅。

苏睫现在进入了梦幻状态，完全沉浸在往日幸福的情景里。

这里是伦敦东区的布里克基，这里是豪斯顿附近的沟岸，这里是中央区的考文特公园和苏豪区街，这里是唐人街，这里是记录你购买高档美食经历的伦敦切尔西·富勒姆和诺丁山，还有骑士桥……苏睫在这些地方品尝到了印度、越南、孟加拉、英国等异国情调的风味食品、咖啡、鸡尾酒……尤其是在泰晤士河岸远处的黑瓦德艺术馆，高山给苏睫讲述了《四个婚礼和一个葬礼》中，休·格兰特是在怎样戏剧般地向安迪·麦道薇求婚的情节，当时就让苏睫久久地陷入恋爱的激情之中。苏睫看着照片，此刻心情仍然异常激动，便立刻想起当时她拥着高山亲吻的情景。

"高山，我爱你！"

"别忘了，我们的泰晤士河之行。"

高山也热烈地抱住了苏睫。

丁零零……丁零零。

电话响了。苏睫放下相册，连忙去接电话。

"喂，哪一位？"

"你是苏睫吧？"

"是，你找我？"

"是，找你。"

"你贵姓？找我有什么事？"

"没有什么事，也不要问我姓名，如果你有时间，要多照顾一下高山。"

"你……"未等苏睫说完，对方的电话便挂断了。

苏睫十分茫然："这是为什么？"

苏睫再也无心看相册，她想起了高山这段时间的前前后后，总有一种不祥的预感，好像在他们之间要发生什么事情。

苏睫决定去省城看高山。

她没有向高山通告，便搭上了公共汽车。

进入滨江市区，真让苏睫大开眼界：这座城市她已经有两三年没有来了，发生了太多的变化，让她目不暇接：一片片林立入云的高楼大厦，一条条宽阔平展的柏油大道，一座座气势雄伟的江边建筑，一片片芳草萋萋的城市绿地，让她完全置身于一个繁华而喧嚣、生机盎然的梦幻世界。她清楚地知道，在这个世界里，她的男人高山正在扮演一个非同寻常的角色。而那个匿名电话，却给她带来了心灵的震撼和不安。她这次来省城，就是要揭开这个匿名电话之谜。

苏睫坐在指挥部的办公室，看着人来人往的繁忙工作情景，就可以想见高山的忙碌程度。他们十几年的夫妻生活，苏睫知道高山是一个执着干事的工作狂。他是一个有理想、有抱负、有魄力的年轻干部，他绝不是那种计较眼前得失的小男人。

佟盈盈急匆匆地夹着图纸走进了办公室。

"请问高指挥长在吗？"

苏睫眼前一亮，她还从来没有见过这样漂亮有气质的女人，她几乎把整个眼光和注意力、心思都集中到了佟盈盈身上，而忘记了回答她的问话。

"你是新来指挥部工作的？我叫佟盈盈，我们先认识一下。"佟盈盈爽快地向苏睫伸出手。

"不！我不是新来的，我叫苏睫，到这里有点事。"

"好！那我不打扰了。"佟盈盈转身离去。

苏睫缓过神来，发现桌上放着高山的手机。

这个手机，还是苏睫在高山30岁生日的时候送给他的。

"你每天带着它，就带着我的祝福！"

"谢谢，这是你心的相伴。"

苏睫想起了他们当时的对话，竟然萌生了一种眷恋感。

她走过去拿起了手机。

真怪，苏睫觉得手机好像有些生疏了。是的，已经快三个月没有见到它了。以前，她是每天必见的，还要帮着高山充电哩。

苏睫下意识地打开了手机，她按动着键码。

新建信息

我的信息

收件箱

草稿箱

发件箱

电子邮箱

苏睫按开了"收件箱"，一行信息映入眼帘："山，今晚老地方见，盈。"

苏睫又往下翻，同样的信息："山，明天上午见，有要事商量。"

再往下按："山，昨晚睡得好吗？别太累了！盈。"

苏睫的心在紧缩，她的整个身子有些颤抖，头脑里轰然作响，"山呀！盈呀！"这太刺激她了。

苏睫顿时想起那个匿名电话。

家庭风波终于发生了。

苏睫走进高山宿舍放下行李，就急忙打电话，要高山回来。

"高山，快回来，我有话要跟你讲！"

"我不是说在开会吗，晚上回来再说吧。"

"不行，你立刻回来。"

"你怎么了？刚来省城就生这么大的气！"

"你问我，我还要问你呢。"

"刚才见面，你不是好好的吗？"

"我不跟你啰唆，你必须现在回来。"

高山挂断了电话。

苏睫气得在房子里直跺脚。

晚上会议一结束，高山就驾车赶回宿舍。

市政府的宿舍新区就在绿峰山的右侧，也是坐落在一边葱郁的山峦坡边，空气清新，环境宜人。随着指挥部工作人员的加紧工作，整个拆迁安置工作在迅速推进。高山脑子里的那一堆数字，慢慢演变成一条宽阔的大道在滨江北岸延伸。

"应拆迁户807户，已签协议达767户，占95%；应征地搬迁企业137家，已搬迁127家，尚剩10家；应搬迁省、市单位共29个，已办理搬迁手续23个……"

这组数字从在统计表上不断地显现变成会议的艰难议题，变成工作人员在 8 平方公里的新城区的土地上走向每一户、每一个单位、每一个企业的深深履痕，高山从心中感激他们。

"高山，CEGC 模式的城市创意和概念性规划到控制性详规和具体项目规划都已经国家级专家评审通过，现在的问题，要抓紧地质勘探，以深化设计。"

佟盈盈的话，仍在高山耳边鸣响。

现在高山才真正感受到了一个指挥长的责任和重压。当然，这是极富挑战性的，对于他来说，他喜欢这种工作状态和工作重负，他觉得这就是敢为人先的人文精神酿成的滨江儿女的思想特质和创造情怀。

车子绕过美丽的绿岛湖，驶进一条两旁栽满玉兰树的林荫大道。

高山习惯地掏出钥匙，正要开门，他突然想到苏睫早已回家，便有意地轻轻敲击房门。

许久，未见动静。

"她睡了。"高山这样想着，还是用钥匙打开了房门。

走进宿舍，高山熟悉地打开了厅堂的灯光。他放下公文包，轻轻地走进内室，借着灯光看见苏睫和衣躺在床上。

高山试探着轻声呼喊："苏睫。"

苏睫睁开了双眼，她瞪了一眼高山，复又闭上了。

"你没有睡着？"高山关切地说。

苏睫仍然没有回话，只是很快地朝墙壁方向扭转身子。见此情景，高山想起了下午与苏睫的对话，心里也感到有些内疚。人家刚来，想早点见面，自己就那样不通人情，反而先挂断电话，工作固然重要，但对一个女人来说，男人同样重要。想到这里，高山便坐到身边，用手去拉苏睫的手。

"你在生我的气？"

苏睫推开高山的手："我没有生你的气，我在生自己的气，我是怪我来得不是时候。"

听苏睫这样说话，高山先是一怔，接着他马上冷静下来："你听到什么了？"

"我没有听到什么，我是看到了什么。"

"你看到了什么？"

"你自己再看看你手机上那个女人发给你的信息！"

"手机上什么信息？"

"山呀！盈呀！还有什么信息？"

"你查看了我的手机？你这是对我的不信任。"

"不信任，什么叫信任？是你先背叛我。"

"我背叛你？真是莫名其妙！"

"莫名其妙？还得问你自己！"

"我非常坦然。苏睫你需要冷静，不要胡思乱想。"

"那个妖精我看到了，她比我漂亮，可她的心肠还不一定比我更善良！"

"苏睫，别这样伤人好不好，这不是你的风度！"

"你还讲风度，你的风度早被自己的伪装揭开了。"

"苏睫呀，我看你有病！"

"是你先病！"说完苏睫猛地坐了起来，她的眼睛湿润了。

高山知道苏睫的脾气，她很倔，也很偏激，不能再这样下去，于是他缓和了口气："你吃晚饭了吗？"

"我早从你电话里吃饱了。"

高山知道苏睫还没有吃饭，不仅感到心里难受："对不起，苏睫，我去给你做碗面条。"

苏睫没有回话，只是开始痛哭起来。

高山给苏睫端来了一碗冒着热气的荷包蛋面条。

苏睫被高山拉到桌前："你对我生气，有误解，明天再说。你吃吃我煮的面条，看手艺是不是又提高了？"

"你还会要自己做面条吗？我可才是真正一个人做饭一个人吃啊！"说完苏睫便大声哭起来。

这是高山和苏睫结婚以来，苏睫第一次这样伤心，这样痛哭，这样失控。高山心里也憋得慌，他自己也有多少工作上的苦水，心中的郁闷要倾诉，可他对谁说？对苏睫？对同事？对上级？不！只能对自己说。现在苏睫又因为几条佟盈盈发的信息而误解，他当然知道一个女人的心情。高山恨自己太粗心。

"苏睫，别伤心了，有些事明天再说，已经很晚了。"

"你去睡吧！你明天还有繁重的工作，我没事，我自己在这里坐一会儿。"

这一个晚上，高山不知道是怎样度过的，只是当他醒来时，太阳的光芒早早挂在东边的窗棂上。

高山立即起床，他发现苏睫不见了。高山心里顿生一种不祥的感觉，他赶紧走进书房，看到桌上放着一张信笺。

"高山，对于我已感觉到的这些事情，你也不用解释。女人的心是最敏感的，这一点你是不可能体验的。我走了，让时间来证明我昨天经历的那一场心灵的痛苦吧！"

久久地，高山拿着信笺，站在书房没有动。

苏睫回到县城医院上班，心情并没有安静下来。

她在盼望高山的到来，她那天凌晨不辞而别的真实目的，是要考验一下高山是不是真的变了心。其实，高山跟佟盈盈并没有任何的感情萌芽，高山只是喜欢盈盈的才貌和性格，高山认为这没有错。难道一个好女人就不能受到一个有妇之夫的尊重和喜爱吗？一个好男人，也一定会有他欣赏的女人，绝对不只是妻子。要真这样，也就不是真正意义上的好女人、好男人了。

高山不信这个邪，他看不起那些小心眼的世俗之人，越是这样，他越觉得不能疏远佟盈盈。盈盈是无辜的。他只能更亲近、更尊重。因为他们之间原本就是纯洁如水的。

对于高山的这种心理状态，结婚多年的苏睫并不了解。正是因为阅历、文化和思想深度的差异，有些人就算是一辈子的夫妻，也许永远都不会彼此理解。这种隔膜当然是一种痛苦，可是真正能摆脱这种痛苦的人并不多，所以爱情问题永远都是说不清的人类生存状态中最敏感、最困惑、最痛苦的问题。

这会完全让苏睫失望，高山不仅没有回来向她解释和安慰，反而连电话也很少打了。即使打个电话，也就是说些具体的事情，几乎不带感情色彩。苏睫对于自己的行为，现在感到有些后悔，她怀疑自己是不是因为高山的上调而产生了自卑感。这也是女人常有的病态心理，其实只要真正了解自己的男人，而又有自信心，这种怀疑根本就不应该有。

一个大肚子光头开着黑色皇冠轿车驶进了淮洲县人民医院的大门。他腆着肚子，提着黑色皮包走进了门诊室。

苏睫坐在门诊室里，一脸的愁容，脸上几乎消逝了一个年轻女人应有的光泽。

"大夫，我这段时间睡眠不好，还做噩梦，你给看看！"大肚子光头坐下就说。

"有多长时间？"

"就半个月。"

"是熬夜了吗？"

"是玩玩牌，小意思。"

"你这病不用吃药，只要不熬夜，不酗酒，不抽烟，不打牌，就一定睡得好。"苏睫几乎是拒绝给他诊断。

"我这么远来看你，你这样马虎太不负责任了！"

"你来看我？"

"不，我是来看病。"

大肚子光头起身便走，有意把皮包留在桌边的凳子脚旁。

苏睫鼓足勇气打开黑色皮包。她的手拉拉链时，是颤抖着的，心跳也加快。她担心会发生什么意外的事情。她的判断被证实，皮包里放着一叠厚厚的材料还夹着女人的照片。

她翻开材料，映入眼帘的文字让她的心紧缩起来："高山勾结地产王谋取私利，与佟盈盈寻欢身陷情网。"苏睫简直无法接受这种事实，她害怕别人看见这堆材料，满脸胀红，身子也在摇晃。她提着这个恐怖的皮包，迅速逃离了门诊室。

高山走进了佟盈盈的绘图室，一眼就看见佟盈盈正趴在桌子上画漫画。高山放轻脚步悄悄走到了她的身后，仔细看佟盈盈画画。只见洁白的画纸上，一片晴朗的天空，有一只美丽的蝴蝶，正飞翔在一棵枝叶茂盛的大树边。大树下生长着挺拔的小草，洋溢着生命的蓬勃生机。画完了，佟盈盈就在画纸的右上角，故意歪歪斜斜地写了四句话：

爸爸是大树，
女儿是小草，
妈妈像蝴蝶，
自然是怀抱。

"不错，这幅画创意好，主题鲜明。"高山脱口而出。

"你真坏！什么时候来的，窃取别人隐私。"

佟盈盈撒娇似的用拳头去擂高山的肩膀。

高山感到从未有过的兴奋。他第一次被自己视为天使般美丽而智慧的女人痛快地捶打，心里顿时荡漾起一股莫名的波涛，便有意伸出双手抓住佟盈盈的手。他感到这双手是那样的光滑、柔软和温馨。

"别太残忍了，这诗意浓烈的画总是要让人欣赏的。"

"谁要你偷偷欣赏？"

佟盈盈想挣开手，再次去擂高山的宽大胸脯。

门，被一个旋风般闯入的女人推开了。高山定睛一看，大吃一惊："苏睫，你……"

"你好啊！光天化日之下，关着门偷情！"

苏睫气急败坏地直扑向高山。高山万万没有想到，此时此刻会发生这样悲惨的场面。他抑制住内心的火焰，以平静的口吻对苏睫说："你不能这样，应该听我解释！"

"听你解释？我已经等了快半年了，你都没有给我一句话，原来是这样的。好吧！我来给你解释！"

说完，苏睫抓起桌上的墨水瓶，便向佟盈盈泼去。佟盈盈的头部、脸上、身上，乃至桌上正在描绘的图纸都溅上了墨汁。

多么令人痛心的场面，高山感到自己蒙受了天大的耻辱！他气得简直要发疯！他忍无可忍地给了苏睫一记响亮的耳光。

"高山，你怎么能这样？"佟盈盈用极大的忍耐抑制自己的情绪，急忙跑过去阻拦高山。

"我这耳光是想告诉你，你再要这样无理取闹，我决不饶恕你。"

苏睫被高山的这一几耳光吓呆了。她抚摸着发烫的脸庞，久久没有说话，然后双腿一软坐到了地上。

五

秋风吹拂着，蓝江的夜晚格外清凉而美丽。翠绿的珍珠岛浮在碧波上，像一盘青螺在月辉的映照下，闪耀着幽幽蓝色，似一个深邃而神秘的梦在江上回旋的汽笛声中飘移。

高山经过耐心的通话，终于约出苏睫准备长谈一次。

沿着珍珠岛上的临江步行曲径，他们并肩前行。

"苏睫，你能来，我感谢你！"

"不管怎样，我们也曾经恩爱过！"

"你觉得我们还能继续相守下去吗？"

"可能性很小。"

"为什么？"

"心上的伤痕太深！"

"我没有想过伤害你，也没有做伤害你的事，怎么会是这样？"

"高山呀，你是真不了解女人，还是根本就不尊重女人？你自己想想看，这快一年的时间，你给了我多少温暖，多少关爱，而我一个人在淮洲，你知道我是怎样过的吗？"

"我承认我只顾工作，对你关心不够，但我心中依然有你，直到现在这个时刻！"

"有我，什么叫有我？就像你这样冷淡疏远我吗？"

"说实在的，我也意识到自己对你的疏远，但实在是太忙！"

"你不会是欲擒故纵吧！你不是在和佟盈盈越走越近吗？她长得比我漂亮，又是博士生，而且还能做你的助手，你们才真是比翼双飞。而我哩，现在不过是一个县城医院的普通医生。"

"你为什么总是这样想，佟盈盈根本就不是那种人，我们只是朋友。我坦白告诉你，你即使离开我，我也不会娶她！"

"哈哈哈哈，你这是演戏吗？高山呀！好像你过去不是这样虚伪，你在我心中曾经是一个严肃而有责任心的男人！"

"我现在仍然是一个负责任的男人。"

"但愿这句话，你会去跟佟盈盈表白。我已经不想叫你再为我负什么责任了！"

"苏睫，别这样固执，让我们彼此再冷静想一想！"

"离婚的决定我已经做出，你知道我的性格，我是不会改变的！"

"苏睫，我不同意，我要你冷静地对待！"

高山站住了，他用明亮和真诚的眼光注视着苏睫，他发现苏睫明显地消瘦了。他心里很难受，真没有想到，这场误会竟然让他们的爱情走到了死亡的边缘。高山有些动情了，他想起过去苏睫对他的爱和照顾，禁不住主动地去拉住苏睫的手。

"苏睫，我再一次请你原谅和相信我，我们不离婚！"

苏睫用劲抽出自己的手，摇了摇头，含泪说："高山，算是我们今生无缘吧！"此时的她心里也很乱。

任重也在读那本流传很广的雅书《这个世界会好吗？梁漱溟晚年口述》。梁先生这一辈子思想着的就是这样一个问题：这个世界会好吗？实际上谁都知道，他讲的这个世界，骨子里还是中国。这个中国会好吗？这个世纪老人最后的答案是肯定的。他始终给中国人以光明的召唤。然而中国问题的实质是什么？任重很赞成高全喜先生的观点，对于今天的中国来说，建立一个良好的政治制度，真正实行依法治国，建设一个社会主义的法治国家，由此来凝聚人民的政治认同，这比一些古代亲民的政治高调和激进民主政治高明，可能更加切中中国问题的实质。而且任重还特别主张，要构建现代中国新文化体系，要把崇尚法治和民主、和谐社会文化建设提到相当的高度。这就能为中国未来政治建设创造良好的思想和社会基础。然而现实社会暴露的诸多问题无一不与法治、文化建设有关。现在他的眼前，正铺开一张巨大的无形的网，让他感到身心憔悴！

星空新城计划还没有实施，由于观念、体质和局部利益甚至个人利益问题，就有某些领导干部施压，引起一些干部动摇观望，造成基层矛盾重重，网上舆论哗然，报刊夸大其词，直接领导举步维艰……如此这般，还怎么去建设现代化国家？"这个世界会好吗？"同样让任重陷入沉重的思考之中。

离开高山回县城后的第一个星期天，一早苏睫就出了家门。一路上，她在想自己的心事。那天苏睫虽然拒绝了高山的要求，甚至很冷漠地从高山手里抽回自己曾经让高山热握了千百次的那双温馨而柔软的手。可在返途的路上，她很后悔，觉得自己太绝情。深秋的天气渐冷，苏睫只穿一件很薄的外衣，就这样不知不觉地走到了去省城的公共汽车站。她登上了去省城的公共汽车。

此时她是要去找高山？她自己也不知道。只知道高山曾经是她心中的美男子、伟丈夫，他英俊、聪明，满脑子的梦想和满身的朝气，还有激荡的男性情怀。她知道在大学时，有很多的女同学追求他。就是因为她当时的勇敢和主动，使她第一个拥抱了他，以后才拥有了他。

此时她很沮丧，因为现在她已经失去了他。而这个失去，是在世界的急剧变化中，她不由自主地把他推向门外，她也是不曾预料到的。

此时，她仿佛自己也被一双巨大的手揪着，扔到了一片黑暗的沼泽地里，她已经在那片深深的泥泽中无法走出那座封闭的城堡。她开始绝望、痛苦，觉得最美丽、温馨、幸福的人生已经被从天上摔倒地上，自己完全没有了主宰命运的灵魂。

公共汽车上人们在愉快地谈笑，窗外的景色很迷人，差不多每一分钟的流逝都带着欢乐和明快。

到站了，旅客们纷纷下车，奔向自己要去的目的地。苏睫仍坐在那里没有动，可眼睛亮着凄清的光芒。

"小姐，到站了！"女乘务员对她说。

"对不起，我……"苏睫猛醒过来。她匆匆离开车厢，走下车去。

身后车门关上了。

"现在该往哪儿去？"苏睫在路边一颗香樟树下站着。

天空好像被刷上了一层浓厚的油彩，阳光渐渐不再那么灿烂。苏睫望了一下天空，知道快下雨了。现在她真正知道，自己驾驶的命运之车已经没有了前方的站点，是自己抛弃了自己。

一个上了年纪的保姆给苏睫开了门，露出慈祥的微笑。

"你找任重市长？他说要你等一会儿。"

"好的，谢谢！"苏睫被这位和善保姆的接待暂时驱散了心中的郁闷。她咬了咬苦涩苍白的嘴唇，想恢复一点唇的生机和色彩，好给任重一点舒畅的感觉。

对她来说，任重是一位智慧和厚道的师长，抑或更像一位慈祥敏锐的父亲，他在冷静而亲切、平等而真诚、轻松而坦率地与苏睫交谈。

"你需要冷静思考一切，包括自己的真实感受。对待别人不是靠道听途说，尤其是自己要动脑子，要了解别人真实的内心世界。因为只有这样，才会看清事物的本质。高山是一个多好的干部，有作为的新青年，你知道他真正的内心世界和爱恨追求吗？你知道他为了这个星空新城的建设承载了多少痛苦和压力，甚至诬告打击吗？有人想把他推向深渊，你怎么也伸出自己的手一同去推呢？"

苏睫的心被震动，她自从与高山出现感情裂痕以来，这是第一次开始动摇自己的判断。原来她一直相信别人的说法和提供的证据,现在她的手提包里还有高山和佟盈盈亲吻的相片,还有高山和佟盈盈的裸照。一直听着的苏睫在沉默,她没有办法判断自己过去的一切行为,她突然打了个寒噤,感觉自己身子很冷。

"刘阿姨,给小苏找一件衣服,她着凉了。"任重对保姆说。

"任伯伯,你说我该怎么办?"

"你要主动去找高山,他现在特别需要你!"

苏睫略微沉思片刻,然后她低下头,从手提包里拿出那几张照片递给任重。

任重接过照片,脸色很快就严肃起来。

苏睫盯着任重的脸色,心里很不平静。

"苏睫,我也给你看一张照片。"

任重转身回到书房,拿来一个封面已经显得很陈旧的日记本,他从里面抽出一张照片递给苏睫。

"你看这个男孩像谁?"

苏睫接过照片,照片上一个天真活泼的男孩正坐在任重的腿上愉快地笑着,任重的神色欣慰中带着沉重。看得出,与小孩的情绪完全不一样。

"任伯伯,这个是你,这个小男孩是谁?"

"高山!"

"高山?"怎么会是高山?苏睫感到茫然。

"这个故事你一定不知道,也许高山都不知道。"

回到县城宿舍,苏睫整个晚上都没有入睡,她把小高山与任重的合影握在手中,眼泪一直没有停止过。眼前,任重仍在向她诉说20年前高山的家庭遭遇。

那一年,党的十一届三中全会刚刚召开,农村兴起了联产承包责任制,高山的父亲高炳峰任淮洲县委副书记,带领工作组来到了云岩岭的苦竹村蹲点,落实中央关于推行农村联产承包责任制的文件。当时农民种田的积极性空前高涨,出现了改造农业低产田、兴修水利的高潮。在一次帮助农民排除炸石修坝的"哑炮"过程中,高炳峰不幸受重伤抢救无效牺牲。后来高山的母亲再婚,考虑到对高山负责,任重作为高炳峰的好友,时任县委书记,便主动承担了对高山的抚养责任,把他托付给苦竹村支部书记高尚贤抚养，一直资助他读书，直到考入大学。

这一切，至今高山都不知道。任重对高尚贤有明确要求，不到他允许时，绝对不能将高山的这一特殊经历讲出去。这实际上是任重对九泉之下高炳峰的生命承诺。这不仅仅是友谊、同情，而更是一种信念和境界。

苏睫想着这一切，突然感到自己的眼前光亮了起来。这是她自与高山发生感情裂痕以来，第一次感到自己又离不开高山了。她仿佛觉得前面的悠长道路上，一个青年正在向前奔跑，他的脚步声中，似乎也夹杂着隆隆炮声，飞溅着乱石，扬起了硝烟，然后是积水和泥沙的碰响。再往前有狭窄的青石板桥，脚下汹涌着湍急的河流。继续向前奔跑的青年开始有些精疲力尽了，他渐渐放慢了脚步，可以看清他的容颜，原来是高山。高山始终没有停下来，他继续顽强地朝前跑，从他的姿态上，能明显感觉到一种青春的力量在迸发。青春是不会被艰难和困苦压倒的。因为对于一个在生活的磨炼中成长的年轻人来说，他早就进入了父辈们的精神世界。能在父辈们走过的路上奔跑并毅然跨入成人的行列是件多么美好的事情啊！

"你要主动去找高山，他现在需要你！"苏睫的耳边又想起了任重带着嘱咐和期望的话。其实，那天苏睫一直在徘徊，她也在开始想高山对她的好，对她的情，对她的影响。她当然知道高山不是一个平常的男人，在他的身上，她看到了许多男人不曾有的豁达、坚定、开朗、智慧和执着。只是在感情方面高山显得有些迟缓和凝重，但他一旦进入，却又是那样的真挚，几近疯狂。想到这里，苏睫急忙找出相册，满怀深情地去寻找当年的结婚照。这是一张多么青春，充满眷恋和深情的合影。苏睫小鸟般温顺地靠在高山的肩头，那眼睛放射着甜蜜而向往的光芒。高山则像一棵高大的松树挺立着，眼睛洋溢着自信与智慧的光彩。苏睫凝视许久，又把任重给的照片拿着在对照遐想。这时，她突然看到了他俩的结婚照片背面有一首高山写的小诗：

为了这个世界的美丽
我们一起去寻觅
面对人生的风雨
道路的坎坷
泥泞　迷茫
别忘了　要永远唱出

自己心中的那支歌

　　苏睫是第一次看到这首诗，她不知道高山是在什么时候写的。"自己心中的那支歌"是一支什么样的歌？高山知道，可苏睫不知道。现在苏睫才明白，她并不真正了解高山。

　　高山到行政学院学习已经有几个月了。这段时间他的心情是极度不安和痛苦的。就好像一个正在冲锋陷阵的勇士被命令停下来休息，那是一种什么滋味和感情？可这是没办法的事情，他不想去寻找什么答案。他三十多年的生命历程告诉他，不管自己受到怎样的挫折和被人忽略，不论个人的前途和命运如何，他始终会热爱自然、人类、祖国，热爱生活，热爱朋友，热爱父老乡亲，要把自己生命的每一个细胞、每一缕光阴都注入这种爱的因子，化为对宇宙的热爱。他仍然要用自己儿童时看小人书那样纯洁的心去透视世界的本质和形象。正因为这样，他的心中常揣着德国作家赫尔曼·黑塞的那首《无常》：

> 我的生命之树，
> 落叶纷纷。
> 啊，五光十色令人眩晕的世界，
> 你多么令人厌，
> 你多么令人倦，
> 你多么令人醉！
> 今天还在燃烧的，
> 转眼间，就熄灭。
> 转眼间，风萧萧。
> 在我褐色的坟墓上，
> 母亲朝这个孩子，
> 徐徐地弯下腰。
> 我要再见一眼她的眼睛，
> 她的目光是我的星星，
> 其余的一切都会随风消逝，
> 一切都会死去，一切都乐于死去。

唯独永恒的母亲常在，

我们都由她而来，

她那戏弄着的手指，

在匆匆流动的空气中画着我的名字。

因为这样的诗，会永远让"长大的孩子"心中有支自己的歌。这支歌，便是对孩子母亲、人类宇宙永恒不息的真爱。只有有这种爱世界才会更美好！

清晨明媚的阳光泻进房间，高山像往日一样开始了晨读。他的书桌上摆满从书店买回的书，其中抢人眼的有《西方哲学名著摘要》《中国财政经济理论前沿》《宋代理学三书随答》《生存在环境中》《大趋势》，还有时下人们喜欢读的杰克·凯普亚克写的长篇小说《在路上》。高山一边读书，一边做笔记。从这些笔记中，可以窥见他心中的天地：

尝试一下这样的心理实验：想象人类突然消失了，但所有的建筑物、道路、购物中心、工厂、汽车和气它现代文明的产物遗留了下来。然后呢？3～4个世纪后，建筑物倒塌，车辆生锈报废，植物重新长满田地、道路、停车场甚至建筑物，水、空气和土壤逐渐净化，濒危物种重新活跃，没有人类的自然呈现出欣欣向荣的景象。

这使我们明白人类面临的不是环境危机而是文明的危机。以下是人类文明面临的最严重的个问题：（1）人类出生率极高，至2050年世界人口将到达90亿；（2）到那时资源枯竭和废物排放的程度可能会使现在的3～4倍；（3）废物的排放已使生物圈作用方式发生变化；（4）气候变迁和臭氧层破坏会降低生产率，破坏生态系统结构。而与此同时资源的需求量还在不断增加，这将打击有意在将来进行投资的人们的自信。

无意间，人类创造的文明正走向毁灭，若人类不控制人口增长极经济活动的增加，自然便会用死亡的方式报复他们。

现今社会无法解决这些问题，因为它与那些政治家鼓吹的价值观相冲突。社会对这些价值的追求必然会导致资源枯竭、环境退化、生物全系统紊乱。人类已别无选择，只能改变，拒绝改变只能使人类成为牺牲品。不进行决策本身就是一种决策。

……

从《生存在环境中》这本书里，高山读者美国环境和社会研究专家莱斯特·米尔布拉斯的观点，心中异常地激动。他感到自己过去认识环境与社会的深度和理性思维与自己所做工作的要求存在巨大的差距。从这种心灵的感觉上来掂量，他感到这次到行政学院学习，也许正是一种涅槃，这是灵魂的涅槃。

随后的几天用高山的话来说，是读书着迷，以至废寝忘食的日子。他一个人独居在一间朝阳的卧室里，一边做笔记，一边思考，整整用了七天时间读完了这本100多万字的大书。为了不影响读书，他从街上买来了各种食品放在冰箱里。他计划利用假日去一些城市考察环境保护和对土地的节约利用情况。他把这些安排都做得很具体，连要去的城市地图都全部买来仔细研究路线。他还找到了旅行社的电话号码，并试着拨通了几家。真的，他现在感到"要办的事情太多了"。

这天高山很早起来，简单吃过早点，就背着行李来到了火车站，买好了车票。然后坐在候车室里又翻开了当天的报纸。突然，口袋里的手机响了，他一看显示的是同事韩芬的电话号码。

"你在哪里？"

"我在火车站！"

"你去火车站干嘛？"

"不干嘛，我准备去另外一些城市走走。"

"你还真有闲情呀！别走了，有人要找你。"

"谁？"

"你的苏睫！"

"苏睫！"高山感到很为难。他不留下，苏睫对他更会加深误解，这次来意味着苏睫对他有了转变。如果留下，这个计划不是又流产了吗？

"她现在在哪里？"

"在我宿舍里！"

"好吧，我就来！"高山决定退票，等见到苏睫之后再决定旅行是否继续。

让高山意外的是，苏睫这次见他，跟前几次完全不同。他好像又看到了初恋时候的苏睫。只见她穿一条白色长裤，人显得更高挑，高领的红色羊毛衫衬托着她白净脸庞的光泽，在华丽的餐厅灯光照耀下，放射着青春的光辉。她的乳房温柔地隆起红色羊毛衫，秀发又黑又亮，一双乌黑的大眼睛闪着羞怯的光芒。高山兴奋地给苏睫夹菜，他知道她最爱吃甜甜的南瓜、鸡蛋炒西红柿、黑色的木耳，还有莲子汤。苏睫一边吃着，一边在掉泪，一直没有说话。高山还记得第一次在餐馆请苏睫吃饭时，苏睫那兴奋、激动、开心的样子让他有说不出的高兴。此后，每次看苏睫这样甜甜美美地吃着，他就禁不住说："小心发胖。"这个警告非常有效，只要一发出，苏睫就会停下筷子，噘着嘴说："胖了可是你的责任，谁叫你点这么好吃的菜！"可今天，苏睫却是这样沮丧、沉默不语，让高山真切地窥见了她内心的痛苦。

高山又特地要了一瓶苹果汁，他打开盖子递给苏睫："好久我们没有在一起吃饭了，你多喝一点。"其实，高山在这样说的时候，心头也感到有一阵刺痛。要不是这场误会，他们可能已经有了孩子，有了彼此美好的爱情的生命、感情的寄托和希望。

六

新年第一场雪下得很大，把整个滨江城市都淹没了。

佟良骥穿上他那套红底白条的运动服和佟盈盈一起驾车去郊外滑雪，滨江市还没有滑雪场，只能借助山地的斜坡进行。

爱漂亮是女人的天性。可佟盈盈不追求简单的漂亮，她追求的是气质和风度。现在的盈盈穿一身天蓝色的运动服，戴着红色的太阳帽出现在白雪覆盖的山坡上，她像一团蓝色的光焰在跳跃，又像一颗红色的明珠闪烁。

"父亲，现在各项工作都开展顺利，就是任重市长工作负担太重，你要设法让高山回来！"

"你不怕又闹出什么风波？"

"我不怕，我已有了自己的设想！"

"什么设想？"

"暂时保密。"

知女莫若父，佟良骥了解自己的女儿。从她出生到现在，他们父女从血缘上讲是父女关系，但从感情上讲就像一对至情至笃的师生。盈盈的每一步都在父亲的教诲指点下迈动。为了这个星空文化生态城规划的实施，盈盈不仅忍受着各种非议、心灵的打击和尊严上的侮辱，就连自己的爱情也不再顾及。

已经很久没有为父亲梳理头发了。待父亲从浴室里出来，佟盈盈从自己的手提包里找出那把精致的小木梳。过去，每当父亲在书房闭目养神时，只要她在，她就会走过去有节奏地轻轻递给父亲梳头。在女儿的温情抚慰下，佟良骥会很快进入梦乡，而盈盈依然挥动手中的小梳子。

"父亲，我给你梳梳头发吧！"

佟良骥幸福地点了点头。盈盈站在父亲的椅子后面，开始给父亲梳头。这是一个智慧的头颅，虽然头发全部泛银，而且仍在不断地稀疏起来，但梳理的每一根银发，都仿佛是一缕光辉，在照耀盈盈的心灵。八十多个春秋的生命历程，使得这个头颅储存了无数的知识信息和对祖国人民的眷恋。这是一个天空般广阔、大海般壮丽、天堂般神奇的大脑，它从来没有休息和停止过信念的铸造和对人生价值的探索。也因了这些丰富的营养、岁月、大自然的雕刻，使它的灵魂像太阳一样每天都是新的，每天都蓬勃着生活的激情。

"盈子，你刚才对我说的那个问题，我现在有了想法。"突然佟良骥睁开眼睛，兴奋地说。

"什么想法？"

"以我个人名义向省委书记写信！"

"这个办法好。"佟盈盈高兴地在父亲消瘦的脸庞上亲了一下，她手中的梳子也在灯光下闪烁光芒。

佟良骥终于睡着了。

盈盈停止了梳头，坐在父亲身边给高山发信息。

"你现在在哪里？有时间吗？我有话想对你说。"

一会儿高山回信息了。盈盈的手机上出现了一行清晰的小字："我在看一份资料，关于城市生态发展的。你要说什么，我在等待。"

"你能告诉我具体的内容吗？"

"你知道巴西的库尔提巴吗？这座城市有 230 万人，是世界上生态最好的城市之一，它以其新颖的城市规划和环境保护闻名于世。由于城市官员在临近地区栽种了 1500 万棵树，使得库尔提巴到处绿树成林。政府规定，未经允许，在城里不能任意砍伐树木。每砍伐一棵树，便要补栽两棵树。"

"是不是你也想实施这样的计划？"

"当然，这一点，我想我们中国要做到并不难，可是需要有这种理念。"

"不光是理念，更需要做这种事的人，有决策和推动实施的权力！"

"什么意思？你是说我没有这种可能性？"

"我不怀疑你的信心和勇气，但我怀疑你是否获得了这种决策实施的机遇和保障条件！"

"那就不能想了！"

"可以想，但必须面对现实！"

"怎么面对？"

"争取重返星空新城指挥部！"

"这不是我能做的！"

"我在帮你做，你要坚定！"

"我……听你的！"

几天以后，一个阳光明丽的上午，金明在自己的办公室接见了佟盈盈。

"你的课讲得很好，生动、形象、有哲理、有激情！你的情绪感染了我，这是我找你来的主要原因。"

"谢谢书记，我是一个知识分子，我可能有时候偏激，但我是真诚的！"

"这好！现在我们需要更多的理性和真诚的人！"

"是的，书记，我也早已听人给我讲述，任市长还在昏迷时，你去医院看他的情景。你的真诚感动了所有知道这件事的人。"

"这其实是非常寻常的事情，我认为我应当这样做。因为人的一生是短暂的，每一分钟都值得珍惜。"

"也不是谁都会这样认为。所以我发现凡是珍惜生命的人，都是最重感情的人。这个世界充满感情，也必然充满爱。现在我想问书记，你想问我什么？"

"我想问你，这个星空新城计划到底是怎么回事？"

佟盈盈从手提包里拿出一本书递给金明。

"《第三代城市》，佟良骥著。"金明眼前一亮，他随手翻开了第一页：

也许有人认为这是梦想。不，是梦想，又是现实，只要我们大胆地去探索、去实践，梦想就离我们越来越近，最终变成眼前的现实……但是，这不是任何—个人都能感悟的。所以，我感谢您读我这本书。

"喝茶。"金明重新指着他泡给盈盈的那杯茶。

"谢谢！"

"谈谈你的想法。"

"好。我从哪儿说起……哎呀，我这个热一激动，有话都说不清楚了……那样吧，先从我那天在讲课时拿给大家看的图纸说起。"

夜色渐浓，高山和佟盈盈坐在江边交谈。

佟盈盈今天兴致很高，她绘声绘色地把那天跟金明书记交谈的话，几乎是用复述的方式，又重新讲给高山听。

"5年前，父亲要我去美国考察，主要是为他的第三代城市提供科学根据和案例参考。在四年的时间里，我走访了美国的二十多个城市。许多生态文明好的城市给我印象特深。概括起来，现在美国城市发展主要空间模式有三种：第一种，同心圆发展模式，例如纽约，它以中心商业区为圆心，随着人口和城市规模的发展呈环状不断向外发展。典型的工业和商业位于中心商业区，贫困的内城居民区住宅林立，呈环状向郊区发展。第二种，扇区发展模式。当商业区、工业区、住宅区沿着主要通道干线从中心商业区分离时，这个城市像在一块分成楔子或带状的饼中不断发展。从加利福尼亚州的旧金山到圣荷西延全市的大片城市地区就是一个例子。第三种，多核心发展模式。由一些独立的中心或卫星城市而不是单一中心发展起来的城市。加利福尼亚州的大都市洛杉矶就是这样发展起来的。还有一些城市以三种模式的混合形式发展着……现在我父亲的第三代城市理念，就是借鉴了世上所有先进的城市发展模式，结合中国五十多年的城市发展，这耗尽了他一生的心血，所以我决定放弃自己的研究和文学爱好，为他做一个女儿应当做的事。"

"你这不是在给省委书记讲城市规划课吗？"

"哪敢，他要我讲的。"

"他是怎样回答你的问题的？"

"他说，以后有时间还会找我！"佟盈盈话题一转，"苏睫近来怎样？"

"很好，完好如初！"

"我祝福你们！"

佟盈盈向高山伸出了白净丰腴的纤纤玉手。

高山开车送苏睫回淮洲县城去。

突然，天空下起大雨。电闪雷鸣，乌云满天。车子在公路上奔驰，好像卷进了一片黑色的海洋里，雨点拍打着车窗唰唰地响着。

"高山，开慢点，雨大路滑视线差，一定要注意安全。"苏睫嘱咐着高山。

"知道，你多注意路边的障碍和洪水冲垮的路基。"

"好的。"

雨越来越大，仿佛要把整个大地淹没。

雨越来越猛，仿佛一只雄狮在耳边吼叫。

雨越来越急，仿佛天空变成了万条飞流的瀑布。

车子颠簸着驶上一座新修的公路大桥，借着闪电的光，不远处隐隐看到一片黑压压的房子。

"救命呀！"突然前面传来了喊叫声。

高山急忙加大油门，直冲过去。透过雨雾，他看见前面转弯处有一个人在雨中挥手："快来救人呀！"

高山停了车子，探出头："怎么回事？"

"同志，前面有栋新盖的房子，已被洪水冲倒，里面有人。"

"还不快去！"

"我也是过路的！"

"苏睫，你看住车子，我去了。"

"不！我们一起去！"

高山、苏睫和那位陌生的过路人一起冲进被洪水冲垮的红砖楼房中，他们听到了呻吟声。

"这里有人！"

高山忙侧着身子钻进到他的房子里，和那位路人拼尽全身力量抬起压在断墙上的木梁，救出了挤在断木下的两位老人。

雨还在猛烈地下着，断墙上的砖瓦仍然在滑落。突然只听得一声尖叫，苏睫被掉下的砖块压在地上，高山又冒着危险扒开苏睫身上的砖块，抱起了苏睫。刚走出几步，又从头顶飞来砖块，重重地砸在高山的背上。

高山醒来时，才知道自己住在医院。一直守护在身边的韩芬，看见高山醒来，心情非常激动："高山，你醒来了！"

"苏睫和那两位老人呢？"

"他们都脱离了生命危险，你放心！"

经过医生诊断，苏睫必须截肢，而且可能会影响生育。高山得知病情后，心情格外沉重。他想，一定要救苏睫，但又必须瞒着她。怎么办？高山强撑着身子走出了病房，他来到医院的后花园，独自一人在花池边沉思。

暮秋的风，凉沁入肤，金色的菊花，香味清淡。这菊花多像苏睫啊！她是那样美丽而雅致，风韵而灵秀。可现在她却如月欲残，似花欲折，怎么不叫人肝肠寸断？

佟盈盈抱着一丛金丝菊花来探望苏睫。

苏睫躺在床上，右腿严重骨折不能动弹。她握着佟盈盈的手，伤感并带着歉意说："我当初怎么那么糊涂，连人的好坏都分不清。"

"苏睫，别说这些了，一切都过去了，我们是真诚的朋友。"

"一想起过去，我就心痛，感到对不起你。"

"我也有错，要是那时我坦承地和你谈一次，也许吴会不会那么深！"

"不，盈盈，那段时间，我已经完全失去了理智，好像高山就要抛弃我。那时，我恨你，也恨高山。"

"苏睫，别说了，现在你的任务就是养病，配合医生把伤治好。"

"我知道。我感谢你的情意，但是……盈盈，这伤很难治愈的。"

佟盈盈："不，你一定会好的。"

"我最近看了很多书，我知道我将是废人，我不能连累高山。高山还有许多事要做，他属于这个城市和这个社会。"

佟盈盈："你也一样，我们大家离不开你，需要你，你要有勇气接受治疗。"

苏睫："盈盈，我求你一件事情。"

佟盈盈："什么事情，我一定办好！"

苏睫："你要去找高山，他现在需要你！"

佟盈盈："这绝对不能！"

苏睫："你们幸福，其实也是我的幸福！"

高山的眼前又浮现出苏睫深情而明亮的眼睛。

苏睫躺在高山的怀里哀求着："你一定要答应我。"

"我不能！绝对不能！"高山用手轻轻抚摩着苏睫柔软的头发，心里异常的难过。

此刻，就在此刻，高山想起了佟盈盈。他知道只有佟盈盈才能说服苏睫，让她配合做截肢手术。高山掏出手机拨通了电话："盈盈，忙吗？"

"不忙，你现在怎样了？"

"过几天就可以出院了……你能来一趟医院吗？"

"好……我就去！"佟盈盈高兴地答道。

"我等你。"

高山收起了手机，弯下腰深情地用手去抚摸池边正绽开的那丛菊花。不知为什么，他的手有些发抖。

星空新城的建设进入了紧张的阶段，高山、佟盈盈夜以继日地工作。任重知道了苏睫要求与高山离婚的事，他的心也乱成一团麻。是啊！世上惟情之事难抑、难断、难割难舍。我任重面对死亡也只是闭目而待，但面对这对年轻人的月缺花残，也感到惆怅和凄然。律师来找任重说苏睫要求法院判离婚的事，任重也只能感叹道："这事只能由他们自己做决定了。"

正巧佟盈盈走进了任重的办公室，任重连忙叫住她："盈盈别走，既然你知道我们在说什么，你也可以谈谈看法。"

佟盈盈失眠了，她穿着米黄色的睡衣，披散着头发坐在自己的卧室里，打开录音机在听柴可夫斯基的《罗密欧与朱丽叶》。这首表达对初恋欢乐时光依恋和血色回忆的爱情曲子，后来改编成《我们的爱情》流行歌曲，曾为柴可夫斯基享有的旋律之王的美名增光添彩。

听着和感触着这优美、撩人心魄的爱之鸣，汹涌的爱之涛，飞翔的爱之梦，想象和憧憬着在江岸纵情绽放的缤纷鲜花洒满如水月辉，弯曲的幽径上留下的知心低语，随着旋律的低徊、舒展和雄浑、空灵，佟盈盈一时走进了沉迷、喜悦，又一时跌进忧伤、惆怅。她甚至感到那一刻自己还被旋律带到了一个陌生的岛上，在那里她找到了感情和灵魂的栖息地。这个晚上，她听完柴可夫斯基的曲子后感到酸痛无力，全身发烧。这个晚上是她的灵魂与身体都异常痛苦迷茫的时光。她抱着枕头伤心地哭了，渐渐进入朦胧的梦乡。

突然，电话铃声打破了夜的宁静，也惊醒了佟盈盈的残梦。

"是我，高山。盈盈，这几天怎么不见你！"

"高山，你好，我最近身体不太舒服，所以没有去工地。"

"怎么样？去看医生了吗？现在工地上热火朝天，我们都需要你！"

"是吗？那就过几天吧！"

"盈盈，听你的声音，我感到你身体很不好。"

"没事，没事，你别操心，你有事吗？"

"没有什么大事，我惦记你！"

"那谢谢，我要休息了。"

佟盈盈放下了话筒，她的眼角滚动着泪花。

再也睡不着了。现在的佟盈盈真的开始想高山了。

高山，这是她生平见过的一个最让她心旌摇曳的男人。他长得高大、伟岸、英俊，他智慧、坚毅、豁达。从他的身上能看到一个男人的宽阔胸怀和丰富的情感世界。这段时间的风风雨雨、感情波澜和心灵创伤，或奋发、欣慰，或受挫、失落，都没有动摇高山对星空新城设计的意志和执着，他把自己的整个前途甚至人生都搭进去了。在当前物欲横流的现实社会中，哪里去找这样的男人啊！想到这里，佟盈盈情不自禁地抚摸自己的肌肤、乳房和女人最神圣的部位，她觉得女人真正幸福和灵魂的最美栖居就在于把自己献给自己从内心敬爱的人，哪怕是一瞬间也会刻骨铭心，永恒着青春的光辉。

　　　　围着玫瑰花儿
　　　　一兜玫瑰花儿
　　　　灰烬！灰烬！
　　　　都倒下！

佟盈盈记起了在美国看到的孩子们围绕一根五彩缤纷的皱纹纸装饰起来的柱子，边跳边唱的情景。她也曾把自己比喻成玫瑰，她喜欢玫瑰的颜色和花的典雅，她爱闻玫瑰的芳香。她在心中暗暗决定，一定要把自己这朵仍然带露的血色玫瑰送给高山，她正在用生命爱着的男人。

就在这个晚上，佟盈盈不止一次问自己，我的决定理智吗？

洁白如玉的浴室，氤氲着淡淡的玫瑰花香的雾气。

佟盈盈一件又一件地脱去自己的衣服，只剩下内衣了，她漫不经心地拉开浴室的玻璃门，将最后的美色屏障拉开，赤裸着自己无比美妙的身体，隐入正弥漫的水雾之中。

灯光如雪似霜般悠悠降落到浴池中粉红色玫瑰花上，勾画着诱人的曲线和女性的柔美轮廓，一切如画如诗如音乐般流动起来。佟盈盈知道自己已经幻化成一个爱的天使，披着轻薄如马王堆出土的蝉翼玉衣向高天飞去，她在寻找灵魂中那支安魂曲，她要让自己变成一粒花籽，挺起胸膛，满含渴望播种在那片丰实而肥沃、充满向往和收获憧憬的土地上。然后，她以爱情的名义，担负起男人和女人的责任！

高山来到了佟盈盈的住所，他如往日那样从容和轻松。

"盈盈，你请我来又有什么奇特的想法要交流？"

"高山，今天不准谈工作，只谈友谊！"佟盈盈从来没有像今天穿得这样美丽出现在高山的眼前。如果用美若天仙来比喻她，高山感到俗气。

"盈盈，看你今天的打扮和显露的气质，我才知道什么叫至美，什么叫高雅，什么叫智慧！"

"不允许你抹着蜂蜜说话，我要你讲直接的感受！"

"直接感受？"

"是！"

"两个字！"

"哪两个字？"

"你猜！"

"不猜，要你说！"

"要我说，好，就两个字。"

"快说！"

"可爱！"

可爱！这是佟盈盈盼望了二十几年的两个字，也许很多人想对她说，她不一定会接受、激动、幸福！而今天由高山说出，那是她多少日夜的向往和牵挂得到的真情回报。她珍惜这两个字，她敬仰这两个字，她要拥抱这两个字，盈盈颤抖着手给高山和自己斟满一大杯法国葡萄酒。

"高山，为了你说出这两个字，我们干杯！"

"干杯！"高山一饮而尽。佟盈盈喝过酒的脸庞更加妩媚漂亮，放射着玫瑰的光辉。

"你还可以喝吗？"高山拿着酒瓶问。

"我想你敬我一杯！"带着渴望的眼光，佟盈盈说道。

"好！真该敬你一杯，感谢这些日子，你对我的支持、帮助、理解、体贴、关心！"

端着盛满红色葡萄酒的酒杯，高山靠近了佟盈盈。

两双闪耀着炽热光芒的眼睛在彼此凝神注视，想说什么？什么也不用说，全在杯中。

"干杯！"两人几乎同时说出。

轻轻的碰杯声，已经激荡起彼此心中的万顷波涛。

盈盈醉了。她摇晃着走向自己的卧室。

她用滚烫的手，脱去了一件又一件衣服。然后让自己整个身体一丝不挂地暴露在卧室乳黄色的温柔灯光下。

高山坐在客厅里，手里还捏着酒瓶，他的头也有些昏，只是头脑仍然清醒。他知道自己一定不能走进那个近似宫殿的神圣卧室，因为里面有他不能触碰和采摘的带露的花朵。那样他会后悔一辈子，让良心诅咒一生。

时间在流动，高山的意识逐渐清醒过来。他发现佟盈盈这么久没有出来，直奔盈盈的卧室。

其实盈盈已经从浴室里出来了。她披着浴巾正站在梳妆台前，用毛巾揉擦自己乌黑的秀发。她的脸色绯红，像夕阳的余晖般灿烂，她的胸脯白嫩，托着一对柔软的乳房在激动地起伏。她从镜子里看到了背后站着的高山。她美丽的嘴唇轻轻打开，便迅速旋转身子，抛掉身上的浴巾，伸开双臂抱住了高山。

佟盈盈无语，用嘴唇猛烈地咬高山的嘴唇和舌头。

"不！盈盈，我们不能这样！"

高山的话刚落，佟盈盈突然停止了一切动作，她用手推开高山，赤身裸体站在高山面前。

她用惊恐的眼睛盯着高山："你不爱我！"

高山弯下腰去，从地上拾起浴巾，颤抖着手给盈盈披上："我当然爱你，但是我们不能相爱！"

"为什么，就是因为苏睫？"

"不是因为苏睫，而是因为……"

"因为我不配你爱？"

"不，是社会不让我爱你！"

"社会，这个社会？哈哈哈哈，社会是谁？"

"盈盈呀，这一年多的风风雨雨，难道你还没有这种体会？"

"我明白了，原来你是一个极端自私的小人！"

"盈盈，你误会我了，我不是那种人，我是一个有责任心的人！我要为你负责，你是世界上最优秀的女人！"

佟盈盈没有想到，自己今天会陷入这种窘境，她原以为只要一个女人敢于去爱自己所爱的人，就能获得对方的爱，可是现在一切梦境都粉碎了！

她的灵魂崩溃了，她摇晃着身子，用嘶哑的声音说："你走吧，我不会再见到你！"

高山站在佟盈盈面前，胸中似万箭穿心，他无法解释清楚自己心中的万语千言，他怎么不爱盈盈呢！他爱，他甚至可以付出一切，甚至生命。可是他没有办法，没有余地，没有退路，他可以放弃自己的前途，放弃自己的一切，什么声名可以全不顾，但他有责任保护盈盈，还有她年迈父亲和为滨江市发展殚精竭虑的任重市长。

盈盈你恨我吧！你恨得越深我心里才安宁。盈盈你怨我吧，是的，也许从爱的意义上来讲，我是自私。但我要告诉你，我会永远用心爱着你，哪怕你远在天涯海角，我会每天为你祝福和祈祷！

高山果断地走过去，他伸开双臂，用力拥抱了佟盈盈，然后离开了这幢令他朝思暮想的小楼。

高山走了，带走了佟盈盈所有的希望和期待。

佟盈盈这时已如梦初醒。她的心情竟然变得异常的平静。她从容地穿好衣服，收拾好房间，把各种资料整理好，然后坐在书桌前铺开白色的信笺：

高山：

从现在开始，你忘记我吧！我们曾经因事业与追求相守，做的是一场美丽而痛苦的梦。这个梦，今天都找到了自己的归宿。就这一点而言，你在我心中仍然是伟岸的。要说的话其实在过去的日子里我们都用眼光和心声交流过了。你我都强烈地感受到彼此的真诚和挚爱。你说过，有时对我的想念如同水和氧气，成为了生活中的习惯和需要。可惜这自然界的水和氧气我是无法带走的，现在我只能带走你的梦想和坚毅。这是我去年夏天在地中海照的相片，送给你做永远的纪念。看着这张照片你就能听到我的声音，感知我命运的足迹。高山，我爱你，现在只能化作对你永远的祝福！

当现实失去了历史的印痕

犹如沙漠离开了大海的怀抱

如同我在日内瓦到了一支没有蓝墨水的钢笔

无法支配智慧的源泉

去滋润旅途美丽的诗行

我俯下身子去触摸柔软的海水

也像抚摸自己激荡的心胸

就感觉人生如舟

不知道，明天又将飘向何方

高山，我真没有想到，一年后的这首诗，却成了我自己人生片段的悲壮记忆！

高山收到这封信已经是第二天的上午。他立即拨打佟盈盈的电话，回答他的却是：对不起，您所拨打的电话已关机。

高山知道，佟盈盈一定离开了这座城市。他的红玫瑰，永远不会再回来了！

古商城梦影

（节选）

一

　　"要欣赏湘西地方民族特殊性，船户是最有价值材料之一种。"在沅水流域行驶，表现的富丽堂皇、气象不凡，可称为巨无霸的船只，应当数"洪江油船"。这船、这帆、这篷、这橹、这篙、这桨，会有力地装载扬起，摇荡出洪江商城的文明、富有、忧乐惨淡、纸醉金迷、血气肝胆和野性、侠义、坚勇豪放。

　　洪云飞不顾天气炎热，硬是钻进油船中去作最详尽的观察和布置。这洪江油船确实不一般，比他在上海、武汉的江海上看到的完全不一样，尽管没有机械动力，但适用性极强。摸着这坚硬而呈现出苍凉感的油船舵柄，云飞从心中敬佩父辈们的智慧、胆气和勇敢。他明白，就从这沅江上停泊的大大小小的油船，就可以看到湘西地方的民族特色和楚人情绪。那是一种多么宽远、豪壮、血气升腾、侠肠而有野性、智慧而又坚勇的气概和精神啊！

　　伸向码头边的麻石通道上已经出现了一支运货的马队。看上去，这支队伍显得有些疲倦和步履缓慢。可以想见，他们一定是经过了长途的艰苦跋涉。

　　走在最前面的壮汉敞开了衣襟，露出宽阔的胸脯，脸上挂满了汗滴。

　　洪云飞看见他们，立即从船舷跳上河岸，向那领头的壮汉挥手："仁杰兄弟！你们辛苦了！"

江仁杰急忙跑过来："我们总算把你要的货都运回来了！"

洪云飞紧握住江仁杰的手，激动地说："谢谢，仁杰！我从霏文那里得到情报，前线急需药品，现在只好让大家辛苦一下，快把货装进船舱！"

江仁杰："我在路上都想好了，货一装船就立即开船，尽快将货运往武汉。"

洪云飞："霏文已经赶往在汉口港等候你们。"

江仁杰点头，然后回头对大伙说："快卸货装船，晚上洪老板请我们喝酒！"

大伙一齐回答："谢老板！"

这是一批什么样的货物，洪云飞要急于装船运走，就连洪大雄也不知道，只有江仁杰清楚。

夜幕笼罩了下来，月亮透出云层，放射着蓝幽幽的光芒，浮在波浪上晃动。洪大雄油号的巨无霸油船，宛若一座墨绿色小岛浮靠在码头边，桅杆上的风帆早已落下，尾梢航楼已经亮起了灯火。透出窗口的灯光稀疏地勾画出船身的局部轮廓。

洪云飞和江仁杰认真检查和伪装好所有的货物，又仔细叮嘱了几个挎着驳壳枪守护油船的家丁，才匆匆离去。

自从上海之行回来，梁俊湘以新的经商理念和品牌战略再加上广告宣传的推动，生意越做越大，名声也越来越响。他采取合伙开钱庄、布店、加工厂与异地设庄的办法，由当时主要经营桐油、棉花、药材，迅速扩展到经营花、纱、匹头、服装、鞋帽等轻工产品。在这里，因洪油是洪江独有的本地名牌产品，所以笔者应当负责任地对洪油的来历做出必要的说明。据记载洪油始于清朝嘉庆年间。当时会同县境内，一榨油坊不慎失火，数十吨桐籽被火烧焦。坊主不忍舍弃，乃将烧焦的桐籽榨成油，然而油色不是平常的浅黄色，而变成了红色。油坊将这种桐油送至洪江出售，初时取名为"红油"。又因在洪江初次出现，象征好的兆头，"红"与"洪"谐音，遂正式定名洪油。洪油是以桐籽为主要原料，精工榨炼而成的洪江特产，色泽金黄、明亮，功能耐潮、防腐、防蛀，是房屋、船泊、农器具的优良保固涂料，特别对于海船可免青苔、海螺类水族生物的侵蚀，有着普通桐油、秀油所不能代替的功能。然而，这种特殊功能，洪江人是费了心思提炼出来的。且看洪油的配方，就会让读者深知其创造之不易。一者将桐籽炕干筛净碾粉末，以桐粉百斤掺和桐油二十斤，炒成黄黑色用特制铁箍箍成饼形，置木榨压榨，得油称"榨油"；二者再将榨油枯饼碾成粉，混合桐油八十斤如前法清炒，榨得油称"洗油"；三者收购农村自榨自熬的油，称"乌油"；四者上述三种油，按比例配合：大致榨油为35%，洗油为55%，乌油为10%，通过熬炼，去其水分，即成地道的洪油。细想如此复杂的加工程序，因此对于洪油的熬炼、包装和品牌创立，梁俊湘格外地重视和亲力亲为就完全可以理解了。

只要一看到梁俊湘日夜在油作坊转悠，甚至连饭也顾不上吃时，梦如除了心疼他之外，想得更多的是一定要保证洪油有更好的经济效益和知名度，否则就辜负了夫君的那片苦心。一个女人，为人妻能够这样去待自己的丈夫，这个女人便是无上的贤智；一个男人有这样的女人，是一个男人前世修来的幸福。笔者无法知道，也不可能知道这梁俊湘前世的修炼情形，但有一点是清楚的，雪梦如就这样爱着他，甚至为了他不惜跳进滚滚流去的沅河波涛里。有本书在谈到夫妻恩爱时，说可以激发彼此的智慧和创造力。现在对照梁俊湘和雪梦如这对恩爱夫妻，还真正看到了他们彼此激发的智慧和创造力。你看，梁俊湘信任看重炼油师，炼油师帮他炼出来独一无二的名牌洪油；雪梦如看见丈夫组织生产出这样令市场青睐的洪油，她便又想起如何降低成本，让老百姓得到更多的实惠。

也许心理学家、哲学家、经济学家都无法评估感情力量创造的价值，而梁俊湘却真切感受到了一个女人的感情对于男人和男人的事业会有多大魅力和无穷感奋！

这天上午，梁俊湘写完给各分庄老板经营信息的"卯信"便去看望已多日未见面的梦如。此时的雪梦如，正在自己的卧室里，极其认真地设计给各分庄的财务明细账目。随着她秀丽的字迹从账本上划过，便清晰地留下了这些明确的记账内容：

一、建立往来存欠比期制度（每月中、底为比期日），所有人欠，欠人，要一目了然，做到心中有数。

二、建立货物盘存制度（包括生产工具），做到半年一小盘，年终一大盘，发现货物积压变质，及时做出处理，生产工具以旧换新，修旧利废。

三、建立成本分析制度（根据商品季节性特点，合理使用临时、季节工或托人代庄等办法采取承包责任制，以节约开支）。

梁俊湘已经站在梦如身后多时，他看到梦如如此细心和聪颖地思考问题，顿时爱恋之情，周身沸腾，便顾不了许多，双手猛然从腰后搂住梦如，在她的乳房上尽情揉搓。

梦如扭过头来，也深情地凝视着俊湘，那双痴情的眼睛已经燃烧出激情万丈的火焰。梦如慢慢站起身来，并立即投入俊湘的怀抱。

俊湘把梦如抱到了床上。

梦如拥着俊湘的身躯，在纵情地起伏自己的胴体。

这是一个怎样美妙无比的世界啊！

窗外花园那正盛开的鲜花，正飞翔的彩蝶，正流淌的清泉和正鸣唱的鸟儿，你们谁有他们这样甜美和幸福呢！他们在创造着人类的财富，在描绘着生命的蓝图，而又在酝酿着属于自己最美的爱之酒爱之歌爱之梦。

是的，婚后的一段日子，梦如还没有看到和感受到俊湘如此奔腾和强烈，甚至令她感到震撼灵魂的爱。今天她看到感觉到俊湘像一个勇士和英雄登上了爱慕和欣赏品味女性的金字塔和圣殿，她仿佛觉得俊湘正在征服一个世界，那是一个伟大、温暖而妩媚至极的世界。

梦如知道英雄已经累了，她轻轻坐起来，把轻盈的薄丝被盖到了俊湘仍冒着热气的身上。

梦如在浴室，唱着愉快的歌，接受温暖水滴的滋润，她也在欣赏自己的胴体和曲线的美丽与神秘。只有对俊湘，这一切都是烟消云散，如清水芙蓉般袒露和情愿。

在梦如披着如蝉翼般轻薄的睡衣走回卧室时，俊湘已经坐在沙发上，手里端着红色的葡萄酒在向梦如致意。

俊湘绅士地站起来："请天使接受我的感激！"

梦如几乎要高兴出眼泪："你给了女人最感动的东西！"

俊湘："是那颗心吗！"

朱三提着雪梦如设计的"湘梦"牌洪油桶匆匆赶到梁俊湘的办公室。

朱三："梁老板，你看这油桶由原来的每只8.5斤重量改薄后只有7.5斤，而净油由每桶60斤，改为61斤，这种薄利多销的创举，现在格外受到用户欢迎，各分庄都寄来'卯信'报告好消息。"

梁俊湘："这件事梦如做得好，一定要大加宣传，不要因为她是我的太太，在我们商行就是要弘扬这种创新精神，替用户着想的意识，这就叫作'得人心者得天下，得顾客者得市场'。"

朱三："老板所言极是，我朱三一定照办。"

梁俊湘："朱三，你拿笔来，我要写几个字贴在这桶上。"

朱三旋即上楼，摆好纸墨，磨好墨便下楼来："老板，请。"

梁俊湘兴致盎然上楼，卷袖挥笔写出遒劲三字"薄利桶"，然后从左上角而下写了一行小字：为梦如君智改洪油桶题字以表留念。

晚霞的余晖最后一缕从西天熄灭，黑暗便魔幻般地从山顶泻满山城。朱三叫家人点亮宅前宅后楼阁厅廊的所有灯笼，一时梁俊湘的窨子屋灯火辉煌如同白昼。朱三招来的各店铺码头、作坊、工厂大大小小的正副经理、管事账房恭恭敬敬站在厅前，等候梁俊湘的店训。

梁俊湘出现在众人前面，他的眼光明亮，脸上放射着光泽，仿佛他是正从战场凯旋的将军，有着一种自豪和壮怀激烈的感觉。而在这座房屋之外的黑暗和风声，对他此刻没有任何的影响干扰。有的是各分庄一幕又一幕红火的销售洪油的场面，让他在这老宅深院仍然能听到那热闹的叫卖之声。

有一种更高的信念和更大的决心在他心中奔突，他庄严地抬起头，朝大家微微点头。

"今天，我要当着各位伙计，赞扬一下我的太太，雪梦如女士。由她精心设计改制的油桶，由厚变薄减少1斤重量，而相反却又增加了1斤洪油的重量，这种让利多销的利民之举应该成为我们商行的名片和创业品格。因此我将此桶命名为'薄利桶'。"

这时，朱三走上前台，揭开蒙在油桶上的红布，让大家看到了这只贴有"薄利桶"三字的油桶。

"不仅如此，梦如女士从她的调查和分析中，又已经设计出我们商行的一套财务管理制度，我在这里同时宣布从下月开始全行试行，凡今后为公司发展献计献策有作为者均要受到晋升和奖励，因此我决定聘用梦如女士为本总号的财务总监。"

"我不能同意！"

古商城梦影／

237

　　随着清脆的声音从厅外传来，雪梦如大步走进了厅堂，她看到眼前的一切，明白了梁俊湘的用心和眼光。当时她雪梦如要主动嫁给梁俊湘时，梁俊湘是无法知道这个女人的心中到底装着一个什么王国。直到今天，此刻也许梁俊湘才真正意识到一个智慧、多情、善解人意的女人一生最爱最需要的是什么！

　　雪梦如怀着从未有过的兴奋、幸福感走到梁俊湘的身边。众人现在可能是最真切看到这个老板太太的善良而漂亮的容颜，在她的脸上和衣裳上，任何一处都会让你发现她独有的女人光辉和美人妩媚。

　　"我也许不应拒绝俊湘夫君的决定，但我必须这样做，因为我所有这一切，都在履行我嫁给他时没有说出的承诺。"

　　这是一个什么承诺，梁俊湘此时百思不得其解。

　　坐在漂浮的小木船上，霏文明显感到自己的身子正停泊在滔滔流淌的河流上，浪涛冲击着锚链的声音，总让她的心有一些颤抖和紧张。洪云飞却不同，他从小在船上长大，喜欢河流、木船、风浪，这些都是他生命的一种交响，意志的一种宣泄，在眼前这个漆黑而朦胧的空间，面对自己心仪的女人，他有多少思念和牵挂想表达，可他一个字都没有说出来，把所有的时间都留给霏文去享用。

　　霏文如是说："江仁杰真是好样的，他带领着 30 多个船工一次又一次机智地避开沿河国民党军队的搜查，把所有的食盐、药品、枪支弹药都运到武汉，交给了地下党组织。"

　　洪云飞："其实你的工作更危险，更难，你不说，我完全能想象到，因为目前的武汉完全在国民党的控制之中。"

　　霏文："我听说设在会同县城的芷绥师管司令部就要移驻洪江，这就使我们的工作更加艰难。"

　　洪云飞："是的，听说刘宋任司令，他比覃世候更狡猾阴险。"

　　霏文："上级首长还告诉我，因为芷江机场扩建后机场已经拥有远程轰炸机及战斗机、侦察机群及各型参战飞机 400 多架。日军又已多次轰炸芷江未成，可能会派特务来破坏，要我们一定提高警惕。"

　　洪云飞："这个问题我已经察觉到了，我会派人严密注视的，你现在的工作仍然是教书，在一般情况下不要离开学校，不能轻易暴露自己的身份。"

霏文："我知道，我会尽量注意自己的一言一行。"

在夜幕的掩护下他们亲切地交谈着。

入夜，大观楼灯火辉煌。

这里所说的大观楼，实际就是烟花柳巷里的青楼。据史料记载，洪江古商城的青楼业在清王朝时就已经产生，当时只要按规定向官府交纳"花捐税"就可以发给"营业执照"，正式开办妓院。到清末民初时，这座商城的妓院最多时达 40 多家。最耐人寻味的是，此时这些妓院还公开成立了自己的"行业会"，制定了行业管理的行规行约，修建了名曰"三皇宫"的行业会馆，并供奉着他们行业中的先人管仲等。

青楼业还按档次划分，大致有堂班和窑班两种，还有一种介乎两者之间的俗称"开吊台"和"半开门"。开在烟花柳巷的堂班较有名气的有汪家、谌家、徐家、程家、车海堂和绍兴班等。堂班大多开设在窑子屋内，其房屋高大宽敞，装饰精美，摆设高雅，显得富丽堂皇。堂班中的烟花女子也都是经过挑选的，大多数年轻漂亮、姿色妖媚。来到这烟花柳巷的女子大致有三种情况：一是家境贫寒，无依无靠被出卖、典押或拐骗而来；二是对封建制度下的婚姻不满，受到打骂虐待、折磨而离家出走外出谋生而误入歧途；三是少数女人水性杨花，在金钱利诱下贪图虚荣享受，自甘堕落的。

已是暮秋季节，人们的穿着打扮便显得富丽尊贵起来。一些富商家的女人已穿上了绣着花鸟的旗袍。

来自全国各地的商人、流浪者，还有一些富豪官家的公子少爷，都拥挤在狭窄的街道上穿行。

听说谌家的大观楼，新近来了一位才貌不错的红牌妓女，只卖艺不卖身，许多商贾富豪的子弟都争相前来一睹风采，自然那些军头匪首、地方绅士也不例外。

这样便忙坏了老鸨，楼上楼下地穿梭接待招呼那些有着身份的各类人物。

果然名不虚传，这个从苏州来的艺妓月季红确实长得漂亮文雅，身材婷婷，眉清目秀，柔情绵绵，而且弹得一手极好的琵琶。

这天晚上，巫小六也钻进了大观楼，他仗着平时跟随团总陈大麻子身边跑事的影响，也想抖一抖风流，便点名要听月季红的弹唱。谁知名花有主，早让一位富商子弟捷足先登。经老鸨百般劝说不从，巫小六便撒起野来。

古商城梦影／

239

"你就不看看我小六子在洪江干的什么事！"巫小六大叫起来。

老鸨："小六兄弟，今天你就听我一劝，明朝我定给你安排好。"

巫小六："不行，我就要今天听她弹一曲。"

老鸨："对不起，实在有人已经点包了。"

巫小六可能是喝了一些酒过来的，他竟掏出枪对着老鸨大喊："我毙了你！"

"哪个敢在此撒野，就不掂掂自己的斤两！"话音一落，朱润秀便款步走到巫小六的身前。

巫小六见此人身材面相都熟，一时想不起，忙问："你是谁？"

朱润秀："你看看我是谁？"

巫小六定眼一看，吓得浑身发抖："你还活着？你怎么也在这里？"

朱润秀："这些你就不该问，我活着，就是为了找你们这些人算账！"

巫小六知道朱润秀的厉害，早已被吓得魂飞魄散。

便跪地求饶："请老太太饶我一回。"

朱润秀厉声喝道："起来，跟我上楼去。"

洪大雄站在联合商会的大厅，摊开图纸，把各商会会长叫到跟前说："据我了解的情况，由于芷江机场扩修竣工，目前这里已有数百架各型参战飞机。最近在芷江上空的几次激烈空战，日机被击落多架，而机场一直保持完整。我想日军肯定不会就此罢休，可能会发动地面进攻，作为联合商会就应该积极主动为配合反击日军进攻芷江做出贡献，现在当务之争就是筹资组织民众尽快抢修雪峰山地段的公路和桥梁。"

刘慕竹："洪会长的提议我拥护，我商号愿出资 2 万大洋。"

雪雨涛接着说："现在我们商城安然无恙，是因为芷江机场空军起了保卫作用，不然日本鬼子早就进来了。本商号也愿意出资 2 万大洋。"这时，梁俊湘也站了起来，他不假思索地说："我出资 10 万大洋。"

洪大雄面对各位商家的慷慨十分激动："感谢大家对本会长的支持，我也出资 10 万大洋。"

雪雨涛："大雄会长，先就这样，如需要时，我们再捐。"

洪大雄："还有一事要与大家商量一个办法，现在设在会同的芷绥师管司令部又移驻洪江，刘宋并不比覃世候好对付，我们也要相机而行。"

梁俊湘："首先以诚相待，然后以理相持，最后以勇相对，这要成为我们联合商会的处世原则。"

刘慕竹："以勇相对，我理解必要时，要团结起来与他们斗争，不能软弱！"

雪雨涛："反正我们听洪会长指挥，一定要维持好这千年古镇的秩序。"

已近初冬，天气渐冷。

雪峰山麓山上山下顿时沸腾起来，一支浩荡的修路民工队伍在山前安营扎寨。

这时，从弯曲的山道上走来了一队身穿美式军装的中美特种训练班的女兵，她们的气度风采让修路的民工凝神相望。刘乔乔也走在队伍的中间，她的视线立即移向路边树下的那个村姑扮的女人。

"报告！"刘乔乔突然对着领头的军官喊道。

女军官："什么事？"

刘乔乔有些不好意思："我要应急！"

女军官皱了皱眉头："快去，一会儿跟上！"

刘乔乔："是。"

这刘乔乔哪是应什么急，她立即跑到那棵大树下，走到那个眉清目秀的村姑跟前："请问大姐，哪儿有方便的地方？"

村姑不言语，只摇头。

刘乔乔："请大姐带我去！"

村姑仍不回话，只摇头。

刘乔乔："你是哑巴！"

村姑依然摇头。

刘乔乔好像察觉出什么，便转身立即朝队伍前进的方向跑去。

洪家油船已铺满了一层薄薄的雪花。

洪云飞："霏文，现在有可靠情报证实，那个月季红就是日本间谍，她的代号叫'白日红'，这段时间她一直在收集修筑公路桥梁和芷江机场的情报并通过电台传出。你的任务是要与朱润秀保持联系，时刻掌握这'白日红'的行动轨迹，以便为我所利用，但千万不能让其察觉。"

霏文："我知道了，这次运货去武汉你还是让我去吧，那边我熟悉情况。"

洪云飞："不行，我决定让江仁杰去一趟。"

霏文："为什么？你这样做，太危险！"

洪云飞："霏文，我了解江仁杰，他从小受到良好的家庭教育。远的不说，就说这次我们组织修路捐款援助修路和修建芷江机场，他父亲都身体力行率先垂范。他为什么这样做，我知道他恨日本鬼子，更爱自己的祖国，爱洪江这片山水。"

霏文："我明白，这就是我们洪江商人的独特个性和胸怀眼光。"

为了迷惑人眼，防止特务跟踪，洪云飞想起了湘西老乡沈从文先生在文章中写的感慨："要欣赏湘西地方民族的特殊性，船户是最有价值的材料之一种。"于是他发下话去，油船起航那天，让所有油号的人员都去码头送行。

这天上午，洪家油船码头人山人海，彩旗招展，锣鼓喧天，鞭炮齐鸣。江仁杰在雪雨涛、刘慕竹等商界巨头的簇拥下，神采飞扬地朝油轮走去。

洪云飞站在船头和众纤手们热烈地鼓掌迎接江仁杰登船。

这时，早已在船上恭候的梁俊湘，端上来一碗米酒递给江仁杰："祝一路顺风！"

接着，众船工聚集在船头烧纸烧香，煮白肉祭神，待仪式完毕，江仁杰便大声说："我们这次赴武汉港，是日军在各个战场节节失利的时机，我想借此行壮洪江商人的雄气和商威，在这里，我感谢各位商家和父老乡亲的盛情相送。"

说完，江仁杰将酒一饮而尽。接着他又转过身去："云飞，给所有的船工倒酒。"待众人端上盛满酒的大碗，江仁杰也便大声喊道："踏平波浪，扬我商威，干怀！"这时众人也一齐高呼："踏平波浪，扬我商威。"

此时，船上岸上一片欢呼雀跃。随着一声"起航"的高喊，油轮起锚升帆。接着便有行船歌声响彻沿河两岸。这人神共舞同乐的热闹情景，壮油船巍巍峨峨地以非凡气势劈浪前行。

二

　　天刚亮，那一条条长长的狭窄而幽深的青石板路便环绕着一座座高大而古老的窨子屋，有节奏地弹响早行人的足音。而有时候"天时常把山和水和人都笼罩在一种似雨似雾使人微感凄凉的情调中，然而却无处不可以点出'生命'在这个地方光辉的那一面"。

　　对于梁俊湘事业的蒸蒸日上，洪江的不少商家都在暗中琢磨和效法，他们知道梁氏经营的奥妙全在一个"诚"字之上，但也有少数的商人并非这样想，他们为了赚钱不讲良心，不讲信誉，不讲道德。谁能想到这样一个离大城市偏远的水岸商城，仅有3万多人的城市，就有两条妓女街。至于暗娼暗妓就更多了。这座商城让人们痛心地看到，鸦片、青楼在成就洪江表面奢靡和浮华的同时，也埋藏着对那些富豪家庭来说，家道衰落和命运黑暗的悲剧之渊。

　　刘慕竹是清白的商人，他对这种洪江"战时繁荣"的假象，看得非常清楚。他明白这并不是真正的兴盛，而是由于洪江远离前线，沦陷区机关、学校、企业、商民为了躲日本人，从四面八方涌来洪江。当他在街巷上行走，看到新开设的各种庄号、饭馆、商行、作坊、钱庄、旅店，白天人流如织，大街上总要碰上穿长袍的商人、绅士、老板，也有学生、军人，有穿中山装、西服的公职人员，还有挑夫、车夫、流浪儿……夜晚便是华灯闪耀，霓虹灯招牌光芒四射，红灯笼在楼阁发亮，时而又传来锣鼓号角之声时，一想到国家正处在危难关头，心里总是像塞满了铅难受极了。

这一天，刘慕竹从码头回来，已是满城灯火闪耀的时刻，想着白天在街头巷尾看到的流浪人群，心里很不是滋味。就这样郁闷地走着，当他路过青楼烟花巷，又听到喊堂的声音时，心里就有一种如刀在绞的感觉。他知道，前线有多少中华民族的优秀儿女在流血牺牲，作为一个正直的商人，又该做些什么？就这样想着，不知不觉地来到了梁俊湘的住宅门口。他站在门口，细细品味了一下梁俊湘写在墙上的巨大"福"字，然后便动手敲门。

家人把刘慕竹引进了会客厅。

梁俊湘缓步从内室出来："慕竹兄驾到，有失远迎！见谅！见谅！"

刘慕竹："这洪江都说梁兄是儒商，给我们商界树了一块好招牌，我刘某从内心欣敬，今日到府上一看这文化氛围，尤其是俊湘兄的妙手丹青更让我大开眼界。"

梁俊湘："慕竹兄的人品和商德我久已仰之，俊湘一直在私下学习，比如你造的机械动力船就开了洪江水运业的先河。"

刘慕竹："这都是小女乔乔引进的技术和设备。"

梁俊湘："后生可畏，我们要向年轻人学习呀！"

说完，梁俊湘招呼刘慕竹喝茶。

刘慕竹："俊湘兄，我此次登门拜访是想跟你谈谈心，不知道为什么，这段时间我心里一直闷得慌。"

梁俊湘："我也是，总想找人谈谈，您来了，我真高兴！"

刘慕竹："当前抗日局势你是知道的，前向洪会长召会筹资修路和捐款援助芷江机场，大家都非常踊跃，这件事办得很好，很快，我们都高兴。但是我一看到市面上的灯红酒绿，心里就难受，我仿佛真看到了当年秦淮河边'商女不知亡国恨，隔江犹唱后庭花'的真实境况。现在我觉得我们商会还应担当加大宣传抗日、统一人心和意志的工作，而在文化方面您俊湘兄比我们谁都强，故我特向您来请教。"

梁俊湘："好啊！你和我想到一块了。前些日子，我还特地要梦如送些钱给雄溪中学，请霏文她们帮助排练一些文艺节目。"

刘慕竹："那好呀，这些费用，全由我包下了。"

梁俊湘："为国家兴亡，尽匹夫之责，我们还讲什么你我！"

刘慕竹："俊湘兄呀！凡是今后有用得着我时，只要是为国为民族之事你就发话，我刘慕竹一定尽力。"

梁俊湘："慕竹之心，我全知晓！"

沅水河边搭起了大舞台，这是从来没有过的。洪江人原来最喜欢看的是辰河戏，这种戏以高腔为主，舞台语言以湘西话为基础，流行在湘西和沅水中游沅陵、辰溪、溆浦、洪江等地。当时演出的主要戏剧有《牛头山救驾》《高冲跳车》《双刀会》《白虎关》等。可那时演戏一般都在各会馆的戏台上。今天不一样，因是宣传抗日，所以梁俊湘就安排在沅水河沙滩上搭舞台，他要让更多的乡亲接受宣传。舞台是用很粗大的木头搭起的，显得又气派又威武。

舞台两边的巨大木柱上是梁俊湘写的对联：

装男亦好　扮女也行　人人喜演抗日戏
京剧也可　话剧也要　个个爱唱救国歌

一时河边戏台前人山人海，欢呼声不断。这时，向霏文走上戏台亲自指挥台下的学生齐唱《义勇军进行曲》，嘹亮的歌声在古商城上空飞旋激荡。

梁俊湘、刘慕竹都站在人群中，挥手鼓掌助威。

这时，刘慕竹转身目视梁俊湘："你的丈人雨涛为何没有来？"

梁俊湘："好像近来生意不太好，心里着急。"

刘慕竹："他这个人呀！现在什么时候了，还着急赚多赚少。"

梁俊湘："慕竹兄，我老丈人确实对这'钱'字还没有弄明白，他问过我：为什么银钱中有一个方字眼？"

刘慕竹："你是怎么解释的？"

梁俊湘："我说内方外圆，是表示赚钱要来得正，花钱也要花得值。"

刘慕竹拍了一下梁俊湘的肩膀："这种解释好，我说'圆'是动脑子的意思。"

接着国立八中的嵩云剧团、群立剧团、洪江雄溪女中等学校的业余剧团一个接一个地演出了《放下你的鞭子》《秋海棠》《精忠报国》《孔雀胆》等戏剧片段，不断激起台下热烈的掌声。

正在大家看节目兴奋时，突然岸上有人大喊："放排的好汉来了！"

原来这是雄溪中学向霏文她们创作的一个节目，叫"众人划排唱大风"，寓意湘西人不怕风浪勇往直前，也预示抗日必然取得最后胜利。

这时，在雄浑的鼓点中，只见数十个身强力壮的男子汉，赤脚短裤光着膀子，黄铜色的皮肤在水面反射的阳光下泛着光，他们一路高喊同力撑篙，木排像蛟龙随着河道的波浪起伏浩荡奔腾。只见排工手中的竹竿直插河床水中，顿时弯曲成一把一把绝大的弓，那种美妙和雄伟的画面，在震撼所有的观众。望着飞流而去的木排，岸上河面欢呼声四起。

雪雨涛刚打开宅门，就被巫小六叫住："雪老板，早安，我家团总要你去一下。"

雪雨涛："你家团总找我？"

巫小六："是呀，这是我家团总给你'牛头马的''"。

雪雨涛："我怕是'孤魂野的。'"

巫小六："不管是什么，你快随我去，去迟了，他会骂我。"

雪雨涛："急什么，我还要换一件衣服哩！"

一路上雪雨涛都在想这陈大麻子找自己绝不是什么好事。

果然不出所料，进得陈府，陈大麻子就鬼鬼祟祟地把他叫到内室："我这里有一些从贵州弄来的土药，你帮我出手，利润平分。"

雪雨涛："团总，我们雪家世代经商可从不做这土药买卖，恕我不能帮忙，如果您要钱用，我雪某愿意帮团总。"

陈大麻子："别装了，无商不奸，你以为我不知道，你们在暗中做土药生意。要不，这镇上十多家烟坊，光一支烟枪都要卖 2000 块大洋，这钱谁赚去了，这烟土又是哪里来？"

雪雨涛："我怎么知道，对于这土药的买卖我是从来都不沾的！"

陈大麻子："我不跟你讲那么多，今天下午我会派人把土药送去，怎么处理由你便，这账按市面上的价格结算。"

说完陈大麻子便叫："小六，送雪老板回府。"

雪雨涛沮丧地走出了陈府。

走在回家的路上，雪雨涛心里异常的恐慌和不安。他后悔自己平常做人圆滑，不敢声明正义，这次竟然不去参加抗日宣传活动被陈大麻子看到了自己的脆弱灵魂。现在陈大麻子逼着自己干丧尽天良的事，是要遭雷打电轰的。可如果不干，陈大麻子肯定不会放过他。一想到自己风风雨雨呕心沥血才弄到这份家业，他也不甘心就毁于一旦。想来想去，雪雨涛不禁悲叹自己人生之不幸。

"我就要去告你！"雪梦如大吵大叫。

雪雨涛满眼含泪："你敢！你还是不是我雪雨涛的女儿！"

雪梦如："你什么生意不好做，偏要去做土药买卖，这是害人犯法丧天良的事。"

雪雨涛："我有什么办法，是别人逼的！"

雪梦如："谁逼我们也不能干这种害人的事，哪怕是去死，也不能做这种昧良心的事。"

雪雨涛："梦如，这一切，我都是为你好。你想想看，你母亲病故，我没有尽到丈夫之责，你从小长大靠继母，我没有尽到父亲之责，而现在你虽嫁人，但我们同在一座商城，我能不把自己的女儿放在心上吗？我雪雨涛对于自己，可以什么都放弃，但对于我的女儿我什么都可以搭上，梦如，你就饶了父亲这一回吧！"

雪梦如："父亲，这件事我是万万不能依你，你必须把销出去的土药追回来，不然我真要去告你，我还要向商会报告。"

雪雨涛："都运走了，还怎么追回，你这不是要我的命吗？"

雪梦如一气之下摔破了柜上的大瓷瓶："父亲，你这是有辱我们雪家祖宗之名啊！"

雪雨涛抱住女儿："别摔了，我知道我错了！好女儿，你就原谅父亲这一次吧！"

梁俊湘听到梦如说的事，真是感到意外，他不相信雪雨涛会干这种错事，但是当他想到官场的黑暗腐败，兵匪的猖狂和残忍，也能理解雪雨涛的处境。于是他对梦如说："这件事你也不要过分责难你父亲，做父亲的自有他的难处，我们还是想想办法吧。"

俊湘从小在洪江卖凉粉，他对洪江周围的山道河道非常熟悉，知道这些土药如果不在本镇销售还可以追回来。于是梁俊湘又以劝慰的口气对梦如说："现在这个时局，想发国难财的人多，你父亲是个商人，他有什么办法敢跟陈大麻子作对。这件事，我会处理好的，你放心吧！"

梦如："我当然知道父亲的难处，可这种伤天害理的事就是倾家荡产也不能干啊！"

俊湘："不说这些了，我这就去想办法，梦如你还要多去劝慰自己的父亲。"

梦如："俊湘，钱庄那边还有事要商量，我去了。"

梁俊湘等梦如离去，便匆匆走进了忠义镖局。忠义镖局曾名震湘西，始建于清乾隆四十二年（1777）。这是一座典雅的北方四合院，掌门人是来自长沙的刘大鹏，他幼时就入嵩山少林寺习武，不仅精通十八般武艺，而且头脑精明，善于灵机应变，处乱不惊。洪江商人对镖局特别信任，誉称其为"忠义镖局"。忠义镖局门规严厉，倡导不杀生，不饮酒，不贪财，不恋色，对触犯戒律者均废其武功后逐出镖门。民国十九年（1930）军阀何键特派手下谢拢率一个监护大队进驻洪江，专事鸦片税的征收和武装押运烟土。梁俊湘心里清楚这种追堵烟土之事只要找镖局完全可以办妥。正在指挥操练的李镖头见梁俊湘来到镖局便走上前去："梁老板光临，有失远迎。"梁俊湘望了望正在操练的镖局兄弟："各位都是身手不凡，让梁某大开眼界。"李镖头："梁老板此来可有事吩咐？"梁俊湘用眼睛示意李镖头靠近自己，然后便说："有人可能夜运土药出镇，烦请李镖头帮忙料理，恕事后重谢！"李镖头心领神会："梁老板放心，我会尽力办好此事。"

又是一年春草绿。这一片片被春风染绿的树枝春草却是带着浓重的郁闷和泪痕。仿佛自然界的植物石头也通人性，都在无形中蒙上了一层薄薄的沙尘和烟雾，让人看上去是那样的灰暗、那样的冷峻、那样的落寞。皆因历代的统治者都因洪江地方窄、闭塞、物产不丰厚而没有设置政权机构，即使到了国民党统治时，在洪江建立了政权组织，也仍然把政府管理的如教育、民政、市政、保甲、团防、民事纠纷等职能事项又委托"十大会馆"即联合商帮管理，这种奇特的社会现象，始终成为当代人研究洪商的发展之谜。正如沈从文先生指明的"自民国三十年来贵州省的政治变局，都是洪江地方直接间接造成的"。沈先生的话只是一种暗示，一种对事物本质的透视。然而就从1938年春开始从沦陷区和时刻遭受日寇飞机轰炸的城市纷纷涌来的商家、银行家、教师、医生、手工业者和流浪者，还有从郴州、长沙、上海、武汉等地迁来的工厂、学校，不到一年的时间人数已逾20万之众。

这20万人就像是一股潮水，铺天盖地而来，几乎要把整个洪江古城淹没。人们完全可以想见，一个仅仅只有3万居民的城市，在这样短的时间，就增加10倍的人口，那会是一种怎样的混乱状况和严重局面？不说别的，就说住和吃，需要多少房子和粮食供应？还有社会治安、治病、就学、环境污染等问题如山，危机四伏。一时间简直把个洪江搅得昏天黑地，乌烟瘴气，怨声载道，民不聊生。

假如当时有现在的科学技术、设备，有摄影机录下古商城人满为患，遍山遍野，大街小巷，码头寺庙，无处不搭棚住人，无处不人头攒动，无处不烟飞火灭，无处不人声喧闹，无处不垃圾成堆的情景，你真无法想象这个没有政权组织管理和控制的世界，竟会在一群商人的同心同德，以诚待人，以情感人，以行动人，以理晓人，以义服人的千般万般的努力和调理下，建立起安定有序相依相帮的社会秩序，确保整个洪江古商城没有出现任何瘟疫和成批饿死的人。

且看会长洪大雄是如何运筹帷幄地组织商会，发动全城商人和市民身先士卒地为古城百姓操持和披肝沥胆的。

时令已进入暮秋，天气明显地变凉了。沅水上吹过的风，带着浓重的寒气。经霜染红的枫叶，镶嵌在绿色的树林里泛起一片红色的火焰。这种景致在安宁的生活岁月里，会给人们增添几分壮丽和遐想，让你感觉人生的宽广和庄严。然而，炮声、枪声、飞机的轰炸声的不断传来，使原本充溢收获和展望的季节变得冷酷和不安。

这样的秋夜，无疑也是苍老的，沉闷的。

尤其是洪江的夜，更变得躁动、焦虑和恐怖。

对于洪大雄来说，这种夜晚总是成为他一个又一个难以入睡的心伤之夜。

联合商会又一次召开议事大会。

洪大雄首先发言：“现在洪江商城的情况大家都清楚，可以用四个字概括：危在旦夕。今天请大家来就是商量下一步的应对之策。”

梁俊湘：“目前，最大的问题是粮食、盐和治病，原来全城储存的粮食够吃一年以上，可现在只有两个月基本上快吃完了，而这20万人的粮食到哪里买？需要多少资金？另外食盐也存货不多，外边战事紧张，各路都封锁禁运，盐的供应必成大问题。还有因为水土不适，外来人员患病的日益增多，缺医少药的情况也开始出现。”

刘慕竹：“现在虽然把人初步安顿住下来了，但是环境的污染，特别是消防安全、垃圾、治安等问题如山，需要有专门的人员来协调管理。"

雪雨涛："小孩读书也是难事，现在许多小孩都没地方上学，家长焦急万分，总找我们想办法。"

洪大雄："现在面对这些情况，就请大家出出主意。"

这时，梁俊湘站了起来，他的情绪有些激动地说："从几个月的情况看，各帮会和会馆确实做了大量的工作，不然的话不会有今天的安定局面。在这里我要告诉诸位，洪会长家里的粮食几乎全部拿出来了，他现在自己带头节约粮食，我们要效法洪会长，励精图治。"

听了梁俊湘的发言，刘慕竹也站起来说："你们也许不知道，梁俊湘副会长家的存粮也不多了，他自己早已省吃省用，把粮食都拿了出来，解决移民的灾荒。"

在座的各会馆和会主都彼此交流着欣敬和感动的眼光。

这时，洪云飞和刘乔乔进了会场。

众人的眼光一齐投向他们。

洪大雄："今天开这个会，本来他们是不应参加的，只是因为我要云飞和乔乔对全城的移民安置情况进行了一番调查，所以请他们来谈谈看法，我想大家不会有什么异议吧！"

梁俊湘："我知道云飞、乔乔一直在做许多具体的安置工作，听听他们年轻人的建议，可能对我们会有启发和帮助，我同意他们发表见解。"

洪大雄："乔乔，你先说。"

刘乔乔："这些时候，我翻阅了许多国内外的资料，对战争期间的移民、灾民的流动安置实际上是一个普遍存在的国际问题，但解决的办法，只能因国情不同而不同。也就是说，没有现成的模式可以借鉴。但从我的调查中，我发现解决当前的困难，我们的眼光不仅要放在洪江的各大商家身上，也要发挥移民中存在的物资和智力优势。比如说，我们可以通过登记造册，掌握来洪江的所有人员的职业、职务、经营情况和可能停留的时间，这样就能把其中的商家、银行家、医生、教师组织起来，联合筹措资金购进粮食、盐、医药和开展医疗，举办分散的教学班和临时学校。"

洪云飞也接着乔乔的话说："前段的工作有成效，但仍然存在各会馆和帮会分工不明确的问题，为此我建议，从今天开始联合商会要明确各会馆的具体工作范围，以便尽职尽责。比如哪几个会馆负责购进粮食、盐、医药，哪些会馆负责安置住宿和组织办学、办医，还有哪些会馆负责治安，环境保护、垃圾清理，等等。同时，我还建议把移民分区域按街巷码头管理并开展互帮互助互联活动，使整个城市和谐有序。"

真没有想到，两个年轻人的发言是这样的有针对性，有启示性。洪大雄、梁俊湘、刘慕竹等听后，都露出了满脸的喜悦。

梁俊湘感叹地说："后生可畏呀！我们洪江有前途！"

刘慕竹："我看请洪会长安排，云飞、乔乔的建议完全可以采纳，我想必有效果。"

洪大雄更是激动地说："好吧！这里我将刚才大家的建议归纳起来，明确一下事宜，并请各会长尽快付诸行动。"说着，洪大雄的眼睛都湿润了。

是啊！这是他近半年来最开心的一次会议，这次会议让他看到了洪江的光明前途，看到了洪江商人后代的敢想敢为的担当精神，更看到了渡过当前危机的希望。洪大雄心里明白，两个年轻人的成长，自然离不开这座古商城湘商文化的潜移默化的影响，但重要的是他们在山外世界接受的教育和新思想、新观念、新文化的光芒照耀。他从这山水缝隙间卷起的烟雨涛声，看到了一个更广阔更伟大世界的蠕动和颠簸。他相信，中华民族有这样的优秀儿女，终于有一天，苦难的祖国会站起来，抖落身上的泥尘风霜、耻辱血泪、巍然屹立在东方，去接受宇宙日月的洗礼！

次日清晨，洪江的嵩云山顶雾散云淡，旭日高照，很长时间看不到的彩云光影，现在已绚丽无比地展现在眼前。

沿着洒满晨光的青石板路，梁俊湘去探望一位年岁已高的来自上海的经济学家。早几天，负责安置这位姓颜的常德会馆的唐先生告诉梁俊湘，这位专家患有心血管疾病，情绪容易激动。到洪江后因为居住条件差，饮食也无法按照医生要求去办，身体状况很不好。这件事，梁俊湘一直记在心上。这次会上他将颜先生的生活医疗之事，亲自委托刘乔乔去办，他相信乔乔一定会尽心办好。因此一早上起来，他的心情就和室外的阳光一样很晴朗。

翻过一个小山坳，前面出现了一截露着黄色的小梯田，有几只鸡在田里寻食。梯田旁边栽种的柑橘树，依然染着浓郁的翠绿在阳光里闪耀。不远处的山坡边搭起的木楼，依山靠树，还露着木材刚加工过的新色。梁俊湘知道，这就是那位颜先生的临时住所，便匆匆踏着新修的石头台阶而上。

刚走到门口，就听见里面有留声机在播放京剧《贵妃醉酒》的优美唱腔，这让梁俊湘心里一热，看来颜先生的心情已经好转。也许是听到门外有脚步声，抑或就是一种感应，只见木楼的门打开了，一位满头白发的老者出现在门口。

梁俊湘走上前去："我是洪江联合商会副会长梁俊湘，如果我没有猜错的话，你一定是久享大名的经济学专家颜之光老先生。"

老人非常客气地伸出手："欢迎梁会长光临寒舍，我颜某一家在此国难家恨的艰难之秋来到洪江，多谢诸位关照，真是感激不尽。"

梁俊湘随手扶住颜老："如此居住环境，让颜老受委屈，何以言谢啊！请颜老先生坐下再说。"

颜之光老人坐定："我的儿子送小孙女去上学读书了，算是治好了我的心病，现在别的事可以耽误，可小孩读书识字可不能耽误。中国要靠他们来保卫、建设、争气呀！"

梁俊湘："这都是临时的学校和识字班，许多教师还是随颜先生一起来的，我们这里缺少教师，就只能让大家都来出力。"

颜之光："好！这最好，什么叫'同舟共济'，我看这就叫'同舟共济'，这也是我们的中华民族精神。昨天那个叫刘乔乔的姑娘来看我，还特地带来了一位医生帮我看病。一说话才知道那位女医生也是上海来的。这真是'同是天涯沦落人，相逢何必曾相识'啊！这种乡情多愁加在一起，还真能抚慰受伤的心。我不瞒你说，早些天我的埋怨情绪都抛到了九霄云外。"

梁俊湘："这段日子，让你生活无着，治病不便，又惦念小孩读书之事，真是惭愧，我这里向您致歉。"说完，梁俊湘站起身来，向老人鞠躬。

颜之光也立即起身："这就叫我颜某难受了。梁先生呀！目前的时局可不是谁惹的，它有着深刻的国际背景和历史原因，但蒋介石的消极抗战应该是直接原因。我们到这里避难，多亏洪江乡邻的照料，该感谢的是你们。"说完，颜老也要俯首施礼，被梁俊湘拉住。

见梁俊湘如此情真义笃，礼仪至微。颜之光老人格外兴奋起来："梁先生，我原来研究商业经济发展史时，在一个资料中看到了洪江商业发展模式，当时非常震惊，就想来洪江考察。不料，日寇侵略中国，却把我逼来了。这些日子，我在商城行走、观察，与一些老人交谈，确实感到洪江商城非常的了不得，真的无法想到，明清时期，像洪江这样的偏远边城，竟会成为西南商贸重镇。明代嘉靖、隆庆之际，正值资本主义萌芽之初，在中国的沿海地区商品经济才露雏形，至于内陆各地，像湖南、江西、贵州商业并不发达，人们的观念还停留在'士农工商'的阶段，可万万没有想到，洪江人就凭这条沅江水运的自然优势，把产自云南、贵州、广西和湘西的桐油、木材、鸦片、山货及水银、朱砂、白蜡等矿产，大量聚集在洪江，然后在洪江加工改装后装上大船出沅江，进洞庭、入长江。将货物远销到长沙、汉口、广州、上海、南京及苏、浙、皖、赣等省。与此同时，又将所赚资金在长江中下游沿岸城市及沿海各地将丝绸、纱、布、百货、瓷、铁、糖、盐、海味等运回洪江，在洪江改装，换成小船运进贵州或改成陆路，由镖局组织脚力、马帮肩挑背扛车推，送至黔、桂、滇及湘西各地。现在我看到的古商城星罗棋布的客栈店铺，大小不一的沿江码头，实际上就勾画出了洪江吞吐物资的交通枢纽和物资中心。这就是现代资本主义商品经济最初萌芽的显著特征。"老人越说越兴奋，脸上泛着红光，手脚都在微微地颤抖。梁俊湘知道颜先生患有心脏病，不能让他情绪太激动，便很诚恳地说："颜老这番话，真让我梁某茅塞顿开，胜读十年书。您对洪江的深刻解读，晚辈真是闻所未闻，待目前事务趋缓我一定再来聆听先生教诲。"梁俊湘讲的是真话，洪江的商业发展的基本条件和运作方式他当然了解，而且自己也是其中的实践者，可要上升到对现代资本主义的认识，他确实缺乏这方面的知识和阅历、见识。这次与颜之光的高谈对于他今后的从商之路起到了非常重要的灯塔作用。

秋日上午的太阳仍然很强烈，沿江码头也挤满了运粮食的船只。洪大雄站在码头数着一艘又一艘靠岸的运回粮食的船，心里不知道有多高兴。现在他可以稍微松一口气，全城 20 万人的粮食供应总数不会脱节。

刘慕竹也不知道什么时候来到码头，他也在数着船只。他是受联合商会指派负责购运粮食的，因此对于自己的这桩使命，他看得特别的重，用他的话说，远远胜过自己的生命。

洪大雄朝刘慕竹走来："慕竹呀！你的手还真长，什么时候带来了这么多船！"

刘慕竹回头看见洪大雄，立即显出沉重的样子："我的手就是短了一点，要不怎么还要你发话，才凑这几十条船。"

洪大雄："此一时，彼一时，现在外面在打仗，哪个商户心里都没底，考虑一下自己的得失命运，也是可以理解的。"

刘慕竹："洪大会长，这些粮食的卖价，我看只能微利，请你出面跟所有的粮店打个招呼，不能涨价，更不能囤积居奇赚钱，我们洪江人一定要义行天下。"

洪大雄："慕竹，你提醒得好，我听说有的地方，大米涨价还引发了抢粮风波，这样伤了老百姓的感情。我们洪江商人要对天勿欺，就要首先'对民勿欺'。"

这时，刘慕竹仰头望天空的太阳，正光芒灿烂地悬在中天。他已经很少见到这样光辉的太阳了。不知道是心情不好，即使碰上这样的好天气、好太阳也感觉不出来，还是确确实实就没有出现过这样好的太阳。刘慕竹就这样在码头站了一会儿，便朝城西方向走去，他是要去看看米店卖的粮食到底是什么价钱。

雪梦如这些天感觉特别的累，特别的烦，特别的不顺心。她心疼梁俊湘，崇拜梁俊湘，总想帮帮梁俊湘，可现在的梁俊湘连影子也看不到。雪梦如当然知道梁俊湘在为这 20 万人的生计操劳，她想去帮他，可就是无法插上手，毕竟她是他的女人，许多事情还得有内外之别，有男女之分，有身份之别。

"我总不能就在心里护他，牵挂他，协助他吧！我得去找事做，哪怕做一点点小事，能帮他减轻一点负担也好。"雪梦如就这样想着来到了育婴堂。

育婴堂就坐落在长码头左侧的街巷中，是一栋两层砖木结构的楼房，面积约一千平方米。楼上全部是婴幼儿室，楼下为办公室、医务室、保育员室和食堂等。渐渐地向西移去的太阳，依然用金子似的光芒涂抹着这座在洪江并不显眼的小楼房。可房子里不断传出的婴儿的啼笑声却带着小生命来到世界的新鲜呼唤和与父母牵肠挂肚的共鸣。据有关资料记载，洪江的育婴堂创办于清光绪五年（1879），是在洪江商界的知名人士张书、欧阳中的倡导下创办的。由当时的团防局出面筹募育婴堂基金，并向洪油、木材、土药等行业按月征收育婴捐。这样又获得热心社会慈善事业的各界人士的积极支持。当时，洪江著名的张积昌油号一次就向育婴堂捐赠白银1800 两，接着庆元丰、刘国庆、杨恒源、徐荣昌等油号也相继捐资不少。育婴堂收养婴有两种：一种叫堂婴，由育婴堂请奶妈哺育抚养，另一种叫瞻婴，婴幼儿由父母或亲友抚育，育婴堂供给衣服及抚育费。据悉清光绪六年至十三年（1880—1887 年）就收养堂婴 133 个，瞻婴 323 个。有的婴儿除请奶妈哺乳喂养外，在生活上还由保育员精心养护，关怀备至。有病时，堂内聘请的医生及时给予诊治。到了入学年龄，就送他们入学读书。这样成百上千遭受不幸的孤儿，就可以在这座充溢着爱心和慈善的大家庭里得到养抚而健康成长。

雪梦如还从来没有来过这里，她是女侠的性格，她不愿意婆婆妈妈地打发自己青春的日子。故一有时间就去吟诗练武，稍带拨弄一点琴棋书画。虽然目前还看不出她有多高的才气和女人特有的矜持、庄重、多情与梦想，但她豁达、开朗、敏锐、敢作敢当的品格却有时也表现得不遮不掩、淋漓尽致。

可今天，她为什么要来育婴堂呢？事情还得从早上说起。她一早起床，就像往日一样，要去嵩云山的松林练练腿脚，没有想到突然树林的荆棘丛中传来婴儿的啼哭声。她循声走近一看，一个用印花布裹着的弃婴，就放置在眼前的草丛里。雪梦如抱起弃婴，恻隐之情萌生。她看着睁着明亮眼睛的婴儿，心情异常的难受。她虽然初为人妻，尚未为人母，但一个女性天然的母爱和慈母之心顿时让她浑身血液沸腾。她就这样抱着弃婴在松林里穿行，四处探望，她想判明弃婴的方向和知道弃婴之外的某种因果。但这一切都没有任何踪迹可查，她只能抱着弃婴回到家里，暂时让管家请来奶妈喂养。

事情其实也很简单，在这涌入洪江的 20 万人中，又有多少男人、女人，还有多少已怀孕和待产的女人。这些即将或已分娩的女人，又有多少是丈夫远行，或在战场，或在经商的旅途或在农庄、作坊打工，甚至有的还远涉重洋在海外谋生或求学。总之，世界的复杂，人生的颠簸，命运的挫折自然会把灾难和不幸降临到未出生或已出生的小生命头上。面对人生的不解之难，不是所有的母亲都是无奈和残忍的，也不是所有的婴儿都会遭到遗弃和冷漠。可事实是，有的母亲，确实无法让两个生命同时生存下去，她这样做或许还真给刚来到人间的生命留下了一道曙光，而让黑暗和罪恶伴随自己终生。谁又能说这样的女人和母亲，不是比死去还痛苦和难熬呢？

人生的悲剧与生命的悲剧总是结伴而行。

雪梦如不止一次地抱着弃婴，思考着她的母亲或父亲或者父母同时做出这种选择的徘徊犹豫，灵魂扭曲的悲惨和撕烈肝胆的心灵哭泣。

现在雪梦如已经走进了育婴堂，她感到这是一个神圣的生命殿堂，在这里的人性光芒时刻都在温暖那些从小就受伤的心灵，尽管他（她）们并没有这种理性的感知，但天地和日月之光，却实实在在地在这里分解着人间的真善美和假丑恶以及大自然赋予人的恩赐和慷慨、宽容和无欲。此时育婴堂每间房子中的任何一件摆设，眼前浮现的任何一个身影，耳边传来的任何一声啼哭和欢笑，都是如此的圣洁、伟大和崇高。她决定把自己拾到的弃婴送到育婴堂来，但她却立刻看到育婴堂的门口挤满了送婴儿的人群。

这就是战争带给人类的灾难和罪恶。

而这种灾难和罪恶却又是如此无情地降临到这一个个根本就不明白世界的小生灵身上。雪梦如没有继续在育婴堂徘徊，她已经决定，回去后要把父亲送给自己的所有嫁妆和金银首饰卖掉，她要再建一所育婴堂，让这座育婴堂像一座警钟时刻告示人们：我们必须消灭战争，缔造永恒的和平。

夕阳的余晖即将被西天云霞收拢，环绕洪江的河流和青山，已经开始披上光影朦胧的纱衣。刘乔乔在陪同几个来自欧美国家的记者、牧师，亲临流浪的人群安置场所采访和探望后，已经精疲力竭了，她迈着沉重的步子像夕阳下山一样走进古城的昏暗里。

"救命呀！"

"有人杀人啦！"

突然右侧高墙耸立的悠深巷道里传来了女人急促沙哑的叫喊声。刘乔乔转身闪进小巷，就看见 3 个歹徒持刀在威胁一个手无寸铁的中年女人。

"住手！"

刘乔乔冲上前去大声喝道。

听到这声大喊，有些心虚的歹徒开始一怔，暂时收住了手脚，当他们清醒下来，看见站在前面的只是一个眉清目秀、身材苗条的年轻女子时，便"哈哈哈哈哈"地大笑起来。

"原来又一个送上门来的'嫩皮细的。'"

接着那 3 个歹徒又扑向刘乔乔。

"看招！"

刘乔乔一声尖叫，便飞起一脚，正踢在冲到最前面的那个歹徒的下颚上，只听得"哎哟"一声，那个歹徒便猫下了身子。

这时的刘乔乔已经怒不可遏，她挥拳伸腿，左右跳跃，上腾下翻，把 3 个歹徒打翻在地。

"怎么样，舒服了吧！告诉你们，好好回去反省，今后还敢在街上打劫扰乱社会，本小姐定饶不了你们。滚！"

夜已经变得漆黑，古城也变得暗淡僵硬。层层叠叠的窨子屋群俨然像座偌大的城堡，装满了一天的喧闹、奔忙、拥挤、呼叫和疲倦、失落、期待，抑或已装着些许躁动、不安和悬念、瞭望。是啊！古商城已经很苍老了。

它的身躯肌肤的斑驳和油润光泽的脱落；它的头颅的高昂和胸腔的雄性呼吸，都已经化作烟雨中的石岩，波浪里的涛声在书写历史的苍凉和古典。或许只有仍旧还蜿蜒曲折的老街古巷，长在青石板缝隙里的青苔依然在诉说古商城的兴衰荣辱、风雨历程。洪云飞踏着夜色走来了。他走在古城的沉浮、静寞、厚重、阴霾里和空气中弥漫的依恋、悲观、飘零与惊恐中。他的背影印在巷墙微弱昏黄的灯影里，他的脚步声留在深浅不一，却又那样清瘦如麻的石条上。他要去洪江治安司令部找覃世候长官交涉组织军事力量防空袭的问题。

覃世候装模作样地接见了洪云飞。他知道洪大雄在商界的显赫地位，而洪云飞便是洪江未来的掌舵人，他想在洪云飞面前显露他的儒将风度和不俗气质，企图以男人之傲征服男人之勇。

覃世候："洪大公子驾到，未能远迎，甚歉！"

洪云飞："我不过是洪江一青年，到司令部哪敢受此厚遇。"

覃世候："日下，洪江人满为患，百难待解，听说都是云飞弟在谋划，真让覃某万分敬佩。"

洪云飞："国家兴亡，匹夫有责，能在此国难当头，百姓受辱之时做点力所能及之事，也是应该的，我有何功劳让司令敬佩啊！见笑了。"

覃世候："好吧，云飞弟话归正题，此来你有何见教！"

洪云飞："是这样的，现在小小洪江城已聚纳来自华东、华北、西南的难民有20万，使得洪江与芷江一样都成为日军轰炸的重要目标。现在的窨子屋全是清一色的白壁粉墙、高墙照壁，目标十分明显。我考虑为躲避日寇飞机轰炸，模糊其投弹目标，必须将所有墙壁涂成黑色，所以必须请司令出示布告下令全城500多栋窨子屋在数天之内完成伪装工程。"

覃世候："这样行吗？"

洪云飞："当然可行，但必须由治安司令部下令实施。"

覃世候："好吧！我听云飞老弟的，我这就叫孙副官去办。"

次日清晨，太阳照常升起，在明亮的阳光照射下，人们看到在洪江古商城的大街小巷都贴上了这样的告示：

洪江治安司令部公告

为保护洪江古商城的安全，不使洪江成为日军轰炸的目标。

本司令部决定在一月之内，洪江所有的窨子屋外墙都要涂成黑色。

否则，以"破坏抗日罪"论处。

公告贴出，全城响应。许多房主都自动雇请了员工，高高搭起梯子，从墙头到墙脚用锅底灰拌桐油和墨汁，将窨子屋刷成了黑色。仅仅几天时间，洪江及附近邻县所有文具店的墨块全部卖光。

一直想为抗日做事的雪梦如也不甘示弱，自己带头搭起楼梯抹起黑墙来。在雪梦如的带动影响下，洪江古商城的不少店铺老板也亲自动手抹墙。

不到十天，洪江古城就变成了黑城。正如洪云飞所预料的，从这以后，日军的飞机多次对洪江轰炸，都因浓雾弥漫，窨子屋又是黑色，不反光，能见度小而失败。原定的轰炸目标是沅巫二水汇集的洪江，日军战机却错误地把炸弹投向了沅巫二水汇集的黔州对岸的灯笼桥。

至今洪江古商城能保存如此完整，这"涂黑墙"的创举立下了垂世之功。

梁俊湘已经在书房整整坐了一个上午，他把给各分庄的"卯信"写完了。他又看了梦如递上的财务清单，他知道为了赎回老丈人卖出的土药，整整付出了 10 万大洋的代价，他明白这个代价是值得的，他在冥冥之中感到这是上帝的意志。

"我这是真正履行了洪商'义方恪守'的警语。"梁俊湘自语道。

梦如步履轻盈地走进来："俊湘，梦如感谢你救了我雪家的世代名声，也救了我父亲的良心和人格。"

梁俊湘站起身来，把梦如拥在怀中："我永远不会忘记是你主动嫁给我，我知道这是上帝的安排。"

梦如："俊湘，通过你这次巨大的付出，挽救我们洪江商人的声誉和商德，我更加懂得什么是儒商文化。"

梁俊湘："儒商文化？"

梦如："这也是你叫我去体验感觉的。"

梁俊湘欣喜若狂："快向我讲讲何为儒商文化？"

梦如："这些年来，我一直在思考洪江商业的发展脉络。我发现，在这样一个地方狭小，且只有水路优势，又无丰富的物产资源的小镇，商业如此繁荣，主要是靠着一代又一代、一批又一批有文化、有实干精神、有道德品格的人在经营。在他们心中商业是致富之源，能创造财富被视为有作为、有美誉、有地位，在这个天地里，'重利'成为大家共同追求的价值观，而仁义、仁德、友爱、诚信、宽容、亲善、乐施则成为洪江商人的精神追求。说得简单一点，我认为洪江的儒商文化就集中在以儒家思想观念为血脉滋养的'仁至上，和为贵，和气生财，平和处事，温和待人'的文化底蕴上，它始终弘扬一种艰苦创业、诚信为本、精心筹划、注重商德、回报社会、坚勇奋进的纤夫精神。"

梁俊湘："你讲得太好了！纤夫精神，对！我们都是纤夫，都是要拉着人类社会的航船破浪航行的纤夫。"

雪梦如："俊湘，昨天晚上我去看父亲，他很感激你，可他身体日渐不好，看上去，他很忧郁。"

寒冷的冬天到了，飘扬的雪花在空中飞舞，是那样圣洁、轻盈、灵动。洪江的山、田野、码头、窨子屋群都被厚厚的积雪覆盖，变成了一个白色的世界。

人们打开窗户瞭望雪的世界，凝视那一片大自然赐予人间的银白，谁的心头都会感到一种神秘力量的净化和澄澈。可是日寇的入侵，可是战争的残酷，可是国民党的腐败，可是民族的不幸，使得原本幅员辽阔、物产丰富、历史悠久、文明灿烂的中国面临一场空前的灾难。

梁俊湘踏着积雪走来了。

他要去探视来自全国各地的居住在临时木棚和土屋里的难民同胞；他要去医院、育婴堂看望正在治疗的收养的病人和婴儿；他要去电厂、码头、水厂、学校查看，这些与人们生息紧密相连的公益设施的运行状况。

他就这样走着、看着、问着、想着。他实在劳累、操心、焦躁。他只是一个商人，可他所要想的、做的、担当的，却是一个城市的市长的事。他手中没有权力，没有可调配的物资，没有可动用的人力，没有可发号施令的对象，没有能帮助鼓与呼的舆论，更没有保护城市的军队、警察，他没有……他只有一个洪江商人在漫长岁月中铸就的理想、理智、良心、意志、胸怀、胆略和不息的拼搏与坚守精神。

他又走回到古城的长街小巷。他的额头已经沁满了汗滴，他解开了棉袄的纽扣，敞开了胸怀，他需要冷空气来梳理自己心中的万千思绪和万千苦恼。

前面是一家米店，大门开着，门口留下了稀疏的脚印。梁俊湘扣好棉衣，把帽子戴上，悄悄地走了进去。这时，从里面走出几个背着米袋的异乡人，他们的眼光显得散乱而无光彩。梁俊湘当然明白，下雪天一清早就要来买米的，绝对不是殷实人家，一定是朝不保夕的穷苦人。到了店内，正在做生意的伙计，没有注意到梁俊湘，而是继续在做自己的事。梁俊湘四顾米店，感到奇怪，为什么店里没有挂出明码标价的米价牌？于是，他走近柜台问道："请问伙计，大米多少钱一斤？"

柜台伙计："你买不买米？"

梁俊湘："当然买。"

伙计："买多少？"

梁俊湘："请报米价。"

伙计："你这人，不买米问什么价？"

梁俊湘："我是问价后才买米。"

伙计听了梁俊湘的话，笑了笑说："本店今天特别，因为外边寒冷，下雪生意难做，只能是先买米再报价。"

梁俊湘："有这样做生意的吗？"

伙计："先生别烦我，这街上米店多，你就请便吧！"

梁俊湘不再言语，他沉默着走出了米店。

这时，迎面又走进两个穿着破烂衣服的男人，他们径直朝柜台靠近。

梁俊湘没有走远，他站在店门外等候。

雪继续在下，雪花在空中狂舞。

大地、河流、山岭、房屋完全淹没在白茫茫的雪中。一切生灵，一切动的静的，有色的无色的都沉浸在雪的怀抱呼吸、蠕动和沉睡、企盼、潜伏。

唯有洪江的炎皇宫前的积雪已经融化。

这是因为洪大雄发令，急召所有会馆的老板和柜台伙计全都到炎皇宫，有事相议。

商人纷纷而来，冒着飞雪，顶着风寒。

人们不知道发生了什么事。人们在议论，这可是联合商会成立以来的第一次大集会，竟为何事？谁也不明白。待各路商家到齐，炎皇宫门大开。此时，宫内鼓声骤起，震人心魄，人们如潮水般涌进宫内。殿内早已点亮灯笼，米业公会供奉的行业始祖炎帝在灯火的照耀下，显露出慈祥与庄重的威严。

洪大雄走上殿堂的正前面，他放开嗓子说："值此国难当头的危亡之时，有人抬高米价，坑害百姓，坏我洪商名声，毁我洪商仁道，今天商会决定，要处以重责。"

话未说完，殿内突然变得寂静无声，夸张一点说，即使有针落地也能听到声音。

"现在请梁俊湘副会长宣读处罚规定。"

梁俊湘走上殿堂，先向炎帝神像三鞠躬，然后转身面对众人宣布："经米业公会查实并获人证，'年丰号'西长街米店，借天寒战乱缺粮之机，擅自抬高米价，实为损害我洪商名声之第一案。经联合商会议定，应做特案处罚，决定从今日起查封'年丰号'米行，并罚大洋一万，捐于救济难民之用，凡有违者必将重处。"

听完梁俊湘宣读的决定，有如惊雷在众人心中炸响，也不知何原因，突然众人便一齐跪下面向炎帝虔诚三拜。

此时，殿外天空艳阳高挂，整个洪江山水瞬间便沐浴在一片金光里。

却说团总陈大麻子从上次强迫雪雨涛转卖土药挣了一大笔钱后，他本性不改，又想发更大的横财。于是他又把巫小六叫到跟前："快去把那个财神爷给我叫来。"

巫小六言听计从立马赶到雪雨涛家。

巫小六猛烈地敲击雪府大门。

雪雨涛正在前厅独自喝茶，这一段时间他心情异常不好。他明白为了救他的面子，让他不损良心做一个正直的商人，梁俊湘花了10万大洋，这实际也是割了他的心头肉。这花的可是冤枉钱呀！梁俊湘要赚这10万大洋，可要花多大的劲，耗费多少伙计的辛劳和血汗。

家人来报："有一个叫巫小六的在敲门求见。"

雪雨涛一听巫小六这三个字就火冒三丈："不见！"

雪雨涛听到敲门声越来越激烈。他缓缓站起身子，在厅前的天井边，凝望对面围墙上写的那斗大的"福"字，心中不禁隐隐作痛，什么福，都是金钱惹的祸，这世界真是越来越丑恶，越来越残酷，谁要想做一个正直的人，也无法做下去。

家人又来报："雪老板，那巫小六不听劝告，就是要求见您，还说是团总要请您去面谈。"

雪雨涛立刻明白了这是怎么回事，他知道这陈大麻子的胃口，肯定又是要他帮助销售土药，可这次就是要他的命他也不能再干啊！想到这里，雪雨涛怒火胸中烧，忙对家人说："快把那狼狗放出去，咬那畜生！"

家人："老板，这……"

雪雨涛："什么这，快给我放狗咬，咬那畜生。"

话刚完毕，家人立即进后院放出了那条凶猛的狼狗。

狼狗气势汹汹大叫着朝前院冲去。

家人打开大门："快走吧！巫先生，要不，真是不好意思。"

巫小六一看站在眼前的狼狗，吓得拔腿便跑，口里还大喊："你这狗娘养的雪雨涛，等着我收拾你。"

巫小六被狼狗吓跑后，雪雨涛料到陈大麻子是什么事情也能干出的人，他必须早做准备。

寺庙的钟声已经响过几遍，浓重的夜色裹住了古城。一切在流动，在苏醒，植物、生物、动物乃至思考的灵魂，都在这夜色的覆盖下，萌发自己生命的希望和企盼。作为一个饱经岁月风霜的古城商人，雪雨涛在几十年的商场艰难跋涉中，感知到了人世的颠簸、不幸、迷茫与欢乐、成功。他对洪江的山山水水、一草一木、一砖一宅、一树一花都怀着一种深深的爱恋和梦想，他对乡邻的友善信任和帮助，总是怀着一种绵绵的感恩和亲近；他对女儿、女婿和走远的妻子，总是怀着一种时时的牵挂和忆念；他对自己的生存命运和未来，总是怀着一种沉沉的忧患和不安。这些年国艰国难国破的残酷国耻，对他心灵的震颤和刺伤，尤其最近发生的让他几乎要崩溃的大错，更让他感到痛苦、悲哀和绝望。他知道自己的渺小、无奈，他明白自己的困惑与徘徊，他预感到自己无力走出这片黑色地带，于是他含着眼泪，一字一句，极其心酸地连夜给梁俊湘和梦如写了一份遗书。然后他又扶着木梯爬上晒楼的顶层，把藏在木板里几年前就买好的一支勃朗宁小手枪找出来，藏在身上口袋里。

巫小六被狼狗吓得屁滚尿流地跑回了团防局。

巫小六："报告陈团总，那雪雨涛关门拒见，还放狼狗咬我。"

陈大麻子："那姓雪的敢这样做，就不看看我陈某的手臂有多粗！"

巫小六："团总，我看他敬酒不吃，那就只能给他喝罚酒。"

陈大麻子："陈副官在吗？给我调一个班的兵，我要去亲自会会那个不知好歹的雪雨涛！"

雪雨涛也不含糊，在门口派上持枪的家丁守护，宅子内也安排好了十多个带枪守护的家人。其实，这种情况在洪江经常出现，洪江的富商人家，一般都购有上十条或几十条枪支，为的是保护家业，防止匪盗的骚扰。但真正拿枪敢跟警察官兵对着干的真还没有先例。这回雪雨涛算是横下了心。

这时，陈大麻子的人都来到了大宅门外，持枪的家丁见对方来势凶猛，好汉不吃眼前亏，便未经主人许可就跑进院内，把大门关上。

雪雨涛端庄稳坐在厅前，一脸的阴沉，双目泛着血丝，双手紧握着座椅的扶手，好像在等待什么，又好像在想着什么，只是一言不语，静无声息。

陈大麻子指挥兵丁在撞门。

雪雨涛当然听到了急促而沉重的撞门声，他在等待最壮烈的时刻来临。

这种古老的坚实的窨子屋大门是不容易撞开的，陈大麻子的士兵费了好大的气力也只是听到轰轰隆隆的撞击声，而大门却依然紧闭。

雪雨涛在想，我就这样不理睬，看你陈大麻子有多大能耐。撞了一阵门，陈大麻子才命令士兵停了下来，他要另想办法。

正是在这种胶着僵持之时，没有想到刘之宁却突然出现在雪府的巷道口。

巫小六："刘之宁，近安！"

刘之宁一见陈大麻子、巫小六一帮人在雪府门口摆下的刀枪架势，自知不妙，可这时要脱身已来不及，便只好停下脚步强装笑脸对巫小六说："六爷，好！"

巫小六："好不好，今天算有缘，请你帮我喊开雪雨涛的大门，不然团总可饶不了你！"

刘之宁当然知道这些匪兵的凶狠，也立即猜出眼前的白热状态，他不能为虎作伥，害了雪老板。于是他拱手向巫小六："六爷，我与雪老板一般交情，这门也是喊不开的。"

巫小六见刘之宁拒绝他，便向一个士兵使眼色。这时，那个士兵便持枪过来扭住了刘之宁的衣领。

巫小六："你到底喊不喊？"

刘之宁："我喊也无用，六爷放了我！"

巫小六："给我打这不听话的家伙。"

匪兵便用抢杆狠狠朝刘之宁腿腰上扎去，刘之宁大叫一声，便跌倒地上。

外面的一切动静和对话，雪雨涛听得真切清楚，他不忍心让无辜的刘之宁受折磨，便下令："给我开门！"

雪雨涛大气凛然地率众家丁站在敞开大门的前院后阶上："陈大团长，我雪某怠慢你了！"

陈大麻子："哪里哪里，不打不相亲嘛！兄弟们进去。"

陈大麻子一挥手，巫小六和十多个匪兵一齐冲入雪府。

雪雨涛见这群匪兵一齐涌进，便大喊一声："站住，休得无礼！"

在雪雨涛的指挥下，众家丁的枪口一齐对准了眼前的匪兵。

陈大麻子："雪雨涛，你这可是抗拒军令呀！"

雪雨涛："我一个普通商人，何谈抗拒军令。"

陈大麻子："我是听到密报，你家藏有土药，故前来搜查。"

雪雨涛："团总说得好！要说藏有土药，这绝不是我雪家，我雪府代代清白如雪，不干损良心之事，而恰恰你们这群祸国殃民的所谓军人，不去打日本人，反倒在乡里贩卖土药，欺压老百姓，干着见不得天地的坏事。"

匪兵甲："雪雨涛，你敢诬蔑长官，小心子弹不认人。"

雪雨涛听后大笑："我怕子弹吗？我怕今天就不会大门紧闭，任你们这群野兽乱撞早逃之夭夭了；我怕，就不会叫这些家人持枪操刀跟你们斗；我怕，我早就可以与你们陈大团长同流合污为虎作伥。我怕？我没有什么怕！'人生自古谁无死，留取丹心照汗青'。我雪雨涛虽有愧对祖宗乡民之失，但决无怕你们这些兵匪之理！"

雪雨涛的这番话，已经让陈大麻子听得七孔冒烟，无法自控，他破口大喊："给我拿下！"

这时，只听得"砰"的一声枪响，陈大麻子摇晃着倒下。待众人猛醒过来，又一声枪响，雪雨涛也倒下了。

雪雨涛躺在自己酿造的血泊里，他双眼圆睁睁地望着天空，脸色是那样庄重而放射着光泽，他好像在对苍天发誓：我雪雨涛没有污染洪江商城的一寸土地，一片砖瓦，一缕清风，一滴泉水。我走了，我走得坦荡、清白，走得壮烈和自由。我会永远记住这座古城，千年涌动和激荡的烟雨涛声。许是老天有灵，突然狂风卷起，乌云飘荡，很快遮住了刚才还光亮明澈的天空，渐渐的，从远处传来了低沉和凝重的雷声。

三

有沅水般湛蓝的天空，将巨大的天幕铺开在四周的苍山、丘陵之上。一架架钢铁的雄鹰在与古老而神圣的土地絮语。一个出生在美国得克萨斯州考麦斯城的农民儿子，用肩上将军之星的光芒照耀这片有时也是乌云密布的天空。

次日，洪江古镇的大街小巷都在议论雪雨涛的忠勇浩气、肝胆雄魂。《洪江晚报》尤以显目的标题《雪雨涛拒卖鸦片血溅古巷》的文章，揭露了陈大麻子等一伙国民党军人在洪江的恶行，一时激起了全城上下数万市民的义愤。

这些天，整个洪江古城的商铺几乎家家都挂起了白色的挽幛为雪雨涛默哀。在江仁杰、向霏文的暗中发动下，洪江的国立、省立中学和各商会的学生、职员，一批又一批自发聚集在治安司令部的门口，强烈要求严查陈大麻子的罪恶行径。

一时洪江古镇出现了从未有过的群情激昂、同仇敌忾的激奋景象。与此同时，洪江的十多家报馆几乎都在以不同的态度评述这件洪江历史上罕见的"红黑"事件！

覃世候、刘宋急忙召集国民党驻洪江守军连长以上军官开会，布置稳控局面和制止舆论外传。

覃世候敲着桌子骂道："陈大麻子实属国军败类，该杀，雪雨涛之流也不能放过，要严查，绝不能让共产党趁机发动宣传，动摇我军心，干扰抗日局势。"

刘宋也接着训斥："本司令严令，从今日始，只要发现有贩卖鸦片者，格杀勿论！有人通共，格杀勿论！有人趁机闹事，格杀勿论！"

雪雨涛以身明义，让洪江的商人肃然起敬，但对雪梦如却是巨大的打击，梦如手捧父亲的遗书，失声痛哭，国恨家仇一齐在心底燃烧。

看到梦如悲恸欲裂的情景，梁俊湘的心情也不好受。世道的险恶，人性的沉沦，只能靠自己主宰命运。而雪雨涛正是在命运遇到最沉重的打击时，自己用明智和仁义掌握了自己的命运，而这是别无选择的。梁俊湘特地为梦如熬了一碗鸡汤，他亲自端送到梦如手边，并深情地说："你已经三天没有吃东西了，这碗鸡汤是我熬的，你喝了它，补补身子。"

梦如接过鸡汤："俊湘，梦如谢谢你！"

梁俊湘："我们是夫妻，何以言谢？我只盼你能尽快调理好自己的情绪，千万不要过度悲伤。"梦如点了点头，便把鸡汤喝了下去。

已经多天没有放晴了，这天下午，天空忽然变得明朗起来，凝望城西方向，高高屹立的嵩云山顶飘浮的白云，人们仿佛觉得心情也开朗了许多。梁俊湘见梦如的心情有些好转，便陪同她来到大佛寺祈祷。

洪江大佛寺，建于明神宗万历四年，是嵩云山慧海和尚的徒孙野云和尚始建，大佛寺在设计上很独特，外为青砖窨子屋墙壁，内为木质结构殿堂。寺内大雄宝殿由 34 根直径 40 厘米，高为 11.5 米的大红柱支撑，各色彩缎制成的幡、帏布满中间，殿内供奉的佛祖有释迦牟尼佛、阿兰、伽叶尊者、千手千眼大慈大悲观音菩萨及十八罗汉等 53 尊佛像。梦如在观音菩萨前久跪不起来，梁俊湘在寺庙前的古香樟树下耐心等待梦如出来。

梦如终于从寺庙走出来了，看她的神色比上山时显然好多了。梁俊湘急忙迎了上去。

梦如："俊湘，让你久等了。"

梁俊湘："没什么，这寺外空气新鲜，感觉极好。"

梦如："俊湘，这是父亲留给我们的。"

说着她把手上的一个信封递给梁俊湘。

......

俊湘、梦如：我一直悔恨自己做了一件丧失天良的蠢事，是你们用多年的积蓄帮助我重新有脸面做人。陈大麻子本性不会改变，他一定又会来威胁我。我再不会做这种害人害己之事，我决心已定，以身明义，要用自己的清白为洪江商人争气，为我雪家后世立名。我死后，所有财产交由俊湘总号经营管理，所得利润概捐育婴堂。剩下钱庄银票100万大洋，除偿还俊湘10万，其余用以办校兴学，盼你们夫妻恩爱，不负父托，九泉之下有灵，我会护佑你们前程远大，为国为民立极。对于黑暗和邪恶，愿你们正气浩然，坚勇相对，不可有任何动摇和妥协。

......

雪雨涛亲笔
于1943年7月13日深夜

读着雪雨涛的遗书，梁俊湘许久不语。他知道手中捧的不是一封平常的书信和一张普通的银票，而是一个正直商人生命的宣言和可以用来传家的珍宝。

这时，有络绎不绝的进香男女从他们眼前走过。看着他们一个个虔诚的身影和庄重的神色，听着地面上传出的匆匆而行的脚步声，梁俊湘感受到了真诚的心跳和呼吸。人性以善良和命运的驱使，总会让人在迷茫、徘徊中去寻找心灵的安宁和慰藉。也许这种寻觅并非在庙堂能够得到，但是千百年来民间关于神的传说和佛教文化的延续传播，却给这条古老而神秘的历史隧道增加了一道闪电和明光。无论是谁，甚至帝王将相，都难免不受其诱惑而去庙堂顶礼膜拜。

梁俊湘挽着身体虚弱的雪梦如又走进了大雄宝殿。殿堂弥漫的烟火，更让眼前的菩萨愈显露其佛光和神容的无限禅意和慈悲气息。

梦如跪在地上祈祷。梁俊湘在一边静静地注视着梦如的任何一个细节的举动。他不知道梦如在心中倾诉什么，但他从她的眼神和举止中，他完全可以想象她在诉说的一切。

庙堂里不断传来钟鸣和禅歌，不断升腾紫烟和烛火。梁俊湘又挽着雪梦如的手，穿过庙堂的走廊来到空旷后院草坪。他定眼端详刚刚进香完毕的妻子，明显感觉到她的气色比来时好多了。梁俊湘紧握梦如的手："现在你感觉怎样？"

梦如："我感到人轻松多了。"

梁俊湘："这就好，来，我们在这里坐一会儿。"说完梁俊湘就扶着雪梦如在草地上的石条坐凳上坐了下来。

梦如坐在石凳上，脸上露出了浅浅的笑纹，她在贪婪地吐纳着清新的空气。

这时，梁俊湘从草地上拾起一片红色树叶，他拿给梦如看："梦如，你看这片红树叶的形状多像一颗丹心。"梦如接过树叶，她把它贴在自己的脸上，嘴却喃喃地说："父亲，这片红叶，就像您的心，我会永远拥抱它。"

"梦如，你要为有这样好的父亲感到一生幸运和荣耀。他虽非我亲父，但我早视岳丈为父亲。我们一定遵循老人遗嘱，把所有事情办好。是啊，正如东汉时大尉杨震所言：'天知、神知、我知、子知。'此八字完全反映了我们洪江商人以义取利，清白为家，良心自有天知的信念。"梁俊湘说这番话时眼睛满含泪花。

梦如点头道："小时候父亲给我讲过一个故事，至今我记忆犹新。他说清朝时有一个姓李的富商因资金周转困难，无奈将一栋祖辈留下的窨子屋卖给了一个刘姓商人。刘姓人买房后在房中发现卖主埋的黄金，便果断送还卖主。卖主却说'房屋我已卖'而拒收。双方都不要这'义'外之财。相持不下只好诉诸当时洪江镇的汛把总署。买卖双方最后听从师爷建议，将此钱充公用于修桥铺路等公益事业。两位商人也因此获得很好的商家信誉，生意也日益红火。乡民为嘉奖两人的善举和高尚品德，便赠其'里仁为美'四字扁牌。而那条街，也从此被人们称之为'里仁巷'。"

梁俊湘惊叹："原来这就是我卖凉粉常走的'里仁巷'的来历啊！"

风云变幻，抗日前线激烈的枪炮声，总是伴着来洪江逃难的人流传来。这是 1944 年 7 月，由于衡阳机场失陷，芷江机场成了盟军唯一未被日军占领的前进机场，也是中国中南部的最后一个空军堡垒，华中空中军事指挥中心。这时的芷江机场除担负袭击日军在衡阳、长沙、岳阳、汉口、南京等地军事设施外，还担负着掩护昆明机场起飞的 B-29 重型轰炸机实施对驻华华北、华中日军的战略轰炸，以切断日军后勤补给，封锁长江、湘江和平江、粤江、湘桂铁路运输线，阻止日军进攻西南等重要军事任务。

同时，芷江机场还为准备战略反攻赶训部队。这样日军就把芷江机场视为危及占领区日军安全，危及大陆交通运输线畅通乃至西进川黔、威逼国民政府投降的最大威胁和障碍。因此，日军中国派遣军司令部在多次下达攻占芷江的命令中指出"意图在于摧毁敌前进空军基地""第六方面军司令官应尽快攻占芷江一带"。由于美十四航空队司令陈纳德将军亲自组织成立并指挥的空军地勤对空联络台小组成员，携带联络工具潜伏在龙潭前线，在距离日军阵地2000米左右的山顶，安好联络机与芷江航空站及时取得联络，飞机按照对空联络台指示方位，向日军实施俯冲投弹，分四批轮番轰炸，迫使日军退缩在工事里不敢抬头，一直被阻于溆浦龙潭并伤亡惨重，为保卫芷江机场配合后来的雪峰山会战奠定了坚实基础。

在这里笔者不得不以满怀崇敬的心情向读者讲述有关陈纳德将军的一些动人故事，让我们永远不忘这位中国人民世代爱戴的美国朋友。

克莱尔·李·陈纳德，1893年9月6日出生于美国得克斯州考麦城的一个小农场主家庭。后随家人移居路易斯安那州东北部的丛林与港汊湖湾旁，那里有密西西比河及灌木丛生的橡树林。而在这样的环境里生活、成长，陈纳德从小就养成了钓鱼、打猎的特殊嗜好。他的祖辈也是靠自己勤劳、智慧的双手，经营着一个规模才300英亩大小的农场，主要是种植棉花和粮食作物。一年耕作下来，能使一家人丰衣足食，温饱无忧，自得其安。陈纳德的父亲是一个地地道道的农民，好读书，爱思考，有眼光，精于计算，很有家庭责任感。他对子女很宽容，总是身教重于言教，因此父子之间关系非常的融洽。他的母亲乃至后来的继母，都知书达理，对子女充满理解与关爱呵护之情，并时常教育孩子们要从小立有雄心壮志，要学有所成，要争当第一。

幼年时的陈纳德，聪明、勤奋、好学。在这样一个温馨而极有教养的家庭和生活环境里，他获得了良好的人格启示，从小就很有理想、抱负、正义感，而且刻苦读书，记忆惊人，善学好问，反应灵敏，锻炼身体，从不越轨，被学校师生公认是品学兼优的好学生。到了中学时期，陈纳德更加表现出特别强的自学能力和思维能力，各科教材都学在课程表的前面，考试结果一公布，他都是名列前茅。他曾在回忆中写道："当我的中学同学为应付考试而忙得不可开交时，我却整天泡在图书馆里，大量地阅读着各种书籍报刊。我首先知道了世界上不仅有美国、法国、英国等几十个国家，路易斯安那州城它并不是世界的中心。我还知道了五大洲四大洋，在太平洋彼岸有一个叫中国的国家，历史很悠久，有许多古代宫殿，有世界奇迹万里长城，有几亿黄皮肤黑眼睛的中国人；同时，我又接触到了有关航空新知识，只要有飞机，人是可以上天飞行的，从此我就有了飞上蓝天的梦想。"

陈纳德从路易斯安那州州立大学毕业后，先后做过教师、市商学院英文助教、市基督协会健身中心体育教练，并到盟军生产汽车外胎的军工厂做过兼职白领雇员。成年以后，在父母的一再催促下，陈纳德也遵照当地风俗，娶了一位贤淑善良，有文化，有德行，不善言语的妻子。过了几年温暖甜蜜但又单调平稳的家庭生活后，陈纳德依然怀着梦想要走向新的生活世界。夜深人静的时候，让他总会想起世界东方，那个神秘的中国。机会终于降临到陈纳德头上。1917 年底，正以陆军中尉身份在圣安东尼奥特拉维斯要塞第九十师服役的陈纳德，得知驻地附近的凯利机场飞行学校正在征募志愿者军官担任飞行员的消息后，就立即跑去报了名。陈纳德的运气确实不错，他通过体检和各种综合素质测试后顺利地当上了航空兵。1919 年春，陈纳德以优异的成绩从飞行学校毕业并被评定为战斗机驾驶员。1932 年，就曾与威廉·麦克唐纳和约翰·威廉森组成"三人空中特技表演队"，在一次有 50 万人观看的表演时引起轰动。随后，他潜心研究、探索新的空战理论，不断总结驾驶战斗机的经验，力图创立在作战中战斗机与轰炸机并重的新理论。1935 年，陈纳德终于出版了自己编写的战斗机教材《防御性追击的作用》，在国际上引起强烈反响。苏联人曾想邀请陈纳德去执教，而陈拒绝。但这一切都没有在美国引起重视，为此陈纳德郁闷不得志。1937 年 3 月 20 日陈纳德主动提出辞呈，正式以空军上尉身份从美国陆军退出现役。

这时正在住院的陈纳德，多次收到中国朋友的来信。在信中向他描述了中国战局形势和空军人才奇缺的现状，并委婉地表达了中国政府及蒋夫人宋美龄女士想邀请他到中国考察指导空军建设的意思。陈纳德愉快地接受了邀请，于 1937 年 4 月 1 日由旧金山乘船启程，开始了他的中国之行。7 月初抵达上海后，他在助手及中国航空委员会官员的陪同下，亲临素有"滇黔门户，黔楚咽喉"的湘西重镇芷江，对芷江机场进行了实地考察。

站在高处，望着四面起伏如波浪的小山丘和脚下有 1000 多亩地大小的简易机场，陈纳德高兴地说："OK！这是一个好地方，在这里建机场真是再好不过了。"

当芷江机场的翻译走近陈纳德，告诉他这里是"先有飞机，后有机场"

的奇闻时，陈纳德十分惊讶："有这等奇事？"

翻译看到陈纳德的惊叹神色，便对在场的人们说开了：这里原是古代的教场坪，为历代官府和军队所用，平时训练兵将，考取武秀才，检阅军队，刑杀犯人等重大活动都在这里进行。每当战争一起，有大军进驻芷江，教场就成了军事指挥中心，点将出征的司令部。1933 年 7 月初，湖南省政府主席何键为替女婿十九师师长李觉报复陈渥，指派两个旅将小小的芷江县城围得水泄不通。因芷江城西门紧靠河水，东南北三面均为平地，城高墙厚，易守难攻。加上陈渥还胁迫城内百姓和官绅帮助守城，再加上城门、城墙上都有兵丁枪炮日夜把守，顽强抵抗，使得芷江城久攻不下。无奈之下，李觉只好电告何键请求派飞机和炮队来增援。何键便从省城派来了一架双翼式螺旋桨飞机和一个炮队来芷江助战。为对陈渥叛军施加军事威胁和心理压力，飞机就一直停在芷县城东部的大教场中。之后，便三天两头地飞临芷江上空投掷几枚炸弹，扫上一阵机枪，直到城破才撤出芷江。从此"芷江先落飞机，后修机场"的逸轶闻就传遍了湖南乃至全国。

陈纳德津津有味地听完了翻译的讲述，又连声说："OK！OK！"

1937 年 8 月 13 日，由于蒋介石与从美国请来的空军顾问陈纳德等空军将领一起分析、研究制定了中国空军保护南京的作战计划，空军遵照蒋介石的决定和陈纳德的部署，命令驻军南昌的飞行第四大队（即轻轰炸机队）飞赴杭州湾空域，对停泊于笕桥海域的日军第三舰队"出云"号巡洋航等舰艇实行轰炸，破坏其指挥与补给系统，拦截日机对我重要军事目标的袭击轰炸。这是抗战以来，蒋介石首次命令中国空军参战。8 月 14 日，受够了日寇空军欺辱之气的我空军官兵斗志高昂地抱定与日军拼死空战的决心，用自己的鲜血和生命捍卫祖国领空安全，竟然首战告捷，以 0 比 23 的不朽战绩震惊世界。8 月 14 日从此成为"中国空军节"。

中国空军首战取得的空前胜利，让蒋介石高兴不已，也启发推动了蒋介石采取美国顾问陈纳德的建议，要在具有重要军事作用的大西南地区建设几个大型的战略备用机场，以确保抗战后方的绝对安全。

1937 年 9 月，蒋介石及国民党中央航空委员会电令湖南省政府紧急扩修芷江机场，将原来的 800 米见方扩建成南北东西各长 1200 米的大型机场。

1938 年 8 月，已担任中国航空委员会顾问和空军顾问并被中国政府授予空军上校军衔的陈纳德，按照航空安全委员会秘书长宋美龄的命令飞赴芷江基地筹建航空学校。

1939 年 10 月，当日本飞机对重庆进行最疯狂的轰炸时，蒋介石在重庆林园召见陈纳德，提出要购买美国最新式战斗机，并雇请同样数量的美国飞行员来华参战。接着宋美龄也向陈纳德提出组建一个外籍空军兵团援华的要求。在这里，要特别提到的是，陈纳德当时要完成这个任务并非易事。好在陈纳德的好友，美国总统罗斯福的亲信葛格仑律师因被陈纳德全心支援中国抗战的精诚感动，不但成功地说服罗斯福总统批准了组织美国空军志愿者去中国作战，而且还予以武器和飞机支持。

直到 1942 年 7 月 4 日美国独立的这天，美国政府出于战略上的考虑，罗斯福总统决定："美国空军志愿大队"并入美国现役空军编制，命名为美国第二十三航空大队，又称"美国驻中国航空特遣队"。1943 年 3 月初，空军扩编，第二十三航空大队编为美国陆军航空兵第十四航空队，又称"飞虎队"。航空队员共 17473 人，辖 36 个战队，拥有战斗机 535 架，中型轰炸机 109 架，B-24 重型轰炸机 47 架。此年 11 月 5 日，陈纳德晋升为少将司令。

乔乔就是在这种特定的情况下，在组织的精心安排下巧妙地以特殊的身份参加了中美特种训练班的训练并成为重要的情报员，得以配合"飞虎队"实施对日的空中打击和地面袭击。

这天深夜，正是乔乔值班，她突然发现已经很久没有使用的武汉地下党电台的信号，她立刻记下密码译出："请迅速组织战地所需药品送往汉口。"

乔乔没有丝毫犹豫。第二天清晨，她就来到训练班女主教官办公室："报告教官，管家派人送信，我父亲病危，请求准假回去看望！"

女教官："你应该知道，训练的任何一个都不能随便外出的，因为你在班上表现突出，加上你父亲对我们的训练班给予了巨大支持，所以我同意你回去看望父亲，但在天黑之前必须返回。"

乔乔："是，谢谢教官。"

乔乔撑着洪江出产的油伞，走进了与云飞接头的仁济药店。

乔乔走近柜台："小伙计，请帮助看看，这些药能配齐吗？"

药店伙计接过方笺，口里说着"我看看"，然后转身走进内室。乔乔在等候，同时，用眼光谨慎注视着周围的来往顾客。一会儿，小伙计提着几剂中药出来："小姐，药都配齐了。"

乔乔："多谢了！"

洪云飞从乔乔送来的情报中知道，八路军在抗日前线急需药品，现在一刻也不能耽误。怎么办，派谁将准备好的药品送往武汉，洪云飞在思索。洪云飞知道，此次货运，任何人押送都有危险。更何况，情况又如此紧急。这时他想起了父亲洪大雄。

洪云飞果断地来到父亲居室："父亲，儿子有一批货急需赶运到汉口，目前陆路非常危险，日军、国民党军队盘查很严，现在只有你洪江总商会会长的特殊身份才有可能将货运出。"洪云飞说时，眼睛里含着对父亲深爱和敬仰的目光。

洪大雄抬起头："小子，你终于用上父亲了。其实，你从长沙回来所做的一切，我都明白是为谁干事。我支持你。你要的货，如果不够，我家地下室还有，而且我还要告诉你，我们家的地道可以直通沅江油轮码头。"

洪云飞做梦也没有想到自己真有一个这样慷慨大义无畏无私的伟大父亲，常人都说商人把钱看得重，眼光浅，而自己的父亲却是这样天高地阔，他感激万分。

"父亲，儿子在这里跟您跪下了！"

"这是为什么，难道这是家事吗？是你个人的事吗？云飞呀！你父亲当初送你去读书，就是要你走出洪江去为国家担当兴亡的使命。"

早晨，晨雾还未散去，江边仍然白茫茫的一片。伴着有节奏的浪声和山野呼呼的风声，洪昌号油船扬帆起航。

洪云飞、向霏文等在码头挥手送别。

洪大雄与刘慕竹、梁俊湘握手："联合商会的事就拜托二位！"

在洪大雄的熟练而稳健的操纵下，从洪江出发的洪昌号油船过险滩，越急流，经过近一个月的时间油船经怀化、溆浦、辰溪、泸溪、沅陵，终于驶进了常德地段，河道由原来的滩陡礁多、怪石巉岩雄峙江面，而逐渐变得宽阔起来，波浪似乎也平静了许多。

望着奔流浩荡即将涌入洞庭湖的江涛，洪大雄心潮澎湃。他当然知道这条河流所蕴含的极其丰富的文化精神和湘楚魂灵。无论是在他身前身后迎来和退后的两岸青山石壁、田园、村落、沙岛和城郭，他都仿佛看到湘军曾国藩水师的桅杆，听到了黄兴的挥臂呐喊，更有岳阳楼的范公雄词，桃花源的丽韵和岳麓山爱晚亭飘落在江涛上的读书声，好像正化作映日浪涛在汹涌激荡。洪大雄当然也知道，此时正在延安运筹帷幄指挥抗日的共产党领袖毛泽东也正是从这湘江上踏浪走出的三湘骄子。一路上，他就一直在想，这一船货物必须在一个隐蔽的河道分装一部分出去，万一发生意外，也能保存一部分。这些货物可是比自己的生命还重要，因为它要去救护千万条受伤的生命。

洪大雄的想法是对的，到底是在风浪里闯荡过来的老舵手。

洪大雄把从小就由自己培养长大的洪小武叫到跟前："你把这些银圆带上，今晚上岸去租一条小木船，明天一早在下游的巴陵岛等我，一定要谨慎小心。"

洪小武："洪大会长，小武办事你只管放心。"

油船继续顺流而下，正是夜色迷茫时，便闪电式的过了德山大码头。江上只有几艘巡逻的小艇，但因夜色太浓不敢登船搜查。

曙色初露时，油船靠近了巴陵岛，洪小武早已驾着租好的小木船在等候。

洪小武挥手朝油船高喊："洪大会长，我在这里。"

洪大雄看见了洪小武也高兴地朝他挥手，然后对身边的船工说："把船开到小船旁边去。"

一会儿，油船便靠近了小木船。

在洪大雄的指挥下，油船上的船工迅速地将一部分货转移到岛上。

洪大雄把洪小武叫到跟前："记住，这些货物比你和我的生命都贵重，这些货和你要一起藏在苇岛附近的河汊口芦苇荡里，等候消息再行动。"

洪小武："洪大会长，你放心，只要有小武在，货物就在。"

半个月后，油船过洞庭进入长江。

滚滚滔滔的江浪排空而来。

在沅水上巍峨如小山的油船到了长江便成了一叶小舟，任凭风浪颠簸。

洪大雄已经多年没有自己掌舵来武汉了，而这次他是代表儿子来的，他望着奔腾咆哮的长江，心中感慨万千。是啊！从一生下地就在父母的怀抱接受商海生活波浪的洗礼。儿时迈动的第一个留在石板路上的足印，就是上自家码头，登油船。儿时听讲的第一个故事，就是赵子龙穿岩的传说。讲的是三国时的赵子龙途经洪江，巫水河正涨水，堵住了去路，船工不敢前行。赵子龙急了，问船工还有什么路可走。船工说翻过眼前这座山就是滩头，那里河宽好走。赵子龙气不过，一气之下，拉了箭，一箭射去，岩石被射穿了。听了这个故事，年幼时的洪大雄对赵子龙仰慕极了，常想长大了一定要成为赵子龙式的人物，叱咤风云，顶天立地。儿时他最喜欢玩水划船。儿时最爱吃的是七月的醋凉粉，时常让他寻味的是曾居住了几十年的窨子屋。在自家窨子屋的每个窗户前他都沉思过；在自家院落的青砖野草太平缸前他都徘徊过；在自家高高的院墙和被风雨磨洗的晒楼间他都凝望过。那是一种特殊的情愫和向往；那是一种力量的凝聚和挥洒；那是一种眷恋的梦想和追寻。现在这一切都幻化成眼前的万顷江波、浩浩江风，还有大江深处涌动的暗流。

这时天空传来了飞机的轰鸣声，又有炮舰从江面上飞驰而来，远望黑压压的江城楼群也像一座瓦色的岛浮在波浪上摇晃。

洪大雄此刻想到正在抗日前线浴血奋战的八路军、新四军和怀有忠义之心的国军将士们时，心里就充满了悲壮感和敬仰感。他想，在这硝烟炮火弥漫的时候能为他们做点什么，该是一个中国商人应尽的责任。他有时甚至恨自己不能飞越关山去与日本鬼子刀枪相拼而感到内疚和自愧。他也是一个血性男人，也是中华民族龙的子孙！

正在洪大雄浮想联翩之时，一艘日军军舰朝他们疾驰而来，一瞬间便靠近了油船。从军舰上伸下了扶梯，接着一个日本海军军官带着十多个士兵来到了洪大雄面前。

军官："我们奉命检查入城船只。"

洪大雄："我是舵主，也是船主，愿意接受检查，不过需要抓紧时间，因为我们已和客户约好交货时间。"

军官挥了挥手："快！仔细检查！"

军官指挥着持枪的士兵进入船舱一个箱一个包地检查。

洪大雄跟在一边顺便做些说明。

日本兵检查得十分仔细，他们硬是砸开箱子，拆开包装进行检查。

见此情状，洪大雄立即意识到，这次很难过关，他当机立断，回到舵楼，把早已准备好的炸药包的导线接上。

他在心中骂道："小鬼子，休想得到半点东西。"

果然不出所料，日本兵查出了船上装着的大量药品、食盐和棉被，他们高叫着钻出船舱。

为头的日本军官抽出军刀："不老实的，给八路送军用品的统统的枪毙的。"

日本鬼子话音一落，洪大雄便朝他的腹部飞腿踢去，将这个日本军官踢到了江里，接着船工们都挥起棍棒与日本兵拼搏起来。

见船上展开了搏斗，日本军舰上的鬼子便集中火力封锁了江面，使油船无法行驶。

洪大雄面对眼前局面，他知道，油船已无法冲出去。与其让日本鬼子俘虏和得到这么多军用物品，还不如炸沉油船，让日本鬼子一无所获。想到这里，洪大雄深情地回望了一眼洞庭湖方向，然后他对着船工们高喊："点火炸船！"

突然一声巨响，油船炸成碎片在空中纷飞，江面上燃起一片熊熊燃烧的大火。

乔乔又从电台收到的信号破译出长江上发生的炸油船事件，她知道了洪大雄为了保护军用物资不被日军抢掠而壮烈牺牲。她咬紧牙关，抑制住自己不露出任何悲伤的神色，坚守在岗位上。

洪大雄率船去武汉，洪云飞心中一直放心不下。他多次叮嘱向霏文要注意接收武汉方面的电台密报。电台终于呼叫了，向霏文收到的密码译出四个字："船炸汉江。"意外的情报内容，差点把向霏文击倒。她的眼泪夺眶而出。自从她认识洪云飞，进而知遇其父洪大雄，霏文就知道，他们父子都把自己的一切，甚至和生命都维系在国家抗日和民族解放的神圣事业上。一个老商人，一个地道的洪江人，他不是共产党人，却做出了像共产党人一样舍生取义的伟大创举。这是一种怎样的商人情怀啊！这时霏文既难过，又担心，更惦念。她难过的是洪会长壮烈牺牲，担心的是洪云飞能否经受如此沉重的双重打击，惦念的是前线的八路军、新四军战友急需药品、弹药和衣服。怎么办？当然她不会想到，洪大雄在深思熟虑后还留下了一部分珍贵的物资。是啊！霏文的判断是对的，当她把情况告诉洪云飞时，洪云飞几乎彻底精神崩溃。父亲牺牲了，军用物资炸毁了，还有几十个船工兄弟的生命，这付出的代价太大。

洪云飞坐在嵩山下的岩石上，泪流满面，久久不语。

向霏文靠近洪云飞："云飞，这样大的损失，这样大的打击，我知道你无法承受，可这已经成为现实，我们只有面对更加残酷的形势啊！"

洪云飞听了向霏文的话，他仍然不语，只是伸出手去握向霏文的手。

那手握在手心里，霏文感到有些冰凉，有些颤抖，她情不自禁地把手捏得更紧，恨不得把全身的热血传递给洪云飞。

向霏文："云飞，你比我懂得多，我知道，我再说什么也没有用，我只有一个请求，云飞，你让我去一次武汉，我要在洪会长壮烈牺牲的波浪上为他祈祷祭奠！"

这是一种怎样的感情,怎样的倾诉,怎样的感动！洪云飞突然伸开双臂，他把霏文抱在怀里。他就这样抱着霏文，任自己的泪滴一滴一滴地滴在霏文的脸庞上、衣襟上、心坎上。

这是一种怎样的相拥，怎样的融汇，怎样的激动！天底下的爱和真，天底下的美和情，天底下的智和勇，只有在这个时候，我们才感受到这是真正的情义和灵肉的纯洁神圣涅槃。这应是浴火凤凰的壮丽飞翔！

洪云飞站起来了，他拥着霏文站在夕阳照耀下的岩石上，让彼此凝聚成一个比岩石更伟岸的雕塑。

洪云飞独自来到河边码头，他是带着霏文的安慰和柔情爱抚来的，也是带着父亲的慈爱和坚勇来的，他更是带着光明的呼唤和力量的奔涌来的。他望着滔滔河水，他想起了父亲走过的漫长人生道路，他当然不曾想到父亲最后生命的归宿，却定格在为民族解放的壮丽事业而献出肝胆热血。他现在真切地想象父亲面对凶残的日军所表现的坚强、勇敢、智慧和镇静。他从父亲要求亲自护送物资的举动，就已经意识到这个在家乡商城奋斗了一辈子的父亲，已经不是一个普通的只会做生意的商人，而他的心中却有一片更广阔的天空，装着都是苦难的中华民族和国家的兴亡命运。现在才完全明白为什么父亲要送自己去长沙读书，告诉他应当自己选择人生的道路。他感激父亲的明智、坦荡、无私和眼光远大，他会永远怀念父亲的崇高、豁达和坚勇。

洪云飞已经从上级的指示中，知道对日战争已进入最后决战阶段，在这种情况下，蒋介石必然要加紧对共产党地下组织的清剿和对革命根据地的进攻。他已经意识到自己的工作环境将发生严峻的变化，尤其父亲在长江引爆给共产党军队装运的军用物资油船的举动，自己必然会引起国民党特务和军队的怀疑。

面对即将出现的严峻形势,洪云飞果断地决定，必须抓紧做好各项准备，以应付突如其来的意外情况。

果然不出洪云飞的预料，潜伏在洪江中美特种训练班的乔乔收到了国民党情报处的指令，命令洪江保安司令部立即抓捕洪云飞。

乔乔此时心情特别的紧张和急躁，她不能让洪云飞遇难，必须尽快设法告诉洪云飞脱险。下班后，乔乔故意精心打扮了一番，然后来到平常对她很好的上司面前："报告上尉，我想请假去洪江照相。"

女上尉："你去照相干什么用？"

乔乔撒娇地说："不告诉你。"然后她从手提包掏出一条金项链送到女上尉手上："是男朋友要。"

女上尉："我就知道你心中的鬼，快去吧！不要让别人知道。"

乔乔："谢谢上尉！"

乔乔驾驶着摩托车飞一般地朝洪江古镇驶去。她知道，虽然女上司准了假，那也是一种试探，这个女上司一定会派人监视她。乔乔毕竟是受过专门训练的，她懂得怎样应对这种情况。于是她故意装作没有任何的察觉，按照以前与云飞的约定，若无其事地在街上转了一圈后，便迅速走进了一家颇为时尚的照相馆。乔乔利用化妆的机会将情报放到了坐过的座椅下。这时，早已化装成照相馆的摄影助手的霏文巧妙地在照相馆取回了情报。

洪云飞已经想到这种急剧的事态变化，这时他正约好从长沙赶回的洪小武商量分藏的物资如何转运的事情。洪小武早已在古寺的松林中等候，洪云飞骑着自行车疾驶而来。

傍晚时分，情况异常紧急，向霏文已经没有任何余地了。她只能冒险去通知洪云飞迅速转移。山路上向霏文匆匆赶路。她是假装去古寺拜佛的，穿着深色旗袍，撑着布伞，脸上露着轻松的神色，可心中却是焦急万分。这时，她用眼睛的余光发现自己的身前身后突然出现了许多陌生男人。特定的工作让她意识到自己已被跟踪，于是，她立刻镇定自若地走进了寺庙的观音殿。

夕阳已经快隐进西天的云层。

霏文仍跪在地上祈祷。这时跟踪她的特务都已悄悄埋伏在殿堂的两侧。霏文知道，洪云飞可能已到约定地点接头，可情报送不出，他们如何迅速离开险境？"现在唯一的选择是牺牲自己，保护洪云飞。"想到这里，向霏文毅然站起朝寺外松林方向奔去。

正在相应时刻，代号"白日红"的日本间谍也收到上级指令："立即行刺，不得有误。"躺在窨子屋墙角的巫小六终于发现"白日红"准备外出的迹象，他也迅速告知了朱润秀。

朱润秀："只要这个情报不是假的，我俩的冤结从此消除，你以后好自为之吧！"

　　巫小六："夫人放心，我再不会做害人的事。"

　　朱润秀："这件事天知、我知，你知，你快离开这里，不然你也性命不保。"

　　巫小六："夫人，我明白。"

四

在人类漫长的生命进化过程中，女性用自己的柔情、母爱、坚毅、伤痛乃至生命的粉碎，创造了大义、大情大爱的千古佳话，也书写了美丽贞烈和凄婉的爱情悲喜诗篇。就在这样的渗透着"商味"和"钱臭"的古镇，那些浸泡在"黑暗温泉"和沐浴在点燃的肉体火焰中的情欲呼唤和男女的灵肉涅槃，该做一种怎样的人性表达和心性解读呢？

朱润秀化装成一个镖客，骑着一匹黄骠马朝古寺松林急行。她清楚地看到，那个"白日红"也正化装成一个穿西装的青年男人骑着自行车朝同一方向奔去。就在同一时间，霏文也从寺庙走出来，她也急忙朝松林方向走去。可她没有想到，在她前面在树林的草丛中，"白日红"已经在守候洪云飞。

朱润秀也借着松林的高大的树干掩护，迅速爬上一棵古松，她终于发现了右边山坡荆棘掩护下的"白日红"。

这时，洪云飞在松林的土墙老屋内正听洪小武汇报。

洪小武："我就是按照洪会长的吩咐，已将物资藏在山洞中，下一步怎么办？就等待你的指示。"

洪云飞："这批物资暂由你保护，你明日就赶去靖港古镇以小商小贩为业等待转运消息，今后仁杰与你直接联系，你千万要保护好这批物资！"

洪小武："云飞兄，你放心，我知道这批物资的重要。它还是洪大会长他们用生命换存的。"

洪云飞："小武你先走，我还待一会儿，因为我目标大，认识我的人多。"

小武走后，约莫过了10多分钟，洪云飞抬手看表，知道洪小武已经走远，便起身朝相反的方向走去。

此时，霏文一直在松林边转悠，她佯装欣赏秋日松林的夕照和风光，还不时故意唱歌和吟诵古诗。就在她侧身去摘一朵菊花时，突然看见了洪云飞的身影从前面的古松间闪过。霏文知道，洪云飞走去的方向，正是最危险的方向，紧急之中，她急中生智，便大声吟诵起苏东坡的词：

> 莫听穿林打叶声，
> 何妨吟啸且徐行。
> 竹杖芒鞋轻胜马，
> 谁怕。
> 一蓑烟雨任平生。

"谁怕。一蓑烟雨任平生"的朗诵声，极其清晰、明亮地在松林间回荡，正在行进中犹豫的洪云飞听到了霏文的声音，他知道有情况，便扭头改变方向向北急行。

埋伏在草树丛中的"白日红"已看清了洪云飞的身影，她向洪云飞举起了手枪，正欲扣动板机时，只听得"砰"的一声，朱润秀先朝"白日红"开了枪。

听到枪响，洪云飞复又返回林中。

这时，众特务迅速包抄过来，一齐向朱润秀射击。

霏文正欲趁机逃离，不料早在林中埋伏的特务突然出现在她的身后。

枪声持续了10多分钟，古寺松林才在暮色渐渐降临时平静了下来。

趁着朦朦胧胧的天色，洪云飞翻越古寺后院的围墙，回到了已经很久没有再用的联络点。此刻，他忧心如焚，格外担心霏文的安全，他知道随着枪声的出现，霏文肯定会被发现。

就这样，洪云飞靠着墙壁在寺庙后院的老屋待了一会儿，他感到事情已经非常严重。他从激烈的枪声判断，很有可能有人为保护自己牺牲或被捕，而且霏文也很危险。洪云飞想到这一切，他也顾不了自己的安危，迅速把自己化装成一名僧人，他决定趁黑夜深沉时走出古寺，去设法打听情况。

夜越来越深，松林完全变成了一片黑色的海洋。在晚风的吹拂下，起伏的松树像海涛汹涌发出阵阵雄壮的啸声，洪云飞在松林的涛声和树浪中穿行，就仿佛有千双万双手在抚慰他，簇拥他，护卫他，让他感到踏实和充满希望。是啊，战争是残酷的，它要吞噬多少无辜的生命，毁灭多少美丽的家园，撕碎多少美好的梦幻和现实锦绣。可是，面对这种残酷、毁灭和破碎，我们不能妥协退让，更不能放弃，只有坚勇地冒着枪林弹雨前进，才能拯救自己的祖国、民族和人民，乃至永远地独立、自由、繁荣、幸福、博爱与美好！现在，祖国和人民需要洪云飞毫不动摇地前进。而洪云飞真的挺立起了坚硬的脊梁，他正踏着父亲的足迹前进！

不知道什么时候，乌云布满了洪江古城的上空。

次日上午，从洪江治安司令部抬出两具尸体，由几个匪兵跟随朝郊外走去。

人们在议论："我们洪江出了女侠客，女神枪手。"

一老汉："打得好，原来这'月季红'是日本间谍。"

女市民："只可惜朱女侠牺牲了，她还活着多好，帮我们多杀些坏人。"

男市民："老百姓会永远记住她的。"

这时，化装成僧人的洪云飞也挤在行走的人流中，路过保安司令部门口，他镇定地走近高墙前，去看张贴的通缉令。

洪云飞看到上面有自己的名字，淡然一笑："阿弥陀佛！"

深夜，乌鸦在凄惨地鸣叫。

青蛙也在敲着蝈蝈的鼓点。

江仁杰带领两个乡民匆匆走出古镇，他们沐着夜色迅速地挖出匪兵填埋的朱润秀遗体，然后极其庄重地把她重新埋葬在古寺松林的高坡上，并竖起一块石碑，上书：

巾帼英雄朱润秀之墓

在月色照耀下，江仁杰带领乡民在给朱润秀洒酒祭奠。每天从早到晚，总有不少洪江乡亲自觉前来吊念和献花。

乔乔也偷偷地来到墓前，深情地给母亲献上自己做的花环。

"乔乔来看你了，我知道是你用生命保护了云飞。"乔乔跪在墓前泣不成声。此刻乔乔的心几乎要碎了，但因为自己的特殊身份，她还必须尽量掩饰自己内心世界的极度痛苦。是啊，一个是亲生骨肉，一个是亲生母亲，彼此的心没有交流和对话，但天知地知又都在不同的时间和地点，用自己的性命和鲜血作承诺，做着捍卫祖国尊严和人民江山的大事。她们的一切辛酸苦楚、风雨旅行、孤独和不幸，不为人知，不为世晓，她们是真正的掌握着自己命运的和肩负历史担当的中华优秀儿女。

乔乔就这样怀着万般断肠的忧伤和无以倾诉的母女深情，跪在地上，她要大地和苍山、河流与田野感受这颗如火丹心的炽热而圣洁；她要天空和云霞、清风与雨露感触这份如海深情的浩荡而真挚；她要历史和岁月、此时与将来铭记这段如云霞般史诗的壮美而清丽。

刘慕竹悄悄来到乔乔身边，他也毫不犹豫地朝墓碑跪下。

这时，有秋风吹来，有山鹰飞来，有枯叶飘来，有涛声涌来。此刻深秋的洪江山坡上经霜后的枫叶已经泛血，像火焰在山峦燃烧。

此刻洪江人的心中正卷起愤怒而激昂的感情波涛："一定要为死难的英雄报仇。"

不知道什么时候，松林的山坡上又堆起了一座新坟，立起了一块石碑，上面的文字同样让人敬仰不已。

洪江义商洪大雄先生之墓

山风吹过，松林如浪，啸声如潮。
夜月朗照，光辉如水，静谧如磐。

治安司令部审讯室内，刀光火光闪耀升腾。

向霏文被吊在木架上，双手摊开绑在柱子上。

她已经遍身血痕，仍然坚强如铁面对敌人的酷刑和意志摧残。

刽子手："你说不说？！"

向霏文："我没有什么可说的！"

刽子手："你不怕死，可我们不让你死，要让你生不如死！"

向霏文："我是一个有良心有良知的中国教师，生死对于我早已置之度外。"

其实，向霏文非常清楚，敌人审讯她的目的，是想从她的口里套出洪云飞及其下落。自从洪大雄炸船取义，覃世候就已经怀疑洪云飞是洪江地下党负责人，只是没有证据，而这次古寺的枪击事件，他断定就是因洪云飞而引起的。

洪云飞知道霏文被捕，遭受严刑拷打仍然坚贞不屈，他万分感动。夜很深，很黑，很沉，也很冷。洪云飞独自在沅水河的云岩峰前徘徊，他抚摸着围在脖上的霏文送的红色羊毛围巾，就仿佛觉得有针尖在扎自己的心。他的眼前又出现了向霏文在课堂上宣讲抗日道理的身影，耳边又响起了霏文送给他的辞章："总为君苦，独上西楼。翻读雄关壮士梦，不忘却碎花挡寒流。"是啊！云飞这时才真正意识到了霏文的"总为君苦……不忘却碎花挡寒流"的心灵倾诉。此刻的霏文不正是为了掩护保护自己在用身躯的破碎抵挡敌人的凶残和罪恶迫害吗？他当然相信霏文的坚强和理智。他只是无法控制自己心灵的撕裂之痛和对霏文生命的万千担忧。如果只是用生命和热血换取霏文的平安，他会义无反顾地站出来，可是，这样做，不仅不能救出霏文，反而会彻底暴露了洪江地下党组织。经过反复思考，洪云飞的眼前浮现了一个他熟悉的身影，他就是梁俊湘。洪云飞信任梁俊湘，他决定去找梁俊湘。

洪云飞走进梁俊湘的窨子屋，就感受到了一种特殊的气氛。他发现梁俊湘住的窨子屋与自家的不一样，窨子屋内处处有木雕装饰。在梁撑、窗衣、槛子门上木雕尤为精致典雅。比如屋内上堂檐口两柱檐撑，就左雕"松鹤图"，右雕"椰鹿图"，图内镂空，立体感强，鹤鹿都显得栩栩如生。其他的如两厢槛子门，都雕有各式各样的故事图案，人物有表情，故又有情节，全都表现得精巧细腻，形象生动，让人叹为观止。洪云飞自然无心欣赏这些，但他却从梁府的文化环境和雅致气氛中品味到了梁俊湘的胸襟、气度和智慧，于是洪云飞开门见山地说："梁老板，你现在是联合商会会长，我只请求你以洪江联合商会的名义组织市民请愿，要求释放向霏文老师。"

梁俊湘："云飞贤弟，这件事我们商会责无旁贷，请你相信我梁某的为人，我正在组织乡亲去治安司令部请愿，再不行，我们还会采取其他断然措施。"

洪云飞感激地站起来："谢谢梁会长大义大情，我洪云飞铭记你这份心！"

梁俊湘："国难当头，我们都要以国以民族为重，其他何足挂齿？有仁弟父亲义举在前，我们还畏缩不前，何以面对他的英灵！"

洪云飞："梁会长，有你这番话，我看到了洪江的未来。我相信父亲在九泉之下也会感到欣慰。"

梁俊湘："云飞贤弟，我知道你重任在肩，一定要多加小心，需我梁某之时，我一定竭尽全力！"

这些天保安司令部门外，请愿群众如潮水般涌来。

大街小巷的商店都闭门示威。

"报告司令，全城断水、断电！"

"政府怎么不管？"

"报告司令，这里没有政府，一直是由会馆总会自行管理。"

"快去把会长请来！"

"是。"

梁俊湘气宇轩昂地走进了保安司令部。

覃世候："现在洪江就因一个女教师被捕闹成这样，你们商会管不管？"

梁俊湘："当然要管，女教师向霏文是商会学校的老师，她平日教学负责，才学过人，正直品德好，怎么就变成了一个共产党？"

覃世候："这是有证据的。"

梁俊湘："证据何在？就是因为发生有人枪击日本女间谍时她在场，那女间谍不应杀吗？"

覃世候："这个……"

梁俊湘："覃司令，这洪江古商城几百年来都倡导'以德为本，以义致利'，世世代代和好相处，所以兴盛至今，即使在这战乱时期从外地涌进近20万人也同样生活，社会秩序井然，难道今天的局面，当局就不该反省一下？"

覃世候："你要本司令反省？"

梁俊湘："是的，应该反省，否则这洪江会要大乱，如果20万人都断水、断粮、断电，我看国民政府也不会饶恕你！何况还有这20万居民的生存命运？"

覃世候："我就不怕，我有这个……"覃世候拍了拍腰间的手枪。

梁俊湘："民不畏死，奈何以死惧之！那就等着瞧吧，我告辞了！"

覃世候："你！好一个梁俊湘！"

梁俊湘走后，覃世候把孙副官叫到跟前："那个向霏文招了什么？"

孙副官："什么也没有招，她顽固得很。"

覃世候："用刑呀！"

孙副官："几乎什么刑都用上了，只差没有用电刑。"

覃世候非常恼火地说："下去吧！"

一次又一次的严刑拷打，身体纤弱的向霏文奇迹般地挺立着，她始终没有吐出一个字。但谁能知道这一分一秒的审讯，对她都是极端的残忍，她是在死亡线上煎熬。可她坚信自己不会轻易死去，她相信自己的信念，她心中有洪云飞和她热爱的学校和学生。她爱祖国，她向往未来的光明、自由和幸福。她时刻在心中念叨着这一切。她一定要履行自己对洪云飞爱情的承诺。宁愿"碎花挡寒流"，也要"常怀携手情"。这种坚贞，这种心恋，这种情殇，又何以因刀光棍棒而退却？在向霏文的灵魂和肉体的圣光前，让我们看到了潇湘女性的生命真谛和爱情宣言！

时间一天天流逝，树林的枯叶落了又枯，枯了又落，大自然在履行生命的循环规律。可人类也有规律，那就是得道多助、失道寡助。在会长梁俊湘的发动下，每天洪江保安司令部周围都有上千居民围堵请愿。从南京、重庆、武汉各地发来的电报都在质问覃世候怎么把洪江弄成这个混乱局面。覃世候实在没有想到，这个洪江联合商会有这样大的号召力，他更没有想到梁俊湘这看上去文质彬彬的商人竟然有一副这样的硬骨头。面对眼前的混乱局势，覃世候在寻思。他终于想明白了，在这样分不清输赢的政治局势面前，我覃世候又何必为一个这样的没有证据的女共党搞乱洪江，得罪那么多商贾富豪和民众呢？还不如顺水推舟捞一把。既能向上司交差，又能缓解窘境，于是，覃世候把孙副官叫到跟前："你去告诉梁俊湘，就看在他的面子上，我覃世候同意商会担保释放向霏文。"

五

雪峰山，一个比诗和画都纯美和巍峨的形象和山名。

我知道，你曾经的挺拔、威严、博大哺育了湘西的富饶、绚丽、质朴、文明和坚强。而当炮声和战鹰的轰鸣将整个大山摇晃的时刻，你便以从未有过的从容、智慧、感情抛弃着黑暗、绝望、残酷，用森林的笔在山顶涂抹出一片比血色更殷红的亮光。

梁俊湘一点也不含糊，他自己带着 5 万大洋来到洪江保安司令部。

梁俊湘："覃司令，我可是按你的指令办事，带来了 5 万大洋。向老师我要现在就接走。"

覃世候："你先不要急，我总得请示一下上级。"

梁俊湘："我们必须一言为定，信守承诺，这是我们洪江商会一贯遵循的原则。"

覃世候："好吧！梁会长，我真是敬重你的坦诚。孙副官，快叫他们把向女士送来。"

片刻，两个匪兵将打得遍体伤痕的向霏文架到了厅前。

梁俊湘走过去扶住向霏文："向老师你受委屈了，你的坚强和清白让我们感动敬佩。"

覃世候："梁会长，不说这些行吗？人我可是放了，而门外的老百姓也该走了吧！"

梁俊湘："覃司令，我早说过民不畏死，奈何以死惧之。"说完梁俊湘扶着向霏文仰头走出保安司令部大门。顿时围守在门口的洪江老百姓发出一片欢呼声。这时从侧边的小巷深处还传来了鞭炮声。看到眼前的情景，梁俊湘、向霏文流出了眼泪。

夹在逐渐散去的人群中，化装成僧人的洪云飞也沿着青石板小巷在匆匆前行。他来到梁府门前，四下观看不见有人跟踪时，便敲开了梁俊湘的大门。

朱三："你是？"

洪云飞："阿弥陀佛，我想拜见梁会长。"

朱三："梁会长刚回，正在歇息，能否改日再见？"

洪云飞："我有急事相求，只得强人所难，拜托了。"

朱三沉思片刻，意识到此时来的僧人必有重要原因，便说："待我去禀告会长，稍等。"

梁俊湘听朱三告知有僧人求见，便说："快请他进来。"

洪云飞在朱三的引领下，又走进了他曾来过的梁府大宅。

梁俊湘早已在后厅迎候，当他看见迎面走来的僧人，便一眼认出是洪云飞。

梁俊湘激动地说："好一个僧人，原来是云飞贤弟！"

朱三在一旁惊叹："原来如此。"

洪云飞："自从家父舍身取义，我就被国民党特务怀疑，他们要在暗中抓捕我，而你知道，朱润秀女侠就是为保护我而牺牲，向霏文老师也是为我而受酷刑，你更是为解救向霏文老师而赴汤蹈火，这一切让晚辈永远铭记和感激。"

梁俊湘："洪公子，我早从你父亲和你身上看到了某种光芒，我的心才被照亮。现在事情稍微缓和，请问你有何打算？"

洪云飞："我和向霏文现在就必须离开洪江，这样对你们商会和你都有好处，但是你们重任在肩啊！我这里送你两件东西，请一定收下。"洪云飞将一个红色纸包递给了梁俊湘。

梁俊湘："其实，你干的事我都赞成，只是目前时局复杂，许多方面不能顾及，还盼谅之。"

洪云飞："梁会长，你的仁德之心，大义之怀，行事之智，家父九泉之下有知，也会深怀敬意的！"

梁俊湘："不敢与大雄兄比肩，他是我们洪江商人的旗帜和楷模。"

洪云飞："梁会长，我要是没有猜错，松林高坡上我父亲坟墓必是你派人所建！"

梁俊湘："这是洪江所有商人的骄傲和荣耀！"

洪云飞："今天我来是向您告辞的，故有几件事想拜托会长继续操持。"

梁俊湘："不必客气，请直言之。"

洪云飞："我就直说了：第一件事是在任何情况下，都要保卫好洪江古商城和维持好社会秩序；第二件事要尽可能组织商户支持抗日和共产党的正确主张；第三件事要救济战争引来的难民、伤员。"

梁俊湘听后大笑："我做这些事岂不真成了共产党！"

洪云飞："我知道，你一定会像我父亲一样，用自己行动使自己成为不是共产党的共产党！"

梁俊湘："我记住了这句话！"然后叫朱三："拿酒来！"

朱三亲自提来一壶酒放到了四方形雕木桌上，然后他倒满两大碗。

梁俊湘："云飞贤弟，不瞒你，其实你的所作所为所思所想，我都看在眼里，也知道你真实的身份。我敬佩你，这碗酒就算一碗交心酒吧！"

洪云飞："自从父亲死后，你主持联合商会工作，我早就看到了你的明智、爱民、善良、正直之心，我愿意认你这个仁兄。"

梁俊湘："好！我们兄弟干杯！"

洪云飞："梁兄，所托之事，会有许多风险，你可要慎之又慎！"

梁俊湘又倒满一碗酒："云飞贤弟，别忘了我是卖凉粉出身的人，骨头硬得很。"

洪云飞："有梁兄这句话，我放心，干怀！"

与洪云飞把酒数怀，梁俊湘早已热血沸腾，他为眼前的血性青年即将奔赴血火疆场而萌生敬意，更为他的父亲浴血取义而落泪。梁俊湘待洪云飞走后，拆开了红纸包，眼前《共产党宣言》和毛泽东的《论联合政府》两本书在闪闪发光。这一切早在他的预料之中，只是现在人去物在有了更真实的印证。也就从此刻开始，梁俊湘他真正意识到了自己今后应该走的路。

梁俊湘望着这两本书许久许久，仍心潮激荡，他的眼前正升腾一片殷红的火光。

洪云飞从梁俊湘大宅走出来，就再也没有回家里，而是直接从大湾塘经王家亭子、肖家、东岳司、岩脚往会同县方向的弯曲古道走去，他要避开覃世候的耳目和特务的盯梢。一路上，洪云飞的心情异常的复杂。此一去，何时再能与霏文、乔乔见面？尤其是霏文出狱后对他说的一番话，让他永远都会深刻在记忆的心壁上。那天，霏文的手，一直颤抖着握着洪云飞的手："云飞，我知道，我这次能从魔鬼的黑洞里走回生命的再生世界，是你冒险说服梁俊湘会长出面请愿的结果。"

洪云飞听了霏文的话，深情地用手去抚慰她蓬乱的头发："霏文，真的，我担心你受不了那些野兽的摧残。"

向霏文："是的，他们非常的残酷，他们用烧红的烙铁烫我，我是痛不欲生。可是我知道，他们是想让我供出你，因为他们怀疑你是地下党，但是没有证据。"

洪云飞："你用生命保护我，我明白，是因你的坚强和宁死不屈，他们就不敢轻易地抓我。"

向霏文："现在我安全回来了，你不要管我，你必须担负更重的责任，去完成更重要的任务。"

洪云飞："霏文，你一定要记住，不论在什么时候在何种情况下，一定要顽强地活下去，因为我们还处在黑暗之中。"

向霏文靠近了洪云飞，她想再听听他胸中男性最激荡的呼吸，在他的呼吸声和节律的感触中，霏文倍加感受到女人的满足和幸福。是啊！她任何时候都要为云飞活着，因为她们的理想、志向、感情、爱和恨，乃至生命都维系在同一个目标上，那是一个让他们始终不变地要坚守的目标。想到这里，向霏文抬起头，她用深情的带着幸福渴望的眼光望着洪云飞，好像在心中呼唤：亲爱的，还有什么可以犹豫呢？

洪云飞是在静谧的夜色深处，听到世界上最秀美的动人的呼唤。那呼唤是轻轻的，有如微风吹拂，那呼唤是甜甜的，有如晨露的滋润；那呼唤也是梦幻的，有如美丽的蝴蝶在眼前飞舞，会让你的整个生命淹没在爱恋和冲动的感情潮水里。

向霏文的脸庞飞起了女人独有的红晕和羞涩，可洪云飞看不见；向霏文的眼睛滚出了深爱的泪滴，可洪云飞没有能用手掌托住；向霏文的身子在悄然扭动，可洪云飞却不知道该选择怎样的呵护姿势去迎接女人最神圣的殷红和舒心的疼痛……

是啊！从遥远传来的枪声、炮声、号声、马蹄声，还有鲜血、旗帜、烽火和城郭，一齐都在朝他呼喊，要他立即挺起胸膛走向新的战场。

洪云飞闭上眼睛，他用牙齿咬住自己的嘴唇，什么也没有说，什么动作也没有展开，便默默地把向霏文放到自己的双腿上，让她放心地进入梦乡。现在洪云飞就是捎着这个梦，奔走在山野中的风尘古道上，他知道，从此他的每个脚印里都会有那个女性美丽的血色和牵挂。

1945年4月中旬，抗日战争进入了最后的决战阶段。日军总司令部调集部队分三路向雪峰山进攻，意在尽快攻取芷江机场，扫除侵华战争的最大障碍。其战略作用，正如战后日本一位高级军官宣称的：当时，如果没有中美空军这种空中打击，"我们可能已经到了我们所希望去的（中国的）任何地方"。此时担任湘西及芷江机场全面守备部队的是王耀武第四方面军，辖第73、74、100军。会战的最高指挥官为中国战区陆军总司令何应钦，前线指挥部设在黔阳县安江镇。美国陈纳德率第十四航空队拥有远程轰炸机、战斗机、侦察机群等各型飞机400余架参战。

战幕拉开，日军就气势汹汹分三路向我军展开全面进攻：一路是日本集结在宁乡之右翼部队向益阳我军攻击，拟取道烟溪、新化进入怀化境内的溆浦龙潭；集结在零陵的左翼攻击队分两路进攻我军，欲取道绥宁、武冈、洞口、隆回，然后配合主力军攻打雪峰山主阵地；集结在邵阳、永丰地区的为日军中央攻击队，是日军这次会战的主力，企图在左右两翼攻击部队的掩护下，以优势兵力，突破四方面军雪峰主阵地，以邵阳为后方补给基地，直取芷江飞机场，妄想一举突破雪峰天险，短期内扭转战局。因我军事先设置了据点工事，日军每前进一步都要付出重大的代价，因此前进迟缓，费时两旬始到达雪峰山主阵地前沿，此时日军兵员粮弹大量损耗。5月5日，何应钦紧急电示："进犯湘西之敌，已经受挫，全军应即转入反攻。"当即，我军采取积极措施，用精锐兵团转移攻势，以歼灭当面之敌；令在黔桂边区的汤恩伯第三方面军，以所属牟廷芳第94军，由城步、绥宁疾进，向武冈西北与我74军对战之左侧北展开攻击；令胡琏第18军迅向沅陵、辰溪地区集结，听候授予保卫芷江机场的任务；中国战区陆军总司令何应钦与第四方面军司令官王耀武向敌侧面薄弱部分出击，其中以第十八军由溆浦、新化方面南下，向日军右侧后邵阳、隆回、洞口以北展开攻击，直蹑日军后方，斩断与邵阳日军的联系，形成包围态势；南方战场第三方面军经过激烈战斗则封锁了南部战场；而据守在雪峰山东麓的第74军、第100军，不失时机全线发动反攻，使对日军的包围圈越缩越紧，使之濒临绝境。在5月8日反攻这天，芷江飞机场所有飞机几乎全部出动，在战区上空盘旋、扫射、轰炸，日军陷入绝境，伤亡惨重，至6月1日，日军狼狈退出战场。历时近20天的激烈战斗，雪峰山会战取得全面胜利。

夏日的上午，天空的太阳光芒万丈，灿烂地照耀着洪江的山山水水。雪峰山会战胜利的喜悦，激动着洪江人民。洪江莲花广场竖起了彩门，搭起了彩台，人们如潮水般涌向广场去参加庆祝会战大捷大会。

在雪峰山会战的日日夜夜，梁俊湘、刘慕竹组织洪江的商人、人民群众给参战将士送粮、送水、送药。雪梦如还亲自带领救护队上前线运送伤员。整个洪江商城呈现一片踊跃支前的火热景象。现在前线将士凯旋，让洪江的老百姓格外高兴。大家给他们戴花披红表示敬意。这时，洪江各界人士代表也纷纷进入会场。湘西行署主任戴岳，十区专员文益善也亲临大会。在一片欢呼声中，商会会长梁俊湘发言颂扬奋力抗击日寇，英勇作战的全体有功将士。梁俊湘站在彩台上，满怀激情地说："今天是我们洪江人民最盛大的节日，也是中华民族洗刷百年耻辱的光辉节日。我们在这里举行雪峰山会战大捷庆功大会，就是要表达洪江人民和洪江商界对抗战将士们的感激和敬仰。"讲到这里，梁俊湘停了下来，他好像在等待什么。这时彩门外响起了震天的锣鼓和唢呐声，只见洪江各界代表将山民打到的一只重300多斤的老虎，披红挂彩置放在彩架上，抬进会场。此时会场内外群情雀跃欢声雷动，鞭炮齐鸣，龙腾狮舞，热闹非凡。梁俊湘望着这情景，眼睛放亮，他扯开嗓子大声喊道："乡亲们，这只老虎就是我们洪江人民送给前线战士们的最好慰问品，现在我宣布，请商界代表刘慕竹先生将老虎送到溆浦王耀武司令前线指挥部，以表达洪江民众的感激之情。"

在世界历史的日历屏幕上，记载着这样一个重要的时日所发生的重大事件。

1945年7月17日至8月2日，苏、美、英三国领导人为解决德国投降后若干问题及加速结束中日战争，在柏林附近的波茨坦举行会议发表了《波茨坦公告》。会议期间的7月26日，美、英会同中国对日本发出文告，令其无条件投降。在陷入雪峰山之战彻底失败的绝境后，日本不得不接《受波茨坦公告》，于8月15日宣布无条件投降。

刘乔乔由于在雪峰山会战中表现出机智、勇敢、敏捷的情报判断传送智慧和技能，受到前线指挥部的嘉奖，战地晋升为少校情报参谋。这次她受前线指挥部委派担任芷江受降谈判情报员。8月21日下午，她有机会参加中国陆军总司令部参谋长萧毅肃代表陆军总司令何应钦在芷江七里桥空军俱乐部举行受降会议。万万没有想到，当萧毅肃参谋长步入会议室时，乔乔突然发现一个十分眼熟的上校出现在自己眼前。他是谁？他是洪云飞！"洪云飞！"乔乔差点叫了出来。

这个名叫何东坡的上校副官确实是洪云飞。这时洪云飞也发现了乔乔；他走过乔乔身边时，只是用善意的眼光瞥了她一眼，然后若无其事地站在萧将军身后。这就叫巧遇，中国有句俗话叫"冤家路窄"。乔乔坐在指定的会议室座位上，认真地记录着谈判的内容，她不时用眼光偷偷地观察洪云飞的一举一动。乔乔是崇拜洪云飞的，她一直在心中暗恋着这个优秀的男人。此刻，在洪江与洪云飞相处的点点滴滴都在她的脑海里叠印着。

谈判中的对话，乔乔几乎都没听进去。作为一个情报人员，有这种思想飘移、注意力的分散是军人之大忌。洪云飞已经察觉到乔乔的走神和失态。他故意绷紧脸上的肌肉，并且用异常严厉的目光扫射了一下乔乔，接着又很有意识地用手去扶正自己的军帽。

乔乔非常敏感地接受了洪云飞警示她的信息，她立即控制住自己的感情，在记录本上认真地书写着。

萧毅肃将军："现在我宣布，由于今井武夫将军代表日方接受我方的受降要求，此次会议确定中国战区分16个受降区接受日军投降，同时决定9月9日上午9时中国战区在中国陆军总部（南京中央军官学校大礼堂）举行日本投降签字仪式。"

这是多么庄严的决定，多么激动人心的声音。要不是在这种特定的环境和场合，洪云飞、乔乔会要大声高呼，纵情拥抱。他们此刻，只能用自豪而慰藉的眼光传递着心中的万千感想。是啊！就在这芷江的历史一瞬间，中国人一举洗雪了19世纪40年代以来的民族耻辱。乔乔深深知道，这个中国近代史上的重要转折点的形成，中华民族整整经历了8年抵御抗击日本法西斯侵略的血火岁月和艰难困苦。正是在民族危亡的时刻，中国军民结成了中国共产党倡导的，以中国国民党和中国共产党合作为中心的抗日民族统一战线，同日本侵略者进行了人类史上异常残酷的不屈不挠的斗争。

乔乔也同样庆幸自己作为一个中国军人，能站在烽火前线，为反法西斯战争的胜利做出了自己应有的贡献。

入夜，七里桥空军俱乐部灯火灿烂。

这是一个让全中国人抬头挺胸、扬眉吐气的时刻；这是一个民族最荣耀、最尊严、最神圣的庆典；这是一个用信念、意志和鲜血生命铸就的胜利节日。怎么不令人欢欣鼓舞、开怀畅饮、纵情大笑、翩翩起舞啊！此时，参加受降洽谈的中国官兵都佩戴着光芒四射的军衔和勋章，一个个气宇轩昂、英姿勃发地步入舞厅。

洪云飞先步入了舞厅。

乔乔则经过一番精心化妆更显得美丽飒爽、楚楚动人。她身着美式女军装，佩戴着闪闪发亮的少校军衔，整个人都透出一股耀眼的光泽。她的出现，就像是天使降临到了人间。顿时，吸引住无数的惊羡目光。

乔乔从容在舞厅徘徊，然后有意识地在洪云飞的附近座位上坐了下来。也许，这一刻有许多的男军官都在盯着乔乔，他们都在蠢蠢欲动。这时，也就在乔乔的眼光再一次扫射洪云飞时，洪云飞果断地站起来走向她："能请您跳一曲吗？"

乔乔："当然可以。"

伴着优美的音乐旋律，洪云飞和乔乔跳起了华尔兹。

他们深情相视，温暖的血液已融汇在各自的周身血脉之中，多少年的春风秋月，多少年的窗烛花影，乔乔想念云飞啊！可从未从口中吐出一个"爱"字。多少回山道漫步，多少次河上泛舟，云飞喜爱乔乔，可他从来没有对她说过一句："我想你！"这不是他们不懂得爱，不知道爱，不会爱，不想爱，而是他们不能爱。因为他们的使命和生命已经赋予了更大的爱，更深的爱，更神圣而辽阔久远，乃至永恒的爱。有时候，人们一生就因为某一种契机和约会，某一种选择和承担，即使两心相仪和海誓山盟的恋人也只能成为毕生永远的牵挂、忆念和心的祝福。这是因为什么，因为有一种爱会远远高于爱情、亲情、乡情、朋友之情！这也永远是一般人不可能解开的人类情爱之谜！

云飞："没有想到在这里能见到你！"

乔乔："我还以为我们今生不会再见面。"

云飞："上帝是有眼睛的。"

乔乔："你相信有上帝？"

云飞："我相信，因为我们自己就是上帝！"

乔乔："啊！我明白了！"

云飞："你明白了什么？"

乔乔："现在我能亲亲你吗？"

云飞："你不要问我，你自己也是上帝。"

乔乔用温热的嘴唇主动贴向了云飞的脸庞。

夜色中的机场草地如梦如雾，像波浪也像柔软而温馨的巨大席梦思。

洒在草地上的月光仿佛也醮着湿润和羞涩，竟然变得那么凝重而朦胧。这时的夜风，也异常的轻柔和清纯。它从机场边的树林悠悠吹来，捎着秋日金菊的淡香和乡野小虫的低鸣。它是要和月光一道为久别的知音编织一首温情的骊歌和一汪爱的芳芬。曾经的炮火硝烟，曾经的孤身坚守，曾经的魂灵同飞，曾经的热血相拥，可那缕心中系着的相思，不知道梦断了几多失眠的夜晚。

云飞和乔乔坐在草地上望天空、望塔台，也在凝视洪江方向上空这盘冰心似的月轮。

他们都靠得很近，能听见各自的心跳。他们真想知道彼此的心该是怎样的激荡和欢腾飞动。

他们彼此都有话要说，可就是无从说起。因为万千语言筑成的堤坝已经在漫长的岁月中凝固在他们的喉头。他们此刻，真的，连自己也不知道应该选择一句什么样的语言，才能冲塌这感情郁结的堤坝。

乔乔终于想到了未来，她要为未来，向云飞表白，心中的永远牵挂。于是她说："云飞，我真担心我们这次离别会成为永远。"

云飞："很难说，这次不就不期而遇吗？"

乔乔："相逢时难别亦难，我心里难受。"

云飞忙握住乔乔的手："别这样。"

乔乔倒在云飞的怀中。乔乔第一次在男人的宽厚而博大的怀抱呼吸到了男人最均匀和雄性的气息。这气息来自她久日的思恋和追寻。这气息也凝结着一个伟岸丈夫的豪情、勇敢、智慧、深爱和眷恋。乔乔美丽而智慧，用乌黑的秀发覆盖的头，此刻是那样幸福地在云飞的胸脯有节奏地起伏，她好像自己正躺在温暖的波浪上，漂向一座圣洁无比的神奇殿堂。

他们不再言语，任凭暮夏的晚风在身上抚摸。他们多么需要宁静、宁静、宁静啊！就让两颗心抱着睡一会儿吧！

月亮钻进了云层……

大地也在深情而激烈地动荡着。

享受这样的如诗如梦，如情如画，如火如馨的夜晚，谁都会感觉到生命存在的无比美妙和神圣。这时刻洪云飞、刘乔乔的心却在醒着。他们是醉卧在回忆和重逢的幸福与激动里。

洪云飞是爱着向霏文的，可洪江一别，天各一方，他的心也随着对霏文的思念在寂寞而寒冷地漂泊。而今天偶然相遇刘乔乔，那颗孤独的心猛然被阳光般的温情裹住，竟然复苏了万千的奔涌思绪，让他把心中的忆念和眷恋倾泻在瞬间的彼此对视中。是的，洪云飞不敢欺骗自己的灵魂的漂泊。为了澄清"运油资敌案"的真相，救出无辜的洪江商人，洗刷洪江人的耻辱，他毅然冒险与乔乔奔赴上海、南京、重庆，甚至香港，出面与国民党的高层政要斡旋，打通各种关节，在期间他万分惊奇地发现，乔乔竟有办法让自己出现在宋美龄举行的舞会上。就这样，在与乔乔朝夕相处和跋涉的彼此照料应酬中，他又重新审视了一个美丽、聪颖和浪漫的女性，只是由于他心中时刻惦念着霏文，他只能痛苦地扭住自己的灵魂，不让它有任何的一丝漂移和冲动。他不止一次碰撞到了乔乔如火焰般燃烧的炽情眼光；他不止一次惊慌地终止自己对乔乔的遐想；世界原本就是这样的神秘和有缘啊！为何偏要把乔乔又送到自己的身边。他现在真的爱乔乔了，他也知道乔乔爱他。他爱乔乔就像爱霏文那样，把爱与生命结合在一起，他不知道这样的爱是不是对霏文的背叛和不公平。可乔乔是真实地、不容拒绝地出现在自己的身边，而自己又有什么权利不接受这种纯洁而浴火灵魂之爱呢！

草地、跑道、星光、月亮、塔台都在晃动、倾斜。

洪云飞的整个身体和心也在激烈地晃动倾斜。

乔乔当然也是爱着洪云飞的，她更知道向霏文对洪云飞的爱是那样的冰清玉洁和舍生忘死。一次又一次地被捕受刑，一次又一次地心与心的交融和相握，她明白，向霏文始终身洁如玉，洪云飞始终没有惊落一片玉叶。理由比什么都充分，特殊的使命和环境，他们只能任感情的刀刃一次又一次去剖开流血的相思和憧憬。而今天，乔乔又见到了洪云飞，她曾经痛楚地激荡过的少女之心，又开始了驿动；她也不知道，这样的灵魂飘浮是不是对霏文的残忍和自己的不幸。她想问苍天，苍天不语；她想问土地，土地无言；她只能问自己，可她实在无法回答。

塔台、月亮、星光、跑道、草地都在晃动倾斜。

刘乔乔的整个身体和心也在激烈晃动、倾斜。

月亮从云层里钻出来，把万缕圣洁和秀美的光芒，重新镀亮夜色里的世界。这机场草地上的建筑、树木、荆棘，远远停机坪两边挺立的银色战鹰都放射着生命的光辉。这时洪云飞和刘乔乔都同时在月光的抚摸下站立了起来，他们朝着相对的方向，坚定地走了过去。一步一步又一步再一步，他们的距离缩短为"0"，而彼此的呼吸和心跳却在极度地上升上升……世界终于在他们眼前变得五光十色、辉煌灿烂。

多么伟大的生命之歌，在芷江的天空回旋。

六

美国学者玛丽·E.芮奇蒙德在《什么是社会工作》一书中有一句话："用心灵影响心灵。"我还欣赏许多当代志愿者都在实践的一句口号："爱人、爱生命、爱社会。"在这里，我试图用现代社会观念透视一下洪江古商城，我想重新去品读它的历史烟雨和涛声。

抗日战争的胜利，古老的中华民族血泪斑斑的大地迅速抖去满身的战火硝烟，芷江保卫战役的胜利，雪峰山成为全世界人民瞩目的和平星座。举世瞩目的日本投降洽降定在怀化的芷江举行，极其庄严而辉煌地在湖南湘西的版图上写下了具有中华民族伟大尊严的历史篇章。

就在这个时候，来自世界各国的新闻记者、学者、社会工作者也陆续来到洪江，他们知道洪江这座古商城在这场战争中所显现的巨大民间力量和文化包容精神是极具时代和世界意义的。一座仅有 3 万人的古镇可说是在一夜之间就涌入容纳下来自全国各地的 20 多万人，而且各种生活保障基本满足，社会秩序井然，实在历史罕见。

尽管在这段兵荒马乱的岁月，商城变得苍老、灰暗、浮躁、不安，人们心里常有风雨飘摇之感，还不时有湘黔军政大员、各路地方武装、军统、日本特务及湘西土匪对洪江进行过反复的骚扰，甚至有时黑云压城，但因洪江商会继承了数百年的集智自治传统，以儒家的"信""义"为根本，他们依然伸开双臂迎接战乱中的同胞兄弟姐妹，并尽量地给予他们温暖、帮助、信任和关爱。即使在某所学校、某个医院、某条街巷，彼此相遇都能以礼相待。

现在日本侵略者被赶跑了，在洪江商城暂时栖居的同胞们又就纷纷离去，回归自己的故土去抚慰伤疤血痕累累的家园。而洪江就像是一条波浪汹涌的大江，又要在一夜之间变得风平浪静烟雨迷茫。

雪梦如的心情很特别，当时面对这突如其来的人流，她惊恐过、焦虑过，甚至绝望过，现在将面临同胞们的回归，古城变得清冷、沉重，她便立刻萌生一种凄清感、失落感，甚至觉得生命中少了一种激奋和勇力。她是一个智慧而细致、有情的女人，当她自己萌生这种感觉时，她就想到如何帮助丈夫迅速果断有效地处理好善后工作，以避免发生矛盾冲突，浪费损失财产，保持好商城的兴旺态势。

夜深了，梦如仍在伏案思考。

梁俊湘开完联合商会分会长会议回到家中，便走进梦如房间。

梦如抬起头："你先坐一会儿，我等会给你打热水烫烫脚。"

梁俊湘："梦如又在写什么？"

梦如："我在想这么多外来商家要回去，你们商会应当主动做一些调整的事情。"

梁俊湘："你又和我们想到一起了，今天晚上刘慕竹会长就提出这个问题，建议各分会与要走的商家开会，共同商量商铺的经营调整之事。"

梦如："我是这样想，对于外来商家的善后处理，商会可以做这样四件事：一是商家相互协商，公平收购铺面、房屋和其他财产；二是愿意继续开店而自己又要走的，可以委托相信的商号入股经营；三是由商会集资统一收购一些门店进行承包经营，所得利润用于市政公益设施建设和办慈善事业；四是动员商家自愿捐物捐房支持办学和社会救助。"

梁俊湘："你这想法好，我看行，明天我就召开商会商量商量。"

梦如："这样做，我想洪江商城这个'小重庆''小金陵''西南大都市''湘西明珠'才会光彩不灭。你这个会长，也才真正不负众望无愧前人。不然全国各地的商人跑光了，留下这一条条冷冷清清的石板街，一栋栋空空荡荡的窨子屋，必然不是萧条也萧条，财富变成无情物。"

梁俊湘："我这一辈子就服你这个女人。"

梦如："此话当真！我读过一本外国人写的书，书里说女人总是为爱活着，为爱苦着，为爱愁着，我不知道我是不是也这样！"

梁俊湘："其实，我们男人又何尝不是为爱活着，爱他人，爱自己，爱朋友，爱兄弟，爱社会，爱他人，当然也同样爱女人。"

梦如："你能告诉我怎样爱自己爱的女人吗？"

梁俊湘不假思索并吟道："十年生死两茫茫。不思量，自难忘！你知道吗？苏东坡的前妻王弗病逝，他在埋妻的山头亲手栽了三万株松苗。三万株啊！要种多长时间，真是点点滴滴的泥水，饱含多少情和爱！"

梦如："你要也能像苏东坡，我下辈子还嫁给你！"

刘慕竹这些日子感到从未有过的劳累和心伤，他不明白，中国为什么这样不幸，刚赶走日本鬼子，蒋介石又要发动内战。难道世界真的像卢梭在一百多年前的《民约论》中所说的："人是生而自由的，却无时不在枷锁之中？"平时，刘慕竹有想不清楚的事总是去问问乔乔，他知道乔乔思想开放，又读了许多书，可现在乔乔离他远去，到了他不知道的地方。他只好把这一切都埋在心底，尽量在战争的烽火硝烟中去长见识，用自己对生存世界的感悟和体验的精气神来支撑自己随时可能倒下的肉体。

梁俊湘也明白，在这座小城里，不管是面对冰霜雨雪，浊浪洪涛，还是境临春景柳明，把酒临风，只有刘慕竹和梦如才能与他共弦拨音，知己知心。这些天，从四面八方传来的内战一触即发的消息，足可以淹没每一个刚刚释去重负微微平静的心。梁俊湘似乎预感到这座小城又将发生什么，他决定去找刘慕竹。

刘慕竹同样想起了梁俊湘，他们彼此从各自的家门出发匆匆前行，不意就在里仁巷相遇。

梁俊湘："你去哪里？走这样急！"

刘慕竹："你去哪里？也走这样急！"

梁俊湘："你找我？"

刘慕竹："你找我？"

梁俊湘抱住了刘慕竹："哈哈哈哈哈，知我者，慕竹也！"

梁俊湘松开刘慕竹："我想和你去游一回码头。"

刘慕竹："这主意好，这些年，我还真去码头少了。"

梁俊湘："去吧！先去高码头，好看远些。"

于是梁俊湘和刘慕竹便兴致盎然地游码头了。

要说码头，在洪江镇可是一个奇迹。镇虽小，河也不宽，可码头就有48个。这里除了大众概念的河码头之外，还有本土独创的石码头（即山码头），并按阴阳哲学分为旱码头、湿码头、长码头、短码头、高码头、低码头，等等，且还有盐码头、晕码头、菜码头、油码头、米码头、货码头、粪码头等生活码头之分，堪称中国古代码头文化之大成。这日匆匆游下这几十个码头，这两位商城的巨商第一次感到自己的渺小和浅薄，前人何其伟大智慧理性，就这些码头之分便道出了人世颠簸和有常，天地的自然和赐予。站在最后一个码头上，他们回望依山而立的窨子屋群和从脚下码头弯弯曲曲延伸进入城内的石板街，再仔细品味被时光、岁月风雨和天光云影打磨映照的高墙阁楼、石柱牌坊，就仿佛自己卷入了一座莽莽然如森林、如城池、如宫殿、如大漠的梦幻之中，眼前呈现和飘散的全都是苍凉而庄重的古色，醉人而熏心的陈年老酒的清气，还有远古传说的残缺和人魂情肠的悠长与低吟。这不是古镇商城，这是一种沉淀了近千年的雕刻畅想、期待、崇拜和忆念、追寻。

梁俊湘含着泪说："慕竹呀！今天我才知道我的生命原来就属于这码头！"

刘慕竹："俊湘呀！今天我也才知道，原本我的灵魂就是这地上的石板，我们要拼命撑住这片天地啊！"

"轰隆隆、轰隆隆"远天传来了雷声，天空突然变得灰暗低沉，风也刮得更紧。

梁俊湘："要下雨了！"

刘慕竹："我怎么听这雷声更像炮声！"

梁俊湘："看来，今宵我们得请梦如多倒几杯酒啦！"

"哈哈哈哈……"

两人的笑声，爽朗至极，似乎也要压住远天还在滚动的雷鸣。

保安司令部突然变得森严起来。

门口增加了岗哨，高墙上还架起了机关枪。

每天都有被国民党军队怀疑是共产党的商人或过路人抓进这里审讯拷打。有的审不出什么，就强迫家人出重金保释，这个覃世候又想在这里大捞一把。

刚刚料理好离去的近20万战争移民，内战的炮火又在动摇山城的人心和商基。这座从来没有政府管理的城市又面临新的考验和涅槃。

巫小六确实变了，他听了朱润秀的话："以后要好自为之。"

这天深夜，他爬墙来到刘慕竹后院，把覃世候要炸毁电厂的阴谋告诉了刘慕竹。

刘慕竹知道事情的严重，连夜来到梁俊湘住宅。

梁俊湘："此事要保密，估计一时覃世候还不敢动，因为内战的输赢不明，如果国民党失败，他们肯定狗急跳墙，因此我们要早做准备。"

刘慕竹："请会长明示。"

梁俊湘："明天召开联合商会会议，组织成立商会护城队。"

刘慕竹："这主意好！"

洪江古商城的大街小巷突然出现了一支戴着袖标的护城队。所有码头、商店铺面乃至青楼、烟馆都有护城队员巡逻。各会馆还自己成立护馆队，一时洪江商城出现了少有的繁华和安宁。

随着解放战争拉开序幕，辽沈战役取得胜利，国民党驻洪江的部队和剿共司令部对内部也管得更严。其时，国民党的不少军队经过抗战的浴血搏斗，也盼望中国能安定下来。然而蒋介石不顾全国人民反对，倒行逆施发动内战，也让许多正直的国民党官兵深为不满。

刚刚进入洪江的国民党 62 师 180 团就驻扎在江西会馆隔壁才走不久的会昌商号一排高大的窨子屋里。这些日子官兵无事，除安排站岗放哨的，都在玩牌喝酒，打闹混日子，有钱的军官还暗地里去青楼抱女人。

朱自纯是一个教私塾出身的营长，他从 8 年的抗战生涯中看到了国民党的腐败和不得人心，深为共产党、毛泽东为国为民的政治抱负和救国举动感动，决心弃暗投明，组织进步官兵起义。

这一天，朱自纯召集自认为是信得过的江西老乡密商起义之举，不料下属中有国民党中统局湖南军调处派来的特工，会后就将情况密报了上司。

当天深夜，朱自纯还在睡梦中，军调处派来的特务就把窨子屋的前后大门封锁了。

这时，洪江商会的护城队从会昌商号窨子屋前经过，他们看见一群身着便服来历不明的持枪人员，怀疑是劫匪，便上前盘问。

"请问你们是从何而来？"为首的护城队员问。

一个身材魁梧的便衣回道："我们有特殊任务，休要打听，快离开！"

自成立以来，洪江护城队巡街走巷，还没有遇到这样横蛮不讲理不接受盘查的。洪江商城从古以来也是礼仪之地，护城队员们对此很为不满。

护城队头目："这是我们的职责，请出示您的证件！"

另一便衣拿出手枪指着护城队头目："这就是证件！"

护城队员也不是没有见过世面，在礼貌面前，他们以诚相见，在虎狼面前，他们必不后退，这也是洪江商人的坚勇之气。

护城头目毫不示弱："举枪！"

众队员也把枪口对准了这群便衣人。

说时迟，那时快，不知道是何人，突然从窨子屋高墙上投下一支匕首，正中那便衣的前额，便衣哎呀一声倒地，接着双方就展开了枪战。

枪声惊醒了朱自纯，他命令所有官兵迅速集结，分别上房顶和各门窗警戒。

这时，潜伏剿共的军调处处长杜本怀接到报告，护城队阻挠抓捕朱自纯。杜本怀急得直拍桌子，不得不显出原形，他气急败坏地带着两个手下直奔商会而来。

梁俊湘以诚相见，把杜本怀迎进自己的会客厅。

梁俊湘："杜处长驾到不知有何贵干？"

杜本怀："这你还不清楚吗？昨天晚上你们商会的护城队阻挠我们抓捕叛变营长，还动了刀枪。"

梁俊湘："你们军队之事，我们从来避而远之。只是需要商会帮助时，我们总是尽力而为。比如，这次雪峰山会战，你知道的，我们商会可是全力以赴，有钱出钱，有力出力，不少商户还亲自到前线送水、送饭、接送伤员。至于护城队阻挠你们抓捕叛变营长之事，我还真不知道。"

杜本怀："我不管你知道不知道，要是那姓朱的跑了，我可要找你算账！"

本来梁俊湘还是准备向杜本怀表示点友好之意，可当他看到杜本怀这副不可一世的凶样，也就毫不退让地回答道："怎么算账，请便！"说完梁俊湘拂袖而去。

杜本怀没有想到，自己会碰上这颗硬钉子，只好悻悻离去。

梦如从街上回来，已经听到昨天晚上发生的事，她急忙去找梁俊湘。没有想到，梁俊湘早就坐在书房喝茶。

梦如："夫君，护城队惹了大祸，你还有心思品茶！"

梁俊湘："祸兮福所倚，福兮祸所伏，听天由命吧！我梁俊湘天不怕，地不怕，死也不怕，这回就学学洪大哥英雄一回呗！"

梦如："你已经见过那姓杜的？"

梁俊湘："不但见过，我还给了他个不相送的礼节，叫拂袖而去。"

梦如："他不会善罢甘休的。"

梁俊湘："姓杜的暂时不敢把我怎样。这商城他并无立足之地，可我最担心的还是那个朱营长。"

梦如："我去想想办法。"

梁俊湘："你去吧！要小心！"

雪梦如叫管家设法找到了巫小六，她把一把银圆塞到巫小六手里："这回就看你的，办成功，大姐还会给你赏钱！"

巫小六歪着脑袋对着梦如说："你知道那个匕首是谁投的吗？"

梦如："还不是跟我学的。"

杜本怀回到剿共司令部忙去找覃世候。他站在覃世候跟前用挑拨的口气说："这个梁俊湘真猖狂，他根本不把国军放在眼里，如果我们这次不给他点厉害，那这座古商城我们什么也会管不了。"覃世候知道这杜本怀的底细，他也不是自己线上的人，他干的事，自己都不知道。于是便模棱两可地说："姓梁的也太放肆，可是你们的人也不应该与护城队直接冲突呀！"

杜本怀："当时是执行任务急，所以也就……"

覃世候："别也就了，我们要真把梁俊湘得罪了，也不是好事，毕竟这个商城是他们的天下。我看，这事还不能太急。"

杜本怀从覃世候的回话中，看到了覃世候想回避的态度，知道再说也没用，便冷冷地说："这事就不劳司令操心，我们自己去处理。"

覃世候："既然杜处长成竹在胸，你们自己处理更好。"杜本怀这回碰的是软钉子，他又只好悻悻而去。覃世候知道杜本怀的难缠，便不想跟他多说。

回到住所，杜本怀立即叫来了他的几个部下。

"看来覃世候不支持派兵，我们是进不了朱自纯守护的窨子屋。你们想想有什么办法抓住他？"

特务甲："我看，还是用老办法好，又省事，又利索。"

特务乙："那姓朱的不出来怎么办？"

特务甲："他已经知道自己暴露，不可能久守，他肯定会要逃出城去。"

杜本怀："好，我们就兵分几路守在各出城口上，只要一见到他，就给我干掉。"

众特务："遵命。"

巫小六趁着夜色又爬上了会昌商号的窨子屋高墙。他的身子刚一落地，就听得一声："站住，别动！"

巫小六主动举起手来："我要见你们的朱营长。"

士兵："你是什么人？"

巫小六："我是梁会长派来救朱营长的。"

士兵："跟我走。"

巫小六被带到了窨子屋后院的一间狭小的空房子里，那里只放了一张小桌子和一把椅子，看得出来，是给犯了军规的士兵关禁闭的。

朱自纯走了进来。

巫小六："朱营长，这是梁会长给你的银圆，还有这张路线图，他要你今晚午时就赶紧出城，他会派人送你离开洪江。"

朱自纯："我已知道，是梁会长给我暂时解了围，救了我的命，但我如何相信你的话是真的？"

巫小六："不知道怎样做你才相信我？"

朱自纯："你想一个让我相信你的办法，我就按你带的信办。"

巫小六真的作难了。

巫小六转着眼珠在想。

看着巫小六的神态，朱自纯放声大笑。

巫小六："你笑什么？"

朱自纯："我笑'兵不厌诈'。"

巫小六："信不信由你，你放我回去复信吧！"

朱自纯："对不起，麻烦你在这屋子待到明天上午再走。"

巫小六："怎么，你要关我禁闭？"

朱自纯："不，我是帮你想了一个让我相信你的办法。"

说完朱自纯又大笑而去。

事情完全出乎杜本怀一伙所料，这朱自纯不但没有离开洪江，他反而潜入了大观楼做起了大曲先生。小时候，朱自纯就跟父亲学出了一手好二胡，他会唱会拉，在乡间就有神琴童的名声。没有想到，现在拉琴真派上了用场。

别看那杜本怀是干特务行当的，他日夜派人跟踪朱自纯，可自己却过着花天酒地、醉生梦死的日子。

这天晚上，杜本怀喝了几杯酒，就摇晃着到大观楼拈花惹草来了。

听老鸨大声喊"见客，请'红牌'时"，正在拉琴的朱自纯便借窗户朝楼梯口张望。

只见杜本怀在两个瘦个子便衣的扶拥下向楼梯上走去。

夜，大观楼的夜是古怪的、妖艳的、浮尘混沌的，也是残忍的、心伤的抑或还是凄婉的、落泪的夜。

杜本怀已经抱着一位妖气十足的所谓"红牌"妓女进入了梦乡。

一曲拉完，朱自纯便与同行耳语几句，悄悄离去，昏暗的走廊上高挂的灯笼闪耀着微弱的光芒。换上夜行服的朱自纯趁人们不注意时，手脚灵巧地推窗而入，不等杜本怀明白什么，就将匕首插进了他的胸脯。

"救命呀！"被惊醒的妓女在大声呼喊。

朱自纯迅速跳出窗口，沿着楼壁滑向后院的墙角。

"快，跟我来，这里有暗道出去。"

一个黑影在身后低声说。

朱自纯顾不了许多，他掏出手枪尾随黑影而去。循着暗道墙上油灯光亮，他很快走出了大观楼，来到人声嘈杂的青石板街上。

这时朱自纯已经看清楚领路人的面目。

"巫先生，我朱自纯多谢了。"

"朱营长快走！"

巫小六朝左边的小巷指了指。

朱自纯急忙朝小巷奔去。小巷口雪梦如正牵着一匹马站在那里。

"朱营长，快走，这马是梁会长送你的。"

朱自纯接过马的缰绳，向梦如深深鞠躬："告诉梁会长，我会永远记住洪江商城！"

曾经沧海
——谭仲池长篇小说选
Ceng Jing CangHai
TanZhongChi ChangPian XiaoShuoXuan

土地（节选）

一

一年多时间的创业和积累，崇尚义的鹏城实业公司已被不少的建筑工程公司所熟悉。崇尚义的开拓创业理念，诚信行为，对员工的人文关怀，在中国这个古老的国家市场经济刚刚萌芽的时期能做到这一点是非常的难得。这其中当然也得力于田轫这个助手的全力支持和参谋。现在田轫已正式被任命为鹏城实业石料加工公司经理。

一天，刚刚学会打网球的崇尚义总经理把田轫叫到办公室："田轫，从今天开始，石料开采场的管理，由田强负责，你的任务是去港澳考察房产业开发，同时，要在最短的时间内学会打高尔夫球和网球。"

"崇总，我服从你的安排，可是我的文化水平，尤其是对房地产一无所知，恐怕将来会耽误您的大事。"

"凡事都是能学会的，我认真看了你写给我的石料开采规划和管理方案，感到你已经不是一个简单的打工仔，而是正在成长的企业家。我是干什么出身的，你早知道。可你并不知道，我作为一个军人，为什么放弃边防站长不当要转业到地方，自己创业？我就是想看看自己到底有多大的潜力，用现在年轻人的观念，是要体现自己的生存价值。"

"崇总，其实在一年多的时间，我已从你的身上，特别是你对我们这些农村来的打工族的关心上，体会到了你是一个要创事业的人，而不是眼睛只盯着金钱的人。"

"既然你看到了我心里所想，你就应该成为我共同闯海的战友。"

"闯海的战友，此话怎说？"

"你不以为这座城市，乃至我们的国家也像一个无限大的海洋吗？"

"有人这样跟我讨论过。"

"是谁？"

"悦雅。"

"告诉你吧，这个理念就是她告诉我的。现在我已决定调她到总公司公关部工作了。我想应该发挥她的聪明才智，田韧呀！她可是一个真正的大学生啊！"

"我怎么不知道？"

"你太认真，她不会告诉你的。"

田韧不再言语，他暂时沉默了下来。他在用眼光观察这间刚刚装修好的总经理办公室。如果说，刚认识崇尚义时，那间破旧的办公室只能坐下两三人，而且满是尘土和斑驳的墙壁，让他会很自然想到自己家乡村上村委会办公室的情景，而现在他仿佛置身另外一个天地，在欣赏明丽而充满蓬勃力量的新的人生舞台。

凝视对面墙壁上那幅画着浩瀚大海的油画，田韧心中感慨万千。画中腾飞的白色海鸥，正掠过蔚蓝的天空，飞向遥远的天际，点点帆影在波浪中闪现，显现出大海生命的跃动。

不知道什么时候，崇尚义已经站到了田韧身边，手里提着一个大皮箱。

"这箱子里装着四件东西，一套西装，一个手提电话，一身运动服和一本去港护照，希望它们成为你闯海最亲密的伙伴。"

"谢谢崇总，我记住了。"

田韧站了起来，挺直了身子，他毅然接过崇尚义手中的那口黑色皮箱。

二

田韧痛苦地失眠了。

"秀秀我不该走，我对不起你。我本来是想要你和我一道走，想不到倒害了你。"

田韧泪水模糊地一次次读着秀秀给他写的信，信中的一字一句像锋利的刀刃在剐他的心。

田轫我的知心爱人：

我是一个不幸的人。现在我无法不含着泪水，向你倾诉你走后所发生的一切。当初你和我商量，等你到外面找到了稳定的工作，再告诉我具体地方，让我来找你。当我日盼夜盼终于盼到你的来信，正准备选择时机去找你时，谁知我的举动让父亲察觉到了，他便通知那位他早已给我物色好的女婿周海舟来到我家，并强逼我同意这桩婚事。我当然不会同意，因为我们没有任何的接触和了解，我也深知我们之间存在文化、年龄和家庭经济等方面的差距。但是我至今不解的是，那位受到高等教育的所谓总经理竟然会同意与一个素未相识的农村女孩结婚。父亲是一个既固执又性格冷酷，对人缺乏宽容心的人，他只尊重自己的意志。凡是他要做的事，谁也无法改变他。我的母亲就是这样忍辱负重地跟着他熬过了大半生。我对婚姻的强烈抵制，不仅没有使父亲妥协，反而激起了他的更大不满。出乎我意料的是，没想到他会在我的饮料里放入安眠药，这样让我在神志不清的状态下与他选择的那位女婿同睡一床。你也许会恨我，骂我下贱。我当时确实一点都不知道，就这样我的一切，连同自己这颗心都被父亲埋葬了。

我青春和生命的鲜血染红了洁白的床单。那殷红的血痕浸透了我的憎恨和绝望。我立即想到死，想到报复。但当我决定要实施这一切时，是我的母亲日夜守护在我的身边劝慰我。她几乎是用整个生命在呼唤我的灵魂。母亲一次又一次对我说，你是我唯一的生活的希望，如果你有个三长两短，我会立刻离开这个世界。我真不明白，父亲为什么这样残忍地对待我。我一次又一次向母亲发问。母亲终于告诉我，我不是父亲的亲女儿，我是她怀孕后带过来的。我这才明白，父亲并不是要他的女儿一生幸福，而是要利用他的女儿去满足他的私欲和对金钱的贪求。我知道了这一切，我便知道了母亲心底的痛苦和岁月的艰难，我不能离开母亲，我更有责任保护和照顾母亲。

田轫，我知道我对不起你，看来今生我们是无缘，就盼来生吧！你要坚强，一定要坚持奋斗下去，会有优秀的女孩爱上你的。我会为你们祝福！你写给我的诗已经刻在心里，直到和我一起离开这个让我丧失了自己真爱的世界。

　　现在我只能在忆念中吻你！

　　这吻是带着血和泪，是心之吻，灵之吻！

你过去的秀秀

　　田轫无法抑制自己悲愤和极度痛苦的感情，他打开了酒瓶，对着冰凉的瓶口，一瓶酒就一饮而尽。此刻，他觉得整个身子都膨胀了起来，自己的五脏六腑好像就要炸裂开来，他的脑海里翻卷着排空的浊浪。他感到一种从未有过的恐怖和绝望在袭击他的正在流血的灵魂。他的心在燃烧，他眼前的整个世界在激烈地摇晃。

　　这时，门外刮起了大风，远处有雷声滚来，闪电在窗外震响，用蓝色的弧光去刺破夜的宁静和深幽。

　　田轫躺在地板上，他呼吸急促，嘴里在不断地喊着："秀秀，你怎么还不来？"

　　闪电夹着雨声、雷声在屋顶上掠过，仿佛在为田轫倾吐心中的呼唤。

　　悦雅在公司请了假，她要求在医院守护田轫。

　　"悦雅，这是我给田轫买的蜂王浆，你一定要他喝！"

　　"崇总，我会按你的意见办。"

　　"另外还要告诉田轫，多住几天，身体是最重要的。"

　　"我一定转告崇总的关心。"悦雅礼貌而平静地回答道。

三

　　田轫躺在病床上，望着洁白的天花板、洁白的墙壁和洁白的窗帘，感觉到这是一个圣洁而清静的世界，在这个世界里他不断地追忆着自己往日的影子。

　　他清楚地记得，中央粉碎江青、王洪文、张春桥、姚文元"四人帮"后，有一次他去学校图书馆，想借几本自己想看的书，无意中却发现了躲在书柜角落的一本封面早已枯黄的书。书中讲到徐志摩初识陆小曼的情景。

　　那是在北京的一次舞会上，第一次看到陆小曼时，徐志摩就猛然觉得从来没有见过这样美丽的女人，也不相信天下还可能有比这更美丽的女人。

后来他致函陆小曼："你应当知道我是怎样的爱你，你占有我的爱，我的灵，我的肉，我的整个儿永远在我爱的人身旁旋转着，永久的缠绕着。真的，龙龙！你已经激动了我的痴情，我说出来你不要怕，我有时真想拉你一同死去，直到绝对的死的爱火里去实现完全的爱，直到普遍的黑暗里去寻求唯一的光明。"读着这段文字，当时田轫无法理解徐志摩怎么会如此疯狂地爱上一个有夫的女人。可现在秀秀离开了他，他才真正懂得和知道了爱一个人是一件多残忍的事情啊！才真正理解了徐志摩真想拉着陆小曼一同死去的心情。此刻，他也好像真真切切地看见，那只青鸟在暮秋的阳光里，一声一声凄清地唱着，用自己的纤纤脚爪紧紧地抓着颤抖的花枝。口里唱出的忧伤的歌，渐渐地溶入他的心血之中，然后随着歌声飘落在白色花瓣上，染红了整个黄昏。

悦雅推门进来，满脸的灿烂，满目的温暖。她轻移脚步，婷婷地站在床边："好些了吗？昨天你醉成那个样子，真让我们害怕。"

"害怕？"

"是的，我们大家当时都焦急万分，手足无措。"她说。

"感谢你找崇总要来了救护车，我会记住的。"

"小事莫言谢，只要人平安，一切都会好的。"

"你在公关部工作，感觉怎样？"

"就是感到自己平时学习太差，知识太贫乏。"

"好！有这种感觉就有希望！"田轫兴奋地说。

悦雅手指灵巧地很快剥开了香蕉的皮。呈米黄色、亮着柔嫩光泽的香蕉送到了田轫的嘴边："吃吧，我想味道一定不错。"

田轫狠狠地咬了一口，美滋滋地咀嚼着。

"出院后，我就要去出差，有时间去看看田强，他性子急，要多劝他，别闯祸。"

"其实田强很仗义，很正直，肯帮助人。"

"这是他的长处，但就怕有时遇到复杂问题转不过弯来。"

"你放心去吧！有时间我会去看他的。"悦雅边说边动手去掖盖在田轫身上的被子。田轫朦胧中感觉悦雅的眼光里流泻着一种灼人心灵的火焰。

"田轫，我想问你一个问题。"

"什么问题？你问吧。"

"你和秀秀是怎么一回事？"

"是田强告诉你的？"

"是的，他很久之前就对我说过秀秀。"

"可是，她现在嫁人了。"

"我不相信，你们那样好，她怎么能背叛你？"

"这是缘分，也是我们共同的悲剧。"

"为什么？"

"以后你就会明白的，世界上唯有男人女人的事，说不清楚。"

"真那么复杂吗？"

田轫不再说话，他深情而又很理智地向悦雅点了点头。

四

凯旋宾馆是鹏城新建的第一个五星级宾馆。其豪华气派、建筑工艺、用材配料、雕塑景观都堪与国外的一流宾馆比美。整座大楼在阳光的映照下巍然矗立，深蓝色的铝合金玻璃幕墙与大海融为一体，显得雄伟而别具风情，而它独有的东方文化神韵和海滨奇特的自然风光相融合形成的美感和魅力，则流淌着音乐的旋律、诗歌的情境、书画的壮美和想象的绮丽。

此刻，凯旋宾馆的会议室正在主办鹏城首届企业家讲座。整个会场已经座无虚席，走廊上也挤满了赶来听课的男女职员。

"各位企业家，当你们满怀壮志在这座开放的新兴海滨城市用自己的智慧、心血、劳动去创业、创造财富的时候，你们是否想过这一过程最重要的而必须把握的关键之点是什么？现在我给大家讲一个英国哲学家威廉·佩利曾讲过的例子。

"假设我穿过荒野时，脚踩着一块石头，如果有人问石头怎么会在这里，我可能会口是心非地答道：它一直就在那里。这听起来可能不太荒谬。但假设我发现的是一块手表，它怎么会在这里呢？我就肯定不会像以前那样回答问题了，虽然说不定我知道手表可能一直在那里。关于手表和石头的答案为什么不同？为什么两种情况互不兼容？就是因为我们仔细观察这表时，会看到它的每一部分都是有目的地组合一起，它们如此精确地搭配调节以至产生转动，极其规律地转动以指明一天的时间。若是按各自原有的形状、尺寸，用别法摆在一起，就既不会有机械的转动，也不会有它现在的功用……我们观察这个机械，这的确需要工具设备，可能还需要一定的知识装备，才能观察，才能弄明白；但是一旦观察，一旦弄明白了，必定会得出结论：这个手表肯定有一个制造者，一位或一群工匠曾在某时某地为某个目的把它造出来，他理解其构造，并且设计用途，这才是答案。"

坐在台上给大家讲课的是一位叫任怡怡的年轻而聪颖的经济学女博士。一头丰厚而柔软略浮微波的秀发，一双灵气透亮的眼睛，以及那高而长的鼻梁，微微有些许上翘的下巴，都凸显着她跃动的青春光彩。她讲课时自己也沉浸在诗般激情和美丽的意境之中，脸上不断现出灿烂而甜美的笑容，让人感觉她思想的敏锐，情感的丰富和性格的优雅。她的话语更像一条清澈的小河，不时飞溅着银色的水花，去滋润渴望的心田。每一句话，总会让人亲切、震动甚至萌生无限的憧憬。

"从这个关于手表和石头的问题里，我们是不是意识到了这样两个问题：第一，钟表是理智设计的产物，是复杂的用来完成计划任务的。第二，石头是偶然物理过程的产物，是复杂的而且是设置来完成生存和生殖任务的。因此作为一个企业家，既要创业，创造财富首先必须具有创业的知识能力，也包括由于知识的积累启迪使自己具有明确的奋斗目标，创业精神和带领团队进行创业的组织协调能力。而石头是没有理智和思想的，它完全是物理过程产生的结束。当然石头的生存状态最终取决大自然（宇宙）的造化并非是神的意志和生物的理智设计。由此可见，作为一个创业者首先必须是一个知识者。这样就要求我们的企业家不仅要在学中干，而且更要在干中学，不仅要学专业知识学管理，而且也要学法律，学金融，学社会，学文学艺术，乃至具有良好高尚的生活情趣。一个成功的企业家，实际上是自我价值实现的优秀设计师。"

田轫人生第一次听到这样深刻、生动而有趣的课。虽然他并不太懂，或者还没有真正理解其中的哲学底蕴，但他有一点是明确的，作为一个企业家，一个创业者，必须要有知识，有明确的奋斗目标。下课了，人们都陆续离开课堂，而他却还坐在那里。他在等待她，这位年轻而智慧的女博士任怡怡的出现。

"任教授。"田轫站起来，目光迎着从对面走近的任怡怡。

"你好！我的课你满意吗？"

"你讲得太好了。教授，我有一个请求，你能去我们公司讲课吗？"

"当然可以。"

"那太好了。我怎么和你联系？"

"这是我的名片，上面有电话号码，可随时联系。"

"谢谢！"田轫接过任怡怡递上的名片。

"那我该怎样称呼你？"

田轫受宠若惊急忙说："我叫田轫！是从农村来的！"

"从农村来的，农民工？乡镇企业的？"

"是，不是。"田轫有些语无伦次。

"好，再见了！"任怡怡似有不快地匆匆离去。

田轫望着她的背影，心里突然感到酸酸的。

盛夏如火，中午采石场的阳光更加的烫人刺眼。眯着眼睛往摆满石块的山坡上望，石头上都燃烧着一层阳光的火焰。也许是多年劳作的考验和磨炼，这些来自农村的农民工，就像一尊尊钢铸的雕塑，竟然光着膀子，在石场上抡锤打钎，或搬运石块。随着热风的卷起，石尘土雾纷纷扬扬地在半空飞散，天空不时变得混浊而迷茫。

山巅不时传来的爆炸声，工棚里传出的机械切割石块的轰鸣声，还有山边石场上碎石机的碾压声，伴着来回远送石头的汽车喇叭声，整个工地就像是在合奏一曲震天撼地的雄壮交响曲。听到这首交响曲，人们可以看见海岸大堤在雄伟地延伸，城市的水泥森林在茁壮地成长，宽广的滨江大道和鲜花盛开的市政广场，还有似长虹壮丽的大桥，正飞越波浪。在这幅中国特区的巨大画幅上，就是这成千成万的农民工，在用自己的智慧、力量、辛劳和对亲人的思念，甚至流血、付出生命的惨重添上一笔又一笔可能永远也不为人知的浓墨重彩。

悦雅来到了工地，她看着眼前这幅近似壮烈的立体画卷，倾听着这既震动心灵又有节奏的各种声音，感触着一条条黑色臂膀在空中画出的弧线，她明白了，世界是怎样创造的，人类生存的价值在哪里。她是学中文的，曾经有多少美妙的梦想，有多少感情和向往的追寻。要不是田强的见危解救，她不可能融入这个神圣的却是异常平凡的充满着友善和慷慨，又不惧风雨，又安分守己，又能吃苦耐劳的至今还没有名分，不属于这座城市，但又为建设这座城市做出巨大奉献的集体。

"悦雅，你来了。"皮肤晒得黝黑的憨厚的虎子走了过来。

"田强呢？"

"田强他有事回家了。"

"什么，他回家了，怎么不说一声？"

"他把工地上的事交给我，要我帮他看几天，怎么，这有问题吗？"

"你呀，就不动脑子，这样一个大的石场，现在又增加了这么多操作机械的民工，你管得了吗？万一出事怎么办？"

"就两三天，出不了事，我也算是一个老石工了。"虎子有些不服气。

"好，别说了，陪我到工地上转一转。"悦雅好像领导似的在虎子的带领下向石头切割场走去。

五

一眼望去，青山乡的田野，翻卷层层金色波浪，农民们在梦中盼望的丰收景象终于出现在眼前。自从党的十一届三中全会召开后，农村推广联产承包制，农民的积极性空前高涨，真正成了土地的主人。现在农田有人整修了，水利有人兴建了，鸡鸭有人养了，水塘里有鱼跳，猪栏内有猪叫，土坡上菜果飘香，篱笆内鲜花缤纷，就连村舍屋顶上烟囱飘出的炊烟，也蓝悠悠地在天空画着图案。

田强一进村，看着乡亲们的笑脸和眼前的变化，心里又高兴又难受。高兴的是农村终于有了生机，家乡要富裕起来了，农民会有好日子过。难受的是他们在外打工的农村孩子，至今没有户口，不知道在城市到底能待多久？还有像秀秀这样的女孩为什么就不能有自己的爱情和选择？他这次回家来，不为别的，就是为了田轫为了秀秀，要找古世利要一个道理。

趁着浓重的夜色，田强在匆匆独行。这是一条他熟悉的乡间小路，在这条蜿蜒的沙石小路上，他不止一次去帮田轫送信给秀秀，也不止一次地从乡上的中学护送秀秀回家。田强对于秀秀，早已萌动尊敬和喜爱的感情，他知道秀秀爱他的哥哥田轫，而且这种爱根植于这片故乡的土地和山水的滋润。秀秀聪明好学，心灵手巧，人也长得美丽。就像是出水的芙蓉亭亭玉立，妩媚动人。现在秀秀被古世利设计让周海舟糟蹋了。田强心中的仇恨无法控制自己，早已化作报复的火焰在胸中燃烧。他知道，这次田轫酒醉而病，折磨自己就是因为失去了秀秀。

山夜愈来愈静谧和幽深，小路愈来愈朦胧和颠簸。不远处秀秀家的窗口，还亮着昏黄的灯光，屋影像一艘黑色的船，停泊在摇曳的松树林前。

这时，古世利穿着一件深色中山装，戴着老花镜，坐在堂屋，正扬扬自得地哼着小调。

> 休说我无情无义将你打
> 只因你心头没有我阿爸
> 那一天你红罗锦袖上花轿
> 莫忘了穿金戴银回娘家
> 哎呀呀
> 哎呀呀
> 只要我女嫁个有钱郎
> 哪怕他是只跛脚鸭

田强站在门外，听着古世利瞎编瞎唱，怒火顿时涌上心头，他抬起一脚便踢开了大门。

"你是谁？"面对突然闯进屋内的田强，古世利惊魂未定。

"我是坐不改姓，行不更名的田强。"

"你来干啥？"

"找你要人！"

"要谁？"

"古秀秀。"

"哈哈，哈哈，哈哈！真是可笑，古秀秀是我的女儿，你有什么资格要她？"

"我就是要她，你今天找不出来，别怪我无理！"

"你敢放肆，还有王法没有？"古世利的嘴还挺硬。

"去你妈的！"田强忍无可忍，挥动拳头，一下就把古世利的眼镜打落地上。

"你敢打人？"古世利高声喊叫。

"今天不见秀秀，我要你的老命。"田强揪住古世利的衣领。

"她跟着周海舟去省城了。"

"那个姓周的给了你什么好处，你要狠心拆散秀秀和我哥的姻缘？"

"我们这里穷，我不靠秀秀养老，我靠谁？你们田家有这个能力吗？

你打死我吧！这样穷活着不如死了好。"

听了古世利的话，田强的心软了下来，他松开了揪衣领的手。

"真是蛇蝎心肠，为了自己，就不顾女儿的一生。"

"我拿了人家的钱建了房子，我也没办法呀！"

"贱骨头，你不配做秀秀的父亲！"田强骂道。其实田强哪里知道，这个古世利从来就没有把秀秀当作自己的女儿。他从小就看不起她，打骂她。看着秀秀长大了，长高了，长秀气了，出落得这样青春和漂亮，有几分姿色了，他才慢慢收住了手，开始关心起秀秀来。这时候，他的灵魂又在孕育新的阴谋。他想，一定要给秀秀找一个有钱人，不管他是聋子，还是瞎子，只要他有钱就行。于是，在别人的介绍下，他就悄悄地跑进省城，物色了周海舟这个已经离了两次婚的商人。后来他发现秀秀和田轫好上了，就心怀鬼胎，千方百计干扰和制止，甚至为这件事，他又动手打起和他一般高的女儿。谁知道，田轫和秀秀商量出走，去外地打工的主意，让古世利看破了，于是他就心毒手狠地对秀秀下了手。

"你给我把周海舟的住址写出来，我要去找他。"

"你不能找他，我欠了他的钱呀！"

"只要我找回了秀秀，钱我会还他。"田强坚定地回答。

"我不能写，我知道你的脾气，我担不起这个责任。"

"你写不写？"田强又一次揪住了古世利的衣领，并把他提到屋中央。

"你不写，我今天就送你见阎王。"田强使劲一摔就把古世利推倒在地。

古世利趴在地上："求你饶了我这条老命，要不姓周的也不会放过秀秀的。"

"你要还有一丝良心，你就写出那个姓周的地址，要不，你这一辈子也别想安宁。"田强又伸手把古世利从地上提了起来，随手又把他按到了墙边的椅子上。

"古世利，你要是还有一点人性，你就给我写，你不要以为我找不到那个姓周的。"说完，田强转身就要走。走到门口，田强又回过头来："只要在省城里没有找回秀秀，我还会回来找你的。"田强话音刚落，就迈步跨出了门槛。

"等等！"古世利沙哑的声音从背后传来。

田强重又回转身子，走到古世利跟前："想明白了？"

"田强，我写。"

"好吧，我等你！"田强坐了下来。

六

坐了将近一天的长途公共汽车，田强来到了省城。在街边的小餐馆里，田强要了两菜一汤，三下五除二就吃完了。他是农村孩子，粗的细的咸的淡的生的熟的都能吃。爹妈给了他这副骨架子，土地给了他这副好心肠，大山给了他虎胆，黑夜给了他寻找光明的眼睛，田野给了他向往，流浪给了他真情。他是乡下人，可他偏偏喜欢城市，他认为自己不仅属于乡村，也属于城市。在鹏城的日日夜夜，他更加感觉到，他的未来必然属于城市，因为城市少不了他这样的能吃苦不怕累的男人。他看到了大街小巷高楼大厦、广场公园、车站码头，还有那数不尽的尘土飞扬，机器轰鸣的工地和工厂，那里没有农民工的身影，那里没有来自农村的泥土芳香和绿树红花的灿烂。

田强掏出了古世利的纸条，他在向小店老板打听周海舟的住处。

"你沿着前边的新民路往前走，就是滨江大道，这个望江花园就在滨江大道往左 100 米处。"

"好！谢谢你。"田强很客气地向店主递上一支烟。

白天虎子向田轫反映的情况，让田轫心里格外难受，他万万没有想到，当初表现出正义感很强的崇尚义竟是一个道貌岸然的伪君子。采石场的农民兄弟从早到晚，拼命地为他干活，他反倒拖欠工资，还借故添置了切石、碎石机器而不给加班工资，而且工地上的生活也越来越差。都快三年了，民工们还住在工棚里，而他自己建了高楼，坐上了奔驰轿车。田轫想起酷暑季节民工们光着膀子在乱石坡上勤勤恳恳地做事，到了下半夜都无法进工棚睡觉，仍然赤裸着上身坐在工棚外歇息的情景，不禁怒气冲冠。

"崇总，请开门！"田轫当晚就来到了崇尚义办公室门口。

"哪位？"

"我，田轫求见。"

崇尚义起身打开了房门："这么晚了，找我有急事吗？"

"有事，请崇总坐下听我说。"

崇尚义感觉今天的田轫有些异样："你好像心情不好！"

"是的，崇总，我心情确实不好。采石场上的几十个农民兄弟为你的公司白天黑夜地拼命干活，可公司为什么还要拖欠他们的工资，克扣他们的加班费？"

"这个难道还要问我，你不是也知道，现在公司业务做大了，资金周转困难吗？欠点工资以后会补发，至于不发加班费，这也是为大家着想，先挤钱发展公司，增加设备。以后公司发展了，不仅加班费会更高，我还要给大家加工资。"

崇尚义满以为，他的这通理论足以说服这位来自农村的打工头。然而他错了，田轫是个有思想的人，他能分辨是非，看清黑白，更能看到一个人心灵的深处藏着的东西。

"崇总，我过去非常地敬重您，我觉得你从部队到地方，自己创业闯天下也不容易。在我们漂泊无定所之时，你给我们创造就业的机会，我们始终感激你，因此尽管条件那么艰苦，炸石随时都有生命危险，但是大家愿意跟你干，为你所做的事业出力。可是，现在你的事业发展了，你的名声大了，公司也在这座新城有了它显赫的位置了，而你却变了，你缺乏一个企业家应有的人文关怀和胸怀，你更在名利之前变得眼光短浅，而沉溺于声色犬马的洋场之中。崇总，作为曾经尊重您的下级，我希望你能改变自己的决定，给这些来自农村的兄弟们多一份爱意和尊重。"

崇尚义听了田轫的话，心里十分恼火，他也没有想到这个在他眼前忠厚、智慧、诚实、肯干，有时甚至是俯首听命的农村青年，竟说出这样一番不容可否的话来。他想，有一天当他的翅膀硬了，他心里还会有我这个崇尚义吗？不行，不能让他的这种思想膨胀，更不能让他感到我这个人是软弱可以摆布的。于是崇尚义下定决心，要与田轫进行一场不退让的战争。

"田轫，假如我一意孤行，不改变我的决定呢？"

"那我就向你辞职，我回采石场去和农民兄弟们同患难，共艰苦！"

"我不同意你辞职，又不让你回采石场去呢？"

"崇总，我今天感觉到，好像你这样做，是要做给我看的？"

"何以见得？"

"既然你不是针对我的，那我回采石场和兄弟们享受一样待遇不是最公平的事吗？而且还能稳住大家的情绪。"

"你错了，这个决定纯属公司发展需要做出的，而且别的分公司也在实行同样的决定，这与你无关，我只是不希望你辞职，因为我需要你。"

"崇总，我会让你失望，因为我不愿意，也没有心情待在公司经理的位置上吸农民兄弟的血汗。"

"田轫，你这样说太过分了！我不会原谅你的！"

崇尚义从椅子上弹了起来，装模作样地背着手在室内踱步，而且还故意以一个军人固有的姿势，双手抱在胸前，用眼光直盯住田轫，他要在田轫眼前显示威严。许久，崇尚义没有作声，他想以沉默来对付和检验田轫这个农村青年的意志和胆量。

田轫又何尝看不出崇尚义虚弱的内心世界，他真要丢了这个起家致富的采石场，这座刚刚建起的大厦非塌下来不可。

"崇总，采石场的民工在等我去回话，说不定明天，他们就会停工。"

"哪个带头，我就辞退哪个，都停工，我都辞退。"崇尚义俨然以一个战场指挥员的身份出现。他边说边挥动手臂，停了一会儿，他又补了一句："看谁斗得过谁？"

"崇总，既然这样，我就坦白地告诉你，是我对他们说的，如果总公司不给大家按时发工资并按承诺补发加班费就从明天开始停工。"

崇尚义又是一个没有想到，原来你田轫是想好了计策来找我，你这不是逼宫吗？好一个田轫，今天我要输了你，我就不是崇尚义。

"总公司的决定，不可更改，你就看着办吧！我要休息了，请便。"崇尚义更像一个将军，他面前好像站着的田轫，在他眼中无非就是一个普通的士兵。

七

田强戴着墨镜，穿着红色夹克衫，出现在周海舟公司二楼的走廊上。他神情自若，步伐矫健，像运动员，也像公安部门有时化装卧底的时尚青年。

周海舟办公室的门打开了，从里面走出一位打扮时髦的妖艳女人。田强抓住这个瞬间，便一跃走到门口，不等周海舟关门，他的脚已跨进了门槛。

"周总，您好！"

"你是？"

田强随手把门关上，转身面对周海舟："周总，我想给你打听一个人。"

这个周海舟看上去已有 40 多岁，梳着小分头，身子胖得一坐下去，就塞满了整个座椅。他可不是等闲之辈，一看就知道是一个老奸巨猾的家伙。

"是什么重要人物，需要先生到我这里打听？请问先生贵姓？"

"我姓古，叫古剑客，我要找的人是我的表姐，名叫古秀秀，听说在你这里是吗？"

"古秀秀，我是认识她，可她从来没有来过我这里！"

"是真的没有来？"

"这还有假，她是我的未婚妻，来了有什么不可讲的！"周海舟还一本正经地称秀秀为未婚妻。

田强心里也在想，要不就是古世利在骗我，要不就是秀秀出了事。要真在这里，这姓周的也用不着瞒我。可我这不是白跑一趟，秀秀还是没有找着，我回去怎么安慰田轫呢？兵不厌诈，既然事情到了这地步，干脆一不做二不休，我也帮秀秀和田轫出一口气。

"周总，俗话说，来者不善，善者不来。我今天确是来者不善，我是要替我的表姐讨一个公道。"说着说着，田强眼睛直盯着周海舟，右手从夹克内拔出一把银光闪闪的短刀。

"周总，你见识广，你不会不认识这玩意，我是学武术的。我想，你会冷静地听我说，希望你不要妄动，否则这可是不认人的。"

"你这是干什么，你无非是要钱，要多少？我给！"

"呸！你以为我是谁，谁要你的臭钱？你给我老实说，你是怎样强暴我的表姐的？你要不实说，我今天就割下你的两只耳朵，让你永世见不得人。"

周海舟看着田强手中的短刀早已吓得浑身哆嗦，面如土色。要是真把自己这对耳朵割了，他这一辈子还怎么见人啊！想到这里，周海舟明白，不讲实话是过不了关的，于是他双手作揖："我说，我说。"

那是去冬的一天，周海舟按照古世利的约定，如期来到了秀秀家。一进门，周海舟就将从省城带来的礼品，带着炫耀的味道，摆满了桌子。另外，他还从皮大衣的口袋掏出两个厚厚的红包，分别送给古世利和秀秀她妈。古世利那高兴样，可用"见钱眼开"四个字来形容。而秀秀妈却不同，她拿着红包的手一直在颤抖，她的心里布满了恐慌和心酸。吃过晚饭，山村亮起了闪烁的灯火，远村传来狗叫和鸡鸣。秀秀这时才风尘仆仆地回到家里。她一见家里坐着一位不速之客，心里就明白了几分。几天前，她听母亲说过，父亲给她在省城物色了一个对象，过几天就会来。当时，秀秀根本听不进去，她也不追问母亲，反正，她下定决心非田轫不嫁，即使死也不嫁他人！

秀秀坐在自己的房子里，又在翻开田轫送给她的书《青春之歌》。这时，古世利轻手轻脚地走了进来："秀秀，你在看什么书？我有事和你商量！"古世利一改平常的粗声恶气突然变得文雅起来。

"看《青春之歌》，有什么事说吧！"

"你看这个！"古世利掏出一个红色的绒布裹着的小盒子，打开拿起一颗镶有宝石的金戒指，欲放到秀秀手上。

"我不要！你还给别人！"秀秀连看都没有看一眼。

"你不要太高傲，你算什么，一个农村穷女孩，人家是大公司的老总，还找不到你这样的女人！"

"那就更好，你告诉他，别想碰我，我已经有了人。"

"这事可由不得你，你是我养大的，就得由我做主，那个穷小子别想吃天鹅肉。"古世利气愤地甩袖而去。

后来，秀秀喝了母亲送来的茶水，不一会儿就睡着了。

当她第二天醒来时，发现那个姓周的男人就光着身子睡在她的身边。她猛然坐了起来，才发现自己也是光着身子。面对这一切，秀秀无地自容，她哭喊着，捶打着，撕扯着，像疯了一样地在房间地上打滚。若是天地有知也会同情这个不幸的年轻女子。

田强无法听下去了，他站在那里，双目中血光漓漓，两颊的肌肉在不住地抽搐，挫着牙，身子僵硬得像钉在地上的一柱粗大的木桩。他恨得何等强烈，恨得何等深沉，恨得不能自抑，他霍地向前跨了一步，面对人世间的不平事，眼前这个禽兽，他将心中的怒火和仇恨化作一股巨大的力量，用左手揪住了周海舟的衣襟，右手随即抓住桌上的烟灰缸狠狠地朝周海舟头部砸去。然后他把周海舟甩到座椅上，脑袋倔强地一扭，扭得脖子上的青筋顿时暴涨起来。他就这样用鄙夷的眼光望了一眼斜躺在座椅上的周海舟，仍然气愤地迈动脚步走出这栋大楼。双脚行走在车流滚滚的繁华大街上，望着两边的似乎在晃动的高楼，这时田强心里才感到有一种说不出的快意。明丽的阳光原本就在暖暖地照耀着他，让他的身子涌动着一股激烈的热浪。

八

　　江南的汛期到来了，连天的大雨引起了山洪暴发，江河水涨。不少公路、河堤被洪水淹没冲塌，不少的水库湖堤面临紧急堵口和加固抢修。冰思华乘坐着吉普车冒雨前行，去察看已经被洪水冲毁的公路。

　　一清早就从省城开往鹏城的大巴也在穿雨掠风，急速赶路。这时，天色变得越来越暗，就像是漆黑的夜晚，乌云把整个天空遮得严严实实。雷声在田野的上空隆隆滚响，暴雨伴着狂风席卷了过来，密集而粗大的雨滴撞击在车窗的玻璃上发出噼噼啪啪的响声。车窗外呼啸的狂风像野马一样奔突，也发出阵阵嘶叫。田强坐在大巴上，心里感到茫然、难受，也袭来阵阵恐惧。他在想秀秀的下落，周海舟是否会死，以及自己的命运，还有田轫、悦雅、虎子他们今后的日子。想到这里，田强又萌生了几分沮丧，他怀疑自己这样做是不是太草率、太盲目。可是这周海舟实在让人恨呀！田强一时真还理不出头绪来。

　　前行的车子颠簸得越来越厉害，借着车灯的光亮，可以看到公路已被水淹，车轮溅起一层又一层混浊的水浪。前面就将进入一条沿着河道依山新修的弯曲公路。从山上泻下的洪水，已经盈满了溪河并向岸上漫涌，车子在艰难地前行。

　　突然前面出现了昏暗的手电光，在给大巴的司机打着信号。

　　大巴车停了下来。

　　"快快救人呀！"一个浑身湿透溅得满身泥浆的人跑到车前。

　　田强第一个站起来去拉开车门。车外仍然黑夜一样的恐怖，风雨还在逞凶。

　　"在哪里？"田强和车上下来的其他顾客跟着那个泥人迅速朝前面的公路陷塌处奔跑。

　　借到闪电，可以隐隐看见，一辆吉普车已翻倒在滑坡泥石冲刷的河边坡地上，从山上滑下的泥石，还在不断地涌向吉普车，并一直冲泻到河道里。田强跳到了泥石流里，朝吉普车靠近，靠近，他用自己强壮的身躯和手臂，拼命地推开了压在吉普车车门上的巨大石块。又一股泥石流朝他涌来，他迅速闪开身子，复又用手去拉开了变形的吉普车车门。突然，一块石头从山坡上飞了过来。以后发生的一切田强就再也不知道了。

九

冰溶溶抱着带露的鲜花站在床前,她一定要等他醒来,亲自把花送给他。她就这样站着,看输液一滴滴地流进他的血脉里。一位素不相识的青年,在险情发生的时候,能挺身而出,扑向洪水,面对随时可能毁灭生命的泥石流,这需要一种怎样的精神、勇气和决断。我能做到吗?我是律师,不止一次地在庄严的法庭,面对光芒四射的国徽,用公平、正义赋予自己的权利为被告人辩护,为良知,也为他人的生存权利辩护。然而,当今天面对冒死救父亲于危难时刻而负重伤的恩人,仍处在昏迷状态中,她心中思想感情的波涛在汹涌激荡。她知道,要想找到真正人生意义的答案并非容易。一个人的理想、信念、追求的过程其实是一种自我否定、自我解剖、自我反省、自我完善的过程。冰溶溶在西南政法大学就读时,父亲还没有平反,只是把他从"五七"干校调回了省交通厅待安排。在那些日子里,冰思华用大量的时间读书。他读书几乎是随意性的,没有刻意地要求自己读什么书。大的部头他读《资治通鉴》《史记》,小的文章他读贾谊的《治安策》《鵩鸟赋》,尤其对鵩鸟,他印象独深。2000多年前,27岁的贾谊在长沙的湘江边,沐夕阳余晖,听江涛絮语,突然看见一只猫头鹰站在枯树的黄昏里啼叫,他的心顿觉无限苍凉。他知道,在南方人的心中,这是一种不吉祥的鸟。于是贾谊便怀着忧郁写出了《鵩鸟赋》,他在文中道:

"请问于鵩兮:予去何之?吉乎告我,凶言其灾。淹数之度兮,语予其期。"

终于,鵩鸟(猫头鹰)没有告诉贾谊吉兆、凶兆和他寿命的长短。然而,6年之后他就与世长辞。

读其文,想其事,悟其理,冰思华也是感慨良多。20多年前,他已是省交通厅副厅长,可谓是年轻得志。他没有遭遇鵩鸟,也没有能有机会读贾谊的《鵩鸟赋》去感怀人生的苍凉和无奈,但他读过《千家诗》,感触着人生的壮美和丰盈,同时还兼几分雅致和洒脱。他特别欣赏牧童《答钟弱翁》那首诗,至今仍能背诵出来:

草铺横野六七里，

笛弄晚风三四声。

归来饱饭黄昏后，

不脱蓑衣卧月明。

　　这是一种何等自在自足自信的农家生活啊！可与神仙共乐。当时，年轻气盛的冰思华就是因为讲了真话，提了领导的意见，便被打成右派，"文革"时又送到干校改造思想。那段几乎失去自由，还要整天看人眼色度日的时光里，他绝望了，几乎想到死。他终于没有死，是因为他看到别人都在活着。

　　后来，冰思华恢复了工作，又重新担任了省交通厅长之职，他感激党，感激时代，感激养育他的人民。虽已年过半百，两鬓发白，但他壮心不已，立志在交通工作的岗位上，为百姓多修路，修好路，让偏僻山村的百姓也能走上宽广平坦的路。

　　这次意想不到出现的公路塌方，和遇到泥石流的生命之险，竟被这位年轻人用他的生命坚强和坚定的肩膀，强健的手臂把死神赶走，依然给他一片明亮的天空，一条条更长更宽的道路，一座座更雄伟的桥梁，一个个更蓬勃和兴旺的港口。

　　这也许是缘分，也许是天意，抑或就是命中注定。

　　"水！水……水……"微弱的、淡淡的声音在微微抖动的嘴唇里流了出来。

　　冰溶溶依然抱着花，她在回忆和期望中，终于听到了生命的呼唤。

　　随着继续听到的"水、水、水"的声音，田强的眼睛露出了微光，这光顿时像一轮月亮在冰溶溶的心中升起。

　　"医生，快来！他醒了！"

　　冰溶溶跑到门口，招呼着走道上巡诊的医生。

　　现在溶溶一切都明白了，这个舍生救父的田强，既不是干部，也不是工人，是一个只读了初中的农村青年。他正在鹏城打工，是因为来省城办事，搭车回鹏城去，才遇上这场突而其来的洪灾。

　　"田强，你安心养病，我会设法通知你哥，让他们放心！"

　　"谢谢你，我麻烦你们，心里难受！"

　　"怎么这样说，你是我父亲的救命恩人，刚才他还来看你。"田强点了点头，不再说话。此刻，他心里很快乐。活了 27 年了，他还没有遇到一个这样漂亮的女孩陪他说话，给他安慰和笑容。

"田强，我给你送的鲜花好看吗？"冰溶溶又一次把放在窗台上的鲜花拿给田强看。田强伸出粗壮的手，微微颤动着去抚摸还带着晶莹水珠的鲜花。

"很鲜艳，就像我们家后山的山茶花。"

"是的，这就是山茶花。"

"你喜欢这花吗？"

"当然，我还把后山的山茶花挖出来栽在屋前的坪里。"

"你真行，看来你对大自然很热爱！"

"在我们老家，有一首歌就叫'山茶花'，很好听的。"

"你能唱给我听吗？"

"我唱不好，怕你笑话我。"

"我不笑话你，我要你唱！"溶溶撒娇似的，伸手拉住了田强的手，并使劲地捏着，摇着，要他唱歌。

田强的心甜蜜极了，身上的血管里正沸腾着激动而热烈的血液，他从未感触过女人的手，尤其像这样美丽的温柔的女人的手。他的整个身子都在震颤，灵魂也在飞翔。他已陷入了幸福和爱的旋涡之中。田强并不知道什么是爱情，他还从未想过。要说有一点萌芽的思绪，还是看着田韧与秀秀的亲热和友好才意识到，也许他们有了爱情。正是因为他有了这种预感和判断，他才同情秀秀的不幸，要冒险去为秀秀报仇，为田韧出气。

"田强，你怎么不给我唱呀？"

溶溶还在摇动田强的手。

田强没有道理不唱，因为这里就他们两人，要笑话，也就是溶溶了。怕什么呢？为了让美丽的女孩高兴，唱就唱吧。

"你听着，可不能笑我！"

"我答应！"

溶溶装出异常认真的样子，在听田强唱歌。

红的花　白的花
绿的叶　紫的丫

彩蝶伴随芳香舞
日日夜夜情无瑕
山重水复长相望
送哥一束山茶花

水中影　月中花
形相随　走天涯
任凭旅途风雨骤
自古花事传佳话
年年岁岁送春回
阿妹就是山茶花

　　不知道为什么？田强的歌唱得特别的投入，特别的动情，特别的有韵味，甚至他的眼角都滚动着泪花。溶溶更是听得入神入梦，她仿佛看见山边盛开的山茶花丛中，田强正在追逐飞翔的彩蝶。远处的山坡上，有一个漂亮的女孩手中正拿着一束山茶花向他频频招手。许久，溶溶才缓过神来："田强，你的歌唱得真好！"

　　"别说了，我都不好意思。"

　　"你以后还要给我唱。"

　　"以后……"田强面对溶溶淡淡一笑。那笑，无可言表。

十

　　"喂，你是悦雅吗？"

　　"是，我是悦雅。"

　　"田强你打听到下落吗？"

　　"还没有，我找了很多朋友打听。"

　　"你看真急人，偏偏这时候崇尚义又在为难我们。"

　　"田轫，你要冷静，相信田强，他不会出事，我真正担心的是秀秀。"

　　"我猜想，找到田强，就能知道秀秀。老家那边我也去了电话，都说没看见田强。"

"你就放心吧。我去找，你要注意身体啊！采石场工作难呀！"

"谢谢关照。"田轫放下听筒又匆匆走向工地。

放眼望去，山脚下的公路上卷起了一阵黄色尘土，一辆奔驰轿车径直朝采石场开来。田轫一看，就知道是崇尚义来了。他迈开脚步，朝正在走来的崇尚义迎了上去。

"崇总，您来了？"

"来了，回来感受怎样？"

"还可以。"

"能坐下谈谈吗？"

"谈什么？"

"我是收到您的最后通牒，如不补发加班工资，就取消加班，按正常时间上班。这件事还能谈吗？"

"没法谈，我不能拿民工的身体甚至生命开玩笑！"

"田轫，我现在是最关键的时刻，需要大量的资金，只要度过了这个时期，我什么加班工资都兑现。"

"崇总，我没法跟您谈这个关键时期，那个关键时期，大家流血流汗，又跟你干了半年，你还分文不给，连伙食费都得民工自己掏钱。你就忍心这样对待一个个有着思想、感情、父母、兄弟，甚至妻室儿女的农民兄弟？这是什么时代，这不是封建王朝，更不是地主与佃农，资本家与工人的时代了。"他说得激昂慷慨，一股无名怒火在心里直窜腾。

"好，我不给你讲这些大道理，我只想问你还有回旋余地没有？"

崇尚义那两只眼睛闪耀着狡猾的光亮，鼻子耸了耸。

"没有！"

"好吧。那就这样，明天我就关闭采石场，你们结账回家。"

"行，一言为定。"

田轫从来没有像今天这样慷慨激昂，从来没有。是什么力量支撑了他，是这个时代的所有信息，是这群民工身上散发的力量和友谊，是这座石头山给他的启迪，这座城市给他的信念，是那个任怡怡给他的背影。

十一

悦雅的智慧与才干，美丽与气质，沉稳与果断，在一个小小的公关部门的岗位上就已经凸现出来。她出去办的事，协调的关系，几乎是百分之百的成功。

夏天到了，天气变得炎热。鹏城新修的大道，两边是高大的绿树形成的屏障，生发着阵阵凉意。中央的花圃，则是百花盛开，灿烂如锦，展示着城市的生气与美感。

悦雅穿着白色的套裙，飘甩着一头黑色瀑布似的披发，在街上行走，那庄重、从容、飘逸的倩影，很容易使人立刻想起某部电影中那个诱人的明星的形态和姿色。

崇尚义从采石场回来，像一只斗架失败的公鸡，坐在办公室里仍然在恨田轫的不知进退和不讲情义；仍然在恨这群农民的无知和眼光短浅；自然也在恨自己，怎么要输给田轫。

门是半开半掩的，这是崇尚义室内没有人时，他的一种工作习惯。他就喜欢坐在办公室里，能不时浏览门外走过的任何一个人，或听到任何一种声音，他以这种状态来填补灵魂的空虚。是的，这些年他苦恼过，他兴奋过，也痛苦过，也搏斗过。现在他正要大海扬帆，长空展翅了，本想借田轫这股东风，没有想到，田轫不给东风，反而伸手去折断他的帆，他的翅膀。他能放过这个竞争对手吗？不，他要把他们干净彻底地赶出鹏城这座属于他崇尚义呼风唤雨、叱咤风云的城市。想着，想着，崇尚义的牙齿竟把自己的嘴唇咬出了血。他的眼睛就这样瞟呀瞟，一直盯着门外。

这时，悦雅匆匆地从门口飘了过去。那修长的影子，久久地留在崇尚义眼睛的屏幕上，许久他都没有缓过神来。

"太漂亮了，太漂亮了，我平时怎么就没有一点察觉？"

崇尚义开始恨自己的性神经不敏锐，是不是那种事太多了，使自己缺乏了灵感？

"悦雅吗？晚上我在滨江酒店请客，你去订一个雅座吧！"他向她招呼，眼睛却盯着她，目光黏黏糊糊，像是一只晕眼的猫。

"好吧。"她点了一下头，便别过脸去，扭身要走。

"要是，是，最好的，朝海面那边，好……好欣赏海上夜色，你一起参加，什么？田轫找你？明天再去吧，今晚陪我们……"崇尚义瞧着她，不由自主地舔了舔嘴唇，眼睛里飞出两片蓝火苗，心里顿时有一种就要飞翔的感觉。

十二

滨江酒楼的各色各式的灯光都亮了，灿烂而辉煌，华丽而典雅，明亮如昼。夜色和星光连缀的天幕成了酒楼最大的背景和底片。海上疾驰的巨轮、飞艇、风帆映射着流动的星火灯光，勾画着大海的壮美和神奇。

刚从美容店出来，崇尚义已装饰一新。梳得油亮的小分头，灰色的名牌西装，脸上刚做过按摩，更显得神采奕奕，容光焕发。他站在巨大的镜子前面，反复品味着自己此刻的形象，然后得意地笑了。

悦雅按照崇尚义的盼咐，早已来到滨江酒店，她靠在临海面的题名为"遗珠"的包厢门口的曲廊栏杆上，凝望着夜色下的海湾，让夏风柔柔地梳理袭在肩头的秀发，心里有了片刻的宁静。

多美的海湾，那律动的船帆，奔涌的波浪，梦幻般迷人的月色，四周楼群和远处山影叠起的森林般的图形，蕴藏着多少令人遐想的甜蜜和生活的诗意。她是学中文的，对于诗歌，对于散文，对于历史，对于小说、音乐和绘画中潜存和流淌的丰富的精神营养和照耀心灵的光芒，不说有多么深刻的领悟和吸取融汇，但她始终觉得那是人生必须拥有的，那是生命和生活的雨露和清泉，是人与人之间沟通和理解，战胜旅途彷徨；风霜雪雨，寻找光明与收获希望，打开智慧与创造宝库的金钥匙。当过大学教授的父亲，平反后拿着一叠补发工资曾对她说："现在世界变了，时代开放了，不要像 20 年前的我，留恋现有的职业和岗位，一生只搞学问，两耳不闻窗外事，对上级唯命是从。到头来还是憋不住对现实的是非黑白要说心里的话，可结果呢？遭到批判、软禁，弄得妻离子散。你拿着我这点唯一的积蓄，去走自己的路吧，也许会比我强。"温馨而明亮的走廊灯，映照着这个有限的空间，用它神秘的光线给穿着红色短袖和黄色长裙的悦雅，勾画着圣洁而静美的轮廓，她就像一团火焰，在临海的栏杆边闪耀着温情的霞辉。

崇尚义迈着轻健的步子，沿着曲廊走来了，他嘴里哼着小调，心里格外的兴奋。今天他要细细品味悦雅的风姿和微笑。一个真正女人的整个精神的、灵肉的世界缤纷和精彩。

眼前的那团红色火焰，勾住了他的灵魂。

崇尚义止住步子，待他细看时，不禁惊叫起来："悦雅，是你呀！"

"是我，崇总！"悦雅偏过美丽的头。

"哎呀呀！这不是嫦娥下凡吗？我的悦雅呀！你真是藏在深山人难识，让我不识庐山真面目啊！"

"崇总，见笑了，我这和往常不是一样吗？"

"不一样，就是不一样！"崇尚义禁不住向悦雅伸出手："女为悦己者容，我今天要跟你好好地握一次手。"

"崇总，你真幽默，这手你握过多少回了？"

悦雅大方地伸出了手。

这是一双多么娇秀如玉如春笋般柔嫩的纤纤素手。

十三

正是在悦雅的预料之中，这崇尚义根本不是请谁吃饭，他是要试探悦雅到底是跟田轫走，还是跟他走。

"你们女人呀！就像是魔鬼，当然还是美丽的魔鬼，感情的魔鬼，一见就把我的魂勾走了。"

"你对女人都是这种感觉吗？"

"不！不！这只是对你而言！"崇尚义是不是真喝多了，悦雅心中无底，但她明白，要尽量少喝酒，要假装不能喝。否则，只怕这个真正的魔鬼会失去理智。

"崇总，我是不能喝了，我已经头昏，你也别喝了！"悦雅站起身来，走到崇尚义身边，把他的酒杯挪开，然后递上牛奶："崇总，听人说，喝酒后，喝牛奶，是醉奶不醉人，你把它喝了！"

"我，不怕醉，要说醉，我没有这个历史，来，我们再喝一杯。"

崇尚义一饮而尽，顺势把悦雅拉到自己怀里。悦雅早有准备，伸出手使劲把崇尚义按了下去："崇总，你真是醉了。"

"我没有醉，你给我坐下，来，再喝一杯。"

"崇总，我早就头昏了，实在不能再喝。"悦雅故意装作站不住的姿势。

"不行！"崇尚义又一次站起来，去拉悦雅。

悦雅心想，暂时还不能得罪他，我毕竟是他手下的职员。于是悦雅大方地故作摇晃地走近崇尚义，并扶着他坐下。

"崇总，为了感谢你，让你高兴，我只能再陪一杯。"

"一杯就一杯。"

悦雅又给崇尚义倒满一杯，然后自己也倒了一杯："来，祝崇总事业发达，鹏程万里！"

"什么鹏程万里，我知道你心里根本就没有我！"

"此话怎说？"

"我知道，你对我一点都没有感情。"

"我哪敢有非分之想？"

"什么非分之想，你们女人呀！就是要钱！"

"崇总，你错了，钱那东西，看摆在谁眼前？"

"你不要？给你 10 万，100 万你不要！"

"我不会要，我也没有本事要。"

"不说这些了，来喝酒。"崇尚义又端起酒杯走向悦雅。

悦雅定眼一看，崇尚义其实并没有真正醉，是故意装的，于是她心里就更加有数了："崇总，真的，我不能再喝了！"

"你不喝，我就……"

"你怎么样？"

"要你喝！"崇尚义把酒杯转到左手，右手端起悦雅的酒杯直接送到她的嘴边："你一定得喝！"

"我喝！"悦雅接过酒杯，立刻跟崇尚义碰了一下杯，然后皱着眉头喝了下去。

"好，痛快！"崇尚义也一饮而尽。不料，他随即放下酒杯，转身抱住了满脸飞红的悦雅，随即将充满酒气的嘴唇贴向悦雅的脸庞，同时右手便向悦雅的腰腿摸了下去。

"别，别这样！"悦雅偏过头，便使劲地用手去推开崇尚义。可因崇尚义膀大腰粗，个儿大，悦雅根本挣扎不出身子。

"让我亲一亲，我想死你了。"崇尚义使劲地把头伸向悦雅，两只手又将悦雅抱得更紧。

"不行，你不能这样！"悦雅的声音很坚定。

崇尚义的手微微颤动了一下，他下意识地扭头朝靠走廊的包厢门看。他意识到万一门没有关好，有人闯了进来，事情就会败露。趁此机会，悦雅推开了崇尚义："对不起，崇总，你看错了人！"

"坐吧！让我冷静一下。"

悦雅在崇尚义对面坐了下来，她用温和善意的，但是又不容置疑的眼光看着崇尚义。

崇尚义望着悦雅的目光有些不自在，他心里在想："这不是一般的女人，她太神秘。"

"崇总，刚才你讲到女人爱钱的问题，其实我现在可以告诉你，我不是那种女人，我让你失望了，请您能原谅我。"

"不说这些。"双方都陷入了沉默。

"笃笃！"有人敲门。

"进来！"崇尚义不情愿地说。

门推开，走进一位穿旗袍的服务小姐："老板，有位先生找您！"

"要他进来。"

"是。"小姐出去了。

悦雅立刻朝门外望去，只见田轫潇洒地走了进来。

"是你?"崇尚义立刻站了起来。

"很抱歉，我可能不该此时来！"

"来得好，来得好，这叫缘分。"

崇尚义故作高兴地大声说。

十四

崇尚义认为，悦雅对他的冷淡以及拒绝，全是因为田轫的存在。而这一天滨江酒楼田轫的出现，他更断定是田轫和悦雅共同商量好了来对付他的。他一触摸悦雅，遭到拒绝，心里就萌生过田轫的影子；可是他又马上做了自我否定，不管田轫现在多能干、多帅、多英武，他毕竟还是一个在鹏城没有户口的农民工。而悦雅对他最多也是一种感激和同情，不可能去爱这样一个住无定所、行无职业、玩无雅趣的乡巴佬。但是，正当他向悦雅发起进攻时，田轫适时出现，就能证明他开始的预感是正确的。现在崇尚义把一切不满和仇恨都集中到了田轫的身上。

"我必须果断地把他赶出鹏城，不然，我会犯蓄山养虎、养虎伤人的错误！"

崇尚义拨通了悦雅的电话，他要试探悦雅对他和对田轫的态度，看她作何种选择。

"喂，是悦雅吗？"

"我是，你告诉田轫，采石场的租用期到了，我不准备再延续租期，决定下月关闭，请田轫他们做好清盘工作，到时解除雇佣合同。"

"崇总，这是你们之间的合作大事，我去转告怕不好，故且我也说不清楚，崇总我希望你还是自己去找田轫谈。"

"好吧！那就不麻烦你了。"

崇尚义放下听筒，心里想，这女人真不含糊，滴水不漏。既然如此，我先割断他们的生存线再说。他脸孔突然一沉，血淋淋的，两只眼睛刀片一般地瞪着前面。

十五

田强的伤情很快好转，生命危险期已经过去。因为头部撞伤严重，且大量流血，身体十分虚弱。本来健壮的身体，也明显地消瘦了。溶溶每天下班就来看他，陪他说话，有时还给他带来新鲜水果。时间长了，田强与溶溶之间的男女隔膜和身份差别，慢慢地在他们彼此的了解中消失了。溶溶是个开朗、聪敏、活泼的女孩，她根本不在意旁人怎么看，怎么说。她总是那样大大方方来，坦坦然然去。不知道情况的人，还以为他们是亲兄妹。

随着田强身体和头脑思维、心情的迅速恢复稳定，省城的中央、省市新闻媒体的记者，相继前来要求采访田强冒着生命救人的英雄行为。可是，不论是电视台，还是报纸，新华社的记者，田强都予以拒绝，而且都以身体的原因回避记者的采访。好几次，遇溶溶在场，记者们还动员溶溶帮助说服田强，但都没有任何的收获。

溶溶感到纳闷和不得其解。她首先还真以为是身体的原因，但通过找医生了解，田强神志早已经恢复正常，完全有了正常的思维，可以回忆，说清楚事情。

这是为什么？是田强谦虚，不愿意声张，还是另有别的原因，怕新闻报道后，招来什么麻烦？从田强的心情时好时坏、身体状况时稳时差的现象看，田强好像还有什么难言之隐？溶溶是从事律师职业的女性，在人的心理方面，她是有所研究的。而且，在几年的律师生涯中，无论是对原告，还是被告，在法庭庭审中的心理表现的判断，她都是相当准确的。而现在眼前田强对待记者的态度和表现，不能不引起她的关注和猜测。

在迈往医院住院部的湖边林荫道上，溶溶陪伴着田强缓慢地并肩走着。溶溶坦诚地告诉田强，一个月前他救的被挤压在吉普车中的那位领导，就是她的父亲，省交通厅长。

"你当时是怎样想的？"溶溶停下脚步，两只大眼睛直盯着田强，好像要看清他的心和灵魂。

"我根本没有想什么，当时就想去救人，所以就跳到了洪水和泥石流中。"他淡淡地说，像没事似的，眼睛望着远处。

"你就不怕死？"她问。

"怕死？我从来不怕死！"他说着，一双明眸亮得像天上的星星。

"为什么？"

"不为什么，我就是这样想的。"

"那我问你，你死都不怕，又为什么怕记者？"

"怕记者？不是！不是！"他陡地脸红得厉害，像街上卖的秋柿一样。

"那又是为什么？"

田强面对步步紧逼的溶溶，他不再说话，只顾低头往前走。

沉默，久久地沉默。

看着田强挪动的步伐，和他突然变化的情绪，溶溶判断这其中必有原因。

"我们在这里坐一会儿吧！"

溶溶扶着田强在湖边一株高大的杨柳树下的木椅上坐了下来。他们肩靠肩地坐着，从云层里钻出来的月亮，把明亮亮的清辉洒在湖畔的亭台、树林、草地和波光闪闪的湖面上。

溶溶深情地、主动地去拉田强的手。田强没有缩回去，但溶溶明显地感到田强的手冰凉，而且在微微颤抖。

"田强，你不舒服吗？"

"不，没事。"

"那你的手怎么这样凉？"溶溶借着白雪般圣洁的月光，仔细观察田强的脸色，她发现田强的眼眶里闪着泪光。

"田强，你一定有什么难事瞒着我？"凭她律师和女人的感觉，溶溶直截了当地问田强。

"即使是天大的事，你也要告诉我，请相信我，只要我能帮你，我会尽力，我爸爸也会尽力。"溶溶说完，便有意使劲地捏紧了田强的手。

田强突然哭了，他哭得好伤心，整个身子在激烈地抖动。

"田强，你怎么了？"

"我，我怕连累你！"说完，田强猛地抽回放在溶溶手中的手，站起身来转身朝医院跑去。

"田强……田强……"溶溶急忙追了过去。

十六

"现在事情非常清楚，崇尚义要和我摊牌了。"田轫说。

"那天你在滨江酒楼的出现，加快了他的决断。"悦雅说。

"其实，只是迟早的事情，我早料到了。现在的问题是，我们怎么应对？"

"我看必须尽快解除和他的合同，但采石场的机器设备，在崇尚义没有结清工资之前，不能让他搬走，大家要齐心守住。"

"明放已经是我们的好朋友，让他知道有好处，我们要防崇尚义狗急跳墙，使坏主意。"

悦雅听了田轫这番话，她很高兴，现在她真正看到，这个农民工已经开始走向成熟。

"丁零零，丁零零……"桌上的电话响了。

田轫拿起了听筒："喂，是我，田轫，啊呵！你是明放，哎呀！说曹操，曹操就到，刚才我还和悦雅说到你呢！"

"是吗？你们现在怎样，干得不错吧。"

"不怎样，情况有变，我们可能会要自己另起炉灶。"

"好呀！我看你们自己干肯定行，我支持你们！"

"那真感谢！"

"田轫呀！我打电话就是给你转个好消息。"

"什么好消息？"

"你一定高兴，田强找到了！"

"田强找到了？！"

"是，刚才他给我来电话说，在省城办完事就回来，要你们放心！"

"他没说办什么事？"

"没有，只说要你们放心！"

"他给你留了电话号码吗？"

"我问了他，他说这是公用电话。"

"好，那就这样，谢谢你！"

"再见！"

田轫放下听筒，久久地思索着：这个田强办什么事，也不打个招呼，一走就两个多月，这其中一定有问题。

"田轫，你也不要多想，田强有了消息总比没有好。"

"悦雅，你呀！到底是学中文的，会安慰人。好了，算了，我们还是商量商量怎么与崇尚义谈判吧！"

悦雅掏出一个小本子，仔细地翻开来。

"我初步算了一下，崇尚义总共欠我们采石队农民兄弟的工资和加班费，一共50万元。他的采石场的石头切割机和碎石机，当时购价是120万元。机器已经工作了快两年，按照5年折旧计算，现在只能值72万元，除去拖欠我们的50万元，只差22万元，我们就可以把机器留下来。"

田轫真没有想到，这个文秀秀的大学生是这样的精明能干，把事情想得这样细。

"悦雅，你这样一算，我心里就有了数！崇尚义呀崇尚义！这回看谁输给谁？"

十七

年轻的女律师冰溶溶此刻正在陷入这个严酷现存事实的痛苦思考中。从湖边交谈中，田强的异常表现，到田强终于坦诚地向她诉说了一个月前在省城因为秀秀报仇，用烟灰缸砸周海舟的事。溶溶既感到震惊，这是她无法想象的事情，又使她不可思议，一个能敢于牺牲生命救人的英雄，怎么竟是一个故意伤害人的犯罪嫌疑人呢？

尽管现在还不知道那被故意砸伤的对象周海舟是否活着，但田强的行为，从法律上讲，已经构成故意伤害罪。而面对眼前的田强，溶溶作何种选择，将决定田强未来的命运。

溶溶躺在床上，翻来覆去无法入睡。田强的影子，他憨厚、诚实、坚毅的眼神，他伟岸、高大、健壮的身躯，他说话真诚、率直，让人感动的性情，让溶溶怎么也无法把他和罪犯联系起来。可事实是，他的行为已经铸成大错，是一个必须受到法律追究的人。

溶溶起来披上睡衣，她轻轻地走到父亲的卧室门口。她抬起沉重的右手，轻轻地敲开父亲卧室的门。

电灯亮了。

"是溶溶吧？"

"是的，父亲。"

"你有事？"

"是的，很抱歉，这么晚打扰您。"

"进来吧。"

溶溶推门，走进了父亲的房间。

冰思华这时已经靠着床头坐了起来。他披着一件深红色的羊毛衫，在温柔的灯影里，显得有些苍老、疲倦。

"父亲，白天我跟你讲的田强的事，你要我帮助田强作出决断，可我琢磨了一天，就是理不出头绪。田强他还很年轻，而且完全是出于一个正直人的良知和正义感，虽然他缺乏应有的法制观念。我是律师，你知道，在一定意义上说，我是为被告作辩护的人，是要尽量通过辩护，让事实更加清楚、准确、客观。而最终是有罪应罚，而不是罪不当罚，更不能因为某种原因造成冤假错案。"

她说时，眼睛里游弋着一层湿漉漉的忧郁。冰思华一直微笑着看着自己的女儿，他是一位饱经风霜又最可爱的老干部，这些年来，头发已经开始发白，但那宽阔的前额，明亮有神的眼睛却依然给人一种慎思明断以及远见卓识的感觉。他对她说："溶溶，其实我早就有自己的观点，我之所以要让你去决断，就是希望你在严肃的现实生活中，去学会观察世界、洞察事理。不仅是做律师，而且是做一个真正的有思想、有品行、有益于社会的人。"

"父亲，我明白您的意思，可我毕竟对田强了解不深，而且他对我若近若远，有时还有意回避，好像我们之间总有一道很宽很深的鸿沟。"

"这是必然的，你想想看，一边是一个有着犯罪背景的农民工，一边是一个厅长的女儿，还是受过高等教育的律师，能没有鸿沟吗？能不回避？如果连这点思想障碍都没有，田强会做出那种错事吗？这就需要理解，需要从人的本质、从人的生存环境，用社会学的逻辑去推断事物发展的轨迹。"

溶溶的心豁然一亮，她坐到了父亲床前。

冰思华伸出手，轻轻地抚摸溶溶的满头秀发。

"溶溶，用心用情用理性去融化他的灵魂中的冰块吧。"

"父亲，我懂了。"

溶溶把头靠到冰思华宽阔而有节奏的起伏的胸脯上。

十八

天上下起了大雨，溶溶撑着雨伞，陪着田强从容地朝省城的西区公安分局走去。

田强低着头走着，他的心情很不平静。他的手，只要一触摸身上穿着的这件绛红色的皮夹克，心里就像有针扎一样疼痛。这是他人生第一次穿这样合身、这样贵重的衣服，也是人生第一次感受到女人的真爱。母亲是爱儿子的，但是贫困乡村的母亲，纵有万缕爱儿之情，可有什么办法给他们穿好、吃好呢？

溶溶的心也不平静。她从小失去母爱，在她成长最需要父母之爱的时候，父亲又被审查批斗，她只好被寄居在自己读小学时的班主任家里，从小的心灵就受到严重的创伤。后来父亲平反，她考取了大学，立志去西南政法学院学法律，就是想去铸炼公平和正义之剑，尽管她知道也许这只是一个梦。

"田强，你喜欢看书吗？印象最深的是哪本？"

溶溶想打破路上的宁静，让田强有一个好的精神状态去接受严峻的现实考验。

"我很少看书，初中毕业后就在家里劳动，这些年又在外面打工，我就看过一本小说，叫《水浒》，还是哥哥借给我看的。"

"《水浒》怎么样？是写梁山好汉吧！"

"你也看过？"

"看过。"

"你怎么也看这种书？"

"当然看，什么书我都看，了解世界，了解社会，了解人嘛！"

"我确实佩服这些好汉们，可是这几天我老在想，好像他们那样做，也有问题，我不就是想学梁山好汉而犯了错误吗？"

溶溶突然止住了脚步。她侧过身子，深情地望着田强。

"田强，我真的要爱上你了。"

溶溶猛地抱住了田强。

雨伞在地上滚动。

十九

谈判在僵持的状态下艰难地进行。

崇尚义："欠你们的工资、加班费，核实后我认账签字，但不能以设备抵押，因为我要继续加工石材。"

田轫："这是完全符合市场原则，因为你的设备投入，其中有一部分用的是应付给民工的报酬，所以我们要求用设备抵押是有根据的，也是合理的要求。"

崇尚义："可是剩余资产部分是我的。你们造成我的整个设备闲置，我要你们赔偿损失。"

田轫："那你不想想，你欠我们50万元工资款，如果按时用于生产周转又能创造多大的利润和价值？"

崇尚义："你们这是无理要求，我会向法院起诉你们！"

田轫："我们非常希望用法律解决，我想，也许这对于我们更为重要。"

崇尚义一点也不糊涂，他知道用法律解决，肯定对自己不利。他原想用法律来压服田轫，没有想到反而被田轫利用了。

"这样吧！就按你们算的，如果要用我的设备偿还欠款，那还有差额22万元，你们怎么办？"崇尚义以退为守，以退为攻。他想，这个时候，你们这群泥腿子，哪来的22万元？于是，他又接着说："如果拿不出钱，那我就不能同意你们的要求。"

田轫看穿了崇尚义的阴谋，可是这 22 万元巨额资金怎么筹措？他犹豫了。

这时，悦雅装着倒茶，她提着热水瓶走到崇尚义身边："崇总，你还是劝劝田轫别离开采石场！"

"又不是我要他们走，是他田轫逼我的。"崇尚义没好气地说。

"田轫，你也太固执，有事好好商量，崇总家大业大，他是会给你们发展机会的。"说完，悦雅故意给田轫丢了一个眼色。田轫对这眼色，虽然不甚明白，但他意识到，悦雅是鼓励他坚持谈下去。要不，悦雅不会这个时候说话的。

"崇总，我认为悦雅说的有道理，你就念我们也跟你合作了这几年，提个交欠款宽限期，如果到期不能支付你的差额设备款，我们按今天签字的合同履行承诺。"

崇尚义以为田轫这是缓兵之计，或者是给自己找台阶下。

"那好吧，宽限期为 10 天。10 天交不足 22 万元，设备由我使用，拖欠的工资款，我也在收回设备后 10 天还清。"

悦雅在一旁向田轫点了点头。

田轫："好吧！就按崇总讲的条件办，我签字！"

二十

冰溶溶乘坐长途公共汽车来到了鹏城。

对于鹏城，冰溶溶虽说是第一次来，但从电视、报纸上，获得的大量信息，她心中的特区城市完全是一座现代化的、开放的充满希望和活力的国际性大都市。

下了车，冰溶溶步行出车站，便沿着宽广的新修的特区大道朝郊外的盘石镇方向走去。她是有意识地要看看这座特区新城的真面目，感受一下开放的特区的城市风采和文化气息。

眼前的鹏城展现的建设画面和拔地而起的高楼林立的城市中央商务区，确实让这个来自省城的年轻女律师大开眼界。她由衷地赞叹特区建设者的开拓精神、创业勇气，付出的辛勤劳动和作出的巨大贡献。短暂的几年时间，能在这个海边渔港，建造一座如此雄伟壮丽、彰显着时代风姿，展示着独特城市美感和魅力的城市，确实是一个世界奇迹。

冰溶溶是一个理性型的，但又是对新事物特别敏感，对历史和现实中的欠缺，很能宽容的思想者和躬行者。她因想到田强对这座城市的成长和发展倾注了感情、渗入了血汗，便对城市的一砖一瓦，一木一石都感到亲切和眷恋。

经仔细打听，按照田强告诉的工地位置，冰溶溶乘坐出租车来到了尘土飞扬的采石场。她站在靠近工棚的一个布满石头的山岗上，向采石场张望，眼前沸腾的采石画面让她特别感动。此刻，她又想到，就在这座石山上，田强几个月前还在这里挥汗如雨地干活，和民工们一道把这一块又一块的石头加工后运往新城的工地。也因这种突发的忆念，使冰溶溶对这个石头的世界，充满着好奇心和想象力。

已近中午吃饭的时刻到了，歇工的哨声招呼着民工们从各个方向涌向山边的工棚。

冰溶溶慢慢走近工棚。民工们发现眼前走来的年轻漂亮女人，都充满着激动和热情。有些已经脱去上衣，赤裸身子的民工，又立即披上了衣服，朝着她友好地哈哈笑。

悦雅穿着红色短袖运动衫，把披发扎起绾在头上，提着一只塑料水桶从工棚走了出来。

"这里装的是凉茶，大家喝了可以清热解渴。"

"谢谢悦雅大姐！"虎子朝悦雅挥了挥手中的瓷缸。悦雅正要扭转身子回工棚内去，她无意中看到了冰溶溶。心想，这是哪里飞来的仙女？这时候，冰溶溶也发现了悦雅，她真没有想到悦雅会是这样的倾国倾城。

"我没有猜错的话，你一定是悦雅姐姐！"冰溶溶大胆地说。

"你是？"

"我叫冰溶溶，我是田强的朋友，特地来找你们！"

"我正是你说的悦雅，欢迎你，请到屋里坐！"

这屋里是冰溶溶无法想象的天地，人走进去就觉得自己变得高大了。因为一伸手就可以摸到屋顶。屋内很暗，摆着的桌子和坐的凳子，全是石头拼成的，就连墙体也是石头垒起来的，确切地说是一座石头城。

坐在石头凳子上，冰溶溶感到很凉爽，有一种恬静和舒适的感觉。

"悦雅，我先做个自我介绍，不然你对我的突然造访没有思想准备，也很难建立一种信任的关系。"

"溶溶，我感谢你的坦诚，可以看得出你是受过高等教育，很有教养的家庭培养出来的。"

"谢谢你的真诚，我相信以后我们也会成为朋友！"

<h1 style="text-align:center">二十一</h1>

听着冰溶溶叙述田强在省城发生的一切，悦雅泪流满面，心里充满了痛苦和悲愁。田强的幼稚、冲动、重情、侠义，田强的慷慨、无私、迷茫、不幸，让悦雅无法控制和摆脱心灵的焦虑和万般的同情，他也是她的救命恩人啊！

看着悦雅哭成、急成这个模样，溶溶也哭了起来。

"悦雅姐，我不该告诉你……"

"不！这是我的错，我对田强关心不够！"

"这不是关心不关心的问题，从某种意义上讲，这也是人的一种生命和灵魂的选择！"

"溶溶，你说我们该怎么救他？"

"悦雅姐，我已经决定做田强的辩护律师，从目前的案情来看，田强完全有免予刑事处罚的可能，这里有三个有利条件：一是周海舟对秀秀的强暴，是违背秀秀意志的实际上是强奸犯罪也应受到法律制裁，这就从另一方面，对田强进行报复提供了引发的因素，即构成故意伤害的因果关系；二是田强是在公安部门尚未找到犯罪嫌疑人时，他主动投案自首的，且认罪态度非常好，没有造成不良的社会负面影响；三是周海舟虽然被砸成重伤，但生命没有危险，目前可以生活自理。另外由于田强多次见义勇为，为人正直，又有舍己救人的良好社会表现。这些因素都将成为有利于田强减轻刑事责任的因素。"

"溶溶，我们就拜托你了！"

"悦雅姐，这是我们共同的责任，就不要分你我了。"

"田轫哥回来了！"虎子在门外大声喊。

"溶溶，我们去接田轫。"

悦雅牵着冰溶溶走出了石头工棚。

朝石头山岗通往公路的弯弯山路上看，一个身体高大、穿着红色背心的男子汉正朝工棚走来。

"他就是田轫哥？"溶溶问悦雅。

"怎么样，帅吧！"

"够酷！"冰溶溶回答道。

二十二

夜色越来越浓，夜风在山野奔走，发出瑟瑟声响。

田轫、悦雅、冰溶溶仍坐在采石场的一个山坡上讨论着关系这 30 多个民工生存的大事。

田轫："限期只有 3 天了，我跑了很多朋友，都说因为老板扣欠工资没有办法帮忙，这 22 万元实在无法凑齐。"

悦雅："合同必须兑现，不然崇尚义就会搬走机器，我们就会断了生路。这样吧！我存折上还有 15 万元，这是我走时父亲交给我嘱我关键时候用的。现在我决定借给你们！现在我们都是共命运的人，白居易云'同是天涯沦落人，相逢何必曾相识？'这钱能救大家出水火，为什么不用？"

冰溶溶："轫哥，我认为悦雅姐说得对，我支持她的决定，剩下的 7 万元，我想办法！"

田轫："不行！不行！我们一批堂堂男子汉，怎么要你们的钱？"

悦雅："田轫，我看你这样婆婆妈妈的，就不像一个男人。当年战争时代，多少仁人志士为了革命，把家产都卖了。我们为了支持你的事业，何况还不到卖家产的地步，你太让我失望了！"

冰溶溶："轫哥，听雅姐的，就这样决定了！"

田轫坐在石头上久久没有说话，他的心里正翻腾着大海的波涛。是啊！闯海的人没有坚定的信念，没有明确的目标，没有钢铁的意志，怎么能到达光明的彼岸？

眼前的悦雅、溶溶多像两只奋飞的海燕，她们的翅膀都是那样的矫健和轻盈。

田轫终于站了起来："我听你们的！"

一个男人的声音就这样唤醒了一座又一座沉睡万年的海边石山！

二十三

田轫的采石场办起来了，工地上一片热气腾腾。现在民工们完全是为自己干活，积极性空前高涨，不仅石头产量增加，而且质量也比以前更好。要说改变最大的，是他们的服务工作。现在来运石头的司机，来联系业务的人员都要受到他们热情的接待。田轫还专门安排搭了一个临时工棚，经过粉刷装修，布置了一个业务洽谈和司机的休息室。

吃过早饭，田轫在工地上召开了各班组负责人的会议。

"今天，我要向大家宣布三件事情：一是从今天开始，我们采石场正式更名为'海滨建材开发实业公司'，所有的工商注册、税务登记、安全生产手续都已经办完。也就是说，我们这批农村出来的打工仔有了自己的创业公司。二是从今天开始，公司要成立一个人才技术资源部，干什么呢？首先是要给大家每人做一个档案，管理工资发放，看病报销，加班补贴，工伤保险以及违规处理等问题。同时，还要根据以后企业的发展，引进技术、设备和人才，包括开展技能培训学习。第三呢，今天晚上各班组要开会，讨论公司最近要出台的两个文件。一个是公司职工入股分红的文件，因为我们没有资本起家，所以要从大家的工资中，集一部分工资做流动资金和固定资产投资。这集资款，就作为股金，按时分红回报。一个是劳动纪律，也就是说今后大家外出和不能上班，要实行请假制度，违反了劳动纪律，要受到某种处分。"

"还真行，我看这三件事都应该做。"一位民工说。

"田总，我们一定组织好讨论。"又一个领班的说。

"好，散会。"

田轫看到精神饱满、脸上挂着笑容的农民兄弟，自己的脸上也出现了少见的笑容。

其实，这一切主意都是悦雅给田轫参谋的。头天晚上，悦雅就写成一个材料拿给田轫，还给他一条条说明，是什么意思。同时，她还给田轫送去了《经济合同法》《税法》以及关于股份合作的有关资料。每次接受一次悦雅的帮助和开导，田轫都要说一句："你真是我的好老师！"

悦雅认为，这正是她决心到特区的目的。多少年来，特别是在父亲遭受不公正待遇、她们也跟着受株连的岁月，她看到了社会的种种不公平，人情的冷漠和自然、生态、生产、文化环境的破坏。有时，她也绝望过。但只要她一接触书本，特别是读到国内外一些著名哲学家、文学家、思想家写的作品时，又无形中提高了她战胜逆境、寻找梦想的勇气。她常常顾影自怜，许多时候都怀着张爱玲的忧伤凄愁的心情。但自从来到鹏城，经过那次遭遇流氓的袭击的惊险考验，她清楚地意识到人必须坚强，必须挺立着，就像海边的石头，敢于迎接滚滚波涛和风暴的拍打。田强，虽然没有自己那么多的知识，可他特立独行，沐风栉雨的剑胆琴心，是自己无法相比的。想到这些，悦雅甚至觉得自己反而很渺小。现在田轫的出现，可以说是在茫茫人海中发现了一位智慧坚强的舵手，她愿意帮助他在特区这片大海上破浪扬帆，去开创自己的新天地。

这些天，崇尚义的心情也很不好，除了业务上的事不顺心外，最大的烦恼是采石场让田轫接管了。他没有想到田轫竟在10天内筹措了那笔数目不小的资金。他崇尚义输得不光彩。坐在办公室里，崇尚义的脑海里总是浮现两个人：悦雅、田轫。他断定这件事必定由悦雅帮忙。他自从滨海酒楼失手，反复思量，总觉得悦雅是个神秘的女人，他还曾经有过某种灵感的闪念，自己是不是有一天要败在她的眼前。

"我必须和她摊牌，要不她留下，从此必须与田轫断绝来往，要不，就立即解雇她。"崇尚义作出了果断的决定。

接到崇尚义的电话，悦雅来到了他的办公室。

"崇总，你找我？"

"是的，悦雅小姐，请坐。"

"崇总，你太客气了。"

"是吗？只是你不领情哟！"崇尚义的话阴阳怪气。

"谁敢，也许是我不知情吧。"悦雅也不让步。

"好吧！我就直话直说。悦雅小姐，自从你来到我们公司，我是器重你的，把你视为公司的一颗明珠，是希望你能为本公司的发展作贡献，而公司也不会亏待你。可是近段你的表现很让我失望，我好像觉得每次田轫跟我较劲，都有你在他后面撑腰打气。如果我没有猜错的话，前几天田轫交的那些设备补差资金，也一定是你帮助筹措的，我不相信他有那么大的本事。没问题，今天我把话挑明了，我们也就可以坦诚地对话了。悦雅小姐，我是军人出身，所以我不会绕弯子。"

"崇总，我为你的坦率感动。从这一点上讲，我觉得你真还有几分男人气。"

"不敢承受，请直接回答我的问题！"

"我明确地告诉你，首先，我对你的仗义为人很钦佩，但后来你的所作所为否定了我对你的第一次认识；其次，我认为你不懂得尊重人，所以又失去了我对你的尊重；最后，你很自私贪婪，甚至可以撕掉自己曾经理性的面具，让我对你感到恐惧。所以，我决心支持帮助那个暂时不如你但以后必定超过你的田轫。现在我郑重地告诉你，那笔钱是我和我的朋友借给田轫的，我甚至想到不需要他还我。这一切你都不会理解，所以我的结论是，当你知道这一切的时刻，也就是我决定离开你这个开始发霉腐烂的公司的时刻。"

"很好！很好，你给我上了人生一堂最难忘的课，只是我觉得你太尖刻了，我的为人和我的公司真到了这个地步？"

"崇总，人各有思，人各有志，人各有缘，但愿我们以后能友好相逢，也不负这段结识的时光。"

悦雅站起来，很诚恳但又是让人不可思议地向崇尚义伸出了手。

崇尚义慌忙地伸出手，握住了悦雅的手。

这回，他感到悦雅的手，不仅柔软而且好像还透着一股力量。

后　记

新年初雪，晶莹的雪花，只飘舞了几个小时，便悄然离去。地上和枝头的积雪，很快就在阳光的温暖里消融了。孙女楚楚拉着我的手说："雪还会下吗？我想跟爷爷一道堆雪人哩！"雪再没有回来。而春天都走到窗前，摇满了一树树的新绿。孙女又背起书包上学校了。我送着孙女去学校，总是讲着故事陪伴她走进校门。从3岁开始给她讲故事已经讲了3年，算起来有上千个故事。突然有一天，孙女说："从今天开始，你就讲你小时候的故事吧！"孙女的话，让我感到高兴而新奇。我说："你为什么要听我小时候的故事呢？"孙女回答道："我想知道爷爷小时候的小伙伴，你们是怎样读书、玩耍的。"于是，我就开始编自己小时候的故事。想不到效果比前面讲的故事更好。孙女竟提出要我带她回到我出生的地方，去看我故事中讲的小伙伴，如红脸、大顺、石伢子……还要去看我们砍过柴的山岭，游泳过的小河，捉过鱼虾的湖塘，读过书的学堂。我知道，这些地方几乎都面目全非，再见不到当年的踪影和浓郁的乡土气息了。

这使我想到了一个问题。我这个出生农村的孩子，从小就受到饥饿、寒冷和劳苦的煎熬。后来，有幸上小学，读中学，参军，写作，从政，离不开家乡这片土地的滋养，党和祖国的抚爱，人民的哺育，时代的塑造。现在将步入古稀之年，回想过去的人生道路，在某种意义上讲，我就是一只书虫。几十年来，尽管在不同的岗位工作过，但最终伴随我的是常摆在桌上或枕边的各种书籍和那一页页的稿纸，那一支支的钢笔。我不舍昼夜，不问秋冬，日复一日地在书里钻，在纸上爬。现在算起来，我在半个世纪的漫长写作生涯中，创作出诗歌、散文、小说、电影、评论、歌词（不包括政治经济管理类的专著10多册）就有30多册。这些作品，其中就有我故乡的山水影像，小伙伴和乡亲父老的生活忧乐，劳动和创造。有我从这里出发，在人生旅途跋涉的颠簸、磨难、痛苦、欢乐的履痕和对人生社会的思考、感悟。我的这些书最终该去哪里？于是我便产生了一个念头：要把这些书压缩成 10 册，再版出来让它走到它该去的地方。没有想到正在这个时候，我读 2016 年 5 期《读者》看到了爱尔兰诗人叶芝写的一首名叫《我的书本去的地方》的诗。这让我茅塞顿开，更加坚定了我的想法。诗这样对我说：

　　我学到的所有语言，

　　我所写出的所有语言，

　　必然要展翅，不倦地飞翔，

　　绝不会在飞行中停一停。

　　一直飞到你悲伤的心所在的地方，

　　在夜色中向着你歌唱，

　　远方，河水正在流淌，

　　乌云密布，或是灿烂星光。

　　我读过叶芝的诗。那是非常美丽和智慧的精灵。我想这些书，一定会按照诗人的意愿，永远不倦地飞到它应当去的地方。而我的书和诗，尽管只是浩瀚书林里一片不起眼的树叶，我也盼望它奋力飞翔，抵达同样流淌着岁月的温暖光波，有大自然的芬芳絮语，抑或也有风霜雪雨和忧伤黑暗的地方。

谭仲池

2016 年 3 月 7 日于湘江之滨淡泊书斋